GUARDIÕES
DO
PECADO

J. P. Schimidt

GUARDIÕES DO PECADO

SÃO PAULO

1ª EDIÇÃO • 2015
3ª REIMPRESSÃO

S335g

Schimidt, J. P.

Guardiões do pecado / J. P. Schimidt. - São Paulo: Jefferson Pacheco da Fonseca, 2015.
321 p. ; 21 cm.

ISBN 978-85-918982-2-0

1. Literatura brasileira. 2. Romance. 3. *Role-playing games*. I. Schimidt, J. P. II. Título.

CDD: B869.93

Este livro é uma coleção de anotações de jogos e campanhas de RPG, cacos de outros contos que foram pacientemente amalgamados, rachados, rasgados, esburacados e remodelados a partir de uma ideia central.

Entre criação, reescrita, edição, reedição e revisões foram gastos mais de doze mil fios de cabelo, duzentas gramas de aspirina, três frascos de antiácidos, vinte e sete pitis, doze mimimis, duas sessões de suor lacrimal de pura macheza e uma cicatriz gerada pelo toque de um lightsaber Sith.

SUMÁRIO

A "TERRA DE NINGUÉM" 9
NA CASA DE MENDELI… 16
SARTRE E O ENCONTRO SANTO 20
VILAREJO DE MILLER 22
ESPERANÇA ESTRANGEIRA 26
DE VOLTA AOS HERÓIS 33
DE VOLTA A SHASTA 38
DESTINO CERTO 40
NO CÉU 42
OS PEQUENINOS 46
NOITE DE COMEMORAÇÃO 70
DO SANGUE DE KELDORN 85
A FILHA DO VENTO E O LENHADOR 90
TERRA FIRME 97
SEGREDOS NO AR 115
DEVANEIOS E REFLEXÕES 121
IMPASSES OU CAPRICHOS? 132
O CEMITÉRIO AFOGADO 135
A AMARGURA, O TÉDIO E O VINHO 151
O ROCHEDO 153
DECISÕES 160
A MALDITA ÁGUA NAS ROCHAS 165
BATALHA E TRAGÉDIA 168
O ECLIPSAR DO SOL 180
HORAS APÓS… 193
ENTRE AS SOMBRAS… 203
VERDADES QUE SEPARAM 209
A VOLTA AO TEMPLO 226
COM SEUS PRÓPRIOS PÉS 233
OBEDIÊNCIA E OBSESSÃO 235
UM ENORME CADÁVER 236
PÂNICO E TERROR 240
O CASTELO E O CHORO DO REI 246
CORRENDO… 252
INÍCIO DO FIM 270
DEVANEIOS OU PREMONIÇÃO? 280
PENUMBRA 285
O DISCURSO SINCERO 299
O COMBATE 302
EM ALGUM PONTO ANTES DAQUI… 312
Trecho bônus do próximo livro 315

A "TERRA DE NINGUÉM"

— E o que é a sombra? — Pergunta a criatura ao criador.
— É lugar-comum em que se aguça o medo do incompreensível e onde a ignorância se fortalece. Contudo, é onde tal mistério aguça almas curiosas e da revelação do enigma a inocência é sacrificada. Logo, medo e curiosidade se entrelaçam e sugam com a mesma fome.

Por Marin Bey, a santa do Mosteiro Amarelo.

O limite do perímetro entre as várias soberanias era em sua maior parte, pacífico. Seja por questões militares ou políticas evitavam que suas terras tocassem as fronteiras do vizinho. E o meio, era chamada de "terra de ninguém".

O vilarejo de Miller, um exemplo claro disso. Sua geografia não tinha nada de espetacular, era mais um daqueles lugares entre a mata e a floresta com bolsões de água parada que passou a ser um terreno seco e quebradiço. Exceto é claro em um sítio onde com um uso inteligente da drenagem dos bolsões remanescentes um fazendeiro prosperou e com ele outros ao aplicar sua técnica. Aliado a isto, com a passagem de uma rota de caravanas, uma estalagem foi construída entre os pequenos sítios e logo, sem que o mundo soubesse o "lugar nenhum" tornou-se "algum lugar". Em resumo, um local crescido só, sem incentivo do rei ou dos nobres.

No entanto, junto com a prosperidade pouco passou para que as doenças se tornassem constantes, e embora fossem fatais o maior problema mesmo, eram os sumiços. A milícia formada às pressas mostrou-se incapaz de intervir, de determinar a origem ou suas causas.

Seriam tão somente animais selvagens? Monstros? A floresta na área da planície onde o vilarejo estava situado não era assim tão densa e bem menos sombria e estranha do que as florestas negras ao sopé da montanha aliás, caminho do trono do Grande Império.

Seria então um horror local e isolado? Pertencente a padrões de maior medo e magnitude? Enfim, quem assumir a proteção desses infelizes terá direito às terras?

Será que da ciência dos acontecimentos o rei instituiria um novo protetorado e ordenaria um cavaleiro de sua confiança ou qualquer infeliz com título ganho pela bravura, tempo de dedicação e serviços como um Marquês?

Por outro lado, quem simplesmente a tomasse ou prestasse auxílio declararia guerra contra os domínios de outro nobre.

Uma questão delicada…

E; diante do exposto; tratada de igual tom por nobres e bemnascidos. Quantos dias mais o vilarejo de Miller sobreviveria sem auxílio? Os nobres farão algo além de discutirem direitos e deveres, defensivas e exclusas políticas?

Sartre, homem do campo, nascido agricultor, com suas mãos calosas do uso do tacape de surrar trigo ajeitava a camisa tingida de verde embora a cor fosse apropriada já que aprendera sozinho o ofício da cura. Os cabelos sujos de estrada eram como fuligem em cana e o corpo cheio de pelos. No conjunto, as cores, os pelos e a veste jamais fariam uma combinação suave. Sentia-se como um tolo urso mastigado pela sarna dentro da veste. Mesmo assim ali estava ele sentado na sala de Plézoun Raymovick; um dos quatro nobres; o cavaleiro de Kleitos e dos montes Oromb e Therao para lamuriar, clamar por atenção e misericórdia como todos os simplórios. Mas não deu certo.

— Com sua licença. — E sem esperar ele simplesmente saiu de sua ilustre presença.

— Sartre? Volte, eu insisto.

Insistia ou ordenava? O camponês o ignorou mesmo sabendo do que risco. De todo o modo corria outro a mais por estar ali se os demais donos das terras soubessem a ordem em que decidiu procurá-los. Mas seja o que for, se ciúme, violência, indiferença preparou-se para cada reação.

O contato com eles nunca tinha sido fácil e custoso para ambos.

Afinal, quantos como ele o visitava para chorar e apelar? Quantas lamúrias seriam legítimas? Quais deveriam ter maior importância? Todas essas perguntas, Sartre fez a si. Sabia um pouco da rotina do nobre exatamente por estar em posição semelhante. No vilarejo era visto como um líder, então qualquer ação que necessitasse de juiz ou conselheiro exigiam seus cuidados. No entanto, Sir Plézoun Raymovick, cavaleiro de Kleitos e dos montes Oromb e Therao demonstrou pressa.

A ausência de preparo, o cuidado nas palavras e a dificuldade de se expressar escondida em poses, posturas e parábolas o desmascarou. Lamentável. Uma pena ter perdido tempo procurando o nobre que mantinha residência mais próxima do vilarejo. Todavia, questões do vilarejo dessa monta tinham de ser tratadas com os nobres. De nada adiantava em seu conceito revelar sobre doenças e sumiços aos comerciantes, pois rapidamente alterariam suas rotas para evitar possíveis prejuízos, e sem eles, o vilarejo morreria.

Um dos campônios que abandonara a casa para servir o nobre olhou-o demoradamente enquanto passava. Submissão e conivência; a peste do mundo. Na medida em que se aproximava baixou a cabeça e passou a varrer o chão limpo, enterrando a cabeça no chão para não ser alvo de seu julgamento. Tão logo passou, o riscar da palha ao chão calou-se.

A passagem pelo pátio interno levou um quarto de hora, um quarto mais se tivesse de passar pelo sinuoso caminho delineado por tapetes finos e trabalhados com fios dourados. Neste caminho de violetas e petúnias criadas em espaços murados por murinhos charmosos de arbustos baixos e podados. Em cada nova curva um par de vasos altos e decorados com tiras de tecido e no fim de cada tapete um fecho de metal para dar peso.

Pavões ciscavam livremente e certamente estavam ali mais pela beleza de suas penas do que pelo valor de suas carnes.

Servas e servos vendidos pela fome e rendidos pela desesperança, afastavam os rostos com sua passagem. Como se Sartre fosse a personificação da memória de dias ruins. Todos sacrificaram sua liberdade sem pensar.

Afinal, o que pensariam esses humildes covardes? Os altos muros protegiam-nos da verdade lá fora. Os salvavam da fome, da desesperança e da miséria seus maiores monstros no mundo. Poderia questioná-los? Nunca. Eles pensavam com o estômago maltratado pelos anos amargos e a visão nunca encontraria o horizonte.

Curiosamente ali inexistiam crianças. Nem um traço sequer, uma boneca de milho ou de trapo jogada a um canto, nem um peão, pintura ou bobo rabisco nas paredes ou no chão. Certamente se elas ali existissem, Sir Plézoun Raymovick, as apadrinhou e as enviara a terras distantes sob pretexto de boa educação e ensino de um ofício. Principalmente se tal apadrinhamento fosse por conta de ser o pai secreto destas crianças. Evitando assim olhares indesejados por causa da mais remota semelhança com seu senhorio. Ou isso ou meramente inexistiam crianças.

Com raiva e frustrado, o curandeiro coçou as rugas entre os olhos como se pudesse assim arrancar os sentimentos mesquinhos. Quando deu por si estava na frente do estábulo e dali havia tão somente o portão pesado e duplo da vila do Senhor Raymovick, realmente uma pena. Um homem jovem e bem posicionado, mas com uma escolha tão terrível de palavras. A Sartre só restava pegar a mula manca e velha, que mais parecia um câncer no meio de tão belos corcéis e retornar.

No caminho enquanto descia o morro pensava no que dera de errado. A visita em momento inoportuno? A forma de abordagem? Os argumentos? Esperava demais?

O tempo é que deveria responder tais questões. Mesmo assim a mente agitada imaginava se haveria um pouco de reflexão, uma pitada de arrependimento no trato e um envio posterior de ajuda. A mula tropeça em algo e rouba só por um instante Sartre de seus devaneios e conjecturas.

Enquanto isso no vilarejo de Miller uma triste comitiva. No feio estandarte um tecido roto com a figura enquadrada de uma jovem mãe morta no parto. O viúvo menino moço com seu rosto seco e igualmente sem vida era seguido de perto pelo casal-irmão de violeiros, com seus violões ao peito e dedilhavam sonora melodia como de costume neste rito de morte.

Atrás desses, em distância respeitosa, o povo arremessando sua cantoria e lamentos para o alto, para o lar dos deuses bons e maus.

De perto parecia um felino e agudo choro contra sons duros e pesados de atabaques, gongos e tambores. A soma confusa de vozes e sons ao longe agigantava o espetáculo simples passando a ser uma bela celebração.

Vida e morte, destino e fatalidade. Duplicidade de ideias e sensações.

Do povo nada podia se dizer quanto a qualquer descuido de ritos, se atentavam até ao ritmo. E apesar de toda a precariedade de suas condições eram sempre solícitos e receptivos. Todos eram convidados à roda durante a festa da divindade. É como dizem... Anfitriões melhores não há de haver, nem entre os nobres dos reinos conhecidos. Ser bom e simples tal qual a venerada Deusa-mãe.

Isso até quando os de fora visitavam o local e rejeitavam suas crenças e valores. Os sábios anciões agiam tal como se deve com crianças levadas relevando-lhes suas imaturidades com dignidade, ao invés de prepotência.

Mesmo do norte bem depois de ultrapassar o cemitério simples no alto dos montes, Sartre conseguia ouvir o eco dos ritos e da alta cantoria.

Já era tarde para manter viagem então decidiu pernoitar no mosteiro Amarelo antes que a noite o alcançasse. Iria se afastar por mais de duas horas numa trilha de pedras lisas na névoa gélida. Preferia isto a arriscar dormir no relento e ser mais um a desaparecer.

Afinal ninguém elucidava tal mistério. Sem alguém como um caçador na vila capaz de encontrar, decifrar e mesmo localizar possíveis rastros. Se existirem. Sartre evitava pensar no fantástico, mas sendo ou não tinha de haver alguém que pudesse ajuda-los de boa vontade.

Encontrar o mosteiro em meio à noite foi fácil. As pedras do caminho detinham um leve e brilhante pólen e conduziam ao rústico e murado mosteiro com dois ou mais caminhos de pólen unidos à sua porta. Até na mais densa noite desde que houvesse um leve luar, a cor fluorescente das pedras guiaria para o mosteiro ou a estrada. A porta simples de gravetos longos finos e unidos por pregos de igual madeira se abriu e o curandeiro surpreendeu-se ao ver Marin Bey, a santa recebendo-o em pessoa.

Antes ela atendia por Montilla. Uma ladra de passado imerso na sujeira de suas trapaças e a luxúria da juventude. Após o sumiço do enamorado Senhor Morcant, o vigário, em meio às brumas ela passou por muitas provas até se encontrar na fé. A mesma de seu amado.

Obedecendo ao protocolo de boas maneiras Sartre se ajoelhou e implorou por abrigo e ela cedeu num gesto, pois Marin Bey não falava... reservou sua voz apenas para o canto.

Diziam que tudo que fazia convergia na obsessiva ideia da volta do amado e para ajudar seu retorno pintou símbolos pessoais nas pedras do caminho e na porta com o extrato de cogumelos da região. Ao longo do tempo, vagantes e outros que se perdiam no escuro encontravam o mosteiro amarelado devido à presença atuante dos fungos. Os que renascem na fé serão guiados a salvação. Guiados ao mosteiro Amarelo.

Montilla, ou seja, Marin Bey, tinha sempre as mãos e partes do corpo brilhantes, para alguns, iluminada pela sua fé. Os que tinham senso e um conhecimento do mundo da madeira reconheciam o pólen e curandeiros como Sartre suas minúcias. Bardos e devotos cantam canções sobre o mosteiro, sobre a santa e sobre seu amado homem de pouca fé se perdendo no coração da névoa. Ao curandeiro, o mais provável foi que Morcant despencou das cascatas por serem perto demais do mosteiro. Já as pedras e as paredes têm uma explicação igualmente simples e longe do ideal romântico. Ela as pintava, a fim de evitar o mesmo erro e facilmente encontrar de volta à casa.

As velhas costas pinçavam e a mente o esgotava ainda mais com essa mania de pensar e pensar. Atravessou o simples pátio interno e quase pisou nas hortaliças e verduras do sustento da mulher e dos demais que agora moravam com ela.

Marin Bey, em um gesto amigo e silencioso alisou a palha da cama e afofou um grosso tecido. Sartre sorriu cansado e a jovem senhora retirou-lhe as botas, levantou-se e voltou com água numa vasilha de cor acobreada. Ajoelhou com delicadeza a sua frente e passou a lavar seus pés e os enxugou com todo cuidado, usando para isso seu vestido longo e sem cortes complexos.

Quem diria se, enfim, tudo o que o povo bobo e crédulo sabia estivesse certo? Marin Bey talvez fosse realmente uma santa. Novamente a mente passou a manifestar-se. Tentando estabelecer os fatos, ponderando sobre quem deveria ser essa mulher.

Tanto faz, era o que concluiu por ora. Verdade ou não, a sardenta de cabelos alaranjados sabia acolher independentemente de boa vontade, regras de culto e questões morais.

E isso foi tudo o que Sartre fez antes de desmaiar de exaustão.

NA CASA DE MENDELI

A luz nos vãos largos da parede ajudava a criança a caçar os piolhos da coberta de lã. Cheia de ser mordida, ela resolveu morder alguns enquanto dormiam só para ver se gostavam.

Terminada a vingança ela buscou a banqueta de tirar leite e nela pulou alto para tentar alcançar o pote com favos de mel da prateleira por acidente fez barulho ao bater por acidente nas panelas, canecas e utensílios dependurados a menina correu para debaixo da tábua velha montada sobre um cavalete duplo que servia de mesa. Não que a ideia fosse de se esconder, e sim para agarrar rapidamente a cabaça de pegar água. E assim ela saiu da casa com um olhar do tipo "não fui eu".

Mendeli, menina sardenta e arteira, sempre preferiu buscar água aos afazeres domésticos. As vassouras, além do trabalho básico de manter o chão da casa limpa ultimamente eram usadas para surrar sua bunda magra. Nem pensava em fugir de casa pois, com apenas sete anos teria lugar para ir? Sua imaginação não era tão grande assim. Pelo caminho brincava que o Sol era um gordo inimigo e para o calor não atingir seus pés finos e sujos, e não lhe infligir as bolhas mortais tinha de se equilibrar em galhos caídos e até em sombras de árvores. Bastava encontrar as sombras para estar a salvo e ela sempre as encontrava.

Assim ela, a valente Mendeli, com a grande cabaça foi pelo caminho e chamou Mirtes e Miguel para ir também, porém nada de chamar Donovan por ele querer mostrar toda a vez o que tinha nas calças. Mesmo assim, ele foi com eles até o riacho. Na volta planejava mijar um pouco na cabaça para dar dor de barriga na Geitel, sua madrasta. Afinal quem mandou ela roubar o lugar da mamãe? E daí que papai colocou terra em cima dela quando ela ficou gelada? Ela ainda era a mamãe e sua Mendy sabia bem onde ela estava.

Outro dia até cavou um pouquinho e achou os dedinhos dela. Estavam fedidos e cheios de minhoquinhas branquinhas que fizeram Mendeli rir de cócegas quando as pegou na mão. Mamãe era engraçada e muito forte por não rir com as cócegas daquelas minhoquinhas.

— O riacho é pra cá. Por que estão indo pra lá?

— Sai daqui bebezinha. — Resmungou Donovan.

— Saio nada e… Não sou bebê. Nem mamo mais!

— Sai logo daqui; vai buscar sua água!

Donovan e Mirtes tinham quase a mesma idade. Pelo que Mirtes vivia falando, tinha quase duas Mendeli de idade, e Mendy desdenhava disso achando até pouco, pois seu papai tinha duas Mendeli e duas Mirtes de idade.

— Vai lá, vai, amiguinha. — Falou Mirtes com brandura.

— Nada disso! — Mendeli não se importava se Donovan queria mostrar aquilo de novo para ela. Só de jeito nenhum iria sozinha — Vem! Eu sei onde tem goiaba.

A isso ela não resistiria. Sabia o quanto adorava goiabas.

— Já vou, tá?

— Não!

— Ô moleca chata. Sai fora! — Donovan advertiu fechando o punho na frente da boca.

Esse Donovan era um bobo e ela já havia decidido. Ele não mandaria nela:

— Sai, você. Cabeça de melão fedido!

— Há-há-há.

Miguel sempre ria de suas piadas. Mendeli era boa nisso.

— Deixa ela… Quem sabe ela vai querer também.

— Quê? Ela é só um bebê!

— Sou não.

— Viu.

Mendeli ficou cismada sem entender, mas logo fechou a cara imitando a amiga.

— Mendeli, nós vamos para casa agora! — exclamou a amiga.

— Não! — Mendeli pensou na surra de vassoura por esquecer de levar a água.

— Pelo jeito ela está com mais vontade que…

— Cala a boca, Miguel!

— Tsc! Vem cá, vem…

— Larga de ser idiota.

Com isso ele pôs a mão em seu seio recém-formado, com ares de total perversão e ganhou um tapa na cara. A unha feriu a órbita do seu olho esquerdo e lhe roubou um palavrão.

— Corre, Mendy!!!

Ela correu e logo escutou um baque provindo das árvores e ao olhar para trás em sua tímida e incerta corrida, não enxergou a amiga só ele vindo atrás dela, gritando e urrando feito bicho. Amedrontada passou a correr de verdade. O bobão do Donovan era rápido e ao segurá-la quase a enforcou quando ela caiu. Em lágrimas pegou uma pedra e acertou a cabeça mole dele bem enquanto ainda estava com o joelho em cima de sua menininha. O bobão tombou vesgo e ainda mais besta do que era. A língua dele caiu de lado e por isso ela riu.

De súbito, um ruído a calou.

Donovan foi sendo arrastado para trás. Num momento de temor saltou à frente tentando resgatar o coitado, contudo, o menino continuava bobo com a língua caída e Mendeli falhou em pegá-lo. Ela mantinha os olhos nos olhos bobos dele e tentou mais uma vez, porém seu corpo passou a ziguezaguear entre as árvores, e desapareceu.

Um estrondo rápido, como algo duro sendo quebrado, fez a menina se levantar e segurar a boca com o dedo indicador, impondo silêncio a si. Virou-se e correu, correu e correu. Uma mão grossa lhe pegou pelo pescoço. Aquilo que levou Donovan estava ali.

E num espasmo a menina se voltou ao inimigo.

— Mendeli, sua inútil! Pare de brincar.

Era Geitel, a odiosa madrasta. Mesmo odiando-a, sentiu-se grata. Segurando o pulso com a mão trêmula, Mendeli olhou para trás. Não acreditava que conseguira… De repente, como um sonho, vozes diversas, iguais àquelas que sempre conversavam em sua cabeça, diziam a mesma coisa: "Os últimos sumiços se deram quando pessoas sozinhas foram ao riacho".

No entanto, ainda tinha de buscar água…

E se roubasse da vizinha? Roubasse a água do porco Bernardo? Ele era um porco pequeno para tanta água até amanhã, nem depois de amanhã, nem depois do nome dado ao dia depois de depois. Ela jamais voltaria a entrar sozinha na água. Só no banho com a água roubada do porco. Nada de água de rio, e nadar nem pensar. Nem se a Mirtes lhe pedisse, não e não. Nada disso. Que Miguel e o bobo de língua gorda do Donovan fossem sozinhos. Então de repente ela chorava abraçando a odiada madrasta, pois se lembrou de que algo o pegou e ele jamais irá voltar…

SARTRE E O ENCONTRO SANTO

— O mundo é um amontoado de coisas sem sentido sujeitas tão somente ao grau de importância que damos a elas.

A santa Marin Bey estava falando? Por anos se esquivara do diálogo e agora falava com ele. A voz soava baixo suave, e mesmo assim impressionava:

— Ouvi dizer que em outras bandas um grupo de príncipes escolhe seu imperador.

Sartre crescera em terras sem religião, no entanto, admirava o modo de pensar dos religiosos e com justiça o de alguns devotos e o fato dela dialogar com um mero homem do campo era incrível, quando se apercebeu a boca tinha caído frouxa por isso puxou de volta as rédeas da emoção, engoliu um pouco de saliva antes de responder sem medir a importância da resposta:

— Em outros lugares.

— Sim, de fato.

— E em outros agem em nome de reis incompetentes — o homem do campo comentou ainda que tímido.

— Regem em seu lugar.

Ela sequer o olhava. Concentrava-se nos seus afazeres e a presença de Sartre aparentava ser indiferente.

— Minha santa. O que diria se te dissesse que irei procurar outro nobre para intermediar a situação?

— Apenas continue.

E essa era Marin Bey: distante e presente. Dualidade, incerteza e ainda com mãos ágeis o suficiente para partir pescoços. Vendo-a de joelhos na terra e limpando a área em torno de sua simples, embora bela roseira, nem havia como perceber isso.

— Devo procurar outro nobre para intermediar a situação?

— Gosto de rosas — ela disse num respiro — Elas são simples e gostam de água e basta um pouco de luz para prosperar.

O curandeiro sentiu-se tolo, ela nem sequer o ouviu. A solidão e o retiro espiritualizavam e também enlouqueciam. Difícil seria discernir entre esses. A bela senhora estava desinteressada de tudo, e de súbito Sartre entendeu que ele era a visita, alguém que a Senhora do mosteiro Amarelo abrigou contra os infortúnios da noite ao relento. E agora, ele, a visita, tinha de ir.

— Dama do mosteiro, desfrutei de vossa hospitalidade e sou-lhe grato. Agora devo ir e não abu…

— És do campo não?

— Hein?

— Há algum tempo as rosas vieram parar aqui. Nem reparei nelas, ao menos não no início, acho. Afinal quem perceberia um ponto no meio do nada?

— Sementes vêm com o vento, com as abelhas. — Sartre deu de ombros. — Apenas alguns brotos depois… sei lá. Se me permite eu retire os matos finos à volta do roseiral. Faça um risco fundo de terra ao longo de dois metros assim a água da chuva corre fácil até ela.

— Hunf!

As sobrancelhas ergueram-se juntas, a mão foi recolhida com cautela, um sorriso malicioso surgiu na face da santa.

— Conselheiros em nome de reis incompetentes.

Sartre ficou indignado. Naquele instante não sabia a diferença entre o que pensava dela e o que realmente ela era.

— Santa! Sabendo pelos que já passaram por aqui, que sua esplêndida voz se reservava ao canto, achei poético, belo e dotado de amor e retidão. Quando do nada iniciou a conversa, perguntei por que não? Queria ouvir suas ideias, alguém mais com quem partilhar a mente. Meus anseios… Alguém para solucionar os meus problemas.

— Eles são seus problemas? Eles são seus? Ou problemas eles são?

— Nem venha com isso. Já aprendi há muito tempo que charadas são modos fáceis de esquivar-se das respostas.

— Das boas e louváveis contra as que não se quer ouvir.

Ouvidas essas palavras, Sartre gesticulou um pedido de benção à santa e outro gesto para dar-lhe adeus. Indignado percorreu o curto espaço do quase jardim. Pegou a vara que lhe serviu de apoio na floresta e partiu sem voltar o olhar.

— Tem que ter alguém pra ajudar meu povo.

VILAREJO DE MILLER

O ir e vir do curandeiro levou dois dias inteiros. Quando voltou encontrou, como sempre, sua casa aberta. Nos potes de cerâmica pouco açafrão, em um canto o hissopo; purgante forte para lavar as tripas já pelo fim.

Para olhos inocentes inexistiam remédios conhecidos, exceto um monte de folhas e ervas, que eram inúteis sem saber ministrar a dosagem e qual sua aplicação. Podendo, portanto, causar ou o bem ou o envenenamento. Na janela voltada a nascente uma aranha de bucho cheio tecia sem pressa uma teia grossa. A sombra dela nos potes apontava um presságio. Com medo Sartre pegou um pouco da erva seca e bem cheirosa do maço em cima da mesa, colocou-a na boca e jogou um pouco de sal por trás do ombro antes de sair.

Iria agora ao sul.

Para as terras do Padre Cyrus. Descreviam-no como centrado embora ativo.

A viagem ocuparia quatro dias e a montaria mais uma vez seria benvinda. Sorte sua ter algumas moedas para a viagem. Bem… sorte não. Foi a princípio o pagamento recusado por um remédio. Uma recusa fraca, pois precisava de algum dinheiro para comprar das caravanas e comerciantes ocasionais, um pouco de tudo o que a vila não produzisse.

Sem dúvida, tais caravanas eram como aldeias móveis que em seu bojo traziam ervas, unguentos, líquidos e compostos necessários à sua atividade. Além disso, admirou o trabalho artesanal do seu pagamento. Tratava-se de um facão coberto de moedas furadas costuradas lado a lado sobre o gume curvo.

Para a enferma a peça sob o amontoado de tecido que lhe servia de travesseiro tinha o propósito de pagar os demônios que lhe atormentavam. Um pedido de misericórdia àqueles que jamais atenderam. A mulher passou por noites uivando de dor e como os sorridentes senhores da dor não largaram de seus invisíveis chicotes então os familiares da aflita chamaram Sartre.

Tinha a intenção de tratar a nevralgia com o uso de compostos poderosos, mas, na falta deles utilizaria sangrias para baixar a dor e os ânimos inflamados pelos diabretes. No entanto, a idade da paciente seria um obstáculo ao tratamento simples. Jamais suportaria a extração do excesso de sangue em suas veias. Graças a esse problema inicial, Sartre logo constatou que o único mau era o inchaço causado por gases e o cheiro relatado por ela jamais fora do hálito de demônios e tampouco enxofre.

De todo o modo, voltando à mente ao presente tirou o discreto colar usado debaixo das vestes e tirando as moedas comprou uma mula. Tanto pelo preço, quanto por ser um animal mais baixo.

Na vila, em meio à tarde seca e sedenta, aldeões transportavam sacos de terra nas costas e os armazenavam em pontos mais distantes do grande e oblongo buraco que faziam. Se não encontrassem água desta vez fariam da cavidade uma cisterna, daí a razão das beiradas largas.

Embora as famílias estivessem ainda bem fragilizadas com o sumiço de Mili filho de Beonder; o vesgo; a comunidade tinha de se reerguer além do que ele ainda tinha Donovan.

A sobrevivência carecia de sensibilidade e quem ignorasse teria à porta uma realidade violenta a lhe secar a boca e a pele a colar nos ossos. Certos ou não, acreditavam alguns que fora culpa dos Pequeninos, os chamados "Demônios da mata" e outras feras e monstros reinantes da floresta ao redor. As queimadas proporcionavam um afastamento da floresta a qual sempre queria cobrir e sufocar o vilarejo com seus verdes. E se era o verde a triunfar que fosse o das verduras de suas hortas.

Apesar da vastidão da área, as casas eram construídas cada vez mais próximas pelo fator da segurança. Cada vizinho ganhava com a família ao lado uma proteção extra, tal qual pássaros de um bando que viajam no meio do grupo os quais ficariam menos propensos a predadores.

Com o mutirão do novo poço artesiano vizinhos deixavam de lado manias, reservas e estranhezas para dividir o trabalho orientado ao bem comum.

Naquele momento uma fileira de pessoas com varas à mão riscava a terra na frente das casas. Como um primo pobre do fosso, a vala seguia o mais reto possível até a cisterna. Na estação das chuvas ela gotejaria da palha do telhado baixo até ao chão correndo magra, lenta e sem graça no terreno quase sem inclinação até esta cisterna.

Agora a fila de trabalhadores escavava na frente da casa de Beonder, o vesgo. A casa pobre como todas ali e com o filho sumido havia uma marca de mau agouro e triste assombro.

No interior escuro de chão sujo viam-se esparramados pelos cantos uns tambores de couro claro e lavado esticados por cordas trançadas de duas cores que contrastavam com a madeira pobre e destratada. O desgaste e rudeza contrastava com a beleza de outrora dos tambores cerimoniais.

Sartre ao montar um animal velho como aquele e sem bagagens tinha a aparência de um peregrino e assim seria improvável encontrar-se com ladrões de estrada. Além do que, de nada adiantaria desviar-se da estrada sem conhecer as bicas e bifurcações das trilhas, e tampouco margear seus rios com um animal velho que certamente fenderia o casco e sofreria até morrer. Temia apenas os predadores e, em especial, os notívagos, mas sua missão era importante demais para medos pessoais.

— Confiança homem — disse de si para si — seu propósito é justo. O destino tem de ser complacente.

No trajeto notou dali o morrinho dedicado aos mortos e as hastes erguidas com um coco no alto para homens e as com roupas para mulheres, uma dúzia na rápida contagem. A respiração ficou entrecortada, quem mais se fora? E que família mais seria ferida pelos sumiços? Será que ainda culpavam a zanga dos deuses?

Bem a decisão entre encontrar e armazenar água ou construir qualquer templo, altares e preparar rituais e oferendas aos deuses fora por poucos braços a favor. Sartre por também ser fazendeiro sabia que sem água aos poucos o desespero abriria as portas a violência e ceifaria até a última vida. E nada sobraria para os deuses.

E por isso realmente tinha de se apressar. Contudo, como deveria proceder e abordar o assunto com um homem devoto? Sartre era um homem racional e racionalizar o problema vinha a ser o único modo de entendê-lo. Sabia sobre o erro de pensar pelas pessoas, mas segundo outro mais ilustre: "Para entender os governantes de uma terra basta olhar para seu povo. "

O homem da cura era como ele seria chamado nas terras do sul. Já se via em meio às pessoas das pradarias do Padre com elas dizendo:

"Tudo acontecera pela zanga dos deuses".

"Os deuses estavam infelizes".

Diriam com o dedo em riste, que era falta de reza.

"O povo se afastara de suas crenças".

E o discurso todo giraria nisto. Inexistia a necessidade de um olhar minucioso sobre o todo. Uma boa quantia de aldeões de seu amado vilarejo viera do sul.

— Se fosse uma terra tão abençoada assim por que saíram de lá?

A voz lhe escapou embora tenha se convencido de nada dizer na frente deles, pois diriam que tais fujões trouxeram o mau agouro e onde quer que fossem o infortúnio os seguiriam, faminto e desejoso da paga de suas dívidas.

De súbito parou na estrada de cabeça baixa e mãos fechando com força e disse:

— Não é nada disso.

Agachou de repente no lombo do animal e se entregou ao desespero com as mãos sufocando os lados da cabeça, esperando esquecer as respostas que seu cérebro acabara de anunciar. Os minutos se perdiam enquanto, de súbito, olhou para o alto e uma brisa suave ganhou força, e de algum ponto distante no céu um trovão prenunciou mudanças. A feia e cinzenta montaria zurrou e repuxando as rédeas e num repente a bicha disparou com ele de volta à casa.

ESPERANÇA ESTRANGEIRA

No vilarejo de Miller, dentro da taverna de Darrell; Phillip Darrell; acontecia uma reunião emergencial com todo o conselho de aldeões.

Como de costume iniciaram com discussões rotineiras e problemas menores a fim de esperar os demais do conselho, mas na chegada de dois elfos e uma mulher de terras longínquas e estranhas houve tumulto. Era como se ali estivessem os salvadores de todos os males. Afinal, elfos eram seres tão raros naqueles dias que para muitos pensar menos em milagre e em providência divina seria inevitável.

Por isso, foram diretos e ignoraram os ritos e protocolos. Contaram-lhes sobre as doenças e os sumiços, sobre suas ideias falidas e as pretensas teses sobre os porquês.

Quando interrogados se denunciaram tais calamidades aos governantes de sua terra se encolheram, esperando que alguém falasse por eles. Então uma voz incógnita falou do fundo da multidão:

— Não podemos esperar que essa questão seja resolvida pelo rei, temos filhos, família!

Justo. A resposta era bem acertada. Possuíam o maior interesse nisso embora com o menor jeito de lidar.

Um homem de face rasgada de tristeza se dirigiu a mulher que viera com os augustos elfos. Sentia-se indigno de mirar diretamente seres de ascendência divina e disse:

— Esperar é inviável. Levantamos secretamente uma pequena, porém honrada quantia em moedas.

O tristonho ergueu rapidamente o olhar do chão para a capa longa que encobria levemente o corpo daquela mulher. No abdome e peitoral, placas de metal entrelaçadas por tiras de couro sobrepostas evidenciavam-na como uma missionária guerreira. Na face abaixo do capuz, quase totalmente jogado para trás, notou as sobrancelhas de leve e arqueado desenho se contraírem e, sem que pudesse perceber ela ergueu um dedo de advertência enquanto falou com firmeza:

— Guardem seu dinheiro para erigirem uma boa casa divina.

As riscas finas de um vermelho intenso nos braços e rosto a identificavam como uma alta emissária do clero, mas só Yuri; homem falante de face e corpo rechonchudo; provindo da distante Caleb; notara de pronto seu real significado.

A guerreira passou os olhos por todos e seguiu dizendo:

— Fé e treinamento com armas poderiam evitar que necessitassem de ajuda.

O elfo altivo como a natureza lhe proporcionou, recostava-se à mesa com pernas trançadas e braços cruzados fitando pensativo o chão. Atento a cada vírgula do discurso falou de forma corrida:

— Para trabalharmos neste mistério precisaremos de mais informações.

— E equipamento — completou Osíris, a guerreira da fé.

— Não confiam no que dissemos? — se alarmam alguns.

— Só queremos ir até os locais em que foram vistos pela última vez. — o elfo apressou a resposta antes das companheiras.

Muita discussão surgiu a partir dali. Afinal precisariam identificar com o que lidariam e quando aceitaram o desafio, ganharam um discreto broche de cortiça na forma de folha dentada. Os comerciantes impossibilitados de se reunir ali os identificariam facilmente e assim os atenderiam com discrição e preferência. Já que se os acontecimentos viessem a público afastaria as caravanas das quais o vilarejo era tão dependente.

Saindo daquele espaço decidiram começar pela casa do ferreiro, já que Osíris precisava consertar sua arma principalmente por que no último uso, ela insistira em descarnar algumas feras de sua pele, "só para praticar". A haste arredondada e pouco longa tinha um elo na extremidade para dependurá-lo ao cavalo e no outro lado uma grossa bola de espinhos, tudo feito a partir duma única peça de ferro frio. O nome dado pelos nobres era de maça de cavalaria, mas Osíris a chamava de "O Pacificador".

Não que a sacerdotisa fosse má ou vil, tinha apenas uma ideia estreita sobre bem e mal, uma visão partilhada por todos os sacerdotes guerreiros de sua ordem. Meses antes, essa mesma visão fizera Osíris; a Campeã do Grande Vale; destruir um altar de criaturas malignas. A ocasião foi dúbia, posto que, enquanto tombava o totem do deus dessas criaturas, conheceu os dois elfos agora em sua companhia. Tarson e Jupita. Que bravamente lutaram ao seu lado. Para a clériga guerreira não havia honra maior do que fazer aliados enquanto lutava. A amizade desde então se estreitou.

Chegando à casa do ferreiro um jovem reconheceu o broche apregoado na capa da mulher tatuada e se dispôs a consertar a arma, arrumar seu balanço, já que lhe faltava um pedaço de metal. Osíris emitiu um estranho riso comprimido e sufocado entre os lábios grossos ao lembrar que algo voara junto com parte da rocha e da criatura rival.

O ferreiro aproveitou a falta de clientes e deu boas informações sobre as condições em que haviam ocorrido o primeiro e o terceiro sumiço. Contudo, o insistente martelar de seu ofício fizera com que muitas das perguntas não fossem ouvidas. E ele relatava orgulhoso sobre a grande encomenda de ganchos para carne e facões feita pelo açougueiro. Curiosamente a missionária se interessou pelo assunto e o ouvia atentamente. Os elfos Tarson e Jupita perceberam qual o nível e tipo de interesse dela e usando desculpas rápidas saíram de lá e daquele embaraço. Osíris disse que ouviria a história daquele homem e depois dormiria um pouco, pois logo cedo teria algumas oferendas e obrigações a cumprir.

Aliviados, seguiram pela rua até encontrarem uma placa dependurada em um casebre onde o símbolo indicava ser uma botica. Tarson preferiu cuidar dos cavalos emprestados enquanto ela entrava só e revirando os olhos com leves ares de reprovação.

O interior era o de uma loja de itens bem sortidos provindos da vegetação local, além de raízes e unguentos oriundos possivelmente do comércio com ambulantes.

Farsantes e milagreiros se amontoavam nas cidades e em trilhas comerciais dentro de seus carroções afirmando ter um elixir para os males do corpo e da alma, porém o efeito desejado só obtido por curandeiros experientes e boticários habilidosos. E os aldeões confiavam em Sartre. Nele e em seus excelentes chás.

Seu nome já era ouvido a quilômetros dali. Porém, Sartre atendeu a forasteira com um estranho olhar:

— Leve este também. São poções revigorantes de natureza esplêndida. Previnem os músculos e fortalecem o corpo de...

A sineta na porta tilintou por duas vezes e três homens apareceram. A bela e atenta Jupita aceitou tais poções e partiu discretamente, mas ao relatar ao elfo, resolveram procurar o conselho.

— O olhar bem podia ser de desconfiança — falou Yuri Caleb que aos poucos deixava transparecer ser o líder do conselho.

— Ou não quisesse alarmar o restante do vilarejo com suas ideias — disse Tarson.

— Bobagem! Irei amanhã eu mesmo com vocês para ouvi-lo.

Com essa promessa de Caleb, partiram para descansar.

— Talvez estivesse com receio de estranhos — falou o elfo de voz sóbria e plácida.

— Ou será culpa? — acrescentou a elfa.

Contudo, no dia seguinte na loja do boticário tudo estava no lugar, exceto o espaço vazio por detrás do balcão onde deveria estar Sartre.

A notícia não pôde ser contida. Todos souberam do sumiço do boticário e na reunião do conselho todos queriam falar. Muitos ameaçaram deixar o vilarejo e partir para a capital. Alguns defendiam que se um dos nobres atuasse ali como um burgomestre, todas as economias do local ficariam sob sua tutela e de pronto aumentaria os impostos para justificar a vinda de tropas. Portanto certas caravanas os evitariam, resultando assim no fim do Vilarejo de Miller.

Um homem alto, de barba fechada e bem espessa, passou a mão nos cabelos despenteados e castanhos antes de se voltar ao elfo de face complacente e se apresentou como o lenhador do lugarejo.

— Os demais dizem que é o único com alguma experiência com armas? — Tarson estava incerto, detestava os tipos inocentes que queriam ser heróis.

— Armas? Que tipo de armas? Tarson, não precisaremos de um guia — disse a elfa de andar sinuoso, dona de sua própria sensualidade.

— Jupita não podemos fazê-lo sozinhos — retrucou o elfo, sem deixar de vigiar o lenhador.

— Esperem! — pediu Phillip Darrell, o dono da taverna — Ninguém dirá que não ajudei. — Nisto pegou um couro velho de algum lugar por detrás do balcão embrulhou um queijo e o deu ao elfo.

Neste ínterim o lenhador aproveitou para percorrer a vista naquela que queria lhe rejeitar. A elfa tinha cabelos sedosos envoltos em leves rodopios, a pele firme e jovial como o desejo, as curvas no colo e quadril do jeito que se quer e tudo aprisionado em vestimenta de couro liso. A dama era um pecado ainda não cometido.

O líder do conselho pigarreou, chamando atenção de todos:

— Desculpe, Dominescu…

— Não estou negociando Yuri! — advertiu o lenhador. A expressão decidida calou o homem do conselho, e voltando-se ao elfo sem demora prosseguiu. — Meu irmão e eu…

— Tem interesses particulares nisto — deduziu Jupita.

O olhar firme, resoluto, do lenhador empregava até no ar sua seriedade e gravidade. Tal olhar enevoou quaisquer observações, então um outro do conselho resolveu interpelar pelo sujeito.

— Elfos, posso garantir que Dominescu seria de grande valia em suas buscas. Lenhadores por profissão, têm de conhecer bem seu local de trabalho.

Aproveitando o pequeno hiato, o lenhador passou a falar por si:

— Eu e meu irmão passamos toda a primavera e o verão na mata fechada ou na floresta mais adiante, procurando e cortando o tipo certo de madeira para cada função e uso. Aí, peguei uma excelente encomenda de ganchos para carne. Eu insisti para que pegasse algum moleque para ajudá-lo, mas isso não era de seu feitio e agora sumiu.

— Ganchos de madeira? — provocou sardônica a bela Jupita.

— Ferro. Aprendi o ofício com o ferreiro há um ano.

— Já o conhecemos — disse Osíris arqueando a sobrancelha tentando esconder o sorriso daquela conversa com aquele rapaz duro de ouvidos e ágil de músculos.

— Então — prosseguiu o lenhador —, descobri ser bom nisso. Seria um extra muito bom. Nos separamos. Meu irmão cuidaria da encomenda das tábuas longas e foi aí que sumiu.

Tarson notou a humildade das vestes do lenhador. Certamente, como ocorria em qualquer lugar, a pobreza proibia descansos prolongados. Mesmo no inverno, na frente da forja, deviam fazer todo o tipo de coisas e em especial ferraduras para cavalos de ricos caravaneiros, consertos de velhas panelas, caldeirões etc. O lenhador pareceu estudá-lo por um instante e comentou:

— O problema não são as trilhas e sim onde encontram o tipo de madeira encomendada a meu irmão.

— Hein?

— Eu sei onde deve ter sumido.

Enquanto isso longe do vilarejo, Shasta, Adoriel e a pequena Gódi como qualquer criança da raça dos Pequeninos se divertiam com tudo. E agora brincavam pulando entre as árvores do bosque, portanto, bem longe de sua aldeia.

Na passagem apressada de um carroção alto coberto por um toldo, saltaram das árvores de galhos frondosos com o intuito de alcançá-la e pegar carona até outra árvore mais distante.

Shasta riu vitoriosa do alto da cobertura do carroção, enquanto os demais caíram num arbusto. Por ser curiosa, como a mãe e as tias, espiou o interior por debaixo do toldo e aterrorizou-se quando achou Sartre preso e ferido. Ela esticou seus gordos dedinhos e conseguiu retirar a mordaça, porém não teve forças para retirar as amarras.

— Conte ao mestre da aldeia... — disse Sartre numa fala apressada — Preciso de Sargauss.

Ela retraiu o corpo e, de súbito, uma grossa e calosa mão tentou pegá-la. No assombro Shasta se esquivou chutando o rosto do malvado e saltou para os arbustos rolando pelo declive do barranco.

Ela escutou xingos e pôs as mãos nos ouvidos, como papai lhe ensinara. Na estrada o carroção foi parando, o homem mau queria levar Shasta também.

A menina iniciou uma corrida desbaratada pela mata alta e fechada. Sua miudeza rendia-lhe um trunfo ao se esconder e dessa vez. A intenção não era só para evitar o banho de água gelada ou brincar.

— Pequenina, venha! Titio vai ficar muito bravo se eu tiver que te achar — ameaçou com certa doçura o homem. Vasculhando, andando vagarosamente, e de olhos atentos — Pular daquele jeito... está ferida. Titio tem remédio.

— Mentira! — gritou inocentemente.

— Ali! — o pulha falou ao parceiro e correu.

— Esqueça! Vamos andando.

Com o tom de desdém do outro o perseguidor hesitou:

— Ela me viu!

— E daí? Você nunca aparece na vila mesmo! Quem vai acreditar numa criança brincalhona?

O sujeito andou um pouco mais, a empreitada na imperiosa vegetação seria enorme. Nunca soube matar crianças e não seria agora que começaria. Frustrado, golpeou o matagal, arremessando um bom número de palavrões e desistiu.

Shasta encolheu-se ainda mais. Sabia que os adultos só falavam desse jeito quando estavam com raiva e tapou a boca para conter o medo. A Pequenina viu as botas altas de seu perseguidor passarem a seu lado. Não tinha coragem de subir os olhos. Sentia que essa atitude, de alguma forma, a protegeria.

Após um brado forte as rodas do carroção começaram a estalar e o casco dos animais fincando no solo duro e pedregoso marcou o compasso daquele ruído, o qual, na distância, silenciou-se. Shasta ainda escondida e com as mãos comprimidas à boca finalmente parou de chorar.

DE VOLTA AOS HERÓIS

A dica do lenhador os levaram até uma ruína semienterrada. Cada curva e porta gerava uma nova dúvida de onde vieram, e quando alcançaram o exterior era manhã e todos estavam famintos.

Osíris assuou o nariz com força para o enjoo de Jupita. Os cavalos alugados do taverneiro tinham desaparecido.

De súbito, Tarson, o último a sair foi enlaçado e puxado para trás com os braços presos. Enquanto seu corpo era arrastado e suspenso, uma figura misteriosa descia segurando a outra extremidade da corda.

Quando os demais esboçaram reação, uma saraivada de flechas bloqueou a passagem e os advertiu.

Uma alta gargalhada foi ouvida por entre as árvores.

— Bravo! Que pontaria! — exclamou o gordo Yuri Caleb num gesto largo exibindo seus braços desenhados ao sair de seu esconderijo.

— Vim buscar os cavalos. E é claro, cobrar o aluguel.

O homem de nariz torto, quebrado e de braços fortes que segurava a corda a amarrou ao redor da cintura e agora de mãos livres os desarmavam, subtraindo tudo mais que tivesse valor de venda. Quando retirou as facas do interior das botas de Dominescu, este o reconheceu de pronto como Quebra Ossos Maqui, um frequentador da taverna.

— Levarei seus pertences, aí quando os aldeões as virem concluirão por si próprios que vocês coitadinhos morreram — ironizou o gordo tatuado — eles perderão de vez a esperança. Ou quem sabe se apenas disséssemos hum não sei… Decido depois. Por ora, valentes aventureiros mortos ou desaparecidos, façam-me a gentileza de subir em seu novo transporte.

Ele se referia ao carroção de grades de ferro coberto de peles e tecido grosso rudemente encoberto por galhos e um arbusto recém cortado.

Jupita, com seus ouvidos sensíveis percebeu algo longe se distanciando e em baixo tom deu um palpite:

— Ouvi uma carroça indo, você não?

Dominescu aproveitou a proximidade e chutou Maqui na lateral do joelho.

Antes mesmo de terminar de cair o pulha foi arrastado pela corda para cima, enquanto Tarson caía do alto. No momento em que se alinharam, o elfo chutou-lhe a boca. E já no chão, Tarson retirou da aljava a flecha de caça com ponta farpada, armou-a no arco e disse:

— Abra a boca e feche os olhos.

A raiva de Tarson o acelerou de tal maneira que ali a ação ganhou status de lenda, a primeira das flechas prendeu a camisa de Yuri Caleb no carroção, a segunda que destruiria o pulso do patife errou, enquanto a última de ponta metálica cravou na bandeja que o gordo tatuado usou para poupar o rosto. Ele, o gordo patife rasgou a camisa e pulou no cavalo amarrado ao lado do carroção e fugiu.

Dominescu reagiu tardiamente, saltou em um dos cavalos dos embusteiros e o perseguiu pela floresta. Sua consciência dizia para que retornasse, pois, a rota dele pelo vale era óbvia, mas havia razões bem pessoais envolvidas ali.

Quebra Ossos Maqui já tinha levado até coice de vaca e nunca havia desmaiado, então não desmaiaria com o chute de um leve elfo. Ficou mais atordoado com a queda ao solo do que o resto. Chacoalhando a cabeça, espalmou as mãos ao solo e rapidamente se levantou. Como estava ainda bem perto, planejava o que fazer com ele e seria algo bem doído.

Jupita, ainda irritada, queria a todo custo desmascarar o taverneiro Phillip Darrell e por isso insistia com Tarson:

— Devíamos matá-lo pelo que nos fizeram passar.

— Nunca te ouvi falar assim! — comentou o elfo antes que perder a oportunidade.

— Desculpe…

— O queijo embrulhado em um mapa fora bem sutil e foi bem engenhoso.

Maqui percebeu o gancho metálico no chão. Estriparia o elfo, acabou de decidir. De repente, de forma abrupta e violenta, Maqui caiu numa pequena fenda que se abrira a seus pés. Na queda o teto ganhou a aparência de um olho de pupila azul se afastando. Ainda preso a corda seu corpo em queda batia nas paredes de rochas e terra. A corda ainda escorregava e suas mãos queimavam e então recebeu um tranco travando sua queda, ele para de cair. De súbito, alguma coisa com dedos gélidos e esponjosos agarrou sua canela, ele deu-lhe um coice e pelo ruído entendeu que lhe quebrou algo. Na superfície alguém tentava içá-lo e abaixo mais dedos gélidos de mãos mortas puxavam-no para baixo, para a terra, para a cova.

Osíris sorriu quando percebeu algo mais pesando na corda que segurava.

Absortos desta situação, os elfos continuavam a discutir:

— Não se esqueça de ouvir sua versão dos fatos antes de condená-lo.

— Eu...

— Sei que você não é assim!

— Espero que seja a última vez que entraremos em ruínas. Odiei tudo, a sujeira, o mofo, as teias de aranha e todos aqueles insetos viscosos e nojentos. — Na medida em que se expressava, a elfa se contorcia com nojo.

Tarson riu e ela batcu nele com delicadeza, sorrindo. Tarson também observa a outra aliada à distância e comentou:

— Osíris, calada?

— Deixe-a. Deve estar rezando ou agradecendo — falou Jupita.

— Certo. Você está bem? Ferida?

Os pensamentos de Osíris se reportaram ao momento do caótico combate subterrâneo. A sacerdotisa guerreira foi a primeira a ser socada e como a raiva ganhava força no calor da batalha, ela arremessou para longe aquela ousada criatura. Insatisfeita com o estrago, girou a haste de sua grosseira e espinhenta maça nos demais até o sangue preto espirrar.

Devia ter sido naquele momento, refletiu. Cercada e com pouco espaço para sua pesada e espinhenta arma, o Pacificador, as criaturas em sua "quase vida" se amontoando para pegá-la. Os nomes e ocupações dos deuses em seus lábios eram e sempre serão armas poderosas e ao gritá-los com fervor a massa podre de suas carnes das criaturas explodiram.

Lá dentro haviam se separado e quando finalmente os elfos e o lenhador conseguiram alcançá-la, só viram o rosto suado de Osíris surgindo entre o pó de corpos ressecados e despedaçados do recinto.

Só naquele momento que ela sentira as dores nas costas.

— Não! — As pupilas castanhas dela se arregalaram, seu pulso foi mordido e por isso pediu com certa aflição — Tarson me escute...

— Diga-me depois. Pode ser?

— Errr... Claro.

Em êxtase, a devota dos deuses da Guerra lembrando-se de todos os pontos estranhos e místicos pelos quais passaram no subterrâneo daquela antiquíssima e abandonada edificação, aquele "templo" havia requisitado uma nova sentinela. E por isso pondera: "Devia puxar a ponta da corda que prendia debaixo de seus pés ou deixar o patife cair? ". Então decidiu deixar o destino se preocupar com ele e ergueu o pé. A corda sibilou chicoteando rapidamente a beirada da fenda tal fosse a língua inquieta de um lagarto, antes de sumir.

— Alguém tem de ir atrás de Darrell — falou o elfo com um olhar cheio de ideias.

— Vou com você! — disparou Jupita.

— Observe um pouco. Osíris foi ferida e, apesar de ser uma sacerdotisa de guerra precisará de alguém para limpar os ferimentos.

— Mas...

— Ficarei bem. — Tarson cortou de pronto — O taverneiro não vai querer destruir sua reputação. As coisas foram na surdina até para ele. Pelo menos tive essa impressão. Bom, não importa, quero checar a extensão disso.

— O Dom, foi atrás daquele gordo.

— Dom? Dom é? Já se afeiçoou? — Tarson deixou escapar e acrescentou — Ele tem força e habilidade.

— Não duvido.

— E se ele não conseguir? — perguntou Osíris de sobressalto ouvindo a conversa alta dos dois amigos.

— Por hora nada poderemos fazer — tripudiou a elfa caminhando em direção à figura andrógina de cabelos curtos e espetados que era Osíris, e ao depositar as mãos em seus ombros completou — E nós estamos cansados e com uma amiga debilitada.

O sorriso dela era franco e suave. Não havia como ou por que discordar da amiga elfa.

— A estrada que eles tomaram não se destina ao vilarejo, portanto, Dominescu terá de voltar por aqui. — Tarson falava e juntava suas coisas. Ele demorou o olhar em um ponto na mata. Estava exausto e a pressão de tantos perigos naquele lugar mexeu com suas vistas. Esfregou-os esperando limpar a mente e evitar de a imaginação fazê-lo refém. Se virou olhando à volta, checando se esqueceu de algo então disse — Vou à taverna tentar surpreender Phillip Darrell, caso seja culpado.

— Por que não vamos juntos? — sugeriu Jupita.

— Para estragar a surpresa? — Tarson sorriu com o canto dos olhos, e a linda elfa desviando o olhar por conta de uma nítida preocupação.

Porém, Tarson não sabia se estava preparado para uma nova vida. Uma vida a dois.

No momento, havia coisas mais urgentes. As conversas em tavernas, prostíbulos, casas de armas e feiras sempre diziam muito sobre as atividades diretas e indiretas das comunidades. E se Phillip Darrell; o homem por trás de um balcão fosse culpado a aparição repentina do elfo o fraquejaria e faria entregar os demais cúmplices. Sendo inocente, ajudaria a descobrir se o que enfrentaram ao sair das ruínas fora um caso isolado ou se haveria uma ligação com os desaparecimentos. Tarson-Romanei fitou rapidamente as duas valentes mulheres, seu corpo ganhou um resplandecente brilho azul e ele começou a flutuar.

— Cuidado. — Jupita proferiu nos lábios, sem pronunciar som.

Voando o elfo num instante adentrou as nuvens baixas do nevoeiro matinal, e indo cada vez mais longe e mais alto.

DE VOLTA A SHASTA

"Preciso achar papai, falar de Sartre e do homem mau", pensava repetidamente Shasta. Seguia pela trilha aberta na mata feita pelos animais. Correndo e correndo. Shasta pensava que nunca deveria ter saído da companhia da mãe naquela manhã. Um riacho quase seco foi obstáculo fácil para o salto. Shasta era boa nisso. Os pés afundaram na lama da margem oposta, mas continuou a correr.

Subitamente, o corpo miúdo girou rápido e o peso magro evitou o choque de sua cabeça e braços delicados contra o chão ao ser suspensa pelos pés. A surpresa lhe arrancou um rápido grito de surpresa.

A mata se mexia, algo vinha a ela. Um predador com certeza. A jovenzinha emudeceu de pânico.

Um enorme gato de pelos longos e amarelos e com listras negras e verticais surgiu. Percebendo o petisco dependurado aproximou-se com calma emitindo um rugido baixo.

— Zork! — advertiu uma voz arranhada vinda de longe.

O homem dono da voz estava próximo ao riacho seco. E de tato sensível descobrira ter pisado em algo. Na vista mantinha-se turva e isso há dias. O melado da seiva bruta e a infusão de ervas foram inúteis. Tanto trabalho e nada de resultados. Apertou os dedos do pé sobre o objeto e ergueu torcendo a perna sem mudar a postura. Ao levantá-lo percorreu as mãos naquilo.

— Um sapato?

Ele se agachou e deitou os dedos nas pequenas e espaçadas pegadas seguidas por patas pesadas de um quadrúpede. Intrigado, cheirou profundamente o calçado perdido de Shasta.

— Cheiro de medo — segredou a si enquanto apertava o calçado entre as mãos, lembrando da antiga promessa de defender os homenzinhos da mata e em tom furioso prosseguiu — Zork!

Com passos largos, o homem seguiu as pegadas pelo tato dos pés e do pouco, quase nada que via. Entre as altas e finas árvores distinguiu apenas um vulto dependurado a balançar. Devia ter tirado a armadilha daquele tolo aldeão pensou consigo…

— Zork?

Sua esperança era que com o barulho e gritaria afugentasse o perseguidor do Pequenino. O vulto era baixo e magro demais. Talvez já fosse tarde, pois o felino de grande porte saltava bem. O borrão a frente bem podia ser apenas o resto de um ser. Zorak enervou-se ainda mais. Quando chegou à pequena clareira aberta pela queda de uma grande árvore distinguiu o tigre.

Retirando o arco curto que trespassava o peito, puxou uma das flechas da pequena e prática aljava da cintura e gritou à fera:

— Criatura maligna! Basta um arranhão e eu parto seus pensamentos com uma só flecha e arranco sua pele só de farra.

O tigre rugiu, indiferente a sua aproximação.

— Uma mocinha! O que…

DESTINO CERTO

Mais à frente, na grande carroça que saiu à frente do falante Yuri Caleb, dois indivíduos com o passado livre de inocência e culpa revezam-se entre condutor e carrasco. Em seu interior faces tristes e amedrontadas rezavam e faziam contas das felicidades e amarguras que cometeram e a isto chamavam de destino certo. Por motivos irracionais, tinham uma arrebatadora certeza que o porquê de compartilharem tamanho sortilégio só seria revelado apenas aos que chegassem com vida ao final dessa magra trilha. O chão de madeira nova sequer envergava com a carga, apesar da visão entre os vãos ser clara, e seus destinos, incertos. Além deles, dois cavaleiros se alternavam entre flanquear a prisão móvel, ir à frente, ou na retaguarda.

Na banqueta aferroada próximo ao teto de ferro bruto do carroção, os dois mercenários conversavam sobre coisas do cotidiano. Mas de repente um emudeceu e quando o outro tocou o ombro do condutor, este tombou de lado, revelando a testa funda e os olhos melados de sangue.

— Emboscada! — gritou a plenos pulmões.

Procurou os guerreiros contratados ao redor e nada. Num ato desesperado, tomou as rédeas chicoteou os cavalos, e no empuxe foi arrastado, deixando para trás a carroça. Amedrontado e surpreso, o segundo e último dos sequestradores soltou as rédeas parando alguns metros adiante.

Ele saiu procurando um local menos vulnerável a projéteis de quaisquer espécies. Tirou da bainha a lâmina larga e curva como são as de além-mar e tomou posição defensiva com sua cimitarra.

Assovios de todas as direções eram ouvidos, evidenciando um número grande. Ele correu para trás do carroção e abriu a grade puxando com força um dos prisioneiros.

— Só tenho estes para negociar! — gritou.

Uma pedra atingiu-lhe a mão e derrubou sua arma. Assombrado, se rende.

Ouvem-se brados de comemoração e elogios efusivos a alguém de nome Morgause enquanto um indivíduo encapuzado que mais parecia um mendigo caminhou na direção do transporte de prisioneiros.

— Vagabundos miseráveis — disse entredentes ao homem ralado e ainda tonto pelo tombo.

Este tira a faca de um bolso interno e correu para atacar a figura esfarrapada.

Porém, um segundo depois, o esfarrapado agarrou-lhe o pulso e ao torcer seu num movimento circular atirou o atacante ao chão. E com a destra agarrou fortemente sua garganta.

— Clemência! Poupe-me tenho filhos.

— Filhos sem um pai.

— Não!

— O que pode dizer de ti para que me arrependa?

— Fui empregado por Yuri Caleb.

— O bardo boêmio?

— Não, o mercador. Sou um simples empregado, alguém sem profissão, além disso, essa gente aí é gente sem importância.

— Acredito que eles mesmos têm lá suas opiniões formadas sobre você.

— Meu patrão diz serem bêbados, mendigos e camponeses que não pagaram os impostos.

— E pra onde os leva?

— Deuses! Para os mercadores do porto.

NO CÉU

Era difícil definir aos não naturais do Ar; a brisa; a umidade do primeiro choro de uma nuvem virgem. Do chão eram meras nuvens, amontoados de tufos brancos fofos escapando de sua gentil forma quando escureciam e ganhavam a cor cinza da chuva e o soturno negro das tempestades. Tarson-Romanei sempre gostou delas. Não seu formato ou cor e sim da sensação de vazio entre elas, ar sem chão. Ali sonhava desperto sobre o primeiro lar de seus ancestrais, lugar sem chão ou céu, sem o mar, Sol, nada de estrelas, nada de nada.

Plenitude.

Ali, no abrigo sutil, uma gama de sentimentos e sensações lhe encharcava os sentidos, e em qualquer outro lugar jamais isso se daria. Não havia pressa naquele dia. Não depois de enfrentar o subterrâneo com sua escuridão e os pesadelos de carne e/ou de ossos. Voltaria sim ao vilarejo, como dissera à bela e valente Jupita. E se, o homem por trás do balcão daquele comércio humano de bebidas tivesse culpa ou cumplicidade seria certamente surpreendido com sua presença.

Osíris e Jupita levariam decerto o dobro do tempo dada a sinuosidade do caminho de volta, tinha tempo.

O Sol, a bola de fogo incansável, incandescia com mais selvageria no verão. Suas costas ardiam tanto pelo clima seco e árido como pela série de exercícios extras e inesperados naquele estômago de terra que os homens insistiam em chamar de cavernas. Humanos tinham essa mania, inventavam nomes mais curtos acreditando; com toda sua pompa característica; ser o melhor a fazer. Acreditando com toda a escassez de virtudes terem solucionado mistérios insondáveis por este hábito. Ainda acham que inventaram a roda.

No entanto, isso era mais antigo, antes deles; antes do vazio; do desespero e antes mesmo dos deuses morrerem. Antes de aceitarmos que não voltariam. Claro que nem tudo aconteceu desse jeito, a memória trabalhava assim traçando a própria jornada. Relembrar de tanto sofrimento naquele tempo de ninguém era inútil, pois o que passou e o que aconteceu é fato e pertencia à história comum dos povos e criaturas desse mundo. Mundo este composto para substituir outro, uma cópia grosseira que já perdera o sentido, mas ganhara um novo.

Havia agora somente a vida a se viver e as responsabilidades herdadas por tradição pelas raças antigas. Afinal na falta dos deuses teria de haver ordem. E ninguém estava tão próximo dos antigos deuses quanto os descendentes das raças antigas. Aiollius, Ninfas, Terra-gem, Orcs, Flekk, Unicórnios, Simurghs, Mãos-de-cabelo e outros. E estes outros ao que sabia; abraçaram o nada e lá permaneceram.

Dos ainda existentes descendem do Fogo, crias solares, como dragões, salamandras, e odiosos de fogo. Todos provindos das terras além do céu. E aninhados sob a terra povos de rocha dos quais um elfo possuía verdadeira apatia, posto que, como sua raça descende dos Aéreos, dos naturais do Ar, em pouco ou nada interagiam com terrenos. Afinal o que Tarson-Romanei, o indivíduo, podia ou deveria dizer sobre eles?

Já dos filhos da Mãe d'água, a sua amiga e parceira elfa fazia um relato sempre passional. Eram seres parasíticos e dependentes de corpos quentes dos mamíferos para usá-los de ninhos vivos e só. Ou seja, sempre que subiam à superfície atacavam os povos desavisados do litoral e regiões ribeirinhas de lagos e rios.

Jupita realmente tinha razões para o seu ódio e Tarson para sua amargura.

E apesar de no presente os descendentes das raças antigas serem tão poucos, quase inexistentes, as crias do Fogo eram as piores, bem além dos selvagens que já existiram. Os répteis do Fogo, de natureza descrita como corruptora, viviam camuflados, escondidos dentro de corpos, entortando humores distorcendo o caráter. E o que podia ser mais repulsivo que isso? Talvez só a ambição desmedida dos humanos. Entretanto, como culparia uma raça tão jovem de sua ignorância? Já sobre o povo de rocha e lava, Tarson pessoalmente nada tinha a comentar.

E nessa reflexão de mundo pegou-se perguntado. E como descreveria sua própria raça? Os naturais do Ar? Alguns mantinham-se em alegria débil, mesmo quando as riscas fundas na face traíssem sua alta idade. Mantinham essa infantilidade extrema julgando assim enganar os anéis do tempo. E, além disso, a maior parte deles evita o uso dos poderes. Mas como há de ser possível negar o que se é? Negar a extensão de suas próprias almas? Temem que, com o uso desses poderes, fragilizava o corpo e traria a morte mais rapidamente.

Para os naturais do Ar como indicadores iniciais dos laços da idade e da morte há a perda de peso e gravidade, o corpo fica cada vez mais sujeito e interessado pelo ar e a constância e/ou necessidade de uso dos poderes, uma questão de tempo. Claro que essa era uma concepção de vida singular, a definição de Tarson-Romanei, sobrevivente de guerra e de lutas.

Já a morte era igual para todos. Sem exclusividades, sem classes e chegava a todos. Bem, se chegara até aos deuses por que seria diferente? Entretanto consensualmente dizem que descendentes das raças antigas podem transcender, iluminar-se ou meramente decair, morrer.

Seria verdade?

Mito?

O elfo ainda não tinha ideia formada.

A meia distância entre o vilarejo e as terras altas havia um cume rochoso acariciado por blocos longos de nuvens vindas do litoral em um aglomerado gentil envolvendo o rochedo com dedos de neblina e produzindo um giro leve e imperceptível do triste chão. Decidiu ir até lá com bastante velocidade, é claro, no entanto, reduzir seu ímpeto e foi se aproximando de baixo para cima. Assim não se chocaria com alguma rocha oculta ou promontório. Agora, nesse instante, sabia apenas que, ali entre as nuvens úmidas e frias, havia apenas as sensações.

Uma refrescância benvinda para o calor do dia. Tarson aproveitou a oportunidade para sorver a umidade das golas longas e do xale. Faria mal se ele relaxasse um pouco entre suas amadas plácidas e calmas nuvens? Lógico que não.

Ele o merecia, o desejava, e por isso o fez. Suspirou com prazer, assim seu pulmão acolheu o ar e se refrescou. Ali, naquele nenhum lugar, abandonou o corpo e por iniciativa da inércia leve do vento brando litorâneo permitiu-se vagar absorto.

De súbito suas orelhas se agitaram. Há algo com ele? O corpo deixou a tranquilidade pôs-se em uma postura entre o sentar e o agachar. A imobilidade contribuía para que ouvidos treinados e ainda aguçados, como eram os de sua raça, reconhecessem padrões de som e distância. De repente algo cintila à frente de Tarson com um tom escarlate e em alta velocidade. Pressentindo o perigo, ele apenas tentou manter-se imóvel, esperando que a nuvem não se desfizesse e o revelasse. Seja o que for era gigantesco e merecia ser evitado. O vento inclinou-se para baixo atraído pela encosta montanhosa. Abaixo de si percebeu a nuvem ficando cada vez mais breve, tornando-se uma janela gentil para o vilarejo a dezenas de metros abaixo. As árvores seculares no sopé da encosta forneceriam um ocultamento favorável a aterrissagem. Contudo, o cuidado era o miraculoso líquido prolongador da vida. Esperaria até ter a certeza de que estivesse sozinho.

Entretanto, neste exato momento, íris amarelas alongadas com veias negras em olhos imensos observavam de perto os seus...

OS PEQUENINOS

Vozes anasaladas, ora agudas, chamavam por Adoriel, Gódi e Shasta. Do mato alto surgiram pequenas criaturas peludas com rostos e corpos infantis. Trajavam calças, bermudas, camisas e coletes à moda humana embora todos descalços. Uma velha lenda dizia que os Pequeninos jamais perdiam o contato com a Terra mãe. Verdade ou não estes, sempre amáveis, Pequeninos eram de longe os mais inteligentes e espertos dos seres da floresta.

— Saudações, humana e elfa — disse com simpatia um deles, que se apoiava em um grande bastão repleto de penduricalhos de ossos, pés de aves e um cantil feito de bexiga animal — Acaso viram nossas crianças? E o que faziam neste edifício esquecido?

— Pequeninos! — exclamou a elfa Jupita surpresa. — Da terra de que venho é tão difícil vê-los que a mera visão de um é sinal de boa sorte para meu povo.

— E que paragens são essas? — perguntou uma Pequenina de penugens alourada na testa sorrindo para a elfa e em seguida para os demais de sua gente.

— Venho do Sul, de bem perto, do vilarejo de Almokaryr...

A face de muitos se entristeceu no mesmo momento.

— Um lugar que não existe mais — comentou o do bastão com tristeza — Saímos durante a primeira invasão. Vitimaram muitas de nossas famílias.

— Desculpe me intrometer na tristeza. Procuramos alguém também — falou a ansiosa e tensa Osíris.

— E quem seria, mulher?

— Sartre — Jupita e Osíris responderam em uníssono.

— Neste lado da floresta?

— Sim.

— Compreendo — reiniciaram a caminhada — Diremos a ele de vocês, caso o encontremos.

— Não! — gritou Jupita aos Pequeninos, que se movimentavam velozmente — Ele estava aqui quando entramos.

O Pequenino do bastão parou de repente:

— Desculpe? — e ao dizê-lo voltou-se para encará-los.

— Ficou aguardando aqui enquanto entramos para dissolver um mistério.

Os Pequeninos suspiraram com a declaração.

— Mistérios em pedra empilhada? — perguntou o do bastão que aliás bem dissonante a sua pequena estatura.

— Pensamos que ali seria o covil de uma fera.

— Loucas — vários deles disseram.

E os demais continuaram a se atropelar ao falar.

— O covil de uma fera é o lugar onde ela jamais se esconde de intrusos.

— As feras lutam sem trégua ou fuga.

— Elas se sentem acuadas ficam furiosas!

— Ouçam — imperou Jupita tentando redirecionar a conversa. — Tivemos de entrar, o povo do vilarejo reclamava do sumiço de pessoas.

— E vocês as viram?

— Vimos muitas coisas, e acho que resolvemos tudo. Sartre ficou de nos esperar aqui e só.

— Sério? Cadê ele?

Grunhindo de raiva Osíris sacou sua maça e os Pequeninos ficaram em posição defensiva.

— A menos que eu seja cega, surda ou louca, ouvi a elfa dizer que ele não estava aqui! — gritou ela inconformada.

— O que acaba complicando a história que nos contam — falou aquele do cajado.

— É. O que impede de serem vocês as responsáveis pelo desaparecimento de todos? — argumentou uma dos Pequeninos.

— Incluindo o de Sartre — completou outro.

— Irmãos, parentes, viram? — alertou um mais próximo de Osíris — A arma da mulher está manchada de sangue.

— Escuta aqui cabeça de brócolis...

Nisto um livro grosso emitiu um baque surdo ao se chocar com a terra batida, próximo aos Pequeninos. A atenção e mira de todos fizera sua dança para o atrevido recém-chegado.

— Não foi só Sartre e os aldeões que sumiram — disse Dominescu, ofegante apontando com a cabeça e pôs as mãos nas pernas.

— Quem é você e o que é isso? — perguntou o mais calmo dentre os Pequeninos.

— Não sou importante. E isso é o livro de contas dos safados.

— Isso bem pode ser seu! Sua letra.

— Letras? Deuses! É um reles camponês! Nem escrever deve saber — replicou, a sacerdotisa guerreira.

Sem considerar o grosseiro comentário, Dominescu continuou mesmo ofegante:

— Eu persegui um deles quase alcancei… Se o cavalo não caísse naquela vala… Tive de sacrificá-lo. Isto caiu do bolsão da montaria.

— Como posso acreditar? — questionou o do cajado avançando um passo.

Dominescu inspirou firme, tomou um largo gole da água do cantil de madeira forrado em couro e derramou o restante no rosto barbado antes de continuar:

— Desculpe, não me atrevo a ensinar a leitura de sinais claros no solo a seres criados no mato como vocês. Seria desrespeito. Podem ver por si, perto de um quilômetro daqui, na estrada. Ou olhar para o alto e ver os pássaros de rapina que já se interessaram pelo banquete.

Quando um dos Pequeninos pegou o livro nas mãos, sons na mata eriçaram os sentidos de todos. E em seguida um rugido ecoou para longe de forma arrebatadora.

— A fera — falou Osíris em tom baixo e intenso, comum tão somente aos cantores guturais de seu culto —, veio atraída pelos seus berros e veio matar a todos vós

Todos ficaram atentos, pois uma única fera ameaçando atacar tantos poderia ser natural? Um monstro sendo o mais provável. Arbustos foram remexidos acusando algo que os atravessava. Talvez houvessem mais feras e se valendo do número e do suspense. Não havia como prever o que, quando e quantos atacariam. Lobos agiam de modo parecido. Os arbustos pararam de se mexer, ocultando sua real posição. Seja ou sejam o que forem aguardavam apenas o momento, um deslize…

De pronto armas foram arrancadas de seus descansos, flechas foram preparadas, pedras colocadas em atiradeiras de tecido ralo e de couro. Talvez alguém tivesse de atirar pedras a esmo. Acertariam ou apenas a enfureceria? E se a fera estivesse tão assustada quanto alguns deles? Uma cena quase congelada pela tensão. Corações batiam alto na garganta, ouvidos tentavam divisar o menor ruído, olhos esquadrinhando a área tal fossem cobras em ziguezague.

Então uma voz fina rindo surpreende a todos.

O que seria isso? A fera seria capaz de rugir e imitar sons? Sons de riso no lugar daquele rugido pavoroso há pouco?

— Listras! — gritou um dos Pequeninos.

— Preparem-se — disse um com autoridade.

— Pai? Papai, é você?

— A voz de Shasta? — bradou espantado um Pequenino dentuço.

Um novo rugido em resposta e de repente, um tigre saltou a vista de todos.

— É Shasta! Viva! — O dentuço se alegrou e já ia desmaiando, mas deu um tapa em si para se segurar enquanto seus parentes suspiraram com largo alívio.

A fera de larga pelagem carregava em seu dorso uma Pequenina que de tão miúda era incrível vê-la montando um tigre daquele porte.

— Papai!

Ela saltou com a agilidade peculiar dos Pequeninos. Uma agilidade talvez superável apenas por alguns esquilos, micos e gatos. Correndo rapidamente Shasta saltou para o colo e o abraço do pai.

— Papai, um homem mau quase pegou Shasta. Tive medo, papai.

— Ora, como ousam seu…

— Não! — interrompeu o Pequenino enquanto espiava o conteúdo do livro através de uma grossa lupa. — Eles falam a verdade. Pelo menos disso. Registraram tudo, o custo alcançado por homens; mulheres — e dando um rápido olhar a Shasta completou — e outras considerações.

O barulho claro das rodas de madeira de uma carroça se aproximando gerou novo alarde.

— Seus amigos? — indagou o Pequenino com a filha trêmula no colo. — Quem sabe reforços?

— Não havia amigos de ninguém, Pequeninos — respondeu uma voz rouca e pesada no meio das árvores e arbustos.

— Zorak?! — sussurrou o Pequenino com sua filha ainda presa ao colo. Ele a ninava enquanto despachava um olhar entre sério e surpreendido.

O tigre de porte esplêndido que havia sumido discretamente ressurgiu apoiando um homem de avançada idade, descalço e trajando andrajos. Não fosse uma situação tão atípica Jupita, Dominescu e Osíris julgariam ser um mendigo. Embora mendigos tenham apenas cães vadios, quando não, uma garrafa como companhia.

De súbito, uma série de assovios fizeram os Pequeninos se agitarem.

— E é verdade. As notícias que os demais relatam são as mesmas que trago — falou Zorak mostrando proficiência nesta linguagem.

Os seres peludos cuja altura mal alcançava a cintura de um homem mudaram a expressão de seus rostos e corpos para horror, medo e expectativa. Embora não deixassem de vigiar a elfa, o homem forte e, sobretudo, a mulher de olhar bravio com aquela arma as costas.

De repente a arma de Osíris cai e ela desmaia.

— Abram espaço — bradou um dos Pequeninos tentando chegar à desfalecida.

Jupita desconfiada da súbita mudança de atitude deles se interpôs. Um impasse se formou. Encararam-se. Ninguém movia um músculo.

— Vão pra merda e saiam da minha frente — esbravejou o velho esfarrapado e foi abrindo espaço entre ambos ao passar. — Sei muito sobre doenças e identificá-las. Febre, apatia. O que houve? Foi ferida?

— Velho se quiser fazer algo de mal a… — começou a elfa.

— Deixo a ignorância de vocês ou a deles completar o serviço? — questionou Zorak de olhos fechados e nitidamente aborrecido.

Todos se afastaram de vez.

— Muita coisa aconteceu naqueles três andares — respondeu Jupita.

As sobrancelhas do velho se assustaram como se lhe traísse algum segredo e logo iniciou uma prece e desenhou um diagrama no peito de Osíris. As chagas delas foram fechadas e mesmo inconsciente ela gritou de dor revelando também dentes pontiagudos antes inexistentes.

— Preciso de detalhes de como ela veio a se ferir.

As chagas reabriram emitindo um terrível som como de pano sendo rasgado.

— Praga! — gritou o velho.

Ao ouvir todos se afastaram.

Zorak; chamado nesses novos tempos apenas de "Velho do mato"; examinou cada um dos aventureiros de modo rude e rápido. Confusos e temerosos ninguém reagiu.

— Quero galhos longos. Uma padiola! Façam uma padiola, já!

— Que aconteceu, velho?

— Atendam-me! — imperou.

Dominescu e Jupita se entreolharam.

— Pode ser a única chance dela — disse Dominescu e se virou inquisitivo. — Tem certeza do que faz?

O velho continuou observando a correria dos demais que atendiam seus pedidos.

— Nós apertados! Prendam bem suas pernas e braços, com o restante da corda amarrem-na firme na padiola!

Suas ordens foram atendidas de pronto. Sem questionamentos.

— Cuidado! Não a toque.

O Velho do mato foi até um dos Pequeninos e confabulou brevemente. E de repente o Pequenino bradou aos de sua raça:

— Ok! Preciso de voluntários.

— Se for pra seguir junto com a gostó... Bem eu vou com ela. Gostei de sua eerrr voz decidida.

Assim o jovem cheio de volúpia se adiantou entre vários dos Pequeninos.

— E aí, minha deusinha magrela? Sou Hans Ranni Ramiro Roder. — O indecente e indiscreto Pequenino, peludo, como todos de sua raça, passava uma mão sobre a outra no mesmo instante em que descia e subia o olhar. Como se examinasse um bom e suculento pedaço de carne.

Jupita sabia que não era o momento de bater nele até amolecer aqueles dentes tortos, então o poupou aplicando apenas uma ofensa rápida:

— Esse é o maior rato que já vi.

Um riso abafado correu entre eles. Hans ocultou seus dentes saltados com seus grossos lábios.

— Ratão, se quiser meu amor — replicou com olhar matreiro e a resplandecência da jovialidade.

— Hans Ranni Ramiro Roder, conhece a mata entre aqui e o vilarejo dos humanos? — perguntou o ancião de todos os Pequeninos, cuja idade, só se revelava na voz.

— Tenho três mulheres nesta direção, querido avô — declinou a cabeça como que em confissão.

Quase perdido de vergonha, o ancião procurou entre os demais Pequeninos o seu suserano de vestes humildes o qual sutilmente anuiu em concordância. Então abraçou Hans e em seu ouvido resmungou:

— Moleque, se estiver pensando em apenas arriar as calças com suas indecências e Sartre se perder neste sequestro, farei você cantar fininho para sempre!

Terminando o recado com um sorriso estranho o jovem voluntário tremeu e andou curvado até os aventureiros.

— Amorzinho, seu Ratão vai te levar mais rápido que... — então pareceu lembrar-se do que ouvira e calado apontou o caminho e o lenhador e a elfa o seguiram.

Sempre que arbustos e arvoredos espinhosos se entrelaçavam à frente naquela mata fechada a vantagem da estatura do Pequenino tornou-se evidente. A elfa e o humano se viravam abrindo caminho ora com a espada, ora apenas seguindo por baixo da vegetação.

Jupita era a que mais apressava os demais.

Hans Ranni Ramiro Roder gracejava, mas ela nem sequer o ouvia, pois Tarson estava sozinho e algo a dizia que corria perigo.

Dominescu a seguia de perto, e foi informado no caminho que o elfo partira na frente a fim de antecipar os passos do adversário. Um bom general, embora apressado na solução de tudo.

"Logo chegaremos à taverna", pensava a elfa, "aguente, Tarson não se precipite".

Quando chegaram no vilarejo, o momento era perfeito.

Ao espiarem através de uma janela de folha capenga e madeira ruída puderam perceber o baixo movimento na taverna de um rico assoalho de mármore rosa que precisava apenas de uma boa lavada, obviamente um luxo no vilarejo.

Dominescu reconheceu de sua última visita alguns dos embriagados frequentadores.

O Pequenino dentuço se fora sem que reparassem, sem dúvida um alívio. Entraram com calma. A bela elfa pelo mero andar atiçava o olhar de todos e logo Darrell percebeu Jupita de pé próxima a ele e Dominescu sentou-se em seu balcão.

— Solucionaram a questão dos sumiços! — exclamou Phillip Darrell com ar agradecido.

— Cadê o Tarson-Romanei?

— Quem?

— Tarson, o elfo. Onde ele está?

— Vocês se desencontraram?

Tentando se controlar, Jupita esquadrinhou cada canto e janela do ambiente aí sacou a espada da bainha e deteve o fio no pescoço do estalajadeiro.

— Acalma-te! — propôs Dominescu — Este porco, apesar de tudo, é querido na comunidade. Sua vinda contribuiu em muito para o crescimento do comércio.

— Concordo — disse uma sombra que passou rápido por Dominescu bem próxima de seus pés.

— Jupita, minha lindinha — a sombra era Hans, o Pequenino ressurgindo de algum lugar — se alguém entrar aqui vai sair correndo e retornar com ajuda e logo vão linchar o peludinho aqui!

— Sei… — dito isso a elfa girou a espada e num movimento de pulso golpeou fortemente com o punho o nariz do taverneiro.

— Sua louca! Já falei. Não sei de nada. — Phillip recuou e tentava estancar o sangue com as costas da mão.

— Mentira! Sabia do porto e em nenhum momento nos revelou. Esperava que morrêssemos para seu segredinho continuar a salvo. Se a notícia do fracasso de nossa investida se espalhasse as caravanas viriam por rotas alternativas por ser mais longe teriam de parar aqui de qualquer jeito. Se tivéssemos sucesso as rotas liberadas, a estrada usada por seus comparsas tinha de ser usada tão cuidadosamente que certamente iria reduzir o lucro e como estes parasitas não teriam meios de saldar qualquer dívida, eles continuariam a lhe prestar favores.

— Esta cretina foi vítima de algum espinho ou sumo para delirar assim?

— Sujeito gordo, olha… de coração… — argumentou Hans — o lado que usara para te bater não era o da lâmina.

— Tenho endereço fixo — retrucou o estalajadeiro — O que me garante sobrevida?

— Simples — disse Dominescu, cortando um pedaço de queijo de cima do balcão — Ela está calma.

O olhar dissonante da elfa dizia outras coisas.

O lenhador retirou do prego na parede uma garrafa dependurada por cordas finas e prosseguiu:

— Ah, e é claro. Ser acusado de sumir com o curandeiro do vilarejo seria um péssimo negócio.

— Ok. Eu também não estava certo de que Caleb e Maqui fossem os responsáveis por todos esses sumiços — confessou Darrell.

— Conhece os miseráveis? — Hans cruzou os braços — Até que ponto?

— No passado, digamos assim, fomos negociantes de alto mar. Do tipo de negociantes que desagradavam a burguesia local.

— Fale do porto ao leste — exigiu Dominescu.

Darrell ficou intrigado, no entanto, esconder o que sabia seria mais perigoso do que falar a verdade.

— Existe um secreto porto ao leste. No porto mercam-se escravos para os reinos ultramar.

— Escravos? — A indignação da bela elfa enrubesceu o ex-pirata.

— Para as minas de sal, onde sua mão de obra é permitida e comum.

— Seus amigos se tornaram ambiciosos. — Dominescu tinha malícia na voz.

— Existem outras coisas nestas paragens. — Darrell suando apontou para fora para enfatizar sua fala. — Todos sabem das feras da região. O crescimento deste lugar foi grande, desmataram uma grande área para semear. Não são raros os animais encontrados e abatidos na porta dos moradores procurando comida ou novas presas.

O comerciante percebeu na face do Pequenino uma possibilidade de confirmação de sua história.

— O lugar todo ao redor sofreu problema idêntico, não é, Pequenino?

— Isso é verdade!

— Houve queimadas para dar lugar aos sítios, fazendas e chácaras. O povo peludo interferiu muito nisso.

— E mesmo depois de nossa orientação e ajuda no espaço das plantações. — o dentuço peludo prosseguiu — Surgiram queimadas criminosas sem explicação no ano passado. Lutamos diversas vezes contra o fogo.

— Fora, é claro, aquele meio homem e meio monstro chamado Zorak.

Hans, o Ratão, ao escutar a descrição soube que ele falava do Velho do mato.

— Há dois dias ninguém falou desse Zorak — Jupita cerrou os olhos tentando enxergar verdades ocultas no semblante do comerciante.

— Afinal, o que querem de mim?

Dominescu em um passo largo foi até o velho ex-aventureiro que se encolhera cismado.

— Horários e dias de movimentação no porto, possíveis rotas e os nomes usados por àquele gordo de braços tatuados.

Depois de alguns minutos montaram em cavalos descansados seguiram em direção ao porto leste com todas as informações sobre Yuri Caleb.

Sem tamanho e habilidade para cavalgar, Ratão foi levado na garupa de Jupita. Este aproveitava bem a situação, abraçando a elfa e no balançar da cavalgada delirava com pensamentos e sonhos indecentes. Ela por sua vez nem chegou a se dar conta de qualquer intenção do Pequenino, pois seus pensamentos estavam voltados à ausência do amado amigo.

Para a elfa discípula de Darkay a venda de pessoas vinha a ser um horror inominável. Ela cresceu livre e aprendeu há tempos que todo o "Ser" era livre. Portanto o que enfrentaria era sério. Ao pajem de cavalos do estábulo deixou uma moeda antiga encontrada no templo abandonado e disse para mostrá-la ao elfo que atenderá pelo nome Tarson-Romanei e dizer que Jupita e seus amigos seguiram pela trilha em sentido leste. Se isso fosse cumprido, o elfo lhe daria outra moeda. Assim sendo podia seguir tranquila, pois, logo os encontraria.

Os cavalos corriam pela trilha e assim que alcançaram a mata, Ratão assoviou e se ateve as repetições.

Tanto para Jupita quanto Dominescu ficou claro ser este um eficaz meio de comunicação à distância.

— A amiga de vocês ainda está sob cuidados.

— Como ela está?

— Já perguntei isto. A resposta é sempre a mesma. Sob cuidados.

Jupita voltou ao seu estado de silêncio.

— O caminho é sinuoso demais. Conheço uma trilha ou duas bem mais curtas. Os cavalos passam folgados. — Na verdade Hans não tinha certeza. As trilhas eram úteis aos habitantes da floresta e os cavalos eram comuns a planícies abertas. Ele esperava que Ttississ, a Cobra Grande já houvesse se alimentado, pois só o cheiro dela o assustava imagine então aos cavalos.

Além disso, Hans temia falhar. O caminho usado pelos sequestradores ladeava pedras e montículos difíceis para a carroça atrasando assim sua pressa. Se a sorte lhe beijasse a face a alcançariam em breve.

No caminho encontraram Adoriel e Gódi. Ratão ficou sério e com cara feia desceu do cavalo e manteve a conversa em baixo tom com as crianças de sua raça. Adoriel e Gódi endossaram a história de Shasta e acrescentou uma nova informação.

— Um carroção passou por aqui há duas horas ou pouco mais.

Para Hans isso era assunto antigo. Tal notícia viera assim que se afastaram e seguiram da trilha para o vilarejo. Os assovios indicaram um transporte voltando do porto. Não julgara antes tal informação importante e só agora percebeu seu erro. Tenso, Hans Ranni Ramiro Roder se dirigiu as crianças com severa autoridade:

— Estamos procurando por vocês desde manhã e não há três ou quatro horas. O que vocês têm a dizer?

— Desculpe — falaram em coro.

Ratão voltou a assoviar e de longe se ouvem assovios de respostas.

— Ouviram o que suas mães responderam?

— Ah! Sim, papai.

— Agora irão aguardar aqui. Irei embora com estes seres e espero voltar em poucos dias. Comportem-se até lá, senão vou fazer seus bumbuns de pandeiro! Adoriel, você é o mais velho e assovia mais alto que a nenê. Já sabe o que fazer?

— Sim, senhor. Mas foi a Shasta...

— Nada disso. O sangue dela fala alto, mas você é o mais velho. Reserve os tratamentos para a vila, na mata a experiência do mais velho prevalece. Sempre!

— Sim, papai — respondeu torcendo o nariz.

— E não faz isso se não for para tirar meleca. — Hans terminou a bronca e saltou habilmente do chão para a montaria de Dominescu. Mantendo-se em pé na garupa continuou — estarei de olho daqui e quero ouvir você.

E em seguida para os aventureiros:

— Vamos!

Dominescu e Jupita se entreolham e ela ironizou:

— Papai?

— Não! Não é! Quer dizer, eles não quiseram dizer "pa-pai".
Como quem diz papai assim...

— Sei! — interrompeu a elfa.

— É de pirraça. As crianças de meu povo sempre dizem isso
para qualquer macho adulto.

Jupita segurou o riso e forçou o galope.

Dominescu, percebendo que seu carona poderia cair argumentou:

— Pretende continuar de pé?

— Até que não possa ver meus filhos.

— Maneira de dizer também?

— Bom... Posso te perguntar uma coisa primeiro?

— Sim.

— Você e a elfa... São casados?

— Não.

— Noivos?

— Não.

— Namorados?

— Não.

— Amantes talvez?

— Não.

— Nem de vez em quando? — insinuou o Pequenino entre
cutucões — Vocês não...

— Agora me diga, são seus filhos?

— Só dois deles.

— Meus parabéns. E quais os nomes dos outros?

— Você não quer saber.

— Por que?

— Sei lá!

— O caminho é longo.

— Certo. Amintas é a mais velha de todos. Depois vêm Adel-
bar, Alberico, Odabal e Uriel, Livianor, Leni e Loreli, Reimar e
Reimaria, Adelbar... Não. Ei, espera aí, já contei Adelbar. Então
seria: Amintas é a mais velha de todos os demais, depois vêm
Adelbar, Alberico, Odabal e Irmin, e Irimin e Irdain, não. Espera.
Espera aí. Assim acho que me perco, então vejamos: Abner é mãe

de Adelbar, Alberico e Amintas, que é a mais velha. Com Ambrosiane, apenas tive amores sem rebentos, mas de sua irmã România das coxas magras… Bem… esta deu à luz a Eglantina, que eu acho que é do seu noivo Eudóxio do pé torto. Tem as miúdas Irmin, Irimin e Irdain. Confesso não saber se são minhas com Natéria.

— Pequenino, você adora uma confusão.

— Confusão? Confusão pior é a de Gábrio das Cem Folhas.

— Quem?

— Cem Folhas, Gábrio, marido de Natéria.

— Ah, sei…

— O coitado pensa que Georgina sua amante deu à luz a Ellinor e o Levi, mas na verdade são filhas de sua "casta" irmã. A safada deixou a cunhada criá-las, pois sempre teve vergonha de seu lado romântico. Já com Myrka, mãe de Mitzi, produzi Terensis, Odabal e Uriel e dez anos depois, com Mitzi, vieram Livianor e Nicanor. Bom… Estou esquecendo de alguém? Ah, sim. Mashisha me deu Leni e Loreli, Reimar e Reimaria, só gêmeos e também bordoadas. Como ela gostava de bater na hora em que… Bem, mas foi a jovem e doce Samira, mãe de Adoriel, que me deu a pequena Gódi antes dela morrer no parto.

Depois de tanto falar, Hans interrompeu-se:

— Você acha muito? Imagina então quando meus moleques se juntam na casa da vó Naninha e se misturam com os filhos da minha irmã! Ai, ai, ai! Falei tanto de mim, você tem filhos?

— Não.

— Irmãos?

— Aqui — cortou Jupita — chegamos.

Ela se reclinara e saltou do dorso malhado e prendeu as rédeas em um arvoredo antes da encosta sem que o cavalo ficasse visível.

— Recomendo que venham e façam o mesmo — impôs a elfa.

Todos se reclinaram e espiaram a encosta abaixo. A julgar pelas barcas de apoio na praia e a distância da nau ancorada podia-se dizer que as águas deste 'porto secreto' eram pouco profundas e a visão colorida dos corais evidenciava o motivo sobre a distância da ancoragem.

A altura do morro auxiliado pelos arbustos de copas fartas e abertas murava e dividia litoral e campo.

Dominescu tentou entender como os Pequeninos que vieram depois daquela carroça não encontraram o gordo tatuado. E Jupita, calada, tinha lá suas ideias.

O final da estrada era um imenso declive e dali as carroças e mercadorias despencariam certamente necessitando, portanto, usar um grande mecanismo com roldanas próximo deles, porém hoje totalmente inútil. Qualquer um com uma rápida observação notaria as roldanas puídas e grossamente oxidadas com uma corda, pouco confiável, estirada até o ponto mais baixo na praia. A descida por entre as pedras e lama causadas por uma chuva recente seria difícil e lenta. O ziguezaguear contínuo costurando pela encosta seria a opção mais óbvia.

Um caixote de grades metálicas comum no transporte de pequenos animais deve ter caído de um dos carroções e ao ver o Pequenino Hans Ranni usando um destes como degrau, Dominescu sorriu com um plano ousado. Assim em pouco tempo apareceu no morro trazendo a elfa de mãos atadas e o Pequenino preso na gaiola. Ele assoviou para os carregadores da barca no mesmo tempo em que cuidava de não rolar pelo morro de rochas firmes e areia grossa até a praia. No mar uma nau garbosa e pouco alongada, aparentando imenso desdém pelas altas ondas descansava sua âncora nos arrecifes mantendo-se assim invariável e fixa. Barcas largas em seu ir e vir carregavam pessoas e objetos do porto estreito até a majestosa embarcação de velas escuras. A experiência de Dominescu indicava que se preparavam para uma longa viagem. Um a dois meses talvez até a próxima parada.

Ao longe foi possível também notar uma embarcação sumindo no horizonte.

— Esperem com esta barca! Subirei também para negócios.

Após notarem sua aproximação pela areia grossa e cascuda, os homens se olharam, porém, pela distância ele não os ouvira. Um deles, na ponta mais alta da barca sinalizou para que se apressasse.

— Que humilhação! Preso feito um bicho ruim — choramingou o Pequenino.

— A trilha até a praia é pedregosa, íngreme e descampada, Hans. Não haveria como surpreendê-los. Temos que contar com o embuste.

— Hein… Há! Entendi.

O Pequenino tentava imaginar quem era o tal Embuste.

— Sabe o que é? Eu ainda penso que minha ideia é mais…

— Pode esquecer essa história de eu tirar a roupa e ficar pulando e gritando para eles! — exclamou Jupita, enraivecida.

— Olha…

— Quietos, os dois! — Dominescu os cortou com propriedade — Se Sartre estiver naquela nave aportada, damos um jeito.

— Olha… Jupita, coração, meu presentinho amarrado — sussurrou Hans — E se ele já estiver a bordo?

— Teremos de descobrir para onde vão — complementou Jupita.

Hans tentou encontrar os olhos de Dominescu esperando convencê-lo de se desfazer deste plano louco.

— Dominescu?

— Sim.

— E se ele já estiver a bordo?

— Navegaremos.

Sartre não foi visto entre aqueles homens. Dominescu suspirou tentando manter a face tranquila. Para continuar a farsa ele puxou as amarras de Jupita com força calculada para que a bela tropeçasse. Próximo da barca, ele jogou o caixote com Hans para os homens a bordo e a outra extremidade da corda para o marujo que puxou Jupita sem deixar a corda frouxa. Um terceiro, mais gentil ajudou o "mercador" a subir. Acomodados entre aqueles homens, ficaram em silêncio assim como estes. O único som proferido era o dos remos batendo ora suave, ora firme nas águas cristalinas e levemente esverdeadas daquele mar.

Foram necessários quase dois quartos de hora para chegarem a embarcação. Um navio realmente grande e imponente. Dominescu já havia navegado no passado. No entanto, o tamanho daquela embarcação enchia os olhos até do mais experiente dos homens do mar, uma verdadeira vila flutuante. Na lateral cordas grossas e entrelaçadas se encarregavam de subir primeiro as caixas, assim como a gaiola com Hans.

— Veja, é da mesma raça daquela menininha — falou surpreso um dos homens de bordo — Foi uma pena não ter pego. O preço de mascotes com alguma inteligência é alto.

Hans se enfezou de imediato. Estavam falando de uma criança, de sua criança e ele amava crianças. Olhando de cima a baixo notou as botas altas descritas por Shasta. Sua gaiola foi colocada de lado junto às caixas de suprimentos as quais exalavam um odor nauseante.

Enquanto isso, a minúscula barca comparada a grandiosa embarcação foi içada por grossas correntes. Jupita notou a imensa rocha negra que marcava de longe o porto pelo qual saíram.

Enquanto Dominescu se interessou mais no ambiente em que adentravam. As roupas dos marujos eram comuns a qualquer pátria e a julgar pela falta de remendos nos joelhos, cotovelos e virilhas, recentemente compradas ou roubadas. E se aproximando do mastro central um dos marujos desdobrava um tecido negro para hastear. Uma bandeira pirata. A negociação seria tensa.

— Veio negociar? — perguntou o pirata.

— Sim. Chame seu capitão. — falou Dominescu com frieza.

— Sou o superior imediato — comentou puxando os cabelos de Jupita para trás.

— Pode dizer o valor que quer na mulher. Seja qual for, eu a quero.

— Hei! Sem pagamento? Nada disso. Vim trocá-la por algo mais útil.

— E o que seria?

— Sei lá, o que tem aí?

Os homens se entreolharam com expressões severas, Dominescu sabia que estava sendo analisado, testado. À frente, no ponto mais baixo e central do convés percebeu um alçapão sendo aberto e dois homens foram colocados ali.

— O que procura? Homens para servi-lo?

— Prostitutas talvez, afinal mulheres desse povo são difíceis de serem pegas.

Para seu desconforto, Jupita passou a ser observada como mercadoria, um espólio de guerra.

— Por esta aqui posso lhe dar umas duas meninas. Mas me interessei por aquele bichinho peludinho. Pegue o que quiser, Jones irá acompanhá-lo. E ah… A propósito. Quem lhe indicou?

— Darrell e quem mais?

— Certo…

Dominescu esperava uma reação negativa a qualquer instante. Jupita jamais poderia ser deixada sozinha numa embarcação como essa. O mesmo servia para o Pequenino que poderia ser afogado só para passar o tédio da viagem. Piratas, assim como marujos, se entregavam facilmente ao combate, já que a terrificante ida e vinda das ondas esperando ventos favoráveis por si só era uma agonia, logo sem terem o que comer ou fazer o emprego da violência seria como diversão. Por isto os capitães mantinham todos trabalhando, ora limpando convés e tirando mariscos do casco, ora reforçando a costura das velas quando sem vento.

— E quanto a… — a voz do traficante revelava desconfiança.

— Yuri Caleb? — interrompeu Dominescu tentando passar um ar divertido.

— Pensei que você me diria algo sobre ele.

— Gripou-se. Por isso vim no lugar do miserável. Levaram por engano o curandeiro.

Dominescu percebeu uma espada ser desembainhada.

— Desgraçado, mentiroso.

Então Jupita decidiu acabar com a farsa usando a folga da corda a seu favor e num movimento leve e rápido fez a corda circundar o pescoço de um dos marujos. A espada para entre suas mãos com isso ela o chutou no meio do estômago lançando-o do convés para o mar. Sem perder tempo ela atacou um que vinha em sua direção quando fora puxada bruscamente pela corda em seus pulsos fazendo-a cair.

Dominescu a prendeu depositando seu pé com firmeza em seus pulsos. E com o olhar a repreendeu.

Um marujo, comprando a briga de seu companheiro atirado ao mar, sacou uma fina faca impregnada de zinabre, com nítidas intenções de esfaquear a falsa escrava. Em dois rápidos ataques, ele teve seu nariz sangrado e se contorcia segurando o rosto. Outro sacou sua espada, mas a de Dominescu foi mais veloz bloqueando-a em seu queixo.

— Cadê seu capitão? Ou seria melhor perguntar-lhe por seu comandante?

— Bravo. — Palmas foram ouvidas. — Relaxem homens. Ele é quem diz ser.

— Na verdade ele não disse — complementou o superior imediato.

— Então? — perguntou o capitão com leveza.

— Dominescu, se faz questão de um nome.

— Certo, Dominescu, desculpe-os por isto, são apenas homens prudentes.

— E a seu comando, suponho.

— Sou Benedict e dei ordens claras de reagiram assim diante de espiões.

— E o que lhe garante que não sou?

— Homens comuns mal sabem se defender e desconhecem o bom preço de uma mulher dessa raça. Mas... — e com o dedo em riste alcançou o vão entre o lábio e o nariz. — Apenas negociantes altamente qualificados não deixariam alguém ferir tão rara mercadoria!

De súbito lançou um olhar a sua tripulação e berrou:

— Icem aquele pedaço podre de homem antes que os deuses e demônios do mar achem que os estamos provocando com tão triste oferenda.

Todos riram e Benedict continuou em alto tom:

— Levem-na daqui e prendam-na à vista. Do timão quero vislumbrar sua beleza de vez em quando. — depois voltou a falar com Dominescu. —. E você o que trouxe naquela gaiola?

— Um Pequenino.

— Parabéns! É um grande caçador.

— Quando fui contratado afirmaram que eu poderia escolher o pagamento.

— Sei... Trouxe algo que comprove sua história? Terá de esperar e se encontrar com seu empregador.

— Não posso.

— Não tem escolha.

Dominescu percebeu que haviam se afastado da praia. A gigantesca casa flutuante navegava. Nos pulsos de quem falava notou seus grossos braceletes.

— E quem de nós tem?

Benedict olhou-o com desconfiança, talvez intrigado com a maneira que tais palavras soaram. Porém, se ocupou de receber o homem molhado com risos e um bom aperto de mão.

A tripulação riu e debochou sobre como justo ele fora rendido por uma fêmea.

Esse homem encharcado foi direto a Jupita, puxou-a para si e lhe roubou um beijo causando nela repugnância e raiva. E este em alto e bom som galhofou e riu mostrando dentes podres entre espaços vazios:

— Obrigado pelo banho, querida.

Todos os tripulantes riram.

— Da próxima vez lhe banharei em seu próprio sangue, sua...

Ele fechou o sorriso e piscou numa ameaça sutil para em seguida voltar a atenção a um anão de feição rude atado ao mastro central. Ele estava com o peito desnudo, deixando à mostra músculos severos e incomuns até para aqueles que trabalhavam sempre com força bruta. Tanto as cicatrizes quanto as calças e botas que trajava faziam conjunto com o peitoril e elmo metálicos, postos ao lado de si. Não havia dúvidas tratava-se de um guerreiro trajado para a guerra.

Naquele momento a maior parte dos homens que não tinham o que fazer estava ali.

Outro desses marujos se aproximou do anão e este o encarou com firmeza. O homem do mar balançou a cabeça negativamente, enquanto coçou os fiapos do queixo e lhe sorria maliciosamente:

— Meu pedaço de bosta.

— Puxa! Se eu sou deste tamanho e você me chama de pedaço, fico feliz em saber que seu intestino trabalha tão bem.

Indignado o marujo fechou o cenho e covardemente socou o acorrentado.

— Cagar! Pensando bem. Essa é a melhor coisa que você deve fazer — comentou o musculoso anão em resposta a agressão.

Em resposta ele desferiu muitos murros. A boca escondida em algum lugar debaixo do grosso bigode e barba sangrava a ponto de gotejar.

— Espera, espera! Agora estou mais preocupado com a largura da saída. Tá entupido? Posso ajudar se você abaixar aqui pertinho.

O marujo perdeu o controle e o esmurrou continuamente parando apenas quando o peito arfara.

— E agora, valentão? Vai continuar? — esbravejou com a voz inflamada de ódio. — O que tem a me dizer com essa boca podre?

Com tantas pancadas sua cabeça demorou para encontrar o centro, os lábios cortados e inchados, a boca do estômago e as costelas ardiam ao respirar. Com esforço ainda disse:

— Acho que te amo.

O braço do espancador foi cruzado por Benedict, visivelmente o membro mais forte da embarcação. A sua intervenção cessou por completo a diversão hedionda daquele marujo.

Atrás deles vinha o real comandante. E a evidência de seus status decorria de duas rápidas observações. A primeira na tripulação que transparecia um misto de respeito, admiração e evidente medo. A segunda provinha das roupas caras e pouco desgastadas. O punho terminava em uma espécie de saia rendada de camadas sobrepostas. E este logo que divisou o anão exclamou com sua voz leve e aveludada:

— Senhor Morgrinald, que prazer reencontrá-lo!

— Você de novo. Eu apertaria sua mão ou sua goela se pudesse, mas estou um pouco ocupado tentando arrancar o mastro.

— Sempre gostei de me manter próximo de pessoas ilustres e bem influenciadas.

— Por isso que mandou drogar minha bebida?

O comandante era um homem de cabelos finos, ondulados e escovados para trás, ao sorrir arqueava ainda mais o fino cavanhaque.

— Sabe dizer onde está Astrias?

— Quem?

— Talvez pudesse então me dizer sobre o maldito irmão deste?

— Escuta aqui, por acaso tenho comigo uma viola, flauta ou um bumbo? Estou com aquele sorriso afetado e falando tudo em rimas idiotas?

— Sabemos que são amigos.

— Ou quem sabe acha que fico na janela esperando uma notícia quentinha para animar minha vida inútil?

— Alguns desses senhores podem confirmar seu relacionamento com o mago mercante, pois com eles já atravessaram o mar na mesma embarcação.

— Puxa... nunca percebi que uma viagem pelo mar pudesse me tornar amigo de alguém.

— Desculpe, posso assegurar. O relato prestado por estes perceptivos colaboradores refere-se a... Algumas viagens durante três anos. Acredito que isto sim possa marcar um vínculo. Sim, isso é um sinal de amizade com certeza.

— Entendi. A propósito, meu machado quer fincar a fundo uma amizade com você.

— Se eu fosse você...

— Seria mais bonito — interrompeu Morgrinald.

O comandante se adiantou com mais um passo e segredou-lhe ao pé do ouvido:

— Alguns destes homens vêm de uma terra de solo fraco e pouca comida. E em nome da sobrevivência vêm praticando atos hediondos que transformaram em religião, são impiedosos com seus inimigos. Portanto, evite aborrecê-los.

A vida em alto mar era difícil, por todo o lado viam-se olhos fundos e loucos com bocas ressecadas pela falta de água, gengivas altas pela falta de comida decente para preencher o ventre liso, quando não caído e débil.

— Dom Victor Sapienza, eu cometi um erro imperdoável...

— Que ótimo! Começa a entender o perigo de desafiar gente deste tipo.

— Não é isso. Só peço desculpas pelo dia em que meu machado escorregou da mão e te bati com ele de chapa. Da próxima vez, baterei do lado do corte.

— Benedict… — voltou a dizer em alto e bom som e no mesmo instante em que seus olhos encontram os do homem que surrava Morgrinald, com tremendo gosto.

— Sim, comandante.

— A carne de um anão é dura… — dizendo isso lhe roubou o martelo de carpinteiro e desferiu um golpe no meio do peito do prisioneiro — deverá amaciar bem…

E aplicando-lhe um novo golpe continuou:

—… Mas dá para comer.

Incrivelmente o anão ainda respirava, e em meio a um sorriso insano que perturbava, Victor entregou o martelo a Benedict. A expressão do cruel atingiu lentamente cada um dos amarrados, conscientes dos infinitos horrores a que estarão sujeitos dali para diante. Então o líder passeou na frente de cada um dos capturados. As tábuas do convés ecoavam sobre o salto de seu sapato enquanto a outra perna se arrastava em uma sinfonia irritante.

— Madame… — disse reverenciando Jupita ao parar diante dela.

— Doente! — cumprimentou de volta a elfa.

— Preocupa-se com o que exatamente?

— Seu…

— Cuidado. Uma flor perde a doçura com palavras, mau escolhidas.

Jupita não precisava dizer nada, o olhar era translúcido. Franco. Ele se aproximou e sussurrou:

— Já presenciou um banquete marinho, minha jovem? — a voz dele era melosa, baixa e insinuante. — Certa vez vi a carcaça pútrida de um cachalote. Sabe o que é? Um cachalote? Uma baleia? A morta atraiu devoradores do mar e eles começaram a mastigar, comendo e comendo. E mesmo satisfeitos de ventre inchado, não deixavam de mastigar. Em absurdo êxtase. Sabe por que minha jovem? Gostavam de sentir a morte por perto, de ter a sensação do assassinato. E esses tolos e sujos divergem em nada e adoram fazer algo para passar o tempo… Posso protegê-la na viagem. Até a vendermos.

Era sórdida demais a ideia. Todo o conceito. Jupita lhe cuspiu na cara. Decerto a melhor resposta. O comandante sequer desviou o rosto e novamente lhe propôs:

— O anão será surrado novamente e novamente até deixar de ser interessante, até se esquecerem dele. Então podem lembrar-se de vocês! E de você.

Jupita esperava como uma tola, com a esperança de Tarson surgir em meio ao vento e que trouxesse os ventos de tempestade como reforços, mas era inútil. Quando desconfiasse de seu rumo seria tarde já teria sido engolida pelo horizonte.

—... para chegar a nosso destino.

A elfa se surpreendeu nem percebera que se desligara por um instante, fato este que acontecia de tempos em tempos. A mente élfica, ao envelhecer, provocava brancos crescentes. O jeito era se concentrar, evitar devaneios. Ela assim o fez. Encarou a boca com o fino bigode a delineando. Só então voltou a ouvir as palavras.

—... até lá nem o tutano dos ossos do desgraçado anão sobrará.

— Arrisco-me com o restante dos que aprisionou.

— Pois bem, madame. — Victor ergueu um pouco mais a postura e com um olhar confuso embora profundo prosseguiu — Como lhe dissera, o vento no mar às vezes é fraco e noutras inexistente.

— Há tempestades e tufões também — respondeu por impulso.

— Vejamos então como será. Lembre-se... Cachalote... Banquete. Sorte de vocês ainda termos maçãs!

Com o braço apoiado tombou um barril mostrando frutas escuras e podres em sua maior parte. Sem dobrar a perna esquerda; ferida pelo anão em episódio recente; o comandante dos piratas pegou uma das maçãs.

— Droga! Como são as coisas... — deu de ombros.

— Espero que gostem do banho de açafrão e cebolas.

— Senhores? Quero ter o que comer no início da noite.

Gritos e hurras percorreram o convés numa extasiada e vil concordância com a frase de seu comandante. À medida que se afastava ele tocou a mão nas costas de Dominescu, o qual anuiu a cabeça em lenta concordância. Assim ele e o "comerciante" saem da vista, rumo aos negócios.

NOITE DE COMEMORAÇÃO

Terminada a falsa negociação, Dominescu ficou profundamente aliviado ao sair da cabina do manco Dom Victor Zaragoza.

Como pode ser tão tolo? Agora estavam todos correndo um risco enorme por conta de um plano ridículo. Teve de se segurar quando falou dos planos de venda e do desdém pela vida.

A carga viva destinava-se a Cidade amarela. Como era possível existir um lugar assim?

A tal cidade era doente como aparentava seu próprio nome. A ideia de jogar pessoas contra pessoas até uma só sair viva era... insana.

Era como as brigas de galo que Dobrovonski; seu falecido irmão; adorava. Dominescu nunca achou graça ou propósito naquilo. Para si era só gente entediada apostando algumas moedas em um esporte de tolos.

Certamente a nau se encontraria com a primeira numa ilha que estivesse no caminho para o continente. O tipo de parada feita só para reabastecer com água e frutos. Porém, se eles se encontrassem com maldito gordo traidor do Yuri Caleb sem dúvida seriam mortos.

E existia um outro caminho.

A inspiração bateu-lhe tão rápido que se entregou as ações sem pestanejar.

A tripulação bebia alegre e como todos os entediados eles jogavam. Uns dados, o segundo grupo a dança das facas e o terceiro maior e mais ativo faziam o jogo do copo.

No mato Dominescu tinha o vício de guardar bolotas e atirar no irmão e mesmo depois que Dobrovonski sumira o vício permaneceu. Com toda a descrição as pegou dos bolsos e atirou forte com os dedos em um marujo de costas e depois que este reclamou alternou entre os dois alvos. Sem saber quem atirava em quem, iam se acusando irritados. Em seguida tomou a garrafa de um dos marujos e num sorriso lascivo o abraçou iniciando uma canção bem popular. Próximo deles um mordeu a isca e repetiu a rima.

Dominescu então mergulhou a garrafa no barril cheio de cidra, tomou um gole e cuspiu outro no ar para os donos dos ventos como mandava a tradição.

Ao devolver a garrafa o tolo sorriu seu sorriso esburacado e repetiu seus gestos. Assim outro tomou-lhe a garrafa, o empurrou, bebeu, cuspiu e foi precedido pelos próximos que mantiveram os gestos e o ritmo da cantoria.

O lenhador rezava para mais um plano idiota dar certo.

Em minutos integrou-se à tripulação de bêbados e ficou num canto sentado jogando braço de ferro. Cada perdedor tomava um gole. E Dominescu frente aos fracos e bêbados oponentes perdia somente aos que estavam mais embriagados e fingia um novo gole.

E assim com jogos e conversas fúteis o dia foi passando. Em dado momento gritou a canção do marujo mijão e se dirigiu para a amurada. Isolado sob o falso pretexto de se aliviar afastou-se e sem que ninguém o observasse voltou a atirar bolotas nos primeiros alvos e eles começaram a se empurrar e se acusar. Bastou Dominescu voltar e tropeçar em um deles para o que estava na frente lhe dar um soco.

Então assim a briga começou e foi tomando o convés no meio de risos, gritos e xingos.

Hans, o Ratão, sem sua funda e as adagas gêmeas e ainda preso na pequena gaiola e sobre ela outro peso. Apenas torcia para que se esquecessem dele até terminar o embate que sequer vira como se iniciara. Não que se importava com isso, mas aquilo era como fogo na relva alta. Uma das maçãs que foram lançadas longe quando o barril foi tombado rolou em sua direção por conta do ir e vir do balanço do mar.

"Comida, pelo menos", ele pensou, enquanto fazia um grandioso esforço para pegá-la.

No meio da briga, mesmo amarrado e surrado, Morgrinald, o anão, conseguiu derrubar com o pé um dos marujos e como caiu perto ele o pisou com toda sua impressionante força quebrando assim as costelas do infeliz. Nesse momento um brilho metálico foi percebido pelo canto de seus olhos castanhos e a chapa fina e afiada de uma espada cortou o ar, fincando na madeira e lhe riscando a pele.

Sem piscar ou esmorecer, Morgrinald fixou-se no homem de barba cheia e bem formada que deferiu o golpe. Subitamente sentiu seus pulmões expandirem pelo afrouxamento e corte da corda feita pela espada do barbado.

— Se não é amigo deles… — disse seu libertador com firmeza e completou atirando-lhe uma espada — Sou Dominescu e acho que sabe usar isto.

— Morgrinald — respondeu, inclinando levemente a cabeça no mesmo instante em que girou o corpo e socou um marujo que corria para alertar seu comandante na cabine. — Morgrinald, neto do honrado Keldorn. E tô louco para ver merda voar.

Na queda o atingido esmagou uma maçã podre e os pedaços atingiram Hans.

— Odeio purê de maçãs — reclamou o Pequenino se limpando, porém, capturou outra que rolava próximo de si e sussurrou uma prece — Que não esteja podre. Que não esteja podre… Que não esteja podre.

No centro do convés, Morgrinald arrancou seu machado de lâmina dupla cravado em um barril a poucos metros dele e abandonou a espada. Seus movimentos ágeis com o machado de cabo adaptado compensavam as pernas e braços curtos de sua raça. Golpes precisos ora quebrava as armas dos oponentes, ora as faziam voar ao mar.

Jupita, diante das dificuldades evitava o uso da magia preferindo usar a espada. Porém, tempos difíceis pediam atitudes e não filosofia. Por isso, ela correu do embate para o andar superior, o andar do timoneiro. Devido ao mau tempo, que se formava rapidamente, e pelo perigo de arrecifes e bancos de areia, ele jamais deixaria o timão. A bela jovem precisava somente de instantes para canalizar suas energias mágicas.

Três dos marujos a viram e subiram por sobre os barris sem usar as escadarias laterais a fim de ganhar tempo e ter uma luta fácil com uma mera mulher. Mal sabiam o quanto esse pensamento por si só era perigoso. As mãos da elfa tremiam enquanto ia retesando os dedos até fechá-los de vez, quando apontou para dois deles, a energia mágica acumulada produziu um estampido e faíscas azuladas e brilhantes os acertaram. Um foi arremessado contra a amurada e o segundo rodopiou caindo desmaiado no andar inferior em cima da jaula de Hans. Bem quando este se esforçava para sair, o Pequenino teve os dedos prensados na grade e por isso gemeu. Quase uivou; isso até depois de puxá-los.

O último do trio por não haver facilidades de combate contra ela sabiamente desistiu. E bastou Jupita olhar por sobre os ombros para perceber um combatente inesperado. Num cruzado socou a fuça do timoneiro que pretendia bater nela com um pino grande e solto do timão.

— Meu nariz! Quebrou meu nariz! — sangrando o pulha largou o pino.

Dominescu por sua vez foi rendido.

— Senhores? — o brado do comandante tomou a atenção de todos — Minha faca é nova e nunca provou sangue. Soltem suas armas antes que ela se apaixone.

Todos baixaram as armas menos Morgrinald. Ele caminhou firmemente na direção do comandante que mesmo com o refém suava claramente desesperado. Então, o anão soltou o machado, pois com este medo cego, certamente o pulha não mediria consequências.

E assim foram rendidos novamente.

Jupita foi amordaçada e com mãos e pés atados, e logo foi vendada também pois seu olhar agudo incomodava por demais. Dominescu e Morgrinald agrilhoados e conduzidos aos remos no estômago da embarcação. Nos bancos rabiscados retratados com o medo de deuses e antes desses um pouco mais de vinte prisioneiros. Homens, mulheres e adolescentes maltrapilhos ou em trajes mínimos. E entre eles Dominescu identificou o abatido e quase desnudo Sartre.

De súbito, as janelas foram abertas com imensa agitação pelos piratas.

— Desfraldar a vela! — gritou Benedict de algum lugar do convés.

A frase não tinha sentido para os acorrentados. Um dos homens se atirou para o andar dos escravizados e do corredor das fileiras de cativos estalou seu chicote com vivacidade.

— Aos remos, seus malditos.

Com sua fala viva, a ordem fora obedecida, assim todos passaram rapidamente o remo de madeira pesada do colo para o exterior da janela.

— Força! Corja de desgraçados! Puxem com vigor como se os diabos estivessem atrás de vós. Não por interesse, mas por desejo de carnes e de morte. É disso que vocês fogem, seus imprestáveis! Força! Ou separo carne de osso com o chicote.

Então estrondos violentos de pedra atingindo o mar ao redor fez a água invadir as janelas de estibordo. Era fácil concluir que os malditos piratas fugiam de uma embarcação rival.

— E um! E um! — bradava alguém atrás dos acorrentados alternando berro e batida no enorme bumbo.

Um novo estrondo. A grande e negra nau de três remos de cada lado se curvou para a direita.

— Suspender à direita!

— Parem com a direita! — gritou um dos piratas, esbofeteando a face de Dominescu e de outros que estavam daquele lado do corredor.

— Tudo e todos, avante!

Diante dessas pedras voadoras e loucas por esmagar seus crânios, todos começaram a obedecer com mais aprumo aos comandos até piratas haviam descido aos remos. Todos eram como um nos remos obedecendo a olhos externos e eles os pobres cegos tentando assim escapar da morte. Um novo e ensurdecedor som alcançou algum ponto do tombadilho. Pouco importava se era uma nau do império, eles estavam em uma nau de bandidos, quem quer que fosse preferiria afundá-los a pedir explicações... Por alguns instantes nada mais ouviam. Exceto suas respirações pesadas, breves e o bumbo. A exaustão queria derrubar um a um, mas não agora. Não agora. Nada de sons lá fora exceto ondas indo e vindo. O homem do tambor de repente silenciou-se também e os remos pararam. Os agrilhoados se concentravam com as cabeças e boquiabertos, nem se olhavam.

Esperando.

Apenas esperando.

Talvez todos no convés já estivessem em pedaços, ou a embarcação ou embarcações que os perseguiam acabaram de lhes abordar. O temor e a insegurança atingiam os remadores de formas diferentes. Urina e o choro provindos do medo contrastando com a coragem de poucos dali. O silêncio antes da morte, o silêncio dos predadores antes do bote...

De súbito gritos de comemoração. Pés pulavam na madeira do convés.

— Desistiram! Desistiram! Triunfo! — gritou um desdentado do alto para o miolo da nau.

A alegria de deter a vida; por um dia a mais que seja; incendiou o espírito de todos. No entanto, inexplicavelmente pediram a continuidade nos remos. Meia hora mais e em menor velocidade, então o som do bumbo cessou e os remos recolhidos para cima das pernas dos acorrentados, mas ainda vivos.

A temperatura da água escorrida dos remos indicou à Dominescu que navegavam em águas distantes e bem mais profundas.

O homem do bumbo, do chicote e os cinco mais que ajudaram nos remos se juntaram abandonaram os escravos à pouca luz do ventre da nau para comemorar. Isolados, Dominescu falou de sua sorte a Sartre. E Morgrinald comentou como desejaria um papo com o pulha perneta que o desafiara.

— Victor? Vocês estão falando sobre Victor, não é? — perguntou uma coitada desdentada.

Alguém insistia em silêncio num chiado medroso implorando que parassem.

— Mestre Victor Sapienza, o instrumento sanguinário do deus não nomeado — segredou um caolho.

— Filho adotado do mal — falou outra voz já do lado oposto nos remos.

O anão apenas revirava os olhos. A covardia era um tédio, mas planejava ficar pouco tempo ali.

O barbado, seu libertador indagou incrédulo para um dos acorrentados:

— A quem se referem?

— Victor Sapienza — falou a jovem atrás de si.

— Sim, o de sorriso de faca — complementou um acovardado fora de vista.

— Com o olhar de um canhão — sussurrou a mesma jovem.

— Somente o capitão o desafiava e tinha de ser assim — as falas de cada um marcavam ainda mais o medo.

— Então, não é o mesmo capitão?

Dominescu perguntara, contudo, entendia. Se não aprendiam a respeitar, o caminho era o temor, pois bonzinhos no comando podiam ser mortos facilmente. Agora motim? Naus comerciais e militares tinham o motim como o mais vil dos comportamentos. Sendo seus realizadores, estes remadores mereciam estar ali. E se fosse algo diferente? Tal pensamento o absorveu sem que notasse. Se houvera uma disputa armada entre o capitão e seu comandante como ambos eram igualmente temidos ninguém nada fizera. Acharam que continuaria tudo igual, pois raramente motins tendiam a mudar o meio de conduzir uma embarcação. No entanto eram outros tempos. Aos poucos era fácil concluir que os acorrentados ali torceram pelo lado perdedor e adorariam se rebelar. Se libertar dessa condição, porém temiam Victor tal como mato seco teme o sol. Dominescu piscou fortemente, cortando a densa nuvem da memória, tentando centrar-se no que diziam os mais corajosos de todos aqueles covardes.

— O capitão era violento até que o escorbuto, difteria ou sei lá o matou. Hoje, no convés é pior, em todo o lugar em que haja ao menos um pouco de silêncio ouve-se aquela maldita perna de pau.

Como se tomado pelo desespero ou loucura um velho; de uns quarenta anos; de boca pasmada e olhar vítreo invadiu a conversa cochichando rápido:

— Aquele som… aquele maldito "toc-toc". Na verdade, fora Victor. Sempre foi. Deitado em sua rede delirando de febre direcionou todos os problemas bem de leve até que o capitão fosse levado à forca. Victor é assim.

— Victor é assim — sussurraram desconexos tal fosse uma bizarra prece.

— Sabe! — o velho cego de um olho chacoalhava a cabeça enquanto prosseguia seu relato sem mostras de respiro, como alguém prestes a se afogar em pesadelos ou desespero — Mestre Victor Sapienza era o contramestre de outra embarcação e foi forçosamente adicionado à tropa. Era isso ou nadar por três meses até encontrar um pouco de terra. Na ocasião chegou com a perna quebrada. Fiz de tudo. As cataplasmas feitas de ervas e cevada evitaram apenas o sangramento.

— Estava lá? — a jovem perguntou e foi ignorada.

— Logo quando a gangrena se formou e as febres se tornaram frequentes tive de amputar do joelho para baixo. O regulamento mandava dar dois copos de bebida forte e destilada e ele recusou. Ninguém deu a ordem a não ser ele mesmo. E com a perna ruim foi-se a alma. Tornou-se sombrio, temível.

A partir daí uma chuva de sussurros sobre a crueldade das punições e como Mestre Vicent Zaragoza era o instrumento do mal em carne.

— Cruel, mas ele é uma benção — confessou o velho chocando a todos provocando uma nova onda de murmúrios e ele continuou falando sem se importar com o tom. — Ué? A nau jamais fora requisitada pela barriga do mar nas tempestades foi? Um diabo, sim, mas a criatura é das do mar.

Dominescu analisava a amargura daquela história. O tipo de homem que Vincent é hoje deve temer apenas a arma que provocou a fratura em sua perna agora morta e pelo que ouvira do diálogo dele com o anão foi Morgrinald o indivíduo por detrás desta arma.

No convés, Hans arrancava sorrisos de muitos marinheiros, o Pequenino era uma curiosidade. Um bichinho bonitinho. Pouquíssimos haviam visto um Pequenino e o que dizer então dos nativos das terras de além-mar? Portanto, ele seria muito lucrativo.

E os marujos trabalhavam felizes com tais sonhos de promessas financeiras. Apesar de violenta até entre eles, a tripulação era eficaz e disciplinada nos cuidados com as velas, cordas, cordames e timão. E mantinham o convés raspado e enxuto para ninguém escorregar no limo e cair no mar. Embora tal infortúnio fosse por si algo difícil de ocorrer devida a amurada de um metro de altura.

Refeições em pratos e colheres de madeira logo foram servidas aos marujos em seus postos. Hans sentia o estômago apertar, claro que não ousaria pedir um pedaço, pois o capitão ameaçara cozer a carne dos arruaceiros. De onde estava ainda via a bela elfa jogada a um canto.

Pelo menos ainda viva, refletia.

As horas se arrastaram entre as marés e Hans nem mais as sentia, apenas lhe incomodava a falta de terra. Era tarde da noite, quando já saudoso, começou a assoviar mirando a lua com tristeza. Uma tristeza confundida com música tanto pela leveza como pelo belo embalar.

Com este encantador som os demais tripulantes no cair das horas foram se embebedando. Festejando o ganho da batalha.

Num dado momento as atenções do bruto Benedict voltaram-se para as carnes de Jupita. Afinal uma bela mulher. Em trajes mínimos, cheirando a menina e com a garoa alisando o tecido. Seu seio algo irresistível para homens sedentos de pecado. Os primeiros contatos do homem de face bruta e hálito de fossa foram ignorados, mas suas mãos firmes e maníacas abriram as pernas da jovem amarrada e indefesa. Ele dava beijos melados em seu colo livre unido a abusos com as mãos. Vendo-se sem alternativa, a elfa tornou-se mais acessível e se entregou a carícias, retribuindo, com volúpia, os ardores.

— Não...

Uma negativa falsa dada por quem na verdade quer mais, concluíra Benedict em silêncio.

— Cala a boca... — disse, reticente, delirante pela volúpia — Faz tanto tempo!

Suas calosas mãos percorreram a cintura da fêmea e apertaram-na.

— Não — ela reclamou — Quero devagar.

Benedict mordeu o próprio lábio inferior. Apesar de ser uma maldita elfa mal se continha, um troféu que cantaria a todos depois de se aliviar. Mulheres fáceis, qualquer um podia ter, por isso ela tinha um gosto diferente. Era o tipo que se rendia somente pela força e Benedict gostava de usá-la. A delícia élfica estando amarrada e vendada nem o reconheceria no dia seguinte, caso o comandante resolvesse soltá-la.

Porém, sem que soubesse Jupita estava acostumada com o escuro das cavernas onde viveu um tempo e a audição élfica foi subestimada. Ele estava sozinho ali e as vozes dos demais revelavam embriaguez ou sono profundo. A garoa fina do fim da madrugada possivelmente deixara o convés de madeira escorregadio, um trunfo extra para sua agilidade superior e um incômodo para ébrios e sonolentos. Além disso, o cheiro denunciava uma névoa se formando. Ótima para esconder intenções.

Jupita abraçou o atrevido e entre os afagos hediondos dele passou a corda que a prendia em seu pescoço e lhe aplicou um belo chute na virilha, acertando bem mais do que pele e bem menos que osso. Quando ele caiu rolou mudo de dor.

Na queda de Benedict, Hans viu as adagas gêmeas. E com a oportunidade ao alcance de seu braço curto e peludo as furtou sem ser notado e sorriu com seus dentes tortos. Neste momento relembrou o apelido dado pela elfa. Então Ratão as guarda, agradecendo aos deuses pela sorte tida até ali. Com a lâmina da adaga destravou facilmente a gaiola. Em meio a sombras e à distração do final de festa, analisou velozmente os recursos oferecidos na embarcação para auxiliar na fuga dos demais amigos. Ao descer com cuidado a escadaria ficou surpreso e feliz ao notar Sartre. Vivo. E com um abraço fraternal o despertou.

— Não esperava que ainda existisse gente assim, disposta a se arriscar por pessoas das quais mal conhecem. O nome disto é heroísmo — comoveu-se Sartre.

O diálogo se estendeu e na medida em que as frases se acrescentavam, se amontoavam a definição da idade entre ambos se perdia. Papéis de pai e filho se invertiam e se mesclavam. O carinho de um pelo outro propôs essa charada… e com a conversa, Dominescu acordou.

— Hans? Aqui Hans.

O habilidoso Ratão mostrou-lhe seu sorriso dentuço e tolo e levantou a mão revelando um fino pedaço de metal.

— Lenhador, tua sorte é que eu tinha saído da casa de B.

— Quê?

— B! É um apelido — enquanto falava manuseava habilmente o cadeado de grossas correntes sem fazer barulho. — Então, gosto de discrição com mulher casada. Eu sei, eu sei. Mas sou gostoso e ela também. Adoro mulher com pelo nas costas, você não?

Dominescu estava mais interessado em manter os olhos nas portas de acesso ao porão.

— Os homens da tripulação podem vir para cá a qual...

— Calma — insistiu Hans pondo a língua pra fora e contorcendo o ferrolho.

O metal das correntes e do cadeado tilintavam em picos agudos e curtos, Dominescu vigiava a saída e os demais prisioneiros logo acordaram ao ver a oportunidade tanto o medo como o desejo de liberdade ganharam aquele tom de conversa comum em motins.

— Esse ferrolho aqui "euzinho" criei depois de o marido dela ficar desconfiado e começar a trancar a mulher e a filha quando saía para a plantação — sorriu Hans com suas memórias — E funciona direitinho, viu? Vou voltar a minha prisão e entreter os bêbados. Se ouvirem o som leve de um pássaro repetidamente, é chegada a hora, pois todos adormeceram. Tomaremos fácil este barco enorme.

— É versado na arte da guerra, Pequenino! — admirou-se o lenhador.

— Não. Só sei que marido bravo é mais ágil que tigre com fome. — Piscou o Pequenino. — Além do que depois disso a elfa vai ficar agradecida, e agrado aqui, agrados ali e...

— Há.

Ratão ficou surpreso ao arrancar esse quase riso do sério barbudo. No entanto falou pra si enquanto retornava à sua prisão:

— Será que ele é algum namoradinho? Bom, se for, já sabe que é melhor se...

Seu pensamento foi interrompido por um homem que jogou um pequeno barril de bebida em cima da jaula prendendo de novo seus dedos.

— Peguei — disse uma voz claramente alcoolizada — fica aí bichinho.

— Hunf! De novo… que bom.

Do lado de fora da embarcação um amontoado enegrecido despertou a atenção do ébrio e o fez correr para o arpão. Por estar sempre carregado, ele apenas direcionou para o alvo e com certa dificuldade para mirar o arpoou.

— Iupi! Há-há-há. Peguei um peixe enorme. August seu maldito, estamos livres de seu guisado de moluscos. De hoje até o fim do mês comeremos baleia.

A grossa corrente correu pelo convés da nau fazendo grandioso estrondo ao rolar seus elos.

Dominescu ouviu pouco da fala embriagada e pelo ruído subsequente concluiu que o Pequenino peludo estava em apuros e sofrerá o pior. Em sua saída heroica inspirou sem um brado de guerra os amotinados a segui-lo igualmente de mãos nuas e no convés os bêbados não são trabalho para a turba feroz.

Jupita ainda tentava se livrar das amarras enquanto tudo isso acontecia.

O comandante abriu com estupidez os portões de seu camarim. A luz interna revelou uma jovem acuada no canto da cama em pânico tentando defender sua inocência com tecidos ensanguentados.

A visão dessa cena enfureceu a jovem elfa criada por Darkay de Almokaryr. As cordas atadas aos pulsos frágeis foram rompidas com fúria. O ar à volta começou a crispar e lampejos elétricos correram sua pele. Raios de minúscula proporção se agigantaram pelo corpo e transbordando pelo chão e do chão ao mar. A elfa inflou o pulmão e abriu os braços em cruz e quilômetros acima, as nuvens encontraram-se criando raios que num átimo desceram serpenteando o céu. Na nau, o relâmpago na face da bela jovem refletia um imenso e pleno ódio, raios atingem seus braços em cruz então ela fechou seus braços num único aplauso. O aplauso resultara em trovão e um raio largo, estupendo, que atingiu o peito do comandante que enegrece no ponto atingido, o corpo queimava agora de dentro para fora e nem um som pelo comandante foi proferido; feito isto as pernas de Jupita, a discípula de Darkay não lhe obedeciam mais, seu corpo caiu de joelhos.

Perto de si, Dominescu percebeu incessante ranger de madeira e ferro. A corrente do arpão se retesia ao investigar sobre a amurada seus olhos estalaram.

— Cuidado! — gritou a todos e se segurou como pode.

Após seu alerta a espessa corrente provocou um choque violento na embarcação e a envergou para bombordo. Despreparado para resistir a tanta força em sua base o mastro secundário, o de mesena estalou rudemente e foi estilhaçado no contrapeso. A tora de apoio das velas negras da grandiosa nau mergulhou de ponta no convés, Jupita se lançou para o lado esquivando da pesada tora, a qual fendeu o convés e provocou gritos de terror.

No entanto, os pés da elfa ainda amarrados ao mastro e do mergulho cego da tora em seus grilhões transformou seu corpo na ponta de um chicote. Assim a bela bateu violentamente na lateral externa do barco e do choque a inconsciência. E em seguida o peso na corda livre arrastou a dama adormecida ao mar.

— Jupita! — Dominescu, aflito saltou cegamente ao mar mesmo ciente de que não teria tempo para deter seu afundamento.

Ele voltou a superfície segurando a corda presa à elfa, utilizando-a como guia para alcançá-la. Respirou rapidamente abastecendo bem os pulmões e mergulhou no escuro, inexistia luz, não nesta quase alvorada. Seus pés moviam-se freneticamente e as mãos puxavam a corda, de súbito a canhota errou a corda, então ele parou. Sem erros pensava, não podia errar. O lenhador tateou afobado ao redor. Dentro da água e sem a visão para ajudar, o que fazer? Esse leve desespero o fez perder algum ar. Bolhas barulhentas se despediram dele passando por sua testa. Com isso, agora soube onde era o acima.

Movimentou as mãos com afobação então achara novamente a corda. No entanto, temendo ir para o lado errado soltou mais um pouco de ar e tendo certeza da direção das bolhas seguiu para o fundo.

As veias da garganta começaram a inchar, o peito soltou a primeira convulsão, o corpo implorava por ar, mas Dominescu perseverava, apenas um pouco mais, dizia de si pra si. Só um pouco…

E de repente no escuro suas mãos calejadas alcançaram Jupita. Ficou aliviado, ao perceber que ela não se soltara com o impacto, porém não houve reação quando a tocou. Tratou de desatar as amarras nos pés da bela. Estaria morta? Não! Claro que não! Dominescu afastou o pensamento e, por trás do pescoço suave da elfa envolveu seu braço fraco.

A volta fora lenta tanto pela fraqueza como pela necessidade. Ele aprendera há tempos que deveria retornar com calma do mergulho, senão ficaria bobo… ou morreria. Era horrível desconhecer o real estado da amiga, e só lhe vinha à mente o óbvio… Tirar-lhe do mar para que respirasse. A corda fora perdida, mas graças lhe foram concebidas quando percebeu o leve clarão do dia logo acima. Com a cabeça fora da água, respirou forte e tentou ver a posição da embarcação. Estava perto. Nisso percebeu também um dos mastros envergando gravemente para o lado oposto. Por ser um lenhador sabia bem que vergaria e cairia com violência para seu lado. Ele respirou novamente e mergulhou fundo com a desmaiada para evitar o choque do pesado tronco.

Enquanto isso na nau, Morgrinald, recém-liberto lutava como podia apesar de estar debilitado, fraco pela fome e pelos ferimentos. Ele teimou ainda em perder tempo em vestir sua armadura usando cada pausa no combate para colocar cada peça.

— Ei! Aqui… — implorou Ratão, preso como um coelho.

Morgrinald com um chute retirou o peso extra do barril acima da prisão do Pequenino.

— Sei que o cadeado não será problema para suas habilidades.

— É lógico, mas como é que você sabe?

— Eu estava acorrentado ali.

— Ah é? Então tá… Ei! Cuidado!

Entre um murro e um contragolpe nos oponentes, aos poucos o musculoso anão se vestia. A nau estava condenada, virando. A luta foi esquecida por todos. A luta agora era pra si salvarem. Havia pouco tempo para fazer algo e poucos barcos também. Iniciou-se então uma nova briga, uma apavorada plena de empurrões e atropelos. A mais pura e instintiva briga pela sobrevivência. Inexistia bem ou mal, somente poucos barcos…

Com tudo virando as tochas ainda não apagadas da noite incendiaram o tecido das velas e o fogo ficou perigosamente perto do depósito. Enquanto isso, Sartre, Morgrinald e um dos rebelados baixaram o último barco e saíram. A falida embarcação em dado momento começou a vazar um líquido negro e viscoso de barris que rolavam a esmo na maré. O experiente anão ao perceber tomou os remos e remou na maior velocidade que podia.

Sartre via impotente diversos homens, marujos e escravos afundando no mar e de repente o tecido das velas tocado pelo líquido negro e viscoso incendiou-se e gerou um novo pesadelo. O mar queimava e tóxica fumaça gerada asfixiava rapidamente. O líquido graxo assim que alcançava os infelizes na água os queimava. Havia os que mergulhavam, porém, os pulmões não resistiam muito e voltavam à superfície para queimar. Agonia e desesperança para muitos. Sobrevida parecia ao curandeiro ser uma dádiva inalcançável. Sartre desabou diante de tais horrores. Ele se agachou no barco cobrindo ora as vistas, ora os ouvidos.

Dominescu, bem mais longe graças a maré assistiu a nau sendo devorada pelo fogo e sumindo na fumaça. Entre as ondas algumas barcas se afastavam noutra direção. Logo a portentosa nau adornaria o fundo marinho. Por todo o lado se ouvia gritos de morte ou de socorro e não havia como ajudar a tantos, então ele se rendeu entristecido. Em silêncio dedicou uma prece às almas dos mortos e a dos inocentes que em breve estariam com os primeiros.

— Cof! Cof!

Dominescu se virou aliviado e perplexo. A elfa ainda respirava.

DO SANGUE DE KELDORN

Morgrinald e dois humanos sobreviveram ao naufrágio graças a um pequeno barco. Do contrário, o anão certamente afundaria com o peso de toda aquela armadura; "herança dos velhos"; a qual insistia em manter. Na verdade, estava visivelmente puída e com seus fechos perdendo o ajuste. Ele precisava, e muito, de uma nova.

Morgrinald imaginou o seu regresso ao lar, pensou na longa e extensa mesa de granito em forma de minguante. Sentados, diante dela, os familiares e os agregados de seu numeroso clã. Foi naquela mesa onde Keldorn seu avô discursou sobre a guerra. A mesma mesa onde ele contaria sobre seus feitos, as novidades do mundo externo e, principalmente, sobre suas desventuras. A água salgada molhou novamente suas botas e o trouxe de volta à realidade.

O homem franzino de olhos miúdos ainda falava. Merda, pensou. E, como este gostava da própria voz, de seu monólogo interminável. Morgrinald suspirou alto, revelando tédio. Um idiota falador era como o definia. Há dois dias preso em meio a maldita água com um maluco que achava que os deuses se importavam com ele e um tagarela retardado de fala afetada. Não conseguira pregar o olho. Era perigoso e insensato permitir que esses molengas idiotas permitissem que outra barca se aproximasse, afinal, apenas eles deveriam ter suprimentos e água fresca. E isso não era sorte ou coincidência; Morgrinald chamava de destino. Diante do perigo, ele, o neto de Keldorn era dono de uma frieza admirável; lendária até; E em sua calma colocou um barril de água e um de suprimentos antes da nau de escravos afundar.

— Que destino de merda — resmungou o anão de boca dura.

Depois de dizer isto acabou comparando a si com o avô, o velho Keldorn. Ele tinha uma fala escovada e era assim por ter vivido muito tempo com um rei de uma grandiosa cidade humana e Morgrinald lembrava bem da bela frase sobre o destino que ele costumava citar:

— O destino opera lindamente — repetiu plagiando o vício de enrolar a barba. —, lapidando caminhos enquanto sulca o rosto de todos os caminhantes transforma o peso da idade em sabedoria.

Os dois humanos com quem dividia o pequeno barco era um curandeiro; um tal de Sartre. "Taí alguém importante para ter consigo em momentos como este", pensou de si para si e a seu lado Hellsing, o falador. Há bem mais de duas horas ele se pusera a falar e até então não se cansara. O idiota falava de homens, cavalos, pássaros, minhocas, comidas, reinos. Falou do que passou, de pessoas com que viveu, de pessoas com quem falou, do que falou das pessoas e do que as pessoas falaram dele.

Morgrinald via as ondas indo e vindo e nada à volta. Será que o desgraçado Victor sobrevivera? Não o vira, então ainda havia essa possibilidade. Se o empapado de rum que causara a ruína da embarcação sobrevivera, certamente morreria por espancamento ou qualquer outra morte pela qual os tripulantes pudessem imaginar. Mesmo na pausa entre seus longos e divertidos pensamentos, o sujeitinho, agora atrás de si, ainda continuava a falar, por isso tentou afastar a consciência e dormir. Precisava urgentemente de terra abaixo dos pés, o mar sempre o deixava apreensivo e ouvir aquele pavê de conhaque de mil línguas falando como se fosse uma viagenzinha de rotina não ajudava.

— Não... Então permita que lhe conte os detalhes...

— Caralho! — Morgrinald foi incapaz de conter sua irritação.

Aquela voz, aquele timbre, em um ritmo desacertado entre o bêbado e alegre, entre o cômico e o estridente, pouco a pouco se tornou insuportável. Até o mar parecia estar cansado do falador.

Felizmente a ligação com terra, pedra e pó sempre foi imensa consigo e por isso viu facilmente sinais de terra ao longe. O curandeiro também veria se não fosse do "fala que fala e fala". Seria uma ilha? Voltaram ao continente? Seria uma ilhota idiota?

Meia hora mais e o lugar parecia se arrastar ao encontro deles... Corais, bancos de areia, talvez ambos. A fraqueza da fome e sede aliada a fala do magérrimo ser sobrepujava até a razão. De modo algum a experiência acumulada de Hellsing era larga, talvez nem fossem experiências e vivências realmente dele. Mas que escolha tinha? Render-se ou falar de si com o mesmo entusiasmo? Humanos entenderiam a densidade da cultura de sua raça? Que todos eles liam e escreviam em mais de um idioma? Que ele o neto de Keldorn conheceu os segredos do metal e de como melhor forjá-los? E, acima de tudo, que um nobre de sua família podia...

— Nobre camarada, deixar-me-ei a tu relembrar do que falara há pouco...

— Merda de afetação — rugiu Morgrinald do Sangue de Keldorn, pois puxara a sutileza e boca suja de sua mãe no mesmo passo em que cuspiu no interior da barca — Além de falarem feito mulheres e gostarem de cantoria que merda de utilidade esses imprestáveis bardos como tu podem ter?

Hellsing o fitou chocado por interromper tão bruscamente a animada conversa com o curandeiro.

— Rapaz? — Sartre tentou administrar a situação. — Não seja intransigente...

— Responde, magrela.

— Em tempos de paz ou de guerra? Somos enviados ao mundo para contar sobre os acontecimentos entre os reinos. Gostamos de cantar os feitos do mundo.

— Além de fofoqueiro, falar feito mulher, gostar de cantoria e me encher o saco... Que merda de utilidade esses inúteis, imprestáveis bardos como tu podem ter?

— Senhores, parem com isso...

— Falamos dos sentimentos, dos feitos de grandes heróis.

— Sei. Então além de falar feito mulher, gostar de cantoria, ser fofoqueiro e contador de historinha que merda de utilidade esses bajuladores inúteis, imprestáveis de bardos podem ter?

— Somos letrados, portanto levamos de um reino a outros as palavras escritas, desde os mais humildes aos bem-aventurados que circundam nos mais suntuosos palácios.

— Suntuosos?! Então tá. Um bardo idiota, falador, canastrão, de fala babada e sorriso invertido, pelo que entendi, é um parasita vagabundo que se aproveita da falta de instrução de alguns, ganha com isso e assume o papel de um bosta de pombo-correio. E, além disso, adora falar feito mulher e gosta de cantoria. E não o tipo imprestável, inútil, puxa-saco que fala por mais de duas horas sobre nada.

O homem magérrimo espremeu ainda mais a vista.

Sartre, entre eles, esperava o pior.

O anão já imaginava se o magrelo conseguiria falar na barriga do mar.

Neste meio tempo, um canto suave e lírico surgiu acalmando suas almas.

— Mas de quem será a voz? — sorriu Hellsing.

— Deve estar do outro lado das pedras, próximo à praia — falou o boquiaberto Sartre.

Morgrinald rangeu os dentes, pôs os dedos nos ouvidos para tentar manter o juízo, não ser encantado.

De súbito, o agonizante grito de Hellsing sendo devorado pela sereia de cabelos sujos e emaranhados com algas os trouxeram à realidade. A barca havia sofrido avarias e uma fissura borbulhava água para dentro, portanto a barca boiaria por tempo incerto. Morgrinald tirou do descanso nas costas o seu machado de lâmina larga e dupla e rapidamente o usou de remo para afastá-los da besta. Enquanto Sartre tomado de terror apenas se esforçava para manter os sentidos. Não podia desviar e nem sequer fechar os olhos da grotesca cena. A vida do falante lhe abandonara ao som horrível de ossos quebrando.

— Reme! Acorda, velho fresco, e rema até a praia.

— Deuses!

— Nada de reza. Rema, infeliz, antes que eu te mande de sobremesa.

— E...

— E menos um.

— Desalmado!

— Antes isso que descarnado. O falador já era. Morreu, morrido, morto. Cuidemos dos vivos. O negócio não acabou, rema!

— A fera está vindo.

— E nós indo. Não conseguiremos lutar dentro da água! Neste território ela leva vantagem!

Próximo da praia Sartre saltou da barca e nadou até sentir a areia entre os pés. Só então procurou pelo anão.

Compensando o balançar das águas da maneira que podia, Morgrinald, sangue de Keldorn, do clã valente dos Martelos de Combate, olhou para a trilha de navalhas na bocarra da criatura e pensava se ficariam melhores aqueles dentes finos e enfileirados em um martelo para bater bife ou como uma boa lixa para o joanete.

— Merda! Preciso dos dois. Ei! Feiosa, fica quieta enquanto te mato.

A sereia não estava interessada no anão, que, de tanta lataria, facilmente deveria pensar ser uma máquina encantada. Queria a carne do outro, que nadava desprotegido e com sua impressionante velocidade e agilidade na água desviou do primeiro facilmente.

— Filha da... Xiii! O velho vai ficar sem as pernas — disse o frustrado anão baixando a arma. Em reflexão dizia para si que não havia o que fazer qualquer um sabia disso, porém... — O neto de Keldorn não é qualquer um!

Na lógica do anão ainda que o velho escapasse, ele ainda estava na água. Olhou para o machado e suspirou. Aposta única. Se errasse certamente o perderia até a maré baixar e teria que lidar com a criatura de mãos nuas.

— Talvez fosse hora de se desfazer mesmo... — completou ecoando os pensamentos.

De repente novos vultos passaram por debaixo do barco. "Seguiram a líder", concluiu.

Não havia muito tempo para mirar. A sereia ao ressurgir da nem tão rasa água, provocou um leque d'água e o anão arremessou sua arma, mas a predadora foi golpeada lateralmente por um vulto cinza e com isso seu machado apenas triscou a pele escamosa e depois sumiu. As outras criaturas, que mais pareciam grandes peixes, surgiram ao lado da primeira pulando para o ar, cercando-a. A nojenta e faminta fêmea se irritou e nadou depressa em direção à área rochosa da praia, sumindo para o alívio dos náufragos.

Os grandes peixes lisos e sem escamas pareciam rir com o triunfo e dois deles empurraram gentilmente Morgrinald e sua barca para o quebrante das ondas, para a parte rasa. Contentes com a batalha e a fuga da horrenda monstra, as criaturas saltaram dando rodopios e risadas galopantes e depois voltaram as profundezas de onde vieram.

Sartre e Morgrinald estavam salvos. Mas onde?

A FILHA DO VENTO E O LENHADOR

A água fresca, embora salgada, despertou Jupita. Dominescu sorriu, aliviado.

— O que aconteceu?

— A embarcação já era.

— E o Hans?

— O Pequenino é um herói.

— Conte.

— Após nossa chegada e depois de tudo fui levado aos remos e lá encontrei Sartre...

— Com vida? — Apesar de ainda zonza a perplexidade foi-lhe um tonificante.

— Sim. Fraco e preso em banco de remos como os outros. Humilhados, como todos nós. Hans mostrou-se ser um... Ratão mesmo. Ele se livrou da gaiola, se esgueirou pela nau e nos desacorrentou. Ele nos salvou Jupita. Foi assim que liderei os amotinados. E antes disso com aqueles assovios, ele encantou os homens e os deixou entregues à bebedeira. Sinceramente acho que foi ele que arpoou aquela rocha de um banco de areia e provocou a confusão. Isso desconcertou a todos. Um gênio.

Jupita não conseguia conter as lágrimas que rolavam sem pressa pelo belo rosto dourado e se mesclavam ao oceano. Entristecida abraçou o amigo com vergonha e raiva de si, por não ter depositado o respeito e o valor que o Pequenino Hans Ranni Ramiro Roder merecia.

— Ele gostava muito de você — sussurrou o barbado à amiga abalada.

Em reposta a elfa deu um curto riso, enxugou os olhos e complementou:

— Apesar dos comentários obscenos?

— Ainda pode estar vivo. Não fique assim.

— Como assim?

— Depois do naufrágio vi algumas barcas no mar. Barcas como aquelas com as quais chegamos a nau circularam à deriva como nós.

Maravilhada com a uma nova esperança perguntou:

— E onde estão? Sartre e nosso Ratão podem estar vivos. Devem estar vivos sim!

— Jupita, o mar se movimenta sempre... Não os vejo há horas. Não há garantias.

Aos poucos um trágico silêncio invadiu o ambiente arenoso, e com o passar dos minutos ou horas, o tédio dava lugar à desesperança.

— O que será que aconteceu com Tarson? — Jupita sentada apenas abraçava as pernas refletindo. Aflita por não saber e aliviada por não ter passado por isso que passaram.

Dominescu tombou o olhar.

O silêncio os abatia. Uma muralha invisível... Apesar das condições atuais eram vencedores.

O lenhador nadara por horas, sentia-se fraco, exausto. Em certo momento acabou fitando a elfa de cabelos molhados, levemente ondulados, sua pele dourada e firme, seu rosto sensual. Difícil ignorar sua beleza e por esta dificuldade concluiu que o encanto também lhe era maldito, pois decerto causou lá seus dissabores. E apesar do curto tempo a seu lado aprendeu a ler sua face tal fosse uma carta.

— Triste?

— É, estamos perdidos.

Dominescu percebeu uma defesa.

— Quando os vi; digo... você e o elfo desconfiei de suas habilidades.

— Sério? — perguntou Jupita, começando a se interessar, mas era pretexto do humano para ir a outro assunto.

— Voltei lá quando... Bem... ao encontrarmos meu irmão.

— Olha, Dom, sobre isso...

— Não há o que dizer. Ele procurou morrer a seu modo. Tenho de respeitar isso. E, Jupita, se for assim...

— Esquece. Não será assim a sua morte. Nem a minha — Jupita, na verdade, não sabia. Seu amigo era humano, e só por este fator era fácil prever quem teria mais chances de sobrevivência. Vigor era uma capacidade inerente aos humanos.

— Cansada?

— Não. E você?

O jovem lenhador estava mais habituado a montar a cavalo direto no pelo do que nadar.

— Não...

Um novo silêncio. O tempo estava nublado sem definição de chuva ou sol. Para Dominescu; o lenhador e ferreiro; a expressão de Jupita revelava a profundidade de seus pensamentos. Ele sorriu brevemente e, estilhaçando a pausa confessou:

— Sonya, minha mãe, ficava como você. Olhando para o horizonte... Imersa em saudade... Não fica assim, o rubor não combina contigo. Nunca contei nada de mim, certo? Só sabem que fui lenhador. Era uma vida simples e gostava dela. Ainda gosto. Vivi entre o vilarejo e a floresta do Norte, junto com meu pai, mãe, irmão e Kayla. Papai a adotou ainda menina. Antes das invasões dos reptilianos...

Jupita ergueu o olhar até os olhos de Dominescu, e lhe dedicou total atenção.

— Éramos numerosos na cidade. A soma das famílias fez diferença e por isso os derrotamos, cerca de um quinto deles que sobraram com vida, fugiram para sudeste.

Num relance ela reviveu seus traumas de juventude e quase à mercê de um transe, corrigiu:

— Sul. Desviaram-se, seguiram para o Sul, seguindo o curso do rio. Nos pegaram de surpresa, invadiram e chacinaram todos os vilarejos fundados no leito do rio. Mais parecia uma onda verde em marcha. Parry-Sharran foi um deles.

— Parry-Sharran era uma cidade?

— Não, uma memória... — uma bem triste para ela.

— As cidades e portos sofreram muito com os ladrões do mar, aterrorizando mares e cidades litorâneas. — Dominescu ia falando e esquadrinhando o horizonte sem tufos de ervas boiando à vista e no céu nada de albatrozes ou fragatas concluiu, portanto, de estarem bem longe da terra.

— Homens como aqueles da nau?

— Iguais…piores… Eu e meus irmãos perdemos parte de nossa juventude na defesa das famílias vizinhas e de nossos próprios lares. Mas o melhor foi sempre voltar e encontrar minha mãe na janela.

Jupita baixou o olhar, receando entregar o que pensava:

— Olha. Preciso lhe dizer…

Subitamente Dominescu foi puxado com violência para o fundo. A elfa prendeu o ar, descrente de tão veloz sequestro. A discípula de Darkay de imediato ergueu sua aura e o brilho azulado veio à tona num lampejo. E logo começou a planar no ar. Ela não dominava por completo essa técnica, por isso ficou apenas pouco acima das ondas. A transparência da água naquele ponto era surpreendente, porém, o que o atacou? Jupita se desesperou, pois falava três idiomas, mestra de sua espada e o que isso importava? De que valiam as lições de seu Mestre Darkay no ambiente escuro das cavernas e o pior… De que lhe adiantaria agora a espada?

"Já presenciou um banquete marinho, minha jovem?" A voz baixa e insinuante do comandante da embarcação veio à mente. Quis e tinha de fazer algo, havia o dever de salvá-lo, mas como se nunca aprendera a nadar?

Os movimentos do corpo de Dominescu e de um imenso peixe branco se confundem entre as bolhas de ar, uma grossa mancha vermelha se espalhou na água, até que era impossível ver algo mais.

Jupita engasgou com seus pensamentos, as lágrimas lhe embaçaram as vistas e nada se ouve exceto o silêncio. De repente borbulhas de ar e uma bocarra enorme repleta de dentes surgiram, mas não há vida naqueles olhos grosseiros. No entanto, onde estaria Dominescu? Jupita procurava por todos os lados e nada.

Até que assistiu um corpo voltando à superfície. Cansada e debilitada, arriscou sua saúde executando outra magia, uma que suspendeu o corpo de lenhador, deixando-o perto dela e na mesma altura.

Porém, era tarde, ele parou de respirar.

Jupita se lamentava, sequer conseguia soprar o nome do bravo homem que esteve ao seu lado naquela semana, ela jamais tinha se ligado tão rápido a alguém…

De súbito, o cadáver se contorceu e cuspiu a água salgada. Jupita errou em seu parecer e nunca esteve tão feliz com um erro.

— Dominescu! Dom! Você está bem? Como se sente?

— Vivo.

Jupita segurou um choro de alegria, ao mesmo tempo em que ria.

— Pode voar? — perguntou atônito em meio ao respirar apressado.

— Não. — A vergonha corria nas bochechas. — Só planar por algum tempo.

— Então economize suas forças — com isso ele atirou-se ao mar novamente e nadou até o corpo do imenso tubarão morto e retirou um naco de suas carnes com sua faca — Precisamos de comida. Voltarei ao tronco de nossa barca improvisada.

— Dom… Segure minha mão, não posso me suspender para sempre. — Jupita tinha ciência que toda a magia tinha limite.

Ao invés de lhe oferecer a mão, jogou-lhe uma tira do tecido da vela do mastro dos destroços que lhes cercavam e lhes servia de corda. O vento nada mais era que uma brisa cansada a arrastá-los pelo vagar das ondas oceânicas. Por vezes Jupita ficava rente à água e quem a visse flutuando acima do mar tinha a fantasiosa impressão de que as ondas queriam lhe abocanhar.

O fedor excretado do peixe morto sufocava agora até o próprio ar. Logo bestas carniceiras e peixes de inúmeros tipos e tamanhos apareceram, formando um sinistro banquete das carnes de seu primo vencido. O lenhador se acomodou melhor no mastro evitando manter os pés na água.

— Quantos! — exclamou perplexa lembrando de imediato do comandante falando dos devoradores do mar. Sem dúvida, sem dúvida alguma, era a sua vez de presenciar o tétrico banquete.

— O sangue na água despertou-lhes a fome.

— Só de pensar que poderia ter sido você…

Dominescu contemplou calado, limpou a barba molhada e de repente desviou o rumo daquela prosa:

— Jupita, você encontrará novamente o nobre Tarson, e acho que você tem de falar o que sente.

— Que…

— Não fale nada. Quando deixei minha casa e meu comércio, não foi só para encontrar meu irmão. Eu queria é lhe pedir desculpas. Apaixonei-me por Kayla, e ela por mim. Amo minha irmã adotiva como mulher. Ele saiu para procurar outro trabalho porque não queria trabalhar comigo, não suportava a ideia de me ver. Achava que havia me aproveitado da inocência dela e só não contou a nossos pais por serem de idade e temer a reação deles.

Ela o olhou com profunda candura, e, pela primeira vez, encontrou sua alma. Dominescu não era um homem sério e sim, triste.

— Jupita…

— Apenas reme meu amigo; à sua direita temos terra.

O homem triste se virou e ergueu as sobrancelhas ao vislumbrar a terra próxima. Dali era possível contemplar uma praia larga que terminava a noroeste num monte rochoso acidentado e maciço.

— E… Dominescu?

— Sim?

Jupita puxou a fina corda de modo a se aproximar, e, já bem próxima, beijou a face barbada.

— Obrigada.

Pouco mais tarde, já na praia exaustos. Ambos se jogaram na areia descrentes na sorte de estarem vivos.

Quando sentou, o ex-marinheiro Dominescu divisou algumas embarcações falidas nas águas daquela baía, concluiu que havia corais e rochas submersas ali. E ao olhar por toda a extensão da faixa de areia, ficou estupefato com o improvável.

— Não! Não é possível!

Com essas palavras, se levantou e correu na direção do Pequenino Hans Ranni Ramiro Roder, o Ratão, que misteriosamente aparecera boiando em cima da gaiola em que esteve preso, usando-a como balsa, mas a remando em círculos. Já em terra, o Pequenino saltou de sua estranha e improvisada embarcação sem proferir uma palavra sequer. Sua exaustão era notória, ele cambaleou, ergueu a mão, como quem se lembrava de algo, voltou e mergulhou parte do corpo na sua "balsa" e ergueu com ambas as mãos, um par de botas humanas.

Jupita foi até eles sem se conter. Hans Ranni Ramiro Roder, o menor dos heróis, ainda respirava!

Hans ficou sério e gesticulou rapidamente para esperar. A elfa parou triste diante dele, pensando no quanto fora fria e distante. E justo a quem desde o início se propusera a ajudar sem reservas.

— Que é, Hans? — adiantou-se o lenhador.

Hans sorriu, em seguida vomitou dentro da bota. Jupita se contorceu de nojo. O enjoado limpou a boca com a manga, jogou a bota para o lado e disse:

— Agora sim. Meu bem, pode me socorrer.

E então desmaiou exausto.

TERRA FIRME

O Sol caía cansado no horizonte, logo seria noite e o Pequenino continuava grogue zanzando na areia em linhas nada retas. Após o naufrágio a ideia de voltar ao mar era indesejada, embora talvez... necessária. Porém, fabricar uma barca para aquele tipo de mar era loucura. E sem água potável seria suicídio. Além do que haviam alcançado uma ilha ou em alguma parte do continente mais ao sul?

De súbito, bem diante de seus olhos, um enorme humanoide emergiu das ondas, ajeitou os cabelos e ergueu uma rede com peixes dos mais variados tamanhos.

Dominescu e Jupita se entreolharam e por reflexo retiraram as armas de suas bainhas.

— Sem violência! — exclamou o gigante — Darei os peixes.

— Para trás, criatura marinha. Nada de embustes — impôs Dominescu erguendo a espada.

— Criatura marinha? Há, há, há. Se falam, não podem estar mortos certo? Esqueçam a hostilidade e me ajudem com os peixes. Achei há uma semana um sino que bem pode ser usado de caldeirão. Teremos peixe assado ou caldo de peixe cozido com ervas.

— Quem e o que é você? — indagou Jupita incerta.

— Um náufrago como vocês. Sou Iurik, filho amado da casa de Koth, se é que isso aqui faz diferença.

O tal Iurik era imenso. Tinha um tórax largo como o dos pescadores das ilhas e a medida de quase dois homens. Quando ele se aproximou Jupita ergueu a espada agressivamente.

— Ok. Fiquem à vontade, mas o Pequenino parece abatido. Ele vai precisar comer as raízes daquela planta à direita dele ou vai vomitar o dia inteiro. Por ali, uns dois quilômetros adentro têm água potável e, quando quiserem, poderão encontrar minha morada mais a sudeste.

O lenhador e seu povo já tiveram algumas experiências com gigantes e das piores. Por outro lado, aquela figura tinha apenas dois terços do tamanho de um, por isso o termo gigante soava impróprio, talvez ele fosse só um homem, um dos maiores que conhecera.

O homem de porte esplêndido andou lentamente para longe deles, passando pela praia e em seguida sumindo por detrás das dunas e da escassa vegetação.

Jupita receosa manteve-se em guarda queria garantir que não voltasse e os aprisionasse com a rede.

Porém, estavam exaustos e Hans desmaiara de vez. Mantiveram-se em vigília quando seus corpos puderam se sustentar. Jupita fora a primeira a cair. O som das ondas quebrando no mar era violento, feria os ouvidos e assim mesmo Dominescu também desabou. Pesadelos e sonhos mau formados se mesclam até que o calor do sol nas pálpebras de Dominescu o despertaram por completo. Tão logo a mente lhe revelou onde estavam, protegeu os olhos com a palma da mão e vira apenas as botas vomitadas trazidas por Hans. E nada dele ou de Jupita. Então rolou o corpo e viu a bela elfa.

— Bom dia, meu amigo.

— Bom dia. Bom... está tudo bem?

— Hans ainda vomita, mas melhorou muito ao comer as raízes.

— Jupita, acha que as raízes são indicadas?

— Droga. Detesto quando falam como se eu não estivesse aqui — falou Hans, vindo de uma pequena ramagem.

De súbito, uma grande sombra surgiu por trás do Pequenino. Dominescu mal conseguiu se levantar.

— Já conheceu Iurik? Foi ele quem indicou as raízes. Com esse conhecimento de plantas, ele bem poderia ser um Pequenino.

O agigantado olhou para Dominescu e antes de esboçar qualquer palavra se adiantou:

— Escuta eu vou voltar. Pelo jeito alguém aqui ainda precisa de tempo.

— Iurik, espere. Não! Ei, espere! — insistiu Jupita docemente.

— É! Ele é manso — completou Hans mastigando — Foi ele quem trouxe as frutas. Morde não.

Dominescu estava descrente, ele e seu povo foram acostumados a odiar gigantes.

— Morder? Há-há-há! — O gigante de costas ria e se afastava —
O velho Daintghorn não come nem unha...

— Daintghorn? Impossível, Iurik Daintghorn morreu. Desapareceu no mar!

Dominescu foi acometido por um monte de pensamentos. Será que o meio gigante encontrou o filho do rei e o devorou? Era a única explicação para que falasse esse nome. Muitos certamente sabem o nome de seu próprio rei, mas o de um herdeiro menos provável. Um príncipe era só o filho do rei e seu nome um mistério de pouca curiosidade. Dominescu correu até ele, gritando imperativamente:

— Gigante!

Quando este ouviu parou de pronto com uma expressão plácida, totalmente despreocupada.

— Onde está este que diz ser? Como o encontrou?

— Ah, você o conhece, está aí um reconhecimento interessante. E parcial.

O lenhador do reino de Daintghorn apontou-lhe a espada e insistiu com raiva:

— Diga qual foi o fim de Iurik!

Imóvel, o gigantesco homem fitou Dominescu longamente, e de repente sua face rosada assumiu uma expressão indiferente:

— Hunf! Está bem. Movido pelo mais visceral dos ímpetos de aventura se lançou ao mar com doze embarcações. Levou sua comitiva para um remoto canto do mundo. Traziam em seu ventre, além da criadagem, vassalos e a guarda pessoal, diversos itens para comércio. Foram atacados por mares revoltos e muitas vidas e naus se perderam. Após a maior de todas as tempestades que se seguiu, a sua embarcação se perdera da frota. Reencontrou à deriva um deles, durante o nevoeiro de uma manhã. No convés dois marujos; os dois últimos amarravam o corpo de um cadáver e atiravam ao mar um por um pela prancha. Os marujos de nossa embarcação notaram mais cadáveres na água e temerosos citaram uma maldição qualquer. Não houve como persuadir os miseráveis a ajudar seus compatriotas.

A face do gigante caiu enquanto prosseguia:

— O toque de um morto na nave era tido também como maldito. Dava azar... Mortos eram amarrados com pedras e lançados pela prancha para impedi-los de voltar e exigir de volta seu lugar ou mesmo uma vingança.

— Então foi isso? — Dominescu estava impaciente, amargurado em ver e ouvir sobre tantas mortes. Seu irmão, os aldeões, os piratas e agora mais.

— Bom... noutro dia, uma outra embarcação navegando a esmo como o primeiro. Em segredo Iurik enviou cinco vassalos fiéis em uma barca. Os sobreviventes daquela embarcação alegaram terem sido atacados sem aviso por seus próprios companheiros.

O gigante pareceu se afetar com a história.

— Navios vingadores — falou Dominescu quase em um sussurro.

— Quê? — Hans pensou em algo ridículo mas definiu por si que o pensamento nem merecia crédito.

— Naus atacadas por piratas e que não têm mais conserto são afundadas com tudo a bordo, inclusive tripulantes — o lenhador comentou ao Pequenino — No máximo retiravam alguma madeira para reparos. Daí a lenda de navios vingadores repletos de fantasmas. Tanto piratas como marinheiros morrem de medo desse mito. Por isso naus à deriva são sempre evitadas.

— Não sabia... Iurik, o príncipe imbecil, desconhecia isso e em vez de fantasmas trouxera a doença para sua embarcação. Foi a doença que se alastrou e matou todos... No porão água e comida dividiam espaço com marujos sem forças e vomitando muito... No meio de uma noite notei ter sido o único ainda a respirar. Joguei todos os corpos no mar para evitar o mau cheiro e evitar a proliferação de ratos e baratas, no entanto, mais cedo ou mais tarde eles tomariam o navio por completo. O ato de jogar tantos corpos ao mar atraiu tubarões e outros carniceiros do mar, logo o cortejo fúnebre era confundido com banquete.

— Isso explicaria apenas os barcos afundados. O que isso tem a ver com o destino de Iurik? Você não respondeu o que perguntei.

— Na verdade, estou respondendo. Ele morreu no mesmo dia em que percebeu que a sua inútil vida de etiquetas nada servia contra o mar traiçoeiro. Ele teve de assistir, aterrorizado, a sua embarcação à deriva se chocando com outra e afundando a ambas. Cego, ferido, morreu na caverna de um ciclope. Sou apenas Iurik, o único a sair vivo do covil do monstro de um olho só.

Dominescu baixou a guarda e o rosto. Estava tonto com tantas tragédias.

— Peço desculpas. E obrigado por nos ajudar.

O gigante apenas anuiu com a cabeça e seguiu seu caminho. E nesse caminho refletia. Como ele, Iurik Daintghorn, poderia contar sobre a criatura que, a princípio, o abrigara? Como poderia falar sobre o ciclope? Aliás, logo após o naufrágio Iurik estava enfraquecido, debilitado, só os deuses sabem bem se não fora da mesma moléstia que afligiu os marujos e o restante da embarcação. Doente, débil, apenas via um ser troncudo de face tola, zarolho, munido de uma sobrancelha espessa e feia como todo o resto de si, um fulano tal que o alimentava dizendo tolices.

Não havia forças em si para contar que fora obrigado a comer carne humana. A carne de seus súditos. Que tipo de príncipe come sua própria gente? No dia em que a consciência se instalou de vez sentiu o cheiro de carne queimada e percebeu o que tinha acontecido naquele ambiente. Ao se levantar experimentou uma severa tonteira e deu de cara com o pária zarolho; com o monstro abjeto de práticas imundas; e que no fim de zarolho nada tinha. Não, de modo algum. O traço no rosto lesado era uma cicatriz antiga, no lugar onde deveria haver outra órbita, ou o espaço vago para ela. Ele tinha apenas um único e central olho, a tal cicatriz apenas entortava ainda mais o rosto tolo. A criatura, com vaga lembrança humana, sorriu a Iurik, contente em vê-lo de pé. Sorriu com seus dentes tortos, podres dos quais corria uma cor nojenta, entre o cobre da falta de higiene e as pústulas amarelas de infecção. O idiota brutal com seu único olho central acabara de se alimentar.

Então Iurik sentiu um gosto de carne em sua boca, o coração correu sozinho enquanto o corpo travou atordoado. Ao redor restos e roupas que comprovaram terrivelmente suas amargas suspeitas. Um furor impetuoso lançou as mãos do príncipe à frente, atingindo a garganta do abjeto, tentando esganá-lo. O cheiro de sangue, fezes, carne e podridão impregnado neste local de insanidade era nada comparado ao gosto da carne e sangue em sua língua. Envolvido por essa sensação horrenda, as mãos fraquejaram pelo terror. O corpo, desacostumado com o próprio peso, desequilibrou e foi facilmente jogado ao chão pelo horrendo. A razão em si chorava, o coração esmagado gritava.

Perto deles notou pequenas jaulas, repletas de minúsculos humanoides. E mesmo sem crer em sua miudeza e existência, Iurik abriu a portinhola com pressa, a fim de libertá-los. Um deles o mordera numa tentativa clara e desesperada de defesa e os demais correrem e pularem para longe assim como quem lhe atacara. O corpulento e gigantesco monstro observava. Inconformado discursou sobre sua ingratidão, pois o jantar que libertou também era dele. A besta falava ainda em seu idioma. O indignado e enfurecido ciclope o chutou e o arrastou pelos cabelos para fora de seu covil e o abandonou.

Bem mais tarde quando a força retornou e conseguiu parar de chorar e vomitar, Iurik passou a perambular cambaleante e choroso para longe. Sem rumo, querendo apenas distância daquele absurdo todo. Nos caminhos que tomou vira répteis enormes a saborear a carne de alguns dos seres minúsculos de antes e outros que nem sabia ou mesmo queria entender o que eram. Saber ou lembrar naquele momento era um fardo dos mais indesejáveis, preferia o sândalo do esquecimento. E se viu tendo que vigiar o juízo, pois ainda ouvia ossos sendo triturados e sangue colorindo dentes amarelos e sujos. Esse sim foi o dia em que o príncipe Iurik Daintghorn, da estimada casa de Koth morrera.

Poucas horas depois, Dominescu, Jupita e Hans estavam em frente ao local usado por Iurik como residência. Na verdade, nada mais que uma fenda em um monte e que não podia ser considerado como caverna pela falta de um teto, um mini vulcão parcialmente ruído na lateral, no chamado cone vulcânico.

Em certo momento, ouvem-se sons ora agudos, ora graves, e depois decorrem novos períodos de silêncio.

— Esse martelar, o que é?

— Um incômodo contínuo, e não tenho como fazer nada. São uns pestinhas! Isso que eles são.

— Quer dizer que são animais?

— Se soubesse erguer choupana há muito teria saído daqui. Logo entraremos no período de chuvas e no mar não dá para entrar, os peixes permanecem longe. Tenho de viver de frutas e raízes e com tantas cavidades este lugar é perfeito para acumular provisões.

Vasculhando os arredores o trio notou que nesta residência existia partes de naus possivelmente recolhidas da praia e aproveitadas para dar um melhor aspecto a sua morada.

— Não tenho sossego nem à noite, pois eles vivem a martelar e cavoucar as paredes. Queria mesmo era somente repousar, assim conseguiria tempo e paciência para solucionar meu problema. Desculpem pelo desabafo. Nem sei se estão dispostos a dividir o teto com um estranho, portanto, aproveitem do que quiser. Eu os deixarei em paz. Espero que sejam uma vizinhança melhor do que eles — disse apontando as paredes.

— Ô, grandão — interrompeu Hans — acho que sei o que são "esses aí ó". E acho que posso ajudar.

Dizendo isso, ele correu e pulou com imensa maestria entre os restos de embarcação recolhidos e se meteu em uma das cavidades.

— Hans… Não! — exclamou Dominescu sem ser atendido.

— Também acho que sei o que são. Parecem ser gnomos — dito isso, Jupita se agachou e examinou uma das cavidades próximas ao chão. — Eles sempre se arriscam quando suspeitam ou têm certeza que existe ouro ou pedras preciosas incrustadas nas paredes.

De súbito, ela entrou na cavidade estreita demais para o troncudo lenhador.

— Tome cuidado!

Enquanto isso as sombras eliminavam a certeza do Pequenino sobre o que estaria naqueles túneis. De súbito um rugido estranho e alto. Uma ameaça desconhecida. E Hans começou a correr. E entre as curvas e reentrâncias alguma coisa o agarrou.

— AAAIIIEEE!!! — era o fim, Hans seria devorado.

Quando o Pequenino abriu os olhos, se viu em lugar iluminado sem sol ou lua e a seu lado o anão da embarcação.

— Xiii! Morri, né? — Hans segurou o choro. — Você morreu primeiro e eu fui devorado.

— Seu covarde. Você desmaiou logo depois que te achei.

— Mentira! Você quer me animar... Sei que morri, eu lutei muito sabe, mas...

— Ô, bichinho safado. Como se chama, ô, dos pelos?

— Hans, meu nome era Hans Ranni Ramiro Roder. Ranni era minha mãe e Ramiro era o coletor de folhas, meu pai amado e perdido para o mundo.

— Então... Hans de Roder...

— Na verdade, Roder era só para enfeitar, e nem quer dizer nada.

— Tá. Então Hans com sobrenome de Roder só para enfeitar, lutou com um grande mal e foi devorado?

— Tá bom, eu corri e daí? Não faz diferença alguma. Ei, psiu! Então esse é o mundo dos mortos?

— Se continuar a falar merda, logo vou te mandar para lá.

— Coi-ta-do. Tá sofrendo, né? Você nem sabe que morreu. Aliás, quem era você?

— Se foi isso mesmo como sei que você entrou, sei lá por que, num buraco e, pelo jeito que corria às cegas pelas cavidades, ouvira a "máquina" e, do jeito que é cagão, pensou que era um monstro. Quando eu te encontrei e segurei para que não caísse nesse abismo a sua esquerda, você deu um chilique e desmaiou.

— Então, não tô morto?

— Como você parou aqui?

— Não tô morto?

— Esses seus pelos entraram no cérebro é? — Cansado daquilo, Morgrinald ergueu-o do chão e o prensou na parede segurando-o pelo que o Pequenino tem entre as pernas. — Vem cá, se tivesse morrido sentiria isso?

— Ui — falou com voz rouca de dor. — Ééé... Acho que não. — e, em seguida, mais fino. — Desculpa então, viu.

O anão largou o Pequenino.

— O único monstro que ameaça este lugar segundo os gnomos…

— Gnomos? Acertei! Iupi!

— Quieto, cheio de pelo. Os gnomos contaram sobre um gigante. Um gigante devorador de carne.

— Sei! Escuta. Me leva com você? Quero conhecer os gnomos.

— De onde você saiu?

— Sinceramente? Sei não.

— Imbecil.

— Tá dizendo isso por que não decorou meu nome, né? Vem cá, qual era o seu? Qual é o seu, qual é o seu? — questionou repetidamente o Pequenino protegendo a virilha com uma mão e coçando com outra. — Desculpa… Mau-hábito né?

O anão respirou tentando ter paciência. Ele franziu o cenho, bateu no peitoral da velha armadura e falou com orgulho:

— Morgrinald do Sangue de Keldorn do clã dos Martelos de Combate.

Hans escutou de repente o som de antes e parecia se engrandecer pelos túneis, ecos não fazem isso e o cheiro era estranho, então foi puxado pelo anão e o colocou atrás de si sem o largar.

Morgrinald vigiou atentamente a escuridão.

O Pequenino sentiu o ar ao redor esquentando e sem entender o que estava acontecendo e com receio do que fez o troncudo e fortíssimo anão se calar resolveu nem se mexer.

Morgrinald largou Hans e, para a surpresa deste, o ambiente foi levemente iluminado por uma luz avermelhada que logo se apagou. O ruído era metálico e por um instante pareceu se afastar, mas o experiente guerreiro nunca cairia neste engodo e se posicionou. O ruído metálico acobertava os sons de passos. Percebeu através dos dons de sua raça que a distância foi encurtada em suas passadas. Que ótimo, pensava o anão. A criatura tola é simplória, pois vinha em sua direção. Finalmente algo com gosto de terra para comer. Porém, o experiente anão das montanhas notou ser um bípede leve de andar sinuoso, e além de ser maior que ele era, sobretudo, cuidadoso. Morgrinald deu passos lentos, mantendo uma das mãos à frente. Planejava detê-lo.

De repente o som calou-se.

Esperou Hans Ranni "Qualquer coisa" gritar ou falar qualquer coisa tola. Ainda estava ali bem próximo dele, mantendo-se protegido. Longe do perigo, mas perto de seu defensor, ou seja, um covarde. Ele estava imóvel, no entanto, respirava alto demais, rápido demais. Um "idiotinha" desesperado. Morgrinald o empurrou com força para longe, precisava ter espaço.

O som claro e nítido de metal saindo duma bainha gasta chegou a seus ouvidos. Era a hora. Seu ataque foi rápido. O anão usou uma pedra solta para se defender. O metal riscou e correu pela pedra. Pelo atrito uma espada de médio tamanho. Morgrinald estava indeciso. Machado ou martelo? Os dois então. Passos, corrida, não havia tempo para ambas. Numa puxada ligeira a larga chapa afiada do machado que mantinha nas costas deteve o golpe e agiu como escudo. O neto de Keldorn sorriu por detrás do machado, contente por tê-lo resgatado da água na maré baixa. Feras marinhas não caminhavam em cavernas então o que aquilo era? O oponente era bom e ele estava gostando da brincadeira. Contudo, era agora a sua vez, então girou o tronco para que a canhota alcançasse o ansioso martelo, enquanto seus pés giraram em sentido inverso e deste movimento em arco o martelo ganhou violência, mas nada encontrou. O que houve? Onde ele estava? Então...

Seus olhos penetravam no escuro. Essa habilidade, a luminescência, era o presente de um deus aos de sua raça. Assim ele o faz brevemente. Queria ver o oponente, e, sobretudo, queria ser visto já que fazia seus olhos brilharem também. No entanto, assim que o fez viu uma adaga com rubis incrustados parada com a lâmina em seu pescoço.

— Larga! — ordenou alguém.

Morgrinald, o mais valente de toda sua casta sabia:

— Acabou.

— É! Parece... Desculpe.

— A orelhuda do barco?

— Não devia falar assim com quem está em vantagem — disse Jupita.

— Hum! — O anão sorriu com os olhos.

Só então Jupita sentiu em sua barriga o frio do metal, a aguda lâmina do machado de duplo corte a tocava. O fio sequer tocou no couro de sua jaqueta indo direto na falha, no ponto descosturado.

— Trégua?

— Feito.

A discípula de Darkay deixou a energia mágica em seu corpo fluir. Sem contê-la, a incandescência de seu corpo era de um leve e sutil branco-azulado e pouco a pouco o ambiente foi iluminado. O anão apenas cerrou um pouco a vista, pois não era bom usar sua visão na luz logo após ter usado a luminescência.

— Que… Que… Bom. Entendimento é bom. — Hans gaguejava no chão, contendo a espada da amada elfa com as palmas dos pés descalços. A ponta afiada foi detida perto demais de onde realmente dói. Quase decepando seu orgulho, sua virilidade. Respirando fundo, falou sem gaguejar — Olha, gente, eu já volto — com isso dito Hans desmaia.

— O Merdinha precisa de ar. — Morgrinald fungou quase rindo e continuou — Sabe voltar de onde veio?

Jupita fez o caminho de volta facilmente. Mesmo sem usar de magia, sem luz. Andaram bem pouco. Duas ou três bifurcações e pronto. Um feixe de luz cortando o meio do corredor marcava a passagem estreita de acesso. Inexistia necessidade de magia mais.

Jupita foi a primeira a retornar do buraco e puxava o Pequenino desfalecido.

— O que houve? Ele está bem? — perguntou Dominescu, indo em seu socorro.

Morgrinald raspou sua armadura nas paredes da pequena saída. Ele xingou um bocado em sua língua.

— Trouxe uma das pestinhas contigo! — Iurik alarmou-se incrédulo.

— Peste? — o anão indignou-se com a recepção. Ele ainda não havia olhado para cima, então saiu rápido do buraco e sacou seu martelo.

— Então essa merda aí é o gigante assassino?

— Esperem! — pediu Dominescu pasmo com o que via — Morgrinald? O guerreiro da embarcação? Por favor, vamos com calma. Tem de haver uma explicação razoável.

— Dominescu, cuidado. Pelo que contaram o de perna comprida aí é um devorador de gnomos — respondeu vigiando o gigante.

— Gnomos? Já desconfiava — comentou Jupita enquanto tentava reanimar o Pequenino, por ora esquecido diante daquele novo impasse.

— A-há! Eu acertei não foi? — perguntou triunfante o Pequenino no colo de Jupita.

— Ora, seu "cretininho"! Você está bem?

— Agora sim, meu doce — dito isso se aninhou no colo da bela.

— Então sai de mim.

O jovem foi parar longe. Bem entre o anão e o gigante. Para ser exato, no chão, olhando ambos. E eles se encaravam com ferocidade, um parecia esperar apenas o movimento do segundo, um motivo para o embate. Dominescu coçou a barba com as mãos e depois bateu com elas na cintura:

— Bom... Senhoras e senhores, de um lado Iurik o gigante, devorador de raízes, siris e peixes, e do outro Morgrinald do Sangue de Keldorn, do augusto clã dos detentores dos Martelos de Combate.

— Um anão das montanhas! — Iurik, com um movimento longo e reverente firmou o joelho direito ao chão e com a mão direita fechada ao peito falou da forma mais respeitosa que podia no idioma dos anões. — Salvo o dia de não mais existir irei manter o coração puro e o machado afiado.

Tais palavras levaram Morgrinald longe na estrada da memória, o machado voltou a seu descanso. O gigante arrumou os cabelos e com humildade voltou a falar no idioma fácil e comum dos humanos:

— Espero que meu sotaque não o irrite.

— Só me deixou curioso — continuou em seu idioma que parecia com pesadas pedras caindo.

— O que quer dizer "do sangue de Keldorn"?

— Sou seu neto — respondeu de pronto — é verdade o que dizem? Devora carne?

Naquele idioma e no seu uma pergunta dúbia, mas a Iurik a situação não pedia detalhes e sim respostas diretas. Pois, se o neto de Keldorn fosse capaz de metade dos feitos do lendário avô, sua cabeça não perduraria muito tempo no alto do corpo.

— Tem sua verdade, adoro peixe e siri.

— Sou Jupita — se interpôs a elfa na fala fácil dos homens.

— Jupita, sei — o anão inclinou de leve a cabeça sem baixar o olhar — Sartre fala muito de vocês.

— Ele...

— Tá sim, em algum lugar ao sul daqui com os gnomos. É isso aí... gnomos. Eles falaram que optaram por cavar túneis para evitar encontrar com o gigante e formar um caminho até a floresta do outro lado da ilha para conseguir comida.

— Ilha?

— Confirmado — falou Dominescu olhando a elfa de soslaio.

— Ilha — respondeu o anão — Houve um desmoronamento, e eles culpam esse grandão aí.

— Hein?

— Dizem que esmurra as paredes só para ver se cai algum petisco...

— Esses pestes nem de madrugada param. O barulho é insuportável e...

— Então batia nas paredes.

— Uma vez... O dia tinha sido difícil, tive febre. Se fiz mais foi dormindo. Espera estão me tendo por forte demais não acha?

— Não há outros como você?

— Se eu fosse capaz de mover a terra já tinha arrancado um pedaço do rochedo ao norte e teria usado como remo. Aí ia levar a maldita ilha comigo e voltar para casa.

— Era como se tentasse fazê-los rolar dos túneis para fora.

— Bobagem!

— Queria mesmo era os destruir e causar desmoronamento, não é? — provocou o anão.

— Você não está ajudando — retrucou Dominescu com firmeza.

Jupita pensou em algo do passado, que logo abandonou e assim se voltou ao anão:

— Nos leve a Sartre e a esses gnomos.

— Pronto! Virei um guia.

— Então fique aqui com sua insolência e nós iremos ao encontro deles.

— Ir com o gigante? No mínimo iam achar que os traí. Aí entram nesses túneis que bem podem ter quilômetros aí podem esquecer o velhote.

— Esperem. Ele tem razão. Vou ficar. Não há muito para onde ir nessa ilha mesmo.

Para Morgrinald, a discussão era inútil. Esse Iurik de gigante nada tinha, um humano superdesenvolvido e só, com quase três vezes o de um anão. No entanto o "gigante" recitou o verso de um poema de seu avô ou era de um companheiro dele? Que seja! Seria interessante ouvir os feitos do avô, as coisas ditas do passado e relembrar de outras por isso disse:

— Vou ficar.

— Não pode. Os gnomos conhecem apenas você.

A autoridade da elfa para Morgrinald já estava passando dos limites.

— Vão sim, sem problemas — opinou Iurik. — Como disse não há muitos lugares para ir.

— E nem para se esconder — replicou o anão, caçoando do tamanho de Iurik.

O gigantesco humano suspirou com ares de desdém, e humor. Sentou-se calmamente e com um galho passou a desenhar na areia enquanto os demais se afastavam.

O passeio foi pleno de animais peçonhentos, porém a experiência e a agilidade de Hans; o jovem Ratão; surpreendeu os que eram para surpreender. Por fim, eles chegaram a uma entrada iluminada numa praia curta, feia, repleta de restos de madeira. Na ponta desta havia um pequeno riacho que despejava no mar suas águas amarronzadas, junto com dejetos e restos de invenções. Era ali onde os gnomos habitavam.

Certamente estavam ali alojados por gerações. Bem próximo dali, no meio do morro alto e esburacado era possível ver janelas e portas quadradas de diversos tamanhos em todas as cavidades. Por elas, vez ou outra, um ou mais gnomos saíam. Os mais curiosos passaram a apontar os recém-chegados e assim os rostos de mais alguns apareciam por essas mesmas janelas. Mas logo sua curiosidade parecia acabar e voltavam aos buracos e janelas.

Hans, Morgrinald, Jupita e Dominescu caminharam pela faixa de areia, contornando o morro e na praia logo viram um galeão semidestruído semienterrado na areia. Tal fosse um peixe de entranhas à mostra. Sendo evidente que aquilo era a casa de diversos gnomos. Sem boa parte da lateral do casco dava para vê-los em seus afazeres diários. Cerca de dez ou doze curiosos juntaram-se aos recém-chegados e passaram a assediá-los com muitas perguntas e toques.

Gnomos eram baixos, tinham a estatura entre o anão e o Pequenino, no entanto enquanto Morgrinald tinha um tórax proeminente e vazava músculos em cada ângulo, os gnomos eram roliços de braços. E estavam agindo com os visitantes tal como órfãos recém-abandonados no mercado das cidades. Todos os gnomos, sem exceção, estavam sujos de terra e fuligem e trajavam macacões de algodão cru. As poucas cores existiam nos bolsos de diversos formatos e tamanhos. Tais bolsos e bolsões agasalhavam ferramentas e algumas inutilidades que vez ou outra ficavam expostas.

— Para que tantos buracos naquele morro? — perguntou Hans.

Como resposta recebeu uma nova indagação:

— De onde vieram?

— Hein? Do Oeste.

Dominescu notou que partes do galeão foram desmontadas e a madeira deve ter sido usada para fazer fogueiras, nos dias de frio. Mas não estava alheio as perguntas:

— Na verdade pouco sabemos. Fomos vitimados por um triste naufrágio. No mar a gente perde a referência, então... Viemos parar aqui.

— Do Grande Império — complementou Jupita olhando curiosa tudo à volta —, de suas terras do Leste. Vocês moram ali também?

— Estão com fome? Sede? — indagou um gnomo sorrindo tanto que seus olhos quase sumiram nas bochechas. — Temos comida. Espero que gostem de verduras, pois é tudo que temos por ora... — então notou Dominescu. — Ei! Você é forte, pode ajudar com a rede de arrasto?

— Claro.

Dominescu nunca foi pescador e sim marinheiro. Contudo, nesses tempos de mar alguns dos homens falavam com frequência desse método de pesca com a tal rede de arrasto. Ao ver duvidou que indivíduos tão miúdos fossem capazes de manuseá-la.

— Ei. Primo, aqui também tem feijões? Vagens talvez? Tem? Sabe minha barriguinha tá a fim de um belo recheio... Oi, gente do morro! — berrou Hans, acenando para os gnomos atarefados com seus trabalhos.

Morgrinald percebeu que acenaram de volta só por educação e voltaram a seus afazeres. Hans qualquer coisa não perdeu a pose, talvez nem tivesse reparado, e num rompante o louquinho exclamou a plenos pulmões:

— Uau! Olha o tamanho dessa alface! Sementes de girassol! Espinafre! E até grilo!

— Isso é uma peste — reclamou uma gnoma.

— Não! Não é não. Se você fritar eles em gordura, assim bem fritinho...

— Argh! Que nojo! — reclamou a elfa.

— Nojo? Er... Tem razão. Não faça isso com grilos, eca! Eles são nojentos. — e de canto de boca para os gnomos cochichou. — Bem fritinho, com um pouco de erva seca, ou eles enrolados em folha de alface e grãos de milho...

— HANS!

— Hein? Que foi? — Hans olhou rapidamente à volta e consertou com maestria a falha com a sua gostosinha. — Só estava elogiando a plantação deles princesinha, é óbvio que os grãos e verduras foram trazidos de fora.

— Como pode afirmar isso?

— Ah tão brincando? Onde já se viu plantas como essas serem do litoral? Estão comendo folha de macaco por acaso?

— Eu e outros trouxemos de longe — disse um deles que acabara de chegar montado em um mecanismo dotado de pernas e corpo de siri. A engenhoca feita de madeira, pedra lascada e cordas trançadas andando estranhamente por conta de alguma feitiçaria e causou espanto e encantamento frente à criatividade do povo gnomo — E vocês vieram do naufrágio assim como "Morinalk".

— Morgrinald. — o anão corrigiu prensando o olho esquerdo numa reprovação quase oculta.

— Custo a acompanhar o raciocínio feito por "Morginalk" — com isso moveu uma das mãos e assim por meio das cordas ocultas ergueu a pinça de pedra em forma de pá presa na extremidade.

— Moorr-grrri-nald.

Novamente o gnomo manchado de terra e pó naquela geringonça pôs-se a mover as mãos, e as pinças daquilo acompanhavam seus movimentos tal fossem feitas por um só organismo.

— Refiro-me à sua... vigorosa reação, ao ser comunicado sobre a ameaça às nossas pessoas — disse com evidente arrogância contra o anão. — E diante da interlocução de meus parentes você se adiantou. Melhor dizendo, propôs-se a fazer pesquisa de campo sobre a natureza da ameaça a ti revelada. Embora evidentemente com escassa eloquência.

Para Jupita e Dominescu, fosse quem fosse esse gnomo montado naquela coisa era alguém cuja fala impunha respeito. Se não for o líder, estava entre um deles.

— Nunca entendo nada que eles dizem. E você amigo? — perguntou Hans, cobrindo a mão para que não fosse ouvido de longe, porém logo ficou sem graça ao perceber que seu comentário foi para outro gnomo.

E este apenas lhe respondeu:

— Nosso colega relatou o que o referido anão dissera no encontro tido conosco. Que não somente examinaria a questão de nosso suplício, mas também se propusera, de imediato, a extinguir a aberração bípede e despótica. A tudo isso discursara com mostras claras de orgulho e determinação.

O gnomo que iniciara a cobrança continuou:

— Por conseguinte; como bem exposto pelo colega; devo eu crer no seu fracasso ou classificá-lo inadequado para a tarefa a você confiada?

Morgrinald cansou das provocações e segurando e erguendo ambas as pinças frontais do aparato mecânico avançou rapidamente empurrando coisa e gnomo até darem de encontro a uma pequena rocha onde pressionou o arrogante gnomo com o antebraço em sua garganta, e sem largar as pinças o olhou bem no fundo de sua alma, então o neto de Keldorn perguntou lentamente, em tom alto o suficiente para ser ouvido:

— E quem determina que terminei? Você?

— Na verdade… — bradou uma voz ao longe, uma voz bem conhecida por Hans. — Sempre me disseram que há dois tipos de homens no mundo, os que constroem e os que destroem.

— Velho, prefiro dizer que há dois tipos de seres. Os que eu suporto… — nessa pausa ele torceu uma das pinças e fez o gnomo gemer discretamente pela pressão resultante em seus dedos. — E os que eram Seres antes de eu chegar.

Com isso soltou o aparato dando um passo largo para trás, fazendo-o voltar rápido demais à posição inicial e depois cair a frente com o gnomo soltando todo o ar de seus pulmões.

Neste ínterim, todos procuraram o dono da voz. Alguém margeava uma rocha e em um pulo simples pra areia o rosto de um homem de meia idade ganhou mais uma vez um nome.

— Sartre? — Jupita desacreditava em seus olhos.

— Sartre! Este homem tem mil vidas! Ô velhinho filho de uma… — o Pequenino procurou o olhar de advertência da elfa, mas em seguida deu de ombros e prosseguiu — Seu vagabundo, filho duma vadia sem queixo e cheia de remela! Como?

Com um sorriso cansado pelas más lembranças e pelas vidas que se perderam no caminho até aquele lugar, ele iniciou seu relato.

SEGREDOS NO AR

Do alto, a grama corria sobre seus pés, Tarson-Romanei apesar de tudo voava de forma estável. Vacilava aqui e acolá numa vertigem que evidenciava seu mal-estar, estava difícil manter-se calmo, distante. Mesmo todo o distanciamento treinado nos salões de Cristais de Gelo. E da marca funda na alma causada pela perda de tantos entes na semana do ataque dos reptilianos, nada jamais o havia abalado tanto.

Inexistia qualquer comparação ou escala. Nem as vivências mais terríveis da época da guerra das raças alcançariam o horror que agora lhe assombrava.

E tudo ocorrera tão logo saíra da presença das amadas amigas e daquele lenhador. Ali no meio das nuvens por pouco fugiu do imenso dragão. Felizmente este não conseguiu vazar a parede rígida de nuvens, as chamas deixaram a nuvem escarlate e seu urro se perdera entre os trovões. Manteve-se lá, preso como o deixaram.

Próximo do chão, ofegante depois de tão difícil visão, um nevoeiro fino e vivo envolveu o lugar. A sensação e certeza nos ossos era de ser algo antigo e por tal difícil imaginar-lhe um começo, sem cair no fantástico. Trechos de sua essência se acumulavam em certos pontos, gerando uma forma com tal requinte que ora vazavam a ideia de expressões numa face emoldurada de trapos finos e claros de ar, umidade e poeira. Embora esta "forma" fosse uma cabeça menor que ele, sua totalidade bem podia alcançar um cubo de quilômetros. E não era uma ilusão, pois via claramente os fiapos se interligando e movendo-se como os dedos de um mestre em marionetes. Estar estupefato diante de tão fantástica e rara presença transpareceu em Tarson rapidamente. Perguntas e perguntas se acumulavam na boca querendo cavalgar na língua fazendo a linguagem leve de seu idioma trancar.

— Cala-te agora, elfo. Saiba por minha voz o que ocorrera com os patriarcas de sua espécie. Pois em nome de todos falarei e não devo ser contido e tampouco ignorado. Há muito tempo, no augusto mundo dos ares puros, tudo seguia conforme o plano dos deuses, meu mundo assim como este em que vive é um dentre muitos. Para que entenda do que falo, farei tal comparação do modo mais simples que me vem à mente. O tudo que existe está sobreposto, tal fossem camadas de uma cebola de seu mundo. E, entre estas há fendas que dão passagem a um pouco do outro mundo para nutri-lo, mudá-lo ou exercer a renovação.

— Não há intenção em mim de ridicularizar — comentou Tarson com todo o cuidado. — Eu conheço a lenda dos eternos e dos mundos colocados entre os irmãos divinos para que eles não destruíssem tudo o que existia nesse mundo. Pula os detalhes, te imploro! Que houvera com os patriarcas?

A pausa acentuou a expectativa, Tarson pressentia algo terrível.

— Se sabes disso, a mim fica menos sofrível a tarefa — disse a voz de sobressalto. — Trago notícias do fim. Agentes facilitadores, seres devotos, sequiosos de recompensa ou de indevida e letal curiosidade abriram um portal. O resultado, em longo prazo, foi a passagem de ZHI, o demônio… o plano do Fogo foi o primeiro a cair, seguido dos planos da Terra, Água e por último o plano do Ar.

O elfo engasgava de pavor. As palavras atolavam na saída e apenas sons incompreensíveis surgiam. Aquele à sua frente e a seu redor parecia ser feito de palavras, uma voz sem descanso e não do leve ar.

— Boa parte do exército demoníaco caía em cada passagem e a maior parte deixou de existir no augusto plano do Ar, contudo… Seres alados…

— Dragões?

O vago silêncio estabeleceu a concordância do termo e Sargauss prosseguiu:

— Em revoada e proliferando dentro das nuvens. Acumulando seus exércitos até o dia em que houve um ataque maciço, tal qual a feroz e impetuosa tempestade. Os asados tinham a nefasta missão de destruir diversos seres desse mundo. Sargauss, este que vos fala, nem era tão bom assim para ser o guardião entre os mundos, e por estar espremido próximo à passagem, eu Sargauss escolhi alertar os habitantes do mundo material, mas levei anos para alcançar tal objetivo. Posto que, meu corpo e alma; a minha substância; nada era além de uma lufada breve de vento, um invisível para os naturais deste plano. E, o pior. Sem saber se expressar e falar qualquer idioma… Eu Sargauss, levei um tempo até aprendi a falar a língua dos filhos do Fogo, dos filhos do Vento, como tu. E seguindo Sartre aprendi a língua fácil dos homens.

— Conheci este. Fala do curandeiro do vilarejo.

— Sim. Eu, Sargauss, o auxiliava sempre que podia. Antes Sartre era apenas um agricultor. E como eu, Sargauss, sabia como arrastar nuvens planejei fazer da chuva uma coberta que evidenciasse minha forma e corpo. Foi assim que tive sua atenção e espanto. Na ocasião achou que fosse a sombra do filho morto pela loucura dos fungos do trigo. Os meses se foram com os dias velhos e logo a prosperidade de sua terra fora notada então outros pobres agricultores formaram ali seus lares.

Enquanto Sargauss discursava, Tarson regrediu para aquele lugar dentro de si. Refletindo sobre o fluxo dos acontecimentos. Foi por conta da intervenção direta deste esplêndido ser no fluxo das chuvas que as terras se tornaram férteis. A notícia desta fertilidade espalhou-se entre os mais pobres e uma rápida e grandiosa emigração. Obviamente a economia do lugar cresceu passando de posto comercial para aldeia e de aldeia logo virou um vilarejo.

— Continuo? Conheço a imersão de sua raça.

— Desculpe peço apenas que continue.

— No entanto, antes de que eu, Sargauss reunisse coragem para relatar o porquê de minha vinda notei a presença de outros seres… Os filhos da mata, chamados com pouco caso de Pequeninos se estabeleceram nos arredores. E os humanos acabaram construindo casas em cima da passagem do portal e a seu redor. Uma fortificação excelente pela variedade de elementos. Então, meses ganharam o nome de anos e o lugar ganhou o nome de vilarejo e aldeia. Mas tudo isto acontecera tarde demais, pois os servos de ZHI; o demônio; já estavam presentes entre os humanos. Então eu Sargauss, os deixei e pus-me a procurar os defensores entre os mundos e trazer reforço e aliados de todos os lugares. E só agora soube de Sartre.

— Sartre não? O agricultor e curandeiro.

— Um abençoado pelos deuses. Ele é o elo fundamental de toda a comunidade.

— É o resgate de Sartre que pedes a mim?

— Algo tão terrível não é por si só algo a ser evitado?

— Não me julgue por uma pergunta má formulada. És um ancestral de minha espécie; estar em sua presença já é uma glória. O que dizer então de ouvi-lo? Servi-lo me é um dever irrecusável. Peço seu perdão. Apenas estou perplexo com a inesperada honra que me concedes.

Então Tarson calou-se com a chegada daqueles pensamentos perturbadores e Sargauss como se os lessem respondeu:

— Sartre morrendo, o vilarejo morre e o portal pode ser aberto.

— E o dragão que vi?

— Perdido no labirinto de nuvens que criei.

— E… é seguro?

— Não é a maior preocupação que tenho, mas decerto devemos evitar a proliferação de sua raça nestas paragens, pois a queima das colheitas abriria por conta do largo incêndio uma fenda possivelmente entre este mundo e o mundo do Fogo.

— E ZHI venceria.

— Sim.

— Não conosco — disse uma voz cálida do meio da névoa que ao se aproximar o reconheceu como Ypsallu Khernel, o famoso bardo dono das trinta vozes.

Atrás dele, apesar do elfo já os ter ouvido, os demais aliados que Sargauss juntara durante sua saída das cercanias do vilarejo de Miller pararam a uma distância respeitosa enquanto conversavam.

— Entendes a necessidade do sigilo da condição em que o vilarejo se encontra, Tarson-Romanei? — bradou Sargauss preenchendo cada canto de seu ser.

— Sim, e me calo.

A promessa do silêncio amarrou grandes nomes em uma só jornada. Tarson reconheceu de pronto entre eles, Hanoo, o senhor do bastão, além de mercenários ilustres como o arqueiro Hagane, e Maurak, o batedor. E lendo um longo pergaminho o mais ilustre de toda a companhia... Lorde Talassas, o primeiro cavaleiro do Ar. Além deles existia outros que o nobre Tarson-Romanei desconhecia, mas certamente ganharão sua devida importância, riscando com as próprias unhas seus nomes no mural da glória.

— Doces amigos, ainda assim falta um transporte — argumentou Ypsallu enquanto dedilhava uma estranha flauta.

— Não falta mais! — Corrigiu um homem saindo do esconderijo tolo que o ocultava. — Sabes bem do meu brinquedo sobre a água.

Tarson ficou perplexo em reconhecer aquele homem.

— Darrell?

— Novamente a seu dispor. Peço a todos que venham por aqui.

Passando pouca relva e arvoredos tinham a visão de uma praia menor onde na areia jazia atolada uma portentosa embarcação.

— Os mares sobem a cada oito anos para desatolar minha...

— Tá dizendo que temos que tirar no braço. — Maurak apesar da missão impossível já descia a encosta de pedras até a curta praia quase sem faixa de areia.

E os demais o seguiram para uma melhor avaliação.

Nisto, a grande essência que era Sargauss passou por todos. O primeiro sinal da chegada de Sargauss era a brisa como um cântico suave quase inaudível, agora ver só quem tinham olhos incomuns. Ele subiu pela embarcação, passeou pelos grossos tecidos e fez gemer os nós das cordas na madeira, bem como os troncos de sustentação e os mastros. De súbito, toda a embarcação sacodia. Nas velas sua forma sutil enchia os tecidos e ora mãos, tronco ou face eram vistas. A embarcação rodava para lá e para cá sem que entendessem o que ele fazia.

Já a Tarson, um membro da augusta raça do povo do Ar, ficava difícil era entender o que pensavam os demais, sobre como classificar Sargauss. De como compreendiam a essência sutil e leve que são as coisas e seres do Ar. A presença de Sargauss, tido por um ser mitológico, por si só já impressionava. Toda a compreensão humana sobre ele seria a bem da verdade, incorreta, imprópria ou meramente imprecisa. Já a Tarson-Romanei, beneficiado pelo poder inerente a sua raça via e entendia tais coisas e percebeu de pronto que nada ali era uma brincadeira e sua confusa movimentação alcançava com precisão seu propósito. Sargauss girava juntando, condensando partes de si. Adequando a fluidez de sua essência para dentro da embarcação. Tais partes como se fossem finos tecidos de uma levíssima teia vazando para baixo e para dentro das reentrâncias e acomodações da embarcação. Tendo cuidado para não implodir tão frágil estrutura com a imensidão de seu ser.

De repente, toda aquela movimentação cessou. E com mais uns instantes a água de lastro esguichava por fissuras e rompimentos leves na madeira ao passo que toda a embarcação foi se erguendo da areia para o ar. Sargauss e a rica nau tornam-se um.

A perplexidade de todos se igualara à magnitude daquele momento do passado. E de repente Tarson pensou: "Tudo isso acontecera há quatro ou seriam sete meses"?

— Jupita...

DEVANEIOS E REFLEXÕES

— Desta condição prejulgo estar deveras descontente ao aceitarem como probabilidade plausível.

— Discordo veemente posto que, ao determinar padrões de inocência em uma malevolência não diz propriamente ser isto ignorância. Haverá leis sobreviventes a estes se assim for?

A discussão dos gnomos sobre deveres e responsabilidades fez Sartre lembrar de pronto do estimado lar. Seus medos replicados no volume das vozes e na velocidade das frases. Aquele tipo que funde todos seus temores em um maior e mais primal. Exatamente o mesmo tipo de medo dos amigos aldeões no início dos sumiços, quando deixaram de pensar nos agressores como feras normais, embora famintas, para imaginá-los como monstros horrendos escondidos no bucho escuro da floresta.

O campônio observava a tudo com o distanciamento de um sonho e os ardores funestos do pesadelo. Apesar de tanto tempo passado até ali, as questões nele ainda viviam e acabou por rememorar o encontro com Plézoun Raymovick; cavaleiro de Kleitos e dos montes Oromb e Therao.

"As doenças assim como os sumiços progridem, meu general", dissera Sartre aflito. "Crescem como ervas daninhas no roseiral, como evitá-las é um mistério. "

O homem à sua frente não era oficialmente nenhum general, entretanto vinha a ser um título apropriado àquele que comandara a defensiva máxima contra a invasão reptiliana. Um rico senhor das terras que hoje desejava apenas evitar histerias infundadas sobre sumiços e doenças epidêmicas e girando os pulsos com desdém ele lhe falara:

"Pessoas somem por conta de amores frustrados, dívidas e... "

E num instante a mente lhe trouxera pesadas memórias. De epidemias de doenças incuráveis como lepra e gripe transformando cidades em locais fatais se espalhando entre os pobres e miseráveis. A proximidade de seus lares incendiaria o estopim e a falta de cuidado, entendimento ou dinheiro transformando arranhões em gangrenas, ferimentos moderados em letais. O nobre sabia e Sartre como curandeiro e homem do povo também.

"Falemos somente da doença. ", retomara o nobre. "Essa tal realmente preocupa? "

"Sim! Evidente! ", Sartre receoso de ter sido atrevido por responder assim, mas a pergunta em si era estúpida.

"Discordo respeitosamente. Ela está acontecendo bem distante daqui e quem sabe já se extinguiu. "

"Desculpe-me novamente. ", Sartre sentia a perna sacodir-se de ansiedade. "A verdade é que nada dela se sabe e ignorância mata de igual forma. "

Uma verdade. O nobre ainda lutava em banir velhos preceitos. Para o povo, a sujeira era tida por camada de proteção ao corpo e o banho um malefício. Dois, no máximo três por ano e só. Por isso, doenças de pele eram bem comuns. Antes de lhe responder o nobre lhe sorrira de modo incomum e declamara um antigo ditado provindo da terra hoje integrada ao Grande Império:

"Hunf! Uma colher de sabedoria para cada dose de idiotice".

"Bebo da ignorância que tu me proporcionas para que não percebas o que represento. ", replicara Sartre com a frase de um conto antigo.

Trocaram ferozes expressões e caso alguém os visse ficava cada vez mais evidente a disputa de egos e não de sábios. Inclusive aos disputantes.

"Entenda, por favor! ", Sartre pendera o olhar, controlou-se em tom ameno, vagaroso prosseguiu "Encarar doença como falta de virtude ou castigo divino de deuses mortos deveria ofender ainda mais as nossas inteligências.

"Concordo", disse o nobre de pronto. "Mas ainda acho que a reclusão pode evitar a exposição e até uma epidemia. "

"Sim! Mas como a doença se manifesta? Sobre quais circunstâncias? Vem pelo contato? Pela água? "

"Os rios do Norte abastecem toda a região. "

"E as torres do silêncio? ", indagou o preocupado curandeiro.

"Hein? ", a expressão do cavaleiro mudou para indignação e descrença. "Queres insinuar que bebemos do caldo dos mortos? "

"Talvez não chegue tão longe, meu senhor. "

"Se tal coisa ocorresse, afetaria tudo naquele território…"

"Alerte vossos exércitos, meu bom senhor! "

O experiente nobre recostou-se de volta sem baixar o tom:

"Está aí um exagero, desperdiçar a atenção dos soldados com suposições.

"Meu general! Seja como for; o exército tem por obrigação defender a pátria em dias de guerra e por ocupação tomar conta dos fracos e doentes em dias de paz. "

"E esta poderia ser a obrigação de outros. "

"Ao não se omitir o que fariam esses "outros"? Isso é o que assombra a Vossa Excelência? "

Uma pausa seca. Tal como se o ar secasse a ponto de interromper o fôlego.

O curandeiro esperou uma resposta enviesada. Em lugar disso o homem espasmou um sorriso e manteve-se olhando o convidado com a xícara rente ao colo. O pobre homem do campo imaginou sua cabeça caindo pelo sabre que decorava o local onde estavam, contudo, ao invés disso…

"Senhor Sartre, de onde viera? "

O prolongamento do gesto à esquerda para deixar a xícara, bem na direção do sabre, fez o campônio intimidado piscar com pálpebras de mariposas contra o vento. Até que em certo momento finalmente sua boca reagira:

"Creio não ter entendido? "

O lorde deitara calmamente mais uma folha em seu chá, só aí Sartre relaxara parando vigiar a própria postura. O ritual do questionamento era um fato inevitável, esperado até. No entanto, sair de lá sem ajuda contra os sumiços, contra as doenças. Sem ao menos uma orientação, um nome, um algo era impensável.

"De onde o sangue vem com mais força? ", perguntara o nobre de súbito. Em sua fala empolada queria só saber de suas origens, suas raízes. Às vezes as pessoas complicavam demais. Nobres principalmente, contudo, era seu hóspede e de educação simples e boa não carecia. No entanto não antes de lhe responder tentara adivinhar: "Do planalto de extenso gramado e lar dos cavalos. "

"Do centro, meu nobre. "

"Certamente a fábula dos três pedidos feitos a um gênio lhe é conhecida, certo?

Sartre desconhecia a relação da fábula com sua conversa embora muito provavelmente jamais teria o entendimento do cavaleiro, porém este deu-lhe a dica.

"Aquela uma que gera a guerra? "

Plézoun Raymovick; cavaleiro de Kleitos e dos montes Oromb e Therao; esticou-se para acomodar o restante da requintada bebida no móvel alongado e feio para os conceitos do camponês. Só uma das pedras cravejadas nos adornos de prata pagaria um mês de patrulha e a comida de suas montarias. Ele, o nobre, penteou a sobrancelha com a ponta do indicador num gesto extenso como quem escolhia as palavras em seu vasto alfarrábio.

"O primeiro de seus anseios era de ser o homem mais rico do reino. O segundo de ser o mais saudável e o terceiro era..."

Desnecessário. E absurdo. Sartre nascera ignorante e se permanecera ignorante foi por falta de dinheiro e apadrinhamento como a maior parte do reino. Doravante até um pato entenderia o desfecho armado pelo esnobe senhor de tantas terras e vidas, por isso resolvera interrompê-lo e inibir a triste comparação:

"O primeiro desejo arruinou pelo sumiço de todo o tesouro, fazendo dele com sua magra vaca e as poucas moedas da algibeira o mais rico. O segundo desejo fez com que todos à volta sofressem com doenças de todos os tipos, um simples ferimento causava sangramento até a morte. Claro! Sem dinheiro, sem recursos básicos a importar como remédios e ervas. Devo chegar ao terceiro?!"

"Mestre da cura, estou incerto quanto a seu entendimento".

"Bom entendimento, penso eu. Lembro-me com ricos detalhes inclusive de seu desfecho".

"Em choque. Estou em choque, se equivocou com minha"...

"Colocação? As palavras? A moral da fábula? ", Sartre estava cansado daquelas bobagens, sua paciência embora larga já se arruinara.

"Apenas queria aludir à missão dos demais personagens. A de localizar o detentor da fortuna e saúde de todo o reino e convencê-lo a devolver, ou ainda, influenciar o tolo a fim de que não desejasse mais nenhuma insanidade".

E fora neste instante que Sartre pediu licença e mesmo sem tê-la partiu.

Será que o vilarejo ainda existia depois de tantos meses ausente? Conseguiram ajuda? Dos nobres? Pouco provável... Quem deveria tomar a frente na defesa da "terra de ninguém"? Quem teria direito às terras em que o vilarejo de Miller se encontrava? Afinal era isso, ficavam no meio, por isso o termo "terra de ninguém". O ato dos nobres em tão efetiva recusa seria mesmo causado pelo receio do embate entre eles? De que seus colegas nobres entendessem que ao socorrê-los declarava ter outros interesses sobre tais terras? Por que não interpretar só como um honroso socorro aos aflitos? O conceito de nobre era também da altivez benevolência e caridade, certo? O que haveria de vergonhoso nisso? Seria recompensado por sua solicitude. Comemorado com a mera visão de seu brasão, ovacionado com lágrimas alegres a visão de sua pessoa. Sua ação eternizada por bardos, poetas e oradores. Damas e mulheres de todas as classes e estirpes suspirariam com a menção de seu nome. Bravos homens e povos o seguiriam até os confins do mundo e no além dele. E, sobretudo, ele seria condecorado pela rainha e mãe de todos os homens, a bondosa e virtuosa Rainha Cecil e agraciado com as bênçãos do poderoso e magnânimo Rei e presenteado por ele em sua augusta pessoa com mais terras e demais.

No entanto, e se nenhum nobre se comoveu com o sofrimento de gente pobre? Algo foi feito? Difícil crer... Ajuda direta do rei? Talvez. Quantos dias mais os aldeões teriam?

Qual o real problema para um nobre relutar tanto em ajudar? Seriam problemas e opiniões totalmente divergentes? Ou restava ainda alguma obscuridade na rápida negativa do cavaleiro de Kleitos, Sir Plézoun Raymovick?

Na época em que Sartre estivera em sua casa falaram sobre um pouco de tudo e talvez seja esse o problema. Agora, pensando melhor Sartre entendeu claramente o real terror na face do nobre. Não por doenças e sim do alcance de uma epidemia. De sua extensão e loucura. O nobre e valente cavaleiro de Kleitos se limitava a obter informações sobre o tempo que teria para escapar e se teria esse tempo. Infelizmente em dado momento tudo se descontrolou e ficaram interessados em disputar vivências e intelectualidade. Uma guerra de tolos.

Se houvesse primeiro procurado o Padre Cyrus; dono das terras do Sul; alcançaria outro destino? Teria reações menos tempestuosas? Talvez tratasse as doenças como maldições.

Sartre havia clamado pelo bom senso do primeiro cavalheiro, pelo bem de todos. Uma colher de sabedoria para cada dose de idiotice... Foi o que o nobre dissera na ocasião. Dissera ser a favor da morte da ignorância através da investigação da causa inicial, mas ainda assim queria manter-se a salvo de doenças, de pragas. Longe e ileso, com seu povo, ou melhor, seus vassalos e agregados. Em resumo, efetivamente contrário ao que defendia como bandeira. Declarou-se possuidor da verdade! Nem chegou a aceitar como mera probabilidade que um mero agricultor estivesse correto.

— Quem diria! Nem eu nem ele. — A frase lhe escapuliu do pensamento.

Antes da virada de uma estação os aldeões somavam mais perdidos que nascidos. E alguns dos desaparecidos ele mesmo havia ajudado a tirar do ventre de suas mães. Como Lucrécia, Djamir e Ektor da querida Moriel. Hadish, filho de Haskam. Iago e Klei... Fora o que? Uma dezena? Mais? O ponto era que conhecia cada um deles e Sartre nem de perto suspeitara que os animais selvagens fossem bem mais selvagens, e eram chamados de comerciantes. Essas feras tinham o povo simples como ração e, como deus maior, o dinheiro.

E estando ali naquela situação, isolado de seus antigos amigos, acabou lhe dando a oportunidade de clarear as ideias e perceber que jamais voltaria para casa. Os demais ainda não estavam dispostos a entender isso nem como possibilidade.

Morgrinald, à vista do curandeiro e de quem mais o olhasse, tirava uma gorda meleca da larga narina e só se dedicava a isso. Ele a examinou e passou na palma da outra mão, limpando o dedo com cuidado. Depois caçou mais uma, que o incomodava na outra narina. Terminando a grotesca demonstração de asseio, friccionou as mãos. Dois gnomos passaram por ele e o mau-caráter tirou duas frutas da maca que carregavam e começou a comê-las.

— Imprestável parasita… — murmurou Sartre com asco.

O curandeiro nunca gostou dele. E deveria? Na barca, tão logo naufragaram, chutou a cara dos desesperados que tentavam se salvar. Afastou inimigos e "ex-cativos" como eles. Será que não conseguia distinguir ninguém naquele desespero?

Depois teve aquela reação odiosa quanto à morte de Hellsing e até mesmo antes quando conversavam para passar o tempo exibiu seu temperamento detestável. Tudo nele tinha um quê de amargo. Inverso a todos os valores que Sartre tinha para si.

De súbito, a mente do curandeiro lhe arremessou a uma dúvida perturbadora. Quem eram aqueles que socorria o vilarejo? O que deles sabia? Chegaram sem aviso como o resultado de uma prece silenciosa, uma prece de muitas mentes.

Elfos! E o que de concreto sabia deles? Elfos descendem da augusta raça do Ar. Os aéreos. Sabia bem mais que os outros através de seu amigo Sargauss, um ancestral desta raça. Com Sargauss os nevoeiros das encostas altas e das manhãs dançavam à sua volta como um cumprimento de boas-vindas. Viu raios sendo usados como poderosas armas. Ventos usados como transporte e nuvens arrastadas como fardos de feno seco. Da boca de Sargauss nada especificamente de sua espécie saíra, mas entendeu desde o início sobre seu receio da alta longevidade.

Quando conversaram sobre a temida morte, ele contara que era possível ouvir o vendaval correr chorando e se a alma for débil ou confusa pode rodopiar até encontrar seu lugar nas vagas do céu, arrastando tudo do chão ao redor igual aos ventos rodopiantes formados no mar que varriam litorais com fúria. Igual ao que contou certa vez de olhos injetados Darrell, o taverneiro.

Já da elfa, mesmo no espaço desses meses, concluíra que devia estar triste pela separação do amigo, irmão, amante ou par. Tarson, este era um nome que decorou rapidamente sem saber bem o porquê. Tarson-Romanei. Talvez pela presença nobre e altiva que emanava de si. O que ele fazia agora depois de ir atrás de Phillip Darrell. Será que o matara por fazer parte do plano dos cafajestes?

E onde estaria o saudoso amigo Sargauss com quem há muito sumira? Bem somando o que conhecia de seu amigo e da experiência com Jupita diria hoje que o povo do Ar, era um povo solícito, divergindo drasticamente da opinião popular, segundo a qual, os Aéreos eram cheios de empáfia.

Jupita dizia que com eles havia por incrível que pareça, uma devota do deus da guerra. Os olhos da elfa se adoçam ao descrever a amiga de temperamento intenso. Uma mulher compromissada que fez de tudo em vida para ajudar as pessoas daquele vilarejo. Do seu vilarejo. Hans Ranni mais tarde segredou sobre o convalescimento dela temendo o que chamou de praga e esperando que a tivessem enterrado rápido.

Hans Ranni Ramiro Roder, o Pequenino de apetite valente que sempre furtava de sua pequena prisão na embarcação, veio como guia. Ele lhe dissera que tinha vindo pela emoção do resgate. Inverdade. Farsa da qual jamais confessará. O curandeiro o conhecia e se gostavam de verdade. Pequeninos são covardes, vivem sempre em grupos e a coragem vinha da ação do grupo. Nunca vira um deles sozinho por mais de um dia. E os seus familiares e comuns também começaram a sumir, porém sua missão terminava lá no final da trilha. Hans se arriscou demais por um amigo. Certamente estava sofrendo com a ausência de sua vasta família. Fato que o fez pensar no último indivíduo do resgate...

Dominescu, provindo das montanhas e morador do vilarejo de Miller, o qual seus moradores chamam apenas de lar. Sartre conhecia sua família. Pais bons e devotados a uma vida simples. Eles tiveram dois filhos, Dobrovonski, o mais velho e ele. Havia ainda Kayla, uma bela moça de sorriso tímido e escondido, adotada pela caridade e amor de Sonya e Enzo. As fofoqueiras citavam o amor de Dominescu e Kayla e diferente da maldade esperada, formavam esses falantes uma simpatizante torcida. Obviamente apenas o jovem lenhador achava que seu coração e face fossem ilegíveis. Uma torrente de pesados sentimentos devia ocupá-lo em sono ou acordado.

O curandeiro ergueu os olhos e a coluna que nesses últimos anos começara a beliscar mais doída e longamente. Esse latejar repentino marcava e o lembrava ainda mais da idade. À sua volta viu gente desconhecida. Gente nova, embora ele seja o elemento novo. Atrás de si, uma embarcação fracassada, incrustada na areia. Sonhos interrompidos. No entanto, esse povo deu continuidade à vida de um modo simples, passaram a cavar o monte e a rocha próximos à faixa de areia. Talvez seja isso o que os aldeões estejam fazendo... Tentando se reerguer noutro local.

Sartre foi até o riacho e colheu água com as mãos.

— O que eles ganham sem agir? — Sartre reforçava seu pensamento com palavras, um velho hábito de quem mora só. — Bem... no mínimo fica como está.

E esse interno diálogo não era do tipo que se silenciava tão rápido e ele se sentou fazendo montículos breves na areia fofa.

— O vilarejo some assim do mesmo modo que começou... Do nada. — O curandeiro alisou os montes pensativo. — Talvez seja essa a questão.

— Por que salvar algo do qual nada se pode ganhar? O quê? Um punhado de almas? Tem de haver alguma coisa mais! O território está longe de ser bom.

Vendo os montes esculpidos e arruinados se viu como um pássaro vendo o terreno do vilarejo. E era bem próximo daquilo, uma magra terra como um chãozinho penteado de verduras plenas de insetos tão famintos quanto o povo. Um povo que apenas soprava-os longe e comia as sobras dessa terra rica de poeira e de barro de pântano.

— Será que do alto, ó, pássaro, vê o que e quantos enterramos?

De súbito o pensamento lacrou sua face e o sorriso saiu extirpado com embaraço. Ele corou e gelou com coisas que um velho sabia, e outras mais que os ouvidos acolhiam.

Um silêncio o tomou tão profundamente que nem pensamentos ou memórias ousavam estar neste lugar-nenhum. Seu corpo imobilizou-se por completo, o que sabia por meio de Sargauss era algo perigoso, sendo verdade ou não. Embora saiba em seu âmago a resposta. O corpo suou frio e o coração o sacudiu com vertentes de sangue, incitando-o a uma fuga, mas fugir para onde? Como fugir disso? E, como os fatos tendem a ser o que são, todo o seu ser foi anestesiado e a mente fez sua parte tentando; com esforço; trazer a lembrança de momentos antes dessa ciência perigosa. Deste terrível conhecimento. Bem quando decidira recomeçar ali naquele lugar... Naquela época em que nada fazia além de carpir a terra pedregosa, trazer com a carroça de mão, o húmus do lago plácido nas costas do penedo.

— Foi o sacrifício de meses.

Todos os aldeões tiveram lá seus martírios. O taverneiro Phillip Darrell, Raquel e Juna e até a velha Miller, que emprestou seu nome ao vilarejo.

Quantos amigos, e sobretudo quanta tristeza a sobrepujar a alegria.

Imaginou o quanto a família de Dominescu e ele mesmo deveria sofrer. Irmãos próximos separados. O filho mais velho sumido como tantos mais antes dele e agora o irmão. Filhos perdidos. Sofrimento que Sartre conhecia de perto. Um, dois, mil filhos... jamais haverá medida para isso. O homem desde o início de sua existência nomeou tudo: cão, cadeira, faca, comida, abrigo, assim como o imaterial, o intangível; como o vento, o amor, a solidão, o ódio e a esperança. Deu títulos importantes, reverenciando a inegável importância em cada laço fraterno ou social nomeando a quem inseria a vida como pai e quem a concebia como mãe. Os indivíduos resultantes dessa relação chamados de filhos e filhas. E aos que tinham os mesmos progenitores por irmãos. Contudo, pela perplexidade, o homem jamais deu um nome ao pai que perdia o filho, um nome a mãe que tem os olhos secos de lágrimas. Sartre conhecia a dor, o aperto, o vazio e os pés da árvore antiga de copa larga onde enterrara seu menino.

De súbito, afastou a dor da saudade para atrair as agulhas da dúvida de outra questão. Assim, sem chegar a uma conclusiva opinião, refez a pergunta de si para si:

— O que ganham os nobres sem agir? Qual o bônus dessa indiferença?

A resposta jamais viria. Então voltou sua atenção para o conclave gnomo.

Os gnomos eram um povo baixo, de feições de rosto exageradas. Um povo excluído do mundo conhecido. E estes gnomos estavam atentos àqueles no centro do grupo. Dos mantenedores da ordem... Tal fossem ministros, juízes de seus pares. E estes detinham tal grau de respeito que os demais evitavam interromper o debate, e obviamente tampouco os estrangeiros como ele e os demais. Mas aquele mundo e o outro vasto dos seus pensamentos se digladiavam, apelando pela atenção do curandeiro.

"Senhor Sartre, de onde viera? " Lembrou bem da pergunta do nobre ao qual implorara e, sobretudo, do final daquela conversa. " Certamente a fábula dos três pedidos feitos a um gênio lhe é conhecida não? " Será certo que o senhor Raymovick, teria realmente uma péssima escolha de palavras? "Aquela uma que gera a guerra? "

No presente momento, embora esteja distante de sua amada vila e imerso em culturas e tradições tão diferentes, estaria presenciando o início de uma guerra local? Gnomos contra o enorme oponente? Havia uma equivalência quase poética com os aldeões e o monstro dos sumiços...

De repente, um besouro gordo e desajeitado zuniu ruidosamente e se chocou numa teia feita numa vegetação rasteira. A aranha agiu rápida e partiu para cima do enorme intruso. Ela recuava e se adiantava, esperando... embora sempre se adiantando. O besouro se debatia ruidosamente, mas se cansou então a mínima aranha vencera.

IMPASSES OU CAPRICHOS?

Seja como for, o impasse durou semanas após este primeiro confronto de ideias. Certamente os gnomos eram inteligentes, mas revelaram-se desconfiados por demais beirando o descontrole. A todo o instante, falavam ou citavam um certo Mestre Rolker com orgulho e emoção. Esse tal era o líder do que chamavam de "engenhótica", inventor criativo e, curiosamente, um pesquisador autodidata de novas curas com base em ervas, raízes e leguminosas. Um sujeito de extenso currículo. Cada um dos sobreviventes do naufrágio tinha interesses em um dos aspectos desse gnomo chefe. No entanto, essa figura jamais aparecia. Tudo era feito através de intermediários e emissários. Quando perguntavam ou insistiam sobre ele tinham à frente uma muralha intransponível de defensores. A versão menos idólatra era a de um gnomo sério e dedicado à família num contexto geral.

E novamente, por mais um dia a comunidade gnoma se reunia. Um consenso estava para ser determinado.

A permanência dos náufragos na aldeia nunca foi a questão. Havia tolerância sobre a extrema curiosidade deles, um ostracismo que o tempo derrubaria. Sendo honrados e civilizados, aos poucos aprenderiam seus costumes. Então qual seria a grande questão a ser tratada, para tirar os obcecados gnomos de sua rotina? Na medida em que os demais gnomos chegavam, via-se que o número total dessa comunidade, diferentemente do que se imaginava, jamais fora assim tão grande. Vinte, talvez vinte e cinco por cento a mais do que os notados no dia a dia. Esses quase eternamente submersos, ao perceberem a presença dos náufragos, sequer mostraram surpresa, pois certamente ouviram as novas da superfície. Esses gnomos pareciam indivisíveis da terra em que chafurdavam. A comunidade tinha um prazo apertado na construção das demais casas. Queriam o quanto antes sair da embarcação falida na areia usada como lar temporário. E por um motivo bem simples, cedo ou tarde ruiria com o peso e a insistência das marés.

Jupita imaginava que um deles fosse o tal Mestre Rolker, mas por jamais se apresentar a incógnita permaneceria. Embora um impasse se desfez. Em meio a murmúrios e conversas gnomas a grande surpresa de que em suas escavações encontraram galerias promissoras e algumas circundavam a atual moradia do gigante. A natureza primeira de suas investidas por túneis tão próximos da imensa e "mortífera criatura" era medir a integridade e solidez das galerias e em segunda instância observar de vez em quando as atividades do agigantado vizinho, como dieta e costumes. Por precaução continuaram as alterações necessárias à noite quando a fera descansava sua vileza. Mesmo durante o sono, o gigante mostrou-se perigoso pois ao socar as paredes poderia comprometer a estrutura das galerias e adjacências. Nesse ponto do relato, alguns partiram para um visível descontrole, levantando a voz com discursos breves sobre "sendo essa a atitude de um matador" e sobre "tentar esmagá-los nos túneis". Além de ouvir os que o atestavam dizendo coisas como "eu estava lá", acompanhado por frase como "eu percebi também". De súbito aquilo alcançou um vertiginoso vórtice, quando alguns concluíram em nome da xenofobia que de fato a ação do gigante relevava uma inteligência má ao tramar expulsá-los das galerias isso os deixaria em terreno aberto e assim seriam vítimas impotentes de seu brutal apetite.

A histeria floresceria a cada vírgula ou respiro.

Dominescu, Jupita e até Hans tentaram agir como juízes e diplomatas, contudo um território de cascas finas e rotas perdidas. Porém foi Morgrinald quem conseguira o feito. A fala eloquente, veloz e prolixa dos gnomos encontrou nas atitudes e fala do anão um par. E, no final, todos os "sins, nãos e poréns" findaram em um acordo.

— Ok! É justo. — Morgrinald assim berrou encerrando drasticamente a discussão por não mais os aguentar e voltou a dizer os termos.

— No prazo de até uma semana, quando a estação das chuvas tiver terminado, os gnomos usarão a máquina de cavar. Aquela que mais parece um caranguejo, como essa porra aí. Vão construir túneis onde estarão livres, tanto na pesquisa do solo, quanto na construção de vias de acesso rápido a vegetação e casas nas cavidades do morro, desde que seja durante o dia.

— Como saberemos que o dia se foi?

Morgrinald percebeu ali que o problema era maior do que imaginou, então respondeu com sua delicadeza costumeira:

— Pedirei que o Sol demore mais no céu.

No entanto, se entreolharam sem entender a ironia. E antes que perguntassem como isso seria possível estourou:

— Seus merdas! É só alguém ficar na área externa da escavação! Eu fico feliz, então vocês devem ficar felizes. — O anão então olhou mais de perto o rosto rechonchudo dos gnomos desconfiados de secretas intenções e ligações com o gigante. — Ou estou enganado?

— Um sistema de drenagem no solo e uma estrutura para contenção de água derivada das chuvas, a fim de abrigar o indivíduo em questão — disparou a falar o gnomo chamado Frederico Hága-Minus. — A empreitada nos garantirá livre circulação nas passagens, sem quaisquer incômodos, ameaça de violência direta ou indireta contra quaisquer membros de nossa comunidade. Mesmo quando se fizerem necessários novos túneis ou dutos de respiro. Garantindo livres direitos de pesquisa, expedição e extração? — o gnomo era daqueles que rabiscava até no ar para não perder suas ideias, tagarelando enquanto desenhava na areia. — Está fechado. Aviso-os de antemão: após o desenho das plantas do local, estudaremos três ou quatro meios para obtenção do melhor resultado para o devido aproveitamento tanto do material a ser empregado quanto da área que…

— Gnominho, "cê tá abusando da sorte", vou lhe socar esse nariz inchado até achatar… — Morgrinald sorria ao intimá-lo pois já se via fazendo. Mas se conteve e dirigiu-se a outros gnomos. — Vocês! Seus merdinhas de macacão! Irão fazer túneis de escoamento nas paredes da gigantesca casa de Iurik. E este último aceitou voltar a morar por lá apenas na estação das chuvas. Quando vocês instalarem o telhado pra ele.

— Ufa! Pensei que teríamos um prazo apertado. Então sobram ainda doze dias até lá. Bom, bom e muito bom. — Frederico abraçou a si mesmo, satisfeito.

O CEMITÉRIO AFOGADO

Sem ter o que fazer e na esperança de saírem daquele local, os náufragos formaram uma vigília. Porém, a primeira semana nada resultou. Nenhuma embarcação passara próxima dali. Por isso, Dominescu passou a nadar no mar bravio e investigar as naus falidas e constantemente espancadas pelas ondas na busca de respostas.

Não eram propriamente naus, tampouco "navios".

Essa designação simplista para barcos grandes era um direito reservado apenas aos leigos, embora acabasse representando todos os tipos de embarcação. O ex-marinheiro identificou galeões, trirremes, fragatas e caravelas com suas velas triangulares capazes de enfrentar ventos contrários. E no fundo daquelas águas claras outras que talvez fossem fragmentos das visíveis, portanto o número final soava incerto. O amável gigante contou certa vez que essas embarcações superavam sua vinda a este mundo esquecido.

E segundo os gnomos não havia contatos externos, o que reforçava a ideia de que todos ali serem os filhos e netos dos náufragos originais. Contudo, apesar do reforço, essa história não convencia. Dominescu tinha suas próprias ideias sobre essas embarcações que despontavam como lápides naquele litoral; como mausoléus imensos firmados em bancos de areia e corais. Entre os escombros deste perigoso e fatal lugar haveriam armas, tecido para confecção de roupas, velas de sebo e talvez até tesouros, no entanto, naquele sítio d´água e areia a utilidade importava bem mais que seus valores.

Faltava só convencer os demais quanto a essa empreitada. O velho Sartre se esquivou pedindo-lhe desculpas e dizendo ter muito a fazer, pois diversos gnomos que trabalhavam no túnel tinham uma estranha doença de pele e sentia-se incomodado em deixá-los sofrer frente a suas habilidades de cura. Hans, só de ouvir falar do mar eriçou todos os pelos do corpo e de pronto afirmou com voz trêmula que seria mais útil ajudando Sartre já que conhecia bem de plantas, ervas e raízes; além do que, prometera a outra pessoa que tomaria conta do velho.

Morgrinald, de soslaio, esbravejou:

— Entrar na água pra buscar tranqueiras? Nem por você, nem por uma quenga ou rei. Esquece!

— Acha a aldeia gnoma familiar — comentou Dominescu notando algo.

— Demais — comentou Morgrinald arqueando uma sobrancelha — Prefiro não os perder de vista.

O lenhador bateu no ombro do amigo:

— Paranoico demais.

— Paranoicos vivem mais.

— Tartarugas também — satirizou Dominescu e ao se afastar comentou — Lá pode ter equipamento, roupas, ferramentas...

— Na verdade, pouco importa o que vai achar.

— Vinho.

Para Morgrinald, apesar do barbado agora insistir com um bom argumento deu de ombros. O neto de Keldorn refletia sobre saguão que encontrara pouco depois de ter chegado a ilha. Bem quando Hans havia desmaiado nas galerias. Nada no mundo poderia prepará-lo para tal acontecimento. Tratava-se de um saguão incrivelmente decorado com enormes painéis pintados direto sobre as paredes com cenas cotidianas relatando o intercâmbio de gnomos com outros povos. Barris repletos de um óleo negro e viscoso alimentavam chamas altas que iluminavam uma cena muito maior e muito mais impressionante. Naquele rico saguão haviam estátuas de diversos gnomos. Talvez gerações... um cemitério. Gnomos e anões descendiam da mesma família e ao envelhecer comem cada vez menos e ganham uma rígida camada de pele que aos poucos endurecia ao ponto de restringir-lhes severamente os movimentos. Com o peso extra da rígida pele, os músculos doíam e a exaustão de uma simples caminhada pode ser fatal. Morgrinald enterrou-se em seus pensamentos e recordações.

Dominescu percebia que havia algo de errado com o anão. Mas será que chegaria o dia em que ele se abriria? O tempo é dono do tempo.

Bem... Só restava Jupita. E bastou poucos argumentos para que topasse. Em todos os dias mostrou-se sempre disposta, o apoiando integralmente. Tornando-se uma presença constante em suas expedições. No entanto, a elfa não sabia nadar, então juntos resolveram o problema amarrando na cintura uma fina e não muito extensa que era presa na cintura do outro. Ao flutuar magicamente pelo ar, a elfa era uma espécie de boia ao humano. E o humano sua pesada âncora contraventos fortes e súbitos. Numa manhã excepcionalmente fria decidiram que iriam até o galeão avermelhado e fariam três paradas. Uma para cada uma das embarcações anteriormente investigadas. O trajeto era longo e as ondas começaram a se irritar, tais fossem guardas de segredos marinhos e uma chuva enegreceu o céu bem no meio do caminho.

— Vamos voltar! — advertiu Dominescu, com uma preocupação nítida na voz.

— Entre ir e vir para mim tanto faz. Estamos no meio.

— Chuva traz vento e o pior: traz raios.

— Raios e ventos são amigos de minha raça, só me preocupo com as ondas.

— Seus amigos é que fazem as ondas crescerem.

Raios e relâmpagos premiam os arredores. Jupita cerrou a vista tentando vencer a água da chuva atirada em seu rosto. Um relâmpago cortou o cinzento dia e de seu brilho uma imagem se formou. Um corpo tênue apareceu e fugiu na mesma rapidez. E isso a preocupou, pois podia ser um delírio gerado pelo cansaço.

Foram necessários mais de um quarto de hora para enfim se aproximarem do galeão. Este; diferentemente dos outros; detinha no casco um rombo com extremidades escurecidas.

— Este foi afundado de propósito, Jupita.

— Piratas? Navio de guerra?

— Coisa pior... Ambos! Piratas costumam saqueá-los e adicioná-los à frota. Navios de guerra não agem tão diferentes assim. Nos dois casos evitam fazer esse tipo de coisa.

— Acidente talvez?

— Ou premeditação? Jupita, prometa ter cuidado ao lidar com os habitantes daquele litoral.

— Acredita que eles têm algo com isso?

— Espero que não.

— Dom, você tomou muita água do mar. — Brincou. — São diversos navios. À vista são cinco navios bem diferentes até eu que sou leiga posso ver. Imagine então os que estão totalmente submersos!

— É. Por hora prudência faz bem. Jupita, não comenta nada com eles, ok?

— Há, há. Criaturas daquele tamanhinho subjugando navios desse porte? Há, há.

Diante da descrença apresentada tão prontamente pela bela elfa, o lenhador preferiu então manter os pensamentos a salvo de uma histeria desnecessária e por certo, de outras gozações. Afinal, já tinham a preocupação de voltar para casa. Especular sobre a existência de um refúgio pirata por perto que serviria como desova de material indesejado não seria adequado sem uma certeza.

De que os habitantes dali eram náufragos daquelas embarcações ou de anteriores incluindo obviamente a nau em que Iurik viera.

Já mais próximos do alvo notaram de imediato o casco mais arredondado. Nele, janelas gradeadas riscavam o ambiente interno com luzes incertas, embora suficientes para identificar as bancadas onde os remadores cumpriam seu papel na ausência de vento. Aos dois investigadores chegavam impressões distintas. O casco largo seria uma evidente preocupação com o conforto ou era largo para acomodar grandes pesos em mercadorias?

Estando bem próximos do galeão, as ondas eram quase inexistentes assim como o vento. O mastro e vela caídos na água serviram de ponto de abordagem. Na sua bandeira arreada e carcomida na proa uma grossa camada de limo a qual ocultou para sempre sua idade, pátria e apenas dava uma ideia do tempo em que estava ali.

O convés mostrou-se escorregadio e cair ali nunca seria uma diversão, pois os moluscos incrustados na madeira entre aqui e ali poderiam cortar e uma infecção na ferida. Sem uma pomada ou unguento apropriado transformavam feridas desse tipo em marcas sérias e permanentes. A longo prazo, poderiam causar amputações e morte. Fora isso o perigo de tábuas soltas bem poderia fazê-los cair em outro nível e ferir-se mortalmente.

Por instinto, prudência ou certeza de acidentes eles se apoiavam nas diversas redes de dormir. E por estarem no convés ao invés do bojo da embarcação confirmou que seu casco largo era dedicado as mercadorias. Tanto na área coberta quanto os níveis inferiores. A boa e velha praxe mercante para multiplicar o espaço. Mesmo ali no convés existia um monte de riquezas expostas bastava saber o que procurar além do brilho de metal e das pedras preciosas.

A palavra ali era ostentação. Seja na madeira entalhada das vigas de sustentação, na dos batentes e das portas, ou nas estatuetas de criaturas altivas e imperiosas feitas em mármore. Além destes haviam caixas e barris amarrados que mereceriam um exame posterior. Neste instante queriam investigar cada canto. A porta de acesso ao quarto do capitão estava retorcida e inchada. Nela caranguejos mínimos agulhavam tudo em seu caminho. Os crustáceos habitavam as cavidades e aparentavam se alimentar de algo. Um pouco mais perto notaram enojados um cadáver de face devorada. Após a vertigem inicial causada por tão terrível figura, Dominescu explicou a sua parceira a função necrófaga desses seres para a revolta do estômago da elfa.

De repente seus ouvidos captaram sons abafados e lamentos. Sem perder tempo foi até as portas do compartimento de carga.

— Dominescu! Ainda tem gente aqui. Muitos! E estão feridos.

Impulsivamente ela retirou a tábua solta do assoalho que barrava e lacrava os portões. Os elos foram puxados com rudeza e pressa, assim os feridos foram libertos.

— Jupita não! Não são feridos, são pesadelos de carne!

— O que?

A elfa puxou seu braço um instante antes de ser mordida pelo morto-vivo e recua trêmula, horrorizada.

O sujeito à sua frente mal tinha a carne da face e lhe faltava um olho. Os demais sussurravam num coro doente se atirando para cima dos aventureiros. Uma luta violenta e insana ali se instalou, na qual muitos dos mortos-vivos acertavam-se. De súbito, uma voz sussurrada por detrás dos ouvidos os avisaram sobre a verga maior do mastro. Dominescu resolveu dar crédito à voz e se atirou para os controles da vela. O nó, apesar de complexo, se desfez facilmente e a verga e vela desceram pesadamente, atingindo e esmagando com fúria os ensandecidos zumbis e arremessando uma parte ao mar. Com o número deles reduzido, o lenhador e ex-marujo lutou com uma espada curva e enferrujada e outra de cabo fino como uma agulha e mutilou os corpos moribundos que sussurravam pedindo comida ou piedade. Quando estes pararam de insistir em mover-se caiu sentado já quase sem fôlego.

— Encontraram o que procuram na nau afundada em que por último estiveram? — falou de algum lugar uma voz tênue aveludada algo entre sussurro e lamento.

— Um fantasma! — sobressaltou-se Jupita.

Dominescu rolou para o lado, ficando em posição de combate tentando ver o que não podia ser visto.

— Sim. E dos mais agradecidos por conceder misericórdia ao sofrimento desses marinheiros e tripulantes — afirmou com um pouco mais de volume a aparição levemente luminosa.

Dominescu tentou controlar o bater apressado de seu coração. Para ele o medo sem controle pode ser convertido em fraqueza, e de nada ajudaria. Assim, cerrou os olhos para melhor vê-lo e no pouco que pôde perceber de sua antiga forma, o espectro translúcido revelou um rosto agradecido ao dizer:

— Na nau antes desta existem armas encaixotadas e suspeito que ainda estejam em ótima forma. Embora na condição de fantasma, como bem observaram, a realidade das coisas terrenas está para mim embaçada. Portanto, é difícil distinguir as boas armas das sem fio ou das inúteis pelo tempo e desuso.

— Consegue ler pensamentos? — indagou Jupita, num misto de medo e curiosidade.

— Pude ouvir seus lamentos nesses dias quando se aproximaram daqui.

— Por que não pudemos vê-lo antes?

— A ausência da luz ajudou a me evidenciar. Minha essência se afina a cada dia, um dia deixarei de existir por completo.

A tristeza emanava de si.

— Ou poderia ir, o que te segura a esse mundo? — perguntou a elfa ainda assustada com tudo aquilo.

— Meu corpo é santo pela obrigação a mim conferida, e este não tivera um enterro adequado.

— E onde ele está?

— Quase submerso em uma câmara abaixo de seus pés.

— Diga, espírito, o que devemos fazer para lhe dar paz — disse Dominescu já mais sereno.

— A obrigação não é sua.

Dominescu olhou à volta. A entrada para o interior das cabinas estava bloqueada. A poucos metros de distância o mastro secundário, de proa em péssimas condições, pegou no caminho um grosso e pesado machado das mãos de um cadáver esmagado se posicionou na base e depois de dois leves balanços, o lenhador passou a cortá-lo. Bastou quatro poderosos golpes para metade da madeira estilhaçar para longe. Depois abandonou a arma e começou a empurrar o mastro com vigor, no entanto o peso deste o trouxe rapidamente em sua direção e com total perícia aproveitou seu movimento e o converteu num balanço cada vez mais grave.

— Saiam daí! — gritou Dominescu, com dificuldade, dado o esforço que fazia.

Do grito, Jupita se desfaz do leve transe. A madeira do mastro era quase tão larga quanto o tórax de um cavalo e seu peso arruinou o convés lançando farpas e pedaços de madeira num leque. A elfa contraiu o corpo e antes que lhe atingisse o fantasma se interpôs numa tola esperança de deter destroços. Felizmente as farpas e pequenos pedaços de madeira eram leves e incapazes de causar ferimentos.

A elfa notou o esforço sincero da triste alma. Era um belo gesto, e agora, plácida, falou-lhe com toda sinceridade:

— Obrigada.

O lenhador voltou com cuidado para não cair dentro do rombo que fizera no convés. Ali, no inusitado acesso a luz intrometeu-se nos espaços antes reclusos e revelou por completo o corpo intacto de um belo rapaz. Dominescu saltou para o andar inferior, mas como as tábuas estalaram com seu peso segurou o passo. Além disso, o rugido do piso do convés sugeria que o largo mastro ainda não se assentara.

Precisava agir com velocidade e precisão. Possivelmente o nível seguinte estaria inteiramente submerso e bem possivelmente haveria outros zumbis.

— Que continuem afogados — rezou quase em um sussurro.

As vestes do cadáver sugeriam simplicidade e a pose com um dos joelhos ao chão e mãos cruzadas por sobre uma espada, aparentava orar num sagrado silêncio.

De súbito, a imagem brilhante se formou ao lado de Dominescu e, devido à sombra parcial do canto em que aparecera e o pó no ar pode constatar a semelhança do rosto nobre com a do jovem corpo, isso cancelava quaisquer dúvidas sobre sua identidade.

— Sim, sou este. Luckian Bragado, filho proscrito da casa de Alina Marcel. Aqui… Deixe-me vê-la uma vez mais.

A espada de lâmina larga e porosa mostrava pontos de ferrugem e oxidação por toda a sua extensão. O cabo possuía uma longa tira de pano com símbolos e dizeres desgastados sobre o qual Dominescu deslizou os dedos com interesse.

— Reconhece os dizeres?

— Não. Sei ler apenas runas e marcas como todo o pobre.

— E a fita?

Dominescu tinha sido um marujo, contudo, não significava que soubesse ou mesmo lembrasse de tudo. Exceto é claro da rotina de bordo. Fitas determinavam profissão e função, algo bem prático para quem não quer corpos abandonados com armas sem um dono. No entanto, o trançado da fita denotava na complexidade uma rígida disciplina e mestria no tipo de nó empregado, embora nada dissesse do morto.

— Ficaria feliz se levasse a espada daqui — sussurrou Luckian, o fantasma. — Pois para mim não há mais sentido em guardá-la.

— Escute. Só estou tentando lhe oferecer um enterro digno.

— E estará se acatar a última vontade de um homem morto.

— Não posso ser um bom guardião a ela.

— Se assim o diz, assim será. Mas leve-a daqui. O arado sem um boi pode ser usado mesmo se não explorar por completo sua capacidade. A espada na bainha de um homem morto não alcançaria fim semelhante?

Dominescu não resistiu à ideia de empunhá-la. O lenhador que também aprendera o ofício de forjador notou, com surpresa, a leveza excessiva da espada. Pouco menos da metade do peso estimado pelo seu porte. Curioso, a examinou com afinco enquanto dizia:

— A lâmina nem é tão fina para ser assim tão leve. Que magias estão aprisionadas nela? Já ouvi cantos sobre isso. Ela é encantada, não é? Só assim justifica a leveza.

— Magias? Não. Ela é uma extensão do próprio mundo dos ares. Neste meu estado não posso mais portá-la. Leve-a mas use-a somente diante da necessidade. A tira deve ser presa ao punho, pois o peso de sua grandeza pode ser forte demais para ti. Esse é o único meio de empunhá-la… Guardião.

Dominescu se lembrou das histórias sobre os mundos. Uma história velha e conhecida de todos. Mundos sobrepostos. Mundos que separaram deuses de demônios. Os guardiões eram aqueles que guardavam a passagem de um mundo para outro. Num pesado suspiro, ele replicou:

— Não. — Dominescu franziu a testa e vagarosamente balançou a cabeça numa negativa. Seus olhos vigiavam a espada de belíssimo acabamento. — A responsabilidade é grande demais.

Luckian sorriu:

— Apenas estou lhe fornecendo uma ferramenta que não mais me serve. — O fantasma estendeu a mão com suavidade e a passou por toda a extensão da lâmina — Dominescu! Este é seu nome, certo? A escolha não é só sua. Se o que alega condiz com a verdade, o destino fará com que a espada encontre outro. Você servirá a ela tanto quanto ela a você. Acredite. Tudo precisa ter utilidade.

As palavras impregnadas de verdade e sabedoria convenceram o barbado homem das montanhas. Desse modo, por fim, puxou para si a espada, ainda surpreso por ser bem mais leve do que seu tamanho sugeria.

— A espada dos ventos é cega e precisa de um guia cuidadoso para seus milagres.

— O que? Como? — indagou Jupita curiosa enquanto se aproximava deles flutuando pouco acima da frágil madeira daquele piso.

O espírito fixou-lhe o olhar e embora este fosse plácido nas sutilezas impregnadas no ar havia um sofrimento amargo e pesado.

— Sou um dos guardiões e...

—... O destino de minha alma não é tão importante quanto o da espada — interrompeu e completou Jupita, num quase transe. A mente de Jupita estava longe e enevoada com histórias antigas e poderosas. — A espada de...

— Sim. A espada que defendia quando vivo é a mesma do guardião antes de mim. A fiel espada sentiu minha morte e desejosa de encontrar outras mãos para servir causou muitas coisas por sua conta... Tempestades, ventanias e mais.

— Era um apelo!

— Sim. Entende, então.

— Queres partir.

Luckian fechou os olhos numa profunda concordância.

Jupita, Tarson, cada elfo, cada elfa, cada ser da augusta raça sabia o que fazer. A diferença era se teria a coragem para tal, pois talvez não retornasse e morresse por essa escolha.

Escolhas... no fim tudo se resumia a elas, e ela já escolhera.

A pele dela entre o branco e um suave azul ganhou o tom do azul mais intenso e escuro. Jupita, a mais bela dentre as belas de Almokaryr, discípula do grande Darkay evocava a alta magia. E com um gesto seu as nuvens se dissiparam acima deles, revelando o céu. Artérias e veias a vista eram o ponto mais nítido de sua força sendo sugada com tal esforço. Em um segundo gesto as nuvens se ajustaram para focar a luz do sol só no corpo morto do outrora guardião. A luz intensificada através da alta magia incendiou o cadáver e rapidamente o transformou em leves cinzas. Por sua vez, a discípula de Darkay tremia por causa das dores excruciantes do processo, mas não esmoreceu. Depois soprou com toda a força de seus pulmões e as cinzas sopradas subiram e envolveram o espírito de Luckian, permitindo assim que o perplexo Dominescu o visse em detalhes.

Aos poucos as cinzas ganharam uma dourada luminescência. O bravo e nobre Luckian, depois de cento e oitenta meses por fim, suspirou aliviado. Sentindo-se liberto da obrigação. Olhando ternamente o céu notou o vórtice estonteante feito de nuvens e emoldurando o Sol. Era a magia evocada guiando seu espírito para outro plano de existência. Estava enfim liberto da existência.

Neste mesmo instante, sua dourada luminescência minguou para um suave tom de prata e finalmente... o nada preencheu o espaço.

— Ide em paz — disse Jupita, visivelmente emocionada. E então, desmaiou. Era a alta magia roubando-lhe as forças. Estava quase indo com Luckian. Darkay seu mestre e tutor estava ali e lhe disse:

"Se arriscastes por demais. Não estás preparada para a alta magia. O gesto foi tolo, embora a intenção seja nobre. "

— Darkay! Darkay... — ela delirava em voz alta, assustando Dominescu.

— Acorda, menina.

Jupita ouvia o lenhador chamando-a de algum lugar por detrás do reino de sonhos.

Vendo serem inúteis os tapas e chacoalhadas Dominescu deitou a cabeça da amiga no colo. Ele mesmo estava cansado tanto pelo esforço da natação quanto pelo combate. Assim tirou as botas, xingando a si mesmo pela tola ideia de nadar com elas.

— Maldita mania! Dobrovonski não está aqui para roubá-las, tolo.

Os olhos do lenhador caíram junto com o riso rápido e abafado. Por trás do nome estapafúrdio do irmão mais velho era uma pessoa simples, de diversões simples. A noite veio lenta, com lerdeza suficiente para somar uma a uma as memórias com seu irmão e detestar reconhecer o processo elaborado do Destino, do farrista Destino. E num instante seu devaneio o levou ao futuro, vendo e sentindo o desgosto causado pelo sumiço dos filhos a seus pais. Que tipo de coração resistiria a tal amargura?

A frustração lhe roubava suspiros inconstantes. Perdera seu amigo e irmão para a morte; e o amor de sua vida em vida. Haveria frustração maior? Dominescu firmou o olhar num ponto qualquer da madeira úmida do convés além da mureta. Ali, ondas e ondas agrediam o galeão que do contínuo espancamento abriam-se leques altos, imprevisíveis e insanos de fina água para o convés.

De repente suas sobrancelhas grossas espasmaram. De uma vaga na mureta viu, algo vivo, meio peixe, e meia outra coisa… subindo e sumindo na crista alta das ondas. Ele espremeu as vistas, mas acabou por ignorar, pois de certo era mais um corpo morto nesta baía de sepulcros. Por outro lado, seria este um "morto em pé", um pesadelo de carne? Um morto-vivo como os demais de há pouco?

Estava exausto e Jupita desfalecida. Dada a condição física de ambos, os pensamentos e possibilidades do cerco eram gritantes. Os olhos correram em pânico para outro lado, parecendo querer fugir desses pensamentos ou identificar de onde esses de carne podre e coração morto viriam.

O mastro central gemeu roubando-lhe a atenção por um instante. Nada ali. Todos os sentidos varreram o arredor na busca de ameaças. Devaneio da mente exausta? Seja o que for, a mente recuou no tempo. Passeando outra vez pela casa em que morava. Seu pai tinha uma expressão pesada por trás da mãe e ela debruçada na janela. Esperando. Aos poucos os velhos pais minguavam e de repente a casa ficou mais vazia. Kayla estava agora absolutamente só. Será que arranjaria marido? Esqueceria dele? No entanto o sonho prosseguia e; tal qual um verme a esburacar o couro; a loucura veio instalou-se nos ossos de sua amada pardal. Peso demais a alguém tão jovem.

Memória por vezes era um bálsamo, até as horríveis como estas. Uma tentativa de o corpo domar o horror e se concentrar no perseverar. Este pesadelo nunca deveria se concretizar. No entanto, a exaustão era severa e o corpo, embora jovem do lenhador cedia languidamente. Ele sacudiu a cabeça, tal cão a se livrar da água nos pelos tentando captar sons que merecessem alerta. Precisava ter certeza. Tentou acordar a amiga novamente. E nada…

Aos poucos a ideia dos mortos sobre a marola das ondas tornou-se uma fantasia perversa da mente. Assim, aos poucos, declinou a vigilância e tentava se convencer que aquilo fora um devaneio do cansaço. Um esgotamento legítimo depois de tanta atividade, depois de tanto nado e luta.

Dominescu teve cochilos estraçalhados com olhos saltando sem força para uma vigília vadia, malfeita. Jupita tossia dormindo, e por isso o acordou para uma nova e trôpega guarda que não perduraria. A elfa continuava apagada, respirando profundamente. Compreendeu por fim a inutilidade da vigília. Estava exausto, e o que vira na crista da onda fora um engano dessa exaustão. E se houvesse algo lá fora, certamente foi um dos que atingira e matara de vez. No horizonte, mar, praia e céu era uma massa única, mas alto e distante no céu, a lua nada era além de um risco suave, um sorriso com um quê de simpático e provocativo, lua a qual talvez estivesse de complô com o destino.

— O que vocês planejam para mim agora, hein? — perguntou sem forças para qualquer traço de diálogo. Exaurido, se entregou ao sono sem esperar sua resposta.

O dia veio e o grasnar de um albatroz o despertou. Vendo no alto o mastro torto e percebendo o som das águas relembrou onde estava. Ele esfregou os olhos e coçou o peito com preguiça, e num sobressalto de horror sentiu o cheiro de leite azedo, não de peixe e sim um cheiro temido entre marinheiros. Bem ao lado de si, duas órbitas reptilianas, exageradamente abertas espiavam por entre os cabelos sujos, melados como algas em gordura. O rabo de peixe da criatura agitava-se lentamente enquanto se arrastava de barriga no convés. Estando próxima demais da elfa, e Dominescu rezava para que ela não acordasse agora. Talvez só estivesse curiosa com a rara raça do Ar. Serenidade e movimentos moderados eram a melhor opção, evitar susto e bote. Uma prioridade óbvia.

Pela selvagem alegria no olhar, Dominescu e Jupita eram um suntuoso achado para a besta. A coisa sorria de bocarra aberta, na qual dentes afilados, comuns a serpentes e lagartos mordiam o lábio inferior com volúpia.

Uma sereia.

Criatura de hábitos exclusivamente diurnos e violentas por natureza e paixão. E mesmo de tão perto continuava a espremer as estranhas pálpebras evidenciando sua visão curta. A isso a lenda contada incansavelmente pelos marujos não correspondia, e tampouco à penugem espessa, lisa e escura que cobria a pele acinzentada com manchas disformes. Tais como manchas de queimado ou agravadas pelo sol. Criaturas selvagens da Água como essa no intervalo de poucos anos passavam a fase adulta. Grimlik, o Caracol era quem lhe contava essas coisas. O marujo de corpo curvo e aleijado de uma perna dizia, antes da velhice lhe entortar a boca e deixá-lo idiota que do nada dezenas, e às vezes centenas, emergiam da água, atacando todos os seres de sangue quente e que, no ápice desse frenesi, os atacados que sobreviviam eram levados e neles injetavam suas larvas através de longos ferrões. As larvas ficavam adultas em apenas uma estação e devoravam suas saídas do corpo. Um jeito cruel de morrer. O tal ferrão, Dominescu podia ver nos antebraços. Tal fossem braços quebrados com ossos à mostra. Um marfim com ponta fina, um esporão ossudo. O amigo marujo falava de tudo e muitos diziam que suas mentiras eram boas ao sono. Volte depois da quinta garrafa, sempre caçoava alguém. De hoje para diante se o visse novamente pediria desculpas por rir de suas vivências.

— Humm… O que temosssss aquiiiii? — sibilou a monstra.

Dominescu até ali controlara a respiração, quase ao ponto de pausa-la por completo. Contudo, diante das palavras execradas da besta, o medo espasmou seu abdome fazendo — que soltasse pequenos e audíveis solavancos. Por debaixo da grossa barba seus lábios tremiam.

— Um que respira. — a odiosa disse isso como se esse fosse o nome do lenhador. — Esta pouca comida é sua?

A bizarra falava de Jupita.

— Sim. — ele nem sabia por que respondeu assim.

— Fome também…

— Afasta. — Dominescu quase soletrou ao falar. E ao dizer ia esticando suavemente os dedos até as botas e as vestiu como luvas. A amiga elfa estava a um passo da inexistência. Se a sereia com aqueles dentes a ferisse, ela sobreviveria? Talvez. Mas o que poderia fazer com ela inconsciente e ainda em seu colo. Não tinha como se erguer sem machucá-la e o pior, talvez a coisa mordesse a ambos...

A respiração de pequenos espasmos da besta provocava um ruído réptil, um quase escarro. Os rasos lábios eram insuficientes para cobrir a bocarra, logo a monstra babava constantemente. Suas narinas eram riscos em "V" abrindo e fechando. E, pela erguida de queixo a diabrete marinha a cheirava sem se encostar na elfa e sem a perder de vista. Pálpebras translúcidas como caravelas do mar piscavam preguiçosas produzindo um som de tecido molhado. Na garganta guelras evidentemente lacradas para não entrar ar.

— Cheeeeeiro booom — quando a louca falava deixava escapar um leve gotejar de água e saliva além de exalar um pesado hálito de peixe podre. — Diferente, de tu. — Completou num sorriso dentado.

Dominescu com pavor notou o olhar vazio de louca sobre a desmaiada e logo a abjeta propôs como se possível:

— Fico só com uma perna!

— Não! A presa é minha! — Era o desespero. Dominescu entrou naquela loucura tentando prover o melhor resultado. Afinal, enquanto aquilo estiver falando, não estará mordendo. Não poderá comer se a mantiver falando.

— Oferece a miiiiim.

— Não.

— Ofereceeeee.

— Teimosia. A carne é magra e pouca.

— Quando a fome ir embora... — ali ela vacilou e vomitou um pouco de água. — fico com o resto.

— Não pode. Eu vou comer tudo.

— Gossssto da carne, e gosssto também de ossos e cabelossss. Me dá elessss então.

O tipo de refeição desse demônio marinho era de um terror quase impossível de suportar. O estômago redobrava mas tinha de suportar. O controle no momento era vital.

— O que querrr porrr elaaa?

Dominescu não conseguiu pronunciar nada. Pensando nos horrores de tal vileza apenas sacudiu a cabeça numa negativa.

— Querrr sssim!

A fera sorria levianamente com os olhos. Seu bafo lembrava aquele odor de barriga de peixe, o fedor ocre dava-lhe ânsia.

— Acha que tem o que oferecer? — Dominescu sentia-se péssimo, sentiu-se balançado. E se este fosse o momento final, sua única oportunidade de sobrevida? Teria direito de impedir os pais de vê-lo de volta? Tinha de escapar. Ao menos ele. Imunidade. Queira escapar… e havia um preço. Brutal, mas mesmo assim havia um preço. Teria direito de entregá-la? Agora sabia o que faria. O lenhador deixou os olhos sorrirem.

A besta marinha se atinha a olhar a carne barganhada, e lambia o ar à volta, como se fosse possível saborear assim o gosto da elfa. E com isso ela batia de leve os dentes ansiando, desejando…

Com o dedo anular simulou um toque e corte, estudando o melhor aproveitamento da iguaria e depois retraiu o braço, abraçando-se expressando algo entre depravação e selvageria. Então de súbito sibilou:

— Peça.

A AMARGURA, O TÉDIO E O VINHO

Na praia, Morgrinald estava encostado numa pedra larga e grande, se dividindo entre vigiar os gnomos e olhar o mar à frente, onde a elfa e o herói se aventuravam dia-a-dia. Maldita esperança pensava. O lenhador contaminou a mente fraca da peituda com tolices. E a cada dia demoravam um pouco mais. Pesquisando, minerando tesouros ou outras bobagens. Ou seja, uma inutilidade diária, como um hobby. Mesmo se uma embarcação passasse por ali, nem o capitão mais insano se arriscaria se aproximar duma praia onde embarcações arruinadas demarcavam cada banco de areia e coral.

O anão dava um gole no vinho que achou na embarcação destruída da praia. Um engradado inteiro com vinho intocado pelos gnomos, os primos de sua raça. Nisto eram bem diferentes. Já no resto era incrível o quanto as se pareciam…

O morro esburacado, agora lar dos primos, lembrava em muito as ruas enlameadas e cheias de gente de seu povo. Ao longe, quem de fora os observasse poderia chamá-los de "povo-formiga" por causa das filas frenéticas indo e vindo de dentro da terra. A mente do anão, neto de Keldorn afundou-se em lembranças pesadas e o sorriso raro foi-se de imediato.

Hans Ranni, num repente chegou e de um salto fácil sentou no topo da pedra, dizendo:

— Posso falar com você?

— Que é, peludo?

— Trouxe peixe.

— Obrigado.

— Morgrinald…

— Desembucha baixinho.

— Vamos ficar aqui para sempre, né?

— Quem disse?

— Vamos, né?

— Sempre passei dificuldades. E… — o pesar do Pequenino era óbvio — Nanico, olha para cima. O que está vendo?

— Nada.

— Hunf! Foi assim que vivi por algum tempo: no interior da terra, na profundidade do abismo. Foi um acidente do destino, o maldito queria assim. Tinha caído e fui parar bem fundo. De lá onde fui parar vi muitos pontos de luz, como aqueles lá. Eram outros de meu povo trabalhando, passeando...

— Como sobreviveu?

— A questão é: pra que!

Morgrinald fez uma pausa e mordeu um pedaço do peixe. Continuou a falar, comendo ao mesmo tempo:

— Passei fome, passei sede, raiva, remorso...

— E não pediu ajuda!?

— Não podia... — Morgrinald passou o galão de vinho a Hans, e deu outra mordida na carne branca e assada.

Hans se deteve cheirou, derrubou um pouco na mão e lambeu um pouco e antes de virar um belo gole indagou seriamente:

— Orgulho, né?

— Que orgulho merda nenhuma! Uma coisa você tem que entender, sua bolinha de pelo: gritar em cavernas pode provocar desmoronamento! Isso se não atrair coisa pior, predadores que adoram te devorar aos pouquinhos.

— Tuuuurrraaãããooooo...

O anão se virou e tentou pegar o Pequenino, que se esquivou. Mesmo assim ele ainda tentou por mais duas ou três vezes.

— Seu merda, para de pular ou... — Morgrinald voltou a cruzar as pernas e a se recostar na pedra.

A parada repentina e o silêncio indicavam o óbvio, o neto de Keldorn não precisava dizer, mas disse:

— Não me faça dizer, filho de Ranni e Ramiro...

Hans suspirou, lamentando por ter ido longe demais, então retornou devagar e recostou também olhando a grande garrafa:

— Vai beber sozinho?

Morgrinald ergueu o punho fechado e o deteve no ar próximo do rosto do Pequenino. De modo lento encostou o punho em seu queixo peludo, empurrando-o levemente. E em seguida lhe passou a bebida.

O ROCHEDO

Jupita acordou com preguiça, tonta, sentiu água em seu rosto, mas demorou para se situar. Fracassou em se erguer, o corpo doído evidenciava e lembrava de seu feito. O céu se movia e podia ouvir o som das ondas alquebrando. Estava sozinha em um bote. Será que Dominescu...

De súbito, um baque no fundo a despertou por completo. Pelo som de madeira raspando em areia, chegara a terra firme. Então, uma mão calejada agarrou a lateral do bote e do novo puxão, a face barbada de Dominescu se mostrou.

— Já era hora.

— Mmmmm... Aconteceu?

— Ainda sonolenta?

— Mais ou menos...

— Falou muito à noite.

— Desculpe.

— Não por isso. — ele deu a mão a elfa que com dificuldade saiu para a areia.

— Nossa, cheguei até a sonhar!

— E em seu idioma, não entendi nada.

— Jura? – indagou a elfa curiosa.

— Algumas palavras você repetiu muito.

— Quais?

— Ih. Veja — disse apontando com os olhos para a trilha de garrafas que terminava em Morgrinald e Ratão e ambos largados e entregues a um sono profundo. O anão descalço e as botas sabe-se lá onde. As pernas de Hans enlaçavam um garrafão e pelo sorriso bobo dá para imaginar com o que sonhava.

O lenhador, numa explosão muscular ergueu o bote acima da cabeça e levou-o consigo para longe da água até além dos morros de areia criados no ir e vir das ondas. Jupita cambaleava com passos tortos e vacilantes o seguiu e depois recostou-se no bote.

— Você ainda está péssima.

— A magia é como sangue, é uma entrega. Quanto maior o poder e tempo entregues na execução, mais se perde.

— Tradução: isso "qué-dize-que-vai-ficá-dimolho" por um tempo — disse Morgrinald, de súbito, ainda com aquele olhar avermelhado típico dos embriagados — Ei, Garoto! Vem cá.

Dominescu, intrigado foi a ele. O bêbado cutucou o nariz com o dedo mindinho e perguntou:

— "Voxê-xabia"? Huum? "Que-u-merdinha-aqui-tem-uma-purrada-de-filho"?

Pelo nível da embriaguez, Dominescu calculou que ficaria assim por mais algumas horas. Jupita tinha adormecido novamente. Pelo baque próximo de si o anão idem, e teve de virá-lo para que não sufocasse na areia feito isso ficou se perguntando sobre as coisas que vira. O simples lenhador e campônio tinha ideias perigosas que se prendiam na mente, tal como trepadeira em galhos ou cogumelos em tocos.

Girou o corpo com calma enquanto coçava sua perna por dentro da bota com um graveto, ele examinando tudo com afinco. Aquela era uma das mais miseráveis terras que conhecera. Dali, seria impossível descrever o local como ilha ou continente. Atrás de si tão somente uma imensa praia que se afilava ao sul e seguia de repente para sudeste, onde alcançava seu fim em rochedos imersos em água, como dedos e unhas de um colossal ser caído. A seu lado, apenas areia salpicada de árvores magras, e adiante, cerca de meia hora mais, um rochedo imenso, vertical e com espinheiros nos pontos altos murando a face norte por completo tal fosse um gigante deitado.

— Senhor! Senhor! — um gnomo de cabelos negros e entre o liso e o enrolado agitava seu boné com um largo sorriso. — Estou aqui logo tão cedo, não só no intuito de desejar-lhe um bom dia, mas também, somado a este, trazer a vós... Ops! Perdão. Eu pensei, ao vê-los a trinta e quatro metros e meio de distância que estavam todos vós já despertos.

— Não há porque se desculpar. Nem tinha como adivinhar.

— Adivinhar não. Gnomos calculam e não adivinham. Todavia, contudo, ignorei a probabilidade disto ocorrer, posto que fosse muito diminuta.

— Gnomo… — começou Dominescu e logo foi cortado.

— Sei, sei… Jamais ignorar quaisquer probabilidades. Se existente é provável.

— Na verdade ia lhe perguntar seu nome.

— Frederico Hagá–Minus, inventor, rabiscador de conceitos, cozinheiro, cantor, dançarino e instrumentista musical. Péssimo cantor-poeta dizem… Embora ache que meu fraco seja o verso e não a escala.

— Então… Frederico. Estamos numa ilha certo?

— A resposta é simples e positiva para sua indagação, visto que inexiste em sua extensão largura suficiente para ser chamada diferente. Tampouco há outra visível presumo, portanto, ser única e não fazer parte de um arquipélago.

— Arquipélago?

— Conjunto de ilhas agrupadas e separadas pelo oceano. Digo conjunto para o todo de ilhas, ilhotas e grandes ilhas.

— E o que há além daquele rochedo?

— Mais uma porção de areia.

— E…

— Não e não. O lugar tem muitos perigos, o lugar é inóspito à vida.

— Está bem. Tem o que na cesta?

— Legumes frescos.

— Poderia trazer mais? Para a elfa, o anão e eu tem o suficiente, mas o Pequenino é um glutão.

— Desculpe novamente. A hospitalidade dos gnomos não deve ser questionada por tão pouco. Este era um fator realmente incalculável. Volto em três quartos de hora e nisto estou certo. A margem de erro nisto é mínima e calculei para maior, então… Volto já.

— Obrigado.

Dominescu sabia. Algo entre o jeito de agir e o de falar denunciava exclusas e mentiras. Havia algo mais depois do rochoso gigante deitado e o único caminho até lá era a praia. Aguardou um pouco, até o gnomo sumir. Os demais estavam em péssimas condições, além do mais não desejava espantar a todos com suas conclusões e ideias. Se estiver certo, em algum lugar do outro lado haveria um porto pirata. Ou um ponto onde estes poderiam desembarcar e abastecer-se com água fresca. Então, respirou fundo e iniciou sua caminhada.

De certa distância no paredão rochoso já via a lava enrijecida formando raios concêntricos em determinados pontos. De repente se lembrou da pele enrugada de seu pai, e em silêncio rezou a quem lhe ouvisse a proteção de seus pais contra os infortúnios da vida. Proteção contra o ferimento da saudade que devem ter dos filhos sumidos. Dominescu nem tinha ideia de como diria sobre a morte do irmão Dobrovonski. Nem muito menos de como falaria do amor de homem que tem por sua irmã. Mamãe reprovaria? E esse era um pensamento recorrente. Desejava desposar Kayla, porém havia ainda a questão do Senhor das terras. Teria de pedir sua permissão para casar. Rezou, esperando dos deuses a misericórdia... E a oportunidade.

Sua perna começou a coçar muito. Abriu os olhos. A sua frente, tanto os espinheiros quanto à altura do rochedo desestimulam e muito qualquer ideia de ultrapassar a muralha natural.

Venceria a escalada? Talvez, mas teria de fazê-lo. Então parou para coçar-se. A coceira na perna desde o incidente com a besta insistia em não o largar.

Em poucas horas chegou aos pés do rochedo de coloração negra e esverdeada onde vira sulcos formando símbolos bizarros, monstros agigantados, animais sanguinários e outras barbáries. Incerto demais para concluir...

— Um aviso ou uma farsa? — perguntou de si pra si.

Pouco dias depois de conhecer os gnomos soube por eles mesmos das lendas e das estranhas doenças aos que ousavam tocar na muralha e ali a pintura no rochedo sugeria a existência de diversos monstros. Em cada vez que eles repetiam tais histórias, agigantavam-se ainda mais as tragédias havendo apenas uma coerência só no tamanho. E nas impressões feitas na muralha Dominescu teve ideia de onde veio a inspiração sobre o tamanho daquelas malvadas feras.

— Como o gigante Iurik.

Olhou para trás e pensou nos amigos. Dali via a quantidade de embarcações afundadas por toda aquela região. Como a maré fazia as ondas alquebrarem para a direita, supôs que ao ultrapassar o rochedo encontraria uma praia de águas mansas a qual proporia não só um porto tranquilo, mas também uma carona para casa. Nenhuma embarcação negava ajuda. Isso era parte do código dos navegantes e nem piratas desrespeitavam "O Código".

E arriscar era preciso, arriscar para afagar a saudade que sentia dos pais, prestar os ritos de morte ao irmão Dobrovonski e sobretudo… arriscar-se para voltar para Kayla.

A água e o rochedo brigavam entre si por séculos e nesta briga a água fazia profundas feridas no rochedo. Imaginou que, em algum ponto, tais fissuras o trespassasse formando uma passagem onde não teria de escalar.

Mas não havia garantias, talvez houvesse praia somente onde estava ou quem sabe se a face norte do rochedo estivesse há horas ou dias dali. Enquanto voltava a coçar-se, o ex-marinheiro esperava a maré baixar.

E após horas quando finalmente a maré cedeu as esperadas fendas no rochedo tornaram-se evidentes. Sem perder mais tempo ele correu e depois nadou até elas para as examinar. Em uma delas chegou até a entrar e logo saiu frustrado ao ver apenas trajetos incompletos.

Até que um deles trouxe-lhe surpresas maiores. Um cheiro forte de fezes, obviamente um covil, contudo, viu luzes tímidas ao fundo e isso o reanimou. A travessia era difícil, mas possível, afinal estava passando por um tipo de covil e ali era o fundo. Durante seu avanço em certos pontos chegou a se ajoelhar e engatinhar para prosseguir. As luzes vistas na entrada provinham do teto, através das chamadas claraboias. Aprendera essa palavra com Jupita e Tarson de quando adentraram o templo ruído e abandonado que mais fundo se mesclava as cavernas. Dominescu ignorou a memória, pois tinha de ficar focado para que não caísse e se ferisse em rochas finas como lâminas. No segundo quarto de hora o desconforto enlaçava seu corpo e o espremia nas paredes úmidas. O rochedo parecia contente em sufocá-lo. De súbito, percebeu a umidade na areia do solo e passou a andar mais rápido. Demorou demais e a maré voltava a subir. Os pés afundaram brevemente na areia agora molhada. À frente uma bifurcação e pouco tempo para decidir. Que falta Jupita fazia. Sem tempo para pensar seguiu pela esquerda para onde a luz incidida era maior, a cavidade seguia para cima. Porém, ombros, cotovelos e joelhos passaram a ralar na passagem, embora um frescor indicasse uma saída. Então persistiu.

O trecho era estreito demais e pior.... Inclinava mais a cada metro, e a subida, quase impossível. Escorregar agora significaria ralar-se por metros e isso sem contar que neste escorregar poderia ter o azar de se cortar, ou pior, quebrar um osso. Resumindo teria de voltar.

O retorno, de costas, sem enxergar, era perigoso e inevitável. O ponto de bifurcação quando alcançado revelou uma nova agonia. Agora a água o havia tomado, portanto o restante do caminho completamente submerso nessa altura. Ele mergulhou e seguiu rápido para a direita esperando que não fosse ainda mais inclinado e escorregadio que o anterior e principalmente que tivesse saída, tivesse passagem, do contrário se afogaria.

De repente tinha ar, mas a maré ainda subia. Esse túnel diferente do primeiro era aberto, permitindo que Dominescu aumentasse mais suas passadas. Até que falseou o pé e caiu na água fria que o cobriu por completo. O alto teor de sal reagiu com os ferimentos e lhe arrancou um grito afogado de dor. Conteve-se e tratou de subir para respirar. Ele boiou um pouco e depois nadou com fortes braçadas, subiu cansado numa parte mais seca. No entanto, uma repentina e barulhenta enxurrada o deixou submerso e o fez girar. A luz vista dali formava uma graciosa flor de pétalas feitas de raios multicolores. Dominescu nadava forte, entretanto, a maré novamente subia no colo da praia. A água voltou por onde veio, levando-o consigo. Sem se render, segurou-se numa longa raiz dependurada esperando ancorar sua posição.

Seu plano funcionou. Então respirou rudemente, quase sem fôlego e, sem perder mais tempo, subiu pela grossa e flexível raiz. As ondas que batiam em suas costas pareciam cumprimentá-lo pela façanha. Dominescu procurava ignorar a dor e, agarrando outras raízes ali instaladas, foi rumo à terra firme. Ao parar numa mínima plataforma, viu que podia passar pela água, contudo o mar estava revirado.

Nadar ali seria dar oportunidade certa à morte, por isso optou por escalar as pedras do rochedo por inteiro e seguir com cuidado pelo espinheiro no alto. Regressar era obviamente impossível. Levou um tempo para alcançar o topo e, lá chegando, deitou-se para descansar. O esforço havia sido extenso.

No entanto, ficou estupefato pela exuberante vista.

Árvores bem espaçadas entre si reinavam orgulhosas sobre arvoredos menores e capim alto. Aquele lado da praia contrastava totalmente com o lado de que viera.

E uma hora mais se fora quando finalmente suas botas de couro puderam saltar para a areia.

DECISÕES

O vento era brando levemente úmido e as ondas constantes apagavam facilmente qualquer pensamento, convidando a mente ao desuso, ao esquecimento. E se opondo a essa tranquilidade, o maxilar do Pequenino trabalhava com fúria. As mãos ainda seguravam suas futuras e breves vítimas. Verduras, legumes e raízes de diversos tipos, aromas e sabores. Destroçadas, rasgadas pela base, pela casca ou pelo centro até o ponto de as bochechas incharem. Ver seus longos e tortos dentes frontais e ouvir as longas e ofegantes respirações seguidas de suspiros e outros sons era um espetáculo hediondo.

Jupita ainda estava com toda a lentidão entre o sono e o despertar. Apesar da placidez de seu lindo rosto até para o esfomeado Pequenino o descontentamento mostrava-se nítido.

— Minha linda, sinto te dizer, mas... — parou para mastigar a raiz ainda na boca.

— Também acho que devemos segui-lo — disse ela.

— Não, é que... — Ratão cuspiu o excesso da bochecha para falar livremente, porém, Jupita já tinha se levantado e amarrado a cinta com a bainha na sua deliciosa cintura. Era inútil argumentar com mulheres determinadas. Hans disso tinha certeza, pois duas de suas esposas eram assim. — Tá bom, tá bom. Vamos, né.

— Aonde? — bradou Morgrinald com a voz arranhada.

— O lenhador seguiu sozinho pro norte da ilha.

— Quem?

— Dominescu. O barbado de cara séria. O humano...

— Norte? — perguntou o jovem habitante da ilha. — O lugar é infestado de bichos.

— Deve estar procurando madeira boa. No mínimo.

— Não pode! — contestou o jovem. — A fenda é no ponto mais alto do rochedo e daria muito trabalho para passar a madeira cortada.

Morgrinald puxou o gnomo pelo braço.

— Elfa! — berrou o neto de Keldorn. — Encontrei um guia.

— Não! Quem lhe disse que conheço o local?

— Você.

— Não, não. A fenda é habitada há um ano por predadores.

— Ouviu? — perguntou o anão.

— Sim — tripudiou Jupita enquanto se agachava até as pegadas deixadas pelas botas de Dominescu. Virou-se e olhou o gnomo. — Como disse se chamar?

— Frederico… Frederico Hága-Minus, mas todos me chamam de Canhoto.

— Tem coragem, Canhoto?

— Sim… — respondeu vacilante.

— O que será que motivou o barbudo? Curiosidade? — perguntou Ratão, desacreditando na possibilidade de um sim.

A palavra; o seu "sim"; traduzia bem o espírito aventureiro, o desejo desbravador, o oculto a ser revelado. No entanto, essa palavra não era tão fácil de ligar a Dominescu, ela não o representava, pois era precavido e reservado.

— Eu apostaria em ociosidade — respondeu Morgrinald, com certo desdém na voz.

Jupita fitou Morgrinald profundamente:

— Esse lado foi despertado por outras razões… — Ela vacilou um pouco, pois a conversa dela com Dominescu quando perdidos no mar pareciam confissões e segredos.

No entanto, a situação pedia novas opiniões e não segredos a serem guardados por isso continuou:

— Dominescu é pobre. Toda a sua família, assim como as famílias vizinhas dele vivem das graças do senhor e dono das terras.

— O barbudo atrás de riquezas?

— Riquezas que livrariam muita gente do jugo e da malevolência do nobre. Por isso… — Jupita se virou, deu largas passadas até o jovem Canhoto e com um dos joelhos no chão pousou as mãos nos seus ombros — Frederico! Conhecido entre os seus como Canhoto. Eu vou perguntar de novo. Tens coragem de ajudar o homem que salvou minha vida de tubarões e antes do afogamento? Na verdade, não. Eu lhe imploro ajuda!

O jovem piscou, incrédulo com o gesto tão devotado duma elfa. Logo este povo tão altivo e autossuficiente. O anão tocou o braço da elfa e ela se afastou, então Canhoto se virou e notou que o poderoso anão viera de cabeça baixa, submisso. Era um outro pedido. De súbito ergueu a cabeça e nos olhos a determinação:

— Não precisa ultrapassar a fenda. Só nos guie até lá.

— Cla... Claro. Sigam pela praia. Encontrarei vocês daqui a pouco. Preciso pegar certo equipamento. E, por favor, não entrem pelas fendas do lado do mar. Há sereias! Digo monstros marinhos e carnívoros e na probabilidade remota de vocês saírem incólumes se afogariam na saída do outro lado. Muitos morreram assim.

Morgrinald sentiu um arrepio ao lembrar-se do bardo do mar sendo devorado por aquela criatura marinha.

— Levarei só meia hora. — com isso dito Canhoto, acelerou a passada em direção e de súbito parou para reavisar — Heróis, eu lhes peço. Aguardem-me. Não entrem sem mim, o local é traiçoeiro. Conheço outro de caminhada pesada, porém, mais segura. Talvez cheguemos até antes do precioso e bravo amigo.

Dizendo isso ele correu, parando várias vezes, para gesticular pedindo-lhes calma e paciência.

Mesmo estando sozinhos Hans cochichou a Morgrinald:

— Posso perguntar uma coisa?

— Desembucha, peludo.

— Como descobriu que os gnomos já estiveram por lá?

— Deduzi.

— Deduziu? Como? Ele nem falou diretamente como se tivesse andado por lá. Ou falou?

— Não.

— Então?

— Não vi nenhuma árvore aqui e as casas, seus utensílios e aquela máquina esquisita...

— Todos de madeira. A madeira poderia ter vindo dos barcos naufragados, não acha?

— Acho.

— Acho? Espera aí...

— Tá. Blefei e daí dentuço?

— Nada — respondeu Ratão com medo de apanhar, embora sem poder esconder um sorriso malicioso.

Jupita seguia calada. Boa parte das pegadas de Dominescu sumiram na subida da maré, portanto, as evidências de seu percurso ou paradeiro podiam já ter desaparecido a frente. Se ele estivesse escalando a alta muralha de rochas ela poderia vê-lo dali, mas desde quando ele se foi? Porém, o trajeto até o cume era difícil até para hábeis escaladores e Dominescu era um nadador. De súbito entendeu por onde ele pode ter ido e clamou:

— Olhem! As fendas!

— Docinho, não pode passar por ali não. — Pelo tom de voz de sua lindinha, Ratão pressentia o pior — Você me ouviu?

Ela desafivelou seu pesado cinturão e o deixou cair na areia.

— Buracos, são apenas buracos — corrigiu o anão como se isso importasse.

— E podem se abrir mais e dar passagem — retrucou Jupita.

— Não seja ridícula! — Morgrinald enfatizou. — A maré é forte para talhar as rochas facilmente e…

— Eu vou!

— Peituda, as grutas estão cobertas de água.

— Escuta — imperou a elfa — desde uma violenta invasão em minha terra natal, eu, Tarson e meu mestre Darkay vivemos nas cavernas. Sei me virar nelas.

— Primeiro, são grutas e depois… Elfos numa caverna, elfos num balde ora dane-se. Ô orelhuda, além do ridículo que diz e daí? Se viviam era na superfície, na borda da caverna como ursos e morcegos. Bem na beirinha. Meu povo é feito de rocha e fogo, nossas cidades são incrustadas nas rochas e em maciços rochosos. A água ali pode fazer fendas, mas são passagens incompletas na maior parte.

— Maior parte.

— Ô merda! Escuta Peituda, é de origem vulcânica, e bem recente eu diria. Diferente…

— Diferente do que vive Iurik.

— Isso. Aquela criatura vive em um cume antigo, toda essa região nem tem muito verde por quê? Vou te dizer o porquê. Porque toda essa área está sujeita a desastres e a vida quase foi pra merda aqui. —

Morgrinald estava sendo claramente ignorado então chutou a areia. — Merda! Que ridículo. Que perda de tempo discutir com uma fêmea e, ainda por cima, uma elfa.

— Não vou discutir. Nunca encontrei outros de sua raça, nunca estive com seu povo. Na verdade... — Jupita deu as costas para o anão irritado. — Não importa.

— Sua filha duma...

— O que importa — ela cortou bruscamente — é que meu amigo está por aí e por acaso já se perguntou se Dominescu sabe do que você sabe? Enquanto se esforça para ter razão, ele pode estar se afogando. Ao meu ver isso sim que é ridículo.

Com essas palavras, ela a filha do vento, a discípula de Darkay e acima de tudo, a amiga de Dominescu seguiu e logo se jogou no mar, desafiando as ondas e nadando do modo que o amigo lhe ensinara há tão pouco. Pensando nisso, inflou ainda mais os pulmões e empregou poderosas braçadas até atingir o complexo de rochas cheias de limo e corais e bem próximo ao gigante rochoso. De lá seguiu em direção às fendas quase submersas.

Debaixo da grossa barba, o anão sentia o rosto queimar de ódio. Rangia os dentes e rugia baixo para depois dizer em alto e bom som:

— Vou arrancar as orelhas dessa vadia! — Proferindo essas palavras arrancou apenas as botas e marchou com armadura e armas para água.

— Ei! Morgrinald? Volta aqui, não faz isso não! Hei...

As ondas batiam sobre o peitoral couraçado do anão enraivecido e se espalhava para os lados até que a distância da praia fizesse crescer a profundidade em que ele se encontrava e o engolfar por completo. Ao longe se via Jupita nadando contra as ondas e indo perigosamente perto das rochas, onde as ondas espancavam a fantástica muralha.

— Mãezinha... — Hans corria para lá e para cá, e quase gania de preocupação. — Agora é que a sopa levanta fervura. Um sumido e dois afogados. — E com isso disparou atrás do gnomo.

A MALDITA ÁGUA NAS ROCHAS

Poucas foram as vezes em que foi tomado assim pela água. Morgrinald o neto de Keldorn a odiava e ela, a Água parecia saber disso. Sempre que cruzara o mar sentia o mar lhe provocando, sacudindo a embarcação, zombando dele. E no último naufrágio ela, a Água, quase conseguiu vencê-lo. Por isso sentia-se estúpido em seguir a elfa. Uma maldita elfa. Perdê-la de vista nunca fora uma opção e deixar de bater na cara dela até que os olhos encontrassem a nuca também não era o caso. Ela não poderia se afogar. O mar não poderia tirar esse prazer cáustico dele. Por outro lado, estavam juntos nisso, assim como com Hans, Sartre e Dominescu. A miragem do valente humano a quem se apegou surgiu a sua frente e então do nada percebeu que estava totalmente imerso na maldita água. De pé no fundo embora dentro dela. Uma espuma grossa borbulhante cobriu-lhe a visão e pelo baque surdo o grande rochedo estava à direita. Impossível seguir a elfa agora. Estava por conta. Nada a fazer. Nada mesmo. Se ela se afogara causou a si, que culpa teria? Sua sobrancelha pestanejou ele sorriu discretamente num pensamento que logo se foi. Agora naquele momento o mar começou com suas artimanhas, sua irritante mania de ir e vir. Com toda a certeza pretendia atirar-lhe na muralha. A maré trabalhava um jeito de arrancá-lo do solo e arremessá-lo. Queria ferir pedra com pedra, que engraçadinha. Morgrinald revirou os olhos com a simplicidade do plano. Jamais dará certo. Saber do próximo passo era uma obrigação militar e ser consciente de dois outros mais era um método bem eficiente para sobreviver. O ir e vir variava apenas na cadência. Portanto só tinha que se preocupar com a súbita velocidade. Todavia, a Água enquanto "Ser" tanto fazia se presente como suor, saliva, gota, poça insalubre ou mar executava sempre com calma incomum a todos os seus objetivos. Cedo ou tarde "a paciente" encontraria como matá-lo...

A água não era só salgada, ela amargava a boca com uma acidez incomum. Na mente do neto de Keldorn, teoria e prática sempre foram irmãs briguentas. Mas sempre dividiam a amante. A dúvida. E esta começou a sangrar a curta paciência... ou o rochedo era ou viria a ser... nem quis concluir.

Morgrinald espalmou os dedos dos pés e suas unhas grossas, nunca cuidadas, arranharam o solo arenoso e devido a seu peso maciço afundava vagarosamente entre a areia cascuda, os pedregulhos, os cacos de coral e a "plantação de conchas". Com os pés firmes em solo ficou mais seguro. Não importava a falta de ar, não para a sua raça. E pelo contato dos pés com o solo; querendo ou não os poderes únicos de sua raça despontaram. Nisso se concentrou no que eles diziam então facilmente encontrou nas reentrâncias das rochas o caminho oculto. Um caminho seguro e sólido para trilhar até o rochedo. Se a elfa tinha ciência disso, ou se teve sorte era incerto dizer. Viva? A safada deu um jeito? Corpos leves como dos elfos teriam baixa ou nula resistência à insana Água e seguindo esse sinistro prisma a possibilidade mais acertada era que Jupita de sei lá o que, morrera. Teve seu juízo desorientado e o corpo arremessado pela maldita água nas rochas.

E poucos passos para dentro daquele caminho a luz sumiu e o fez lembrar das palavras de Canhoto sobre covil de sereias, assim ele retirou seu machado, mas não o martelo e por um instante se surpreendeu por ainda haver um pouco de um brilho esmeralda no gume. Herança de outra época. Naquele tempo, as armas eram cobertas por uma pasta grudenta feita a partir do extrato de fungos das cavernas e seu intuito era o de alumiar e evidenciar a quantidade de acertos. Enquanto que apostadores daquela arena subterrânea grunhiam, saudavam e amaldiçoavam os gladiadores. Como ele... Morgrinald comandava um pequeno grupo e lutariam contra um minotauro. O chamado monstro; a odiada criatura; nunca fora levada ao encontro da luz estava nitidamente desorientada e a julgar pela postura arqueada e abdome ressecado, parecia longe de sua melhor forma. No entanto, o público via apenas aparência, tamanho e preconceito. Um preconceito covarde, medroso por excelência. Minotauros eram dóceis, gentis, sabe, pois, passara duas semanas com eles e igualmente enjaulados. Mesmo assim o matou. Morgrinald e sua equipe. Sem piedade. Sem remorso. Se ele era bom? Nunca se deve arquear o rosto com essa dúvida na arena. Nos tempos de arena abster-se da moralidade era o único meio de manter-se são e o de ficar vivo era ficar alerta para as manobras gritadas pelo público que por vezes sem par mais ajudava do que o contrário. Claro que somente os de sangue frio, os assassinos e os sobreviventes do horror da guerra teriam os tímpanos aprimorados para discernir esses brados dos berros de aleijamentos, de insanidade ou mesmo da inevitável morte. Ele também se recordou da cela individual com privada. Uma forma de agrado pelo belo desempenho do mais aclamado dos gladiadores, o mais eficiente dos senhores do assassinato. Lembrou dos largos privilégios e favores no espaço fechado de sua cela privativa, o que incluía o gozo de cuidados médicos ministrados com aprumo. Literalmente o que quisesse para saciar seus desejos e para que mantivesse a matança. Se quisesse lhe trariam homens, mulheres, comida, boa bebida, doces e tortas. Tudo, exceto a liberdade. Afinal, o anão tornara-se extremamente lucrativo. Um círculo de apostadores da elite da comunidade, incluindo alguns ligados à corte e/ou a nobreza debruçavam as maiores quantias nas apostas, portanto, a chance de sair se estreitava velozmente em cada sobrevivência a arena. E embora fosse nítida sua ascensão naquele circo de horrores também lembrava do guarda que trancou sua cela e lhe revelou que o trato diferenciado era graças à influência de um padrinho oculto e o guarda expressou seu asco cuspindo-lhe na cara. Só mais tarde descobriu ser Astrias. Um homem com que tivera de navegar por três longos anos. Se foi por bondade que Astrias o fez? Todos somos boas pessoas… dirá o líder, dirá o ditador. E ambos matam…

BATALHA E TRAGÉDIA

Longe dali em terra, alheio a situações tão terríveis Sartre riscava inconscientemente o solo, isso era um velho hábito. Já o gnomo a sua frente parecia uma estátua suja e abandonada depois dele ter-lhe feito uma pergunta. Gnominho esperto esse. Preferiu pensar a responder tolamente, pois respostas malfeitas tendem a ser mortas na raiz com mais perguntas, e era isso que tentava fazer. Ou seja, cercar a proliferação de novas questões. Enquanto esperava Sartre refletia sobre a sociedade gnoma e no quanto dela aprendeu desde que chegara. Sociedades únicas como aquela tinha por lógica primária a proteção. Proteção da única coisa que valia mais do que dinheiro naquele lugar. Privacidade. Sartre suspirou com ar divertido, conhecia aquele tipo de situação. Exatamente as mesmas esquivas dos nobres.

— Veja bem…

— Ufa! Finalmente voltara a se mover — ironizou o curandeiro.

— Negar a pergunta que lhe convulsiona os músculos faciais seria ofensivo, estúpido, mas se permitir um estudo breve do quadro geral mostrar-se-á claramente a irritabilidade da coisa, a dependência viciosa… Uma culpa que recaia sobre a vítima, mudando de causa para consequência de seu ato inicial e/ou seu reagente.

— E? — A contra pergunta saíra de forma tola da boca, talvez tenha sido esse o erro. Um joguete típico de crianças que prestam uma atenção deficiente ao mestre.

— E? — o gnomo visivelmente chocado com tal emenda não perdeu mais tempo e respondeu de pronto — Sim. Talvez. Talvez seja quem acha que é…

Porém, o homem sequer teve tempo para curtir a breve vitória ao intelecto gnomo, pois Hans surgiu num repente pulando em uma árvore que se envergou e lançou o Pequenino para o alto num mortal duplo e confuso de costas, enquanto no chão um gnomo chegava correndo. Ambos estavam afoitos e tinham notícias aterradoras.

— Viemos com a urgência de um pedido de socorro.

Incrível como a vida se repetia... Via a si refletido no jovem gnomo afoito e o gnomo com quem falava lhe apresentou exclusas e bobagens, porém, o recém-chegado devolveu:

— Devo procurar outro para intermediar a situação?

E foi quase isso que Sartre perguntara a Marin Bey, a Santa, mas só agora, distante de tudo, ele entendeu a sutil resposta da astuta mulher: "Gosto de rosas. Elas são simples e gostam de água. E basta um pouco de luz para prosperar". Ela comparara as rosas simples com o povo simples.

"Há algum tempo as rosas vieram parar aqui. Nem reparei nelas, ao menos não de início, acho. Afinal quem perceberia um ponto no meio do nada? "

E ela estava certa, afinal quem de fato notaria um miúdo vilarejo em relação a reinos e cidades?

— Decerto carece um nome que acate a responsabilidade dos eventos ocorridos a estes — argumentou uma gnoma.

"Eles são seus problemas? " A voz da santa replicou em seus ouvidos.

Sartre entendia. Eles também não os ouviriam. Engraçado como o destino sempre dava um jeito de dar-lhe uma segunda chance. Agora entendia, era ele quem deveria agir. Assim como os aldeões. Todos faziam parte da charada, portanto, parte da resposta.

— Tem de haver alguém para ajudar! — o gnomo insistia.

— E há! — Sartre estufou o peito e seguiu com eles.

No retorno passaram apressados por Iurik que pescava com sua larga e grossa rede de arrasto. O gigante acenou simpaticamente e pelo peso da situação coube apenas uma retribuição sutil. Sartre não pediria a ninguém, ele agiria.

Para Iurik o gesto fora tão sutil que pareceu só ter sido ignorado, portanto já ia dar de ombros e terminar de arrastar a rede quando notou uma grande leva de gnomos seguindo-o, decididos. De súbito alguns deles pararam diante do gigante e pediram seu auxílio. Uma surpresa sim, mas atendida com um sorriso satisfeito.

De volta ao ponto que estavam, Hans capturou o pesado cinturão da elfa e não havia sinal deles por isso disparou correndo e pulando sobre as pedras e rochas esparramadas ao acaso indo na direção do maciço rochoso. Canhoto também era rápido e emparelhou a Hans. E competindo como garotos disputaram uma corrida das mais rápidas e curiosas. Já Iurik embora tivesse as maiores pernas foi ficando para trás já que as pedras soltas e passagem baixo entre rochas daquele trajeto denotaram que tamanho ali era uma desvantagem.

Subitamente, uma rocha caiu e bloqueou a passagem do gnomo e do Pequenino. Nisto, um gigante de uns cinco lobos mais alto que eles e trajando andrajos feitos de peles e couro desceu das rochas altas para aquela estreita passagem. Ele esfregava as mãos falando bobagens culinárias e grosserias. Na cabeça gorda plena de caroços e fiapos de cabelos esparramados, um olho único, central e totalmente desproporcional. A visão do abjeto era obviamente fraca e preguiçosa, pois nem percebera alguns gnomos que vinham mais atrás e pararam travados pelo pânico.

O enorme monstro ciclope inclinou-se para ver melhor o que conseguira pegar e foi surpreendido com chuviscos de pedras disparadas por Hans Ranni Ramiro e Roder, o campeão de arremesso de pedras sobre o lago. Mas em vez de se proteger meramente, sorriu:

— Então foi aí que foram! Vem. Num vou machucá…

Por sua vez, o valente gnomo Frederico Hagá–Minus, conhecido ente os seus pela alcunha de Canhoto atirou um monte de pedras duma vez e uma delas atingiu seu olho único:

— Assim como não comeu os outros de nós?

O "zarolho" fechou o cenho, fazendo um bico de reprovação, coçou a vista como se atingido por um cisco.

— Corram parentes! Salvem-se!

Mais que depressa, os gnomos obedeceram e passaram entre as pernas do gigante, correndo de volta a aldeia. O Pequenino e o gnomo se entreolharam e não tendo dúvidas continuaram a atirar pedras, atingindo o bruto em inúmeros lugares enquanto continuava avançando. Até que foi atingido no olho e passou a andar mais devagar. E com o sorriso de Hans ao Canhoto aquilo virou uma clara e silenciosa disputa sobre quem seria o mais certeiro. Embora o gigantesco oponente aos poucos diminuísse a distância da irritante resistência.

— Nunca vi comida resistir tanto — resmungou o monstro.

— Ciclope maldito! — gritou uma grossa e imponente voz vinda detrás dele.

Com a surpresa as orelhas deformadas e abertas do maldito espicharam para o alto, e ao baixar as mãos que protegiam a vista dos disparos acabou sendo atingido mais uma vez.

— Viu? Há — há. Sou bom nisso, fala, vai, fala!

— Hans?

— Admite.

O gigante baixou o corpo, estava próximo o suficiente para pegá-los.

— Hans!

— Admite, sou ótimo, sou maravilhoso, não é?

— Tá, mas corre! — Canhoto deu um berro e fugiu.

— Peguei — disse o titã com um riso bobo.

Sua mão era grande o bastante para envolver a cabeça do Pequenino, e com a outra pegou o gnomo pelos fundilhos do macacão.

— Carne ficar macia, quando implorar, ficar contente. Mas este… cabelo demais.

— Pelos — corrigiu Hans com a voz sufocada entre os dedos daquela mão hedionda fedida de carne morta e sangue.

— Tire as mãos deles! — ordenou a voz de antes agora mais próxima.

De repente Hans e Frederico foram arremessados adiante. Libertos, aproveitaram a oportunidade para fugir do carnívoro. Só quando estavam a uma distância que imaginaram ser segura voltaram a olhar para trás. Perplexos, assistiram a uma briga de gigantes em fúria: Iurik e o ciclope desferindo severos golpes um no outro.

Apesar da ferocidade do ataque surpresa de Iurik, a besta o superava em tamanho e força e o lançou contra a parede de rochas e dali ao chão.

Hans e Canhoto não ficaram para assistir e correram.

— Ingrato miserável! — resmungou a besta — Agora quer roubar comida.

Nisso começou a erguer uma pesada rocha para atirar sobre Iurik. Seria o golpe final.

No entanto, num relance Iurik se pôs em pé e deu um bom soco no rim do oponente fazendo-o se desequilibrar, porém, ambos despencaram do alto de onde estavam para um ponto mais baixo da passagem. E a rocha desceu e esmagou os pulmões do ciclope.

Iurik aturdiu-se, o peito subia e descia, os olhos injetados. E não era pela terrificante borra vermelha a frente se alargando e ganhando as reentrâncias das rochas e sim porque finalmente resgatou sua honra. E para novamente viver teve de matar: eis aí um meio estranho de voltar à vida. Estranho não... Horrendo, obsceno.

E assim foi... Lá estava o oponente caído, falido, esvaindo vida pelos poros. Era difícil expressar o que sentia ao ver o ciclope ali estendido ao chão sem outra expressão a não ser morto, dedicou muito tempo a odiá-lo e isso nublou tudo. Aquilo de repente causou-lhe um sentimento crescente, inchado de vazio, um nada.

Iurik Daintghorn; filho do rei; o herdeiro do trono que num revés foi de príncipe para um mero náufrago e depois um sobrevivente. Certamente o nobre dado por perdido no mar. E neste instante sentiu-se novamente perdido. Como antes no mar. Não sentia os arranhões, os hematomas, nem o corpo e tampouco a própria alma. Não havia significado nenhum ali. Em seu andar vacilante reencontrou os gnomos congelados de pavor socados a um canto.

Aos poucos se desvencilharam um do outro, as expressões dos gnomos de diziam tudo. O porquê de sua vida. Ele então sorriu e desfaleceu...

Na praia, o Pequenino e o gnomo via outra coisa e que aumentou ainda mais seu pavor. Bem ali na praia, um réptil enorme chegava muito próximo do corpo caído daquele que vieram procurar. Dominescu parecia desmaiado, talvez morto. Correram a ele e felizmente o réptil se assustou e fugiu.

— Nossa! Que bicho covarde!

— Será? — perguntou o Pequenino vazando medo.

Com isso Canhoto identificou vindo da relva o que amedrontava Hans e ficou igualmente perturbado:

— Droga! Você tinha que abrir a boca?

Num reflexo ambos, gnomo e Pequenino mergulharam as mãos no chão, mas não havia pedras só areia e conchas. Conchas pequenas e leves. Estavam indefesos. Lá estavam três répteis diferentes do primeiro. Pelos chiados das línguas e o urro gutural de suas gargantas entenderam o porquê o primeiro fugira.

— Acorda, lenhador! — Gritou Hans estapeando forte a face do amigo. — Levanta ou seremos petiscos para cada um deles. E tem um ali que já me escolheu.

Os répteis de couro denso e dentes aparentes andavam lentamente, analisando e cercando.

— Acorda!

Agora era tarde, eles estavam perdidos e sabiam…

As três pesadas bestas de pupilas amarelas e furiosas, avançavam lentamente era um passo para o bote. De repente, um deles reclamou o direito da primeira mordida estalando a poderosa mandíbula no ar na direção de seus famintos amigos. E estes admitindo a liderança deixaram-no passar.

— Sabe nadar? — cutucou o gnomo.

— Na água? — O terror do Pequenino em se molhar vencia a razão.

Repentinamente as areias ao redor dos três foram agitadas selvagemente por um vento selvagem que os circundava. Pouco se podia ver da ameaça reptiliana. A barreira de areia, vento e conchas girava rápido e impedia que tivessem sucesso na caçada, embora bem que tentassem, mas fracassavam em trespassá-la.

— Que bom que conhece alguns truques de magia. — gritou Hans, pois com o uivo produzido pelo vento tornava quase impossível a conversa.

— Gnomos com magia? Que horror. — berrou Canhoto de volta.

Descobrindo pasmos que não eram os responsáveis pelo rodopiante vento olharam para Dominescu e só depois vislumbraram uma criatura saindo da água para o ar.

— Amor? Jupita minha linda! Jupita meu docinho!

— Elfos sim podem ter magia.

— Há, há! Aquela é minha garota. Dá-lhe Jupita! Ela veio resgatar o benzinho dela aqui. Iupi, ela me ama! Ela me ama!

Jupita demorou bem mais tempo do que desejava em ultrapassar o rochedo e isso foi por pouco. Quando a onda bruta ia lhe atirar para o rochedo flutuou e por um triz não se chocou com as pedras. Percebeu ali que a flutuação nem exigia tanto mais de seu corpo. Entrar no mar com Dom acabou gerando um bom treino. No entanto, domar o vento numa distância como aquela enquanto flutuava exigia por demais e bastou uma leve rajada de vento para perder o equilíbrio e afundar. O alto teor de sal nela fez o peito arder, mas durou um segundo. Flutuando fora d'água tossiu e afundou novamente por conta de uma onda alquebrando em suas costas.

Na praia, Dominescu começou a dar sinais de consciência. Hans se alegrou e o abraçou sem notar o sufoco de sua amada.

Canhoto ao voltar o olhar para barreira de vento e areia. O girar era tão violenta que pouco se distinguia além de formas borradas. De repente notou que eram quatro e não três.

— O gigante comedor de carne! O ciclope está no redemoinho também!

— Ótimo — comentou Hans ainda abraçado ao barbado amigo. — Assim eles têm uns aos outros para brincar e nós caímos fora!

Pouco a pouco a muralha de vento e areia caía proporcionando a visão de outro espetáculo. Não era o ciclope e sim Morgrinald, neto de Keldorn do poderoso e honroso clã dos Martelos de combate no alto de um montículo de areia e encarando as bestas com o martelo na mão. Um dos oponentes desferiu uma veloz dentada prendendo o braço musculoso do neto de Keldorn com toda a lataria de sua armadura e sua preciosa arma.

Logo o martelo pensou o anão, logo a arma que mantinha reservada. Logo a arma que há mais de um ano resolvera não usar para um inimigo qualquer.

— Ah! Filho da… — o anão ficou indignado por ter sido preso tão facilmente. A arma forjada em chamas de vulcão sendo melada com uma viscosa baba. — Olha aí. Quebre promessas e acontece isso mesmo.

As bestas restantes de couros enrugados, grossos e encaroçados pareciam se deliciar com a visão da presa imobilizada e avançavam com maldosa calma para devorar o intrometido.

Morgrinald, de olhar arregalado e narinas igualmente abertas, pensava sobre sua arma. A beleza de seu balanço, o brilho. E agora detida na boca fétida de um animal qualquer.

Os famintos vociferavam guturalmente.

O neto de Keldorn podia ficar sem o braço, mas jamais sem seu martelo, afinal "Martelo de combate" também era o nome dado à sua família. O avô Keldorn recebera o martelo de mãos bentas e permanecer ali encarcerado naquela arcada reptiliana era a maior das ofensas.

Nenhum passo mais separava presa e predadores.

Com um soco e um pontapé afastou os dois outros na mesma velocidade do bote que tentaram lhe aplicar. As bestas que o enfrentavam jamais entenderiam que número superior não implicava sempre em vantagem. Morgrinald com a fúria em lava enfiou fundo os dedos na narina daquele que o prendia e incomodado, e este o largou sacodindo a cabeçorra monstruosa e já sangrando:

— Tinha meleca, desculpe.

Agora livre, o anão; Morgrinald; do Sangue de Keldorn do clã dos Martelos de combate retirou o machado do descanso e abriu os braços vigorosos e armados num arco. Com a visão de morte ele sempre sorria, mas sorria por saber que mais uma vez não seria a sua. Então ele atacou, girando, torcendo o quadril, mantendo-se em movimento. Numa luta com animais tudo era imprevisível, pois para eles tratava-se apenas de oportunidade entre ataque e defesa. Os répteis agiam cada qual por si só. O anão ria, blasfemava, rugia e gargalhava entre os potentes golpes e giros impossíveis. Era uma dança confusa acompanhada de uma música funesta provinda de dentadas estaladas no vazio e pelo machado abrindo carne e pelo martelo de combate quebrando ossos. Um deles, ao ser aleijado de uma perna iniciou a fuga e foi seguido pelos dois companheiros. No entanto, o peso do machado dobrava nas mãos experientes do guerreiro e num corte reto e frontal, Morgrinald, do Sangue de Keldorn rachou o crânio e a mandíbula do aleijado. De forma tão brutal que nem convulsionou. Só morreu.

— Há, há, há… — Morgrinald gargalhava com a felicidade de um príncipe pela cavalgada.

Canhoto, por sua vez, respirava profunda e rapidamente. Aquilo era único. Claro que não se tratava do perigo ou da quase morte e sim de presenciar o anão combatendo velozmente a tão poucos passos de si.

Para muitos, os anões eram apenas gnomos com a estrutura física similar aos anões humanos, sem os membros atrofiados ou desproporcionais. Já entre os gnomos rezava a lenda dos feitos de um antigo ancestral que ao deitar sobre lava recuperou-se de toda a velhice, este foi o primeiro anão. Há quem incremente a história falando que para isso, o tal ancestral compactuou com um lendário e maligno povo dos subterrâneos. Por isso as reações e emoções de seu povo para com o náufrago anão fossem tão conflitantes. Logo, um anão deve mostrar por si só seu valor. Ou será um tolo prepotente inchado de glórias ou como Morgrinald mostrou ser.

Frederico Hagá-Minus, estava perplexo, totalmente maravilhado por presenciar a história sendo esculpida a olhos vistos. Como queria uma pena ou um buril para imortalizar aquilo do mesmo modo que fizera por todo o grande rochedo… com tudo o que viu.

— Jupita? JUPITAAA!

Ela o ouvia plenamente, os berros de Hans, seu peito arfando entre cada sílaba, o coração esmagado pela preocupação. Mesmo submersa e com tantas bolhas de ar ao redor a elfa o ouvia. Porém, os pulmões dela ardiam com o início do afogamento, o corpo afundava e simplesmente deixou-se levar. Ergueu a mão ao céu distante, seus dedos magros tapavam só parte da luz solar. Lembrou-se de tudo o que fizera, de seu mestre, de seu amado, de seus amigos. A vida parecia escoar de si com a saída do ar.

— JUPITAAA!

Morgrinald segurou Hans, nada podiam fazer naquela distância. Doía muito dizer ao Pequenino, mas disse:

— Ela está por si. Não há esperança, ela se foi peludo.

— NNNNÃÃÃÃOOOO! — ele estapeou o anão e tentou em vão se livrar do abraço forte em sua cintura.

— O mar leva mais um — lamentou Canhoto tirando o boné de trapos e levando-o ao peito.

— Ju?

O Pequenino fixou o olhar e naquele ponto o mar perdia a coloração esverdeada para ganhar um brilhante e forte tom de azul. Aos poucos Jupita saía da água. Emergindo magnânima da Água ao Ar. De braços estirados, palmas das mãos estendidas ao céu e já no ar foi carregada pela brisa suave para a praia.

— Dá-lhe Ju! E dá-lhe Ju! Iupi! — Hans cantava, passando do desespero a uma felicidade insuportável, ele gingava e rebolava abraçado ao peito do anão que rapidamente o jogou ao chão.

O neto de Keldorn estava impressionado, mas tão logo não iria dar o braço a torcer. Além disso, havia ali alguém mais importante. Ele se reclinou e apoiou a cabeça de Dominescu ao colo e este aos poucos voltou a si.

— Morgrinald?

— Querendo se divertir sozinho seu egoísta.

— Pelo jeito perdi a melhor parte — comentou Dominescu ao ver o grande réptil com um machado de guerra anão crivado no alto do crânio. Fora isso o lenhador demorou um pouco para notar o resto ao redor e, quando uma sombra alta e sinuosa pairava acima de si reconheceu a amiga elfa, logo sendo amparada por Hans e um dos gnomos. Exausta, a amiga pouco fez senão resfolegar e sorrir enquanto nitidamente sua pele perdia um pouco mais da cor.

Então todos conversaram um pouco, tentando entender por que Dominescu se arriscara tanto sozinho, porém, rapidamente a atenção convergiu em silêncio para onde estavam os gigantes e notaram Iurik com aqueles grandes olhos fixos mirando o nada e… Para sempre. Indubitavelmente morto.

Enquanto isso Sartre alcançara só agora o outro lado do rochedo vindo através da trilha foi bem rápida embora através de plantas espinhentas, os gnomos com aquela pele grossa tiveram só poucos arranhões, já ele estava todo dolorido pelas picadas e pequenos cortes. O curandeiro que nada sabia dos combates ao localizar o gigante debaixo da rocha correu para ajudar aquele que pensava ser Iurik e quando chegou no corpo o susto foi duplo. A sua frente um lendário ciclope e mais à frente na faixa de areia um enorme crocodilo morto. No entanto, para sua alegria identificou também adiante os aventureiros que viera ajudar.

— Graças aos deuses! — Mas agradecera cedo demais, uma nuvem passageira ao sair da frente do sol revelou Iurik na sombra projetada, aliás bem perto de si. E identificou de pronto nas feridas e lesões o evidente arroxeado de raias negras de veneno. O pária, o mostro ciclope, usava veneno em sua clava.

No pescoço por debaixo da longa e grossa barba que os anos vividos ali na solidão lhe deram Dominescu viu o símbolo real, a única prova de sua real identidade. Iurik vivera ali ignorado, odiado e agora, tão somente agora, sem a vida em seus pulmões era respeitado. O lenhador apesar dos abusos do senhor das terras em que vivia sempre fora fiel ao rei e mal acreditava no privilégio de ter vivido ao lado do príncipe. E este, um gigante humilde de coração puro e que viveu sua vida como um comum, mas sem dúvidas… morreu com honras de herói.

— Tolo! Devia ter salvado a si — disse e deu-lhe um soco fraco só para disfarçar o movimento e o roubo da medalha que lhe denotava o berço e a majestade.

— Dominescu, não se culpe. Foi o veneno e não você. Vê as flores de morte? O arroxeado de veias negras? Se fosse tocado só uma vez seu tamanho garantisse talvez a sobrevida e com sequelas… O veneno… Dominescu meu filho, a morte é dona dos caprichos mais hediondos.

— Ao invés de falar Sartre vamos movê-lo — retrucou Dominescu resoluto.

Então dito isso seguiram todos, elfa, Pequenino, anão, gnomos e o fiel lenhador do Grande Império numa comitiva levando o cadáver de Iurik direto até o alto do rochedo. E do tempo passado entre a chegada ao alto do grande rochedo e a montagem da pira, via-se Iurik sentado em um trono de troncos curtos, empilhados e enlaçados por Dominescu do Grande Império. O lenhador encontrou um jeito digno de valorizar o enterro de um secreto príncipe, do herói do povo gnomo, do amigo sincero de Hans e Jupita e respeitado pelo distante Morgrinald.

— Fizeste bem filho — apoiou Sartre com cuidado. Do luto sentia de novo o vazio de tantas vidas perdidas no vilarejo e também se lembrou do filho morto.

— Só algo tão grandioso poderia ser o lugar de descanso de outro magnífico — falou Dominescu com seriedade.

Lágrimas e tristeza cobriram o rosto de muitos.

Jupita pela natureza de sua espécie ao notar a fumaça densa subindo para as nuvens pode notar a alma do gigante caminhando nessa estrada cinza e branca até outras paragens, até pouco antes do fim quando ela fechou os olhos e rezou à sua maneira.

As chamas foram continuamente alimentadas por três dias e três noites. Uma boa vigília como mandava a tradição no Grande Império. O fogo lembrava constantemente aos gnomos a chance perdida de ter um bom vizinho; enquanto os demais pensavam na sorte de terem conhecido um herói.

E Dominescu entre todos de longe era o mais meditativo.

O ECLIPSAR DO SOL

A tina com água ao receber as mãos calosas de Sartre seu reflexo distorcera embora pouco pudesse fazer quanto a velhice. Sim, envelhecera e pouco ou nada podia fazer sobre isso, algum dia seu esqueleto cansado descansaria de vez. Seja como for suas velhas mãos lavavam sua testa de riscas fundas e permanentes conseguidas a partir de dois passados. Um saudoso e o segundo bem infeliz. A mente sempre revisitava os amigos aldeões do vilarejo de Miller. Sumiços, desespero e nenhuma resposta. Alguém mais morrera? Claro que agora sabia de todos os detalhes desde os escravagistas às inacreditáveis criaturas mortas-vivas encontradas no subterrâneo. E Sargauss? Foi localizado? Vivia? Sua missão divina teve êxito? E havia outra coisa, uma ideia ralando em sua cabeça e ele fazia de tudo para ignorar tal cadeia de pensamentos, entretanto hoje era um daqueles dias em que sua obstinação perdia. Por que os deuses não interviram?

— Não intervieram... — ecoou sua boca constatando o terrível óbvio.

Sartre tinha lá suas opiniões, suas ideias e sobretudo... sobre a vinda eminente do exército de ZHI, o demônio, o deus gêmeo do deus não nomeado. O mero ato de guardar pra si tal ciência fazia dele um dos Guardiões do Pecado.

A saliva engrossou, mas não descera garganta abaixo. Ficou com medo de olhar para o chão, para cima e para qualquer outro lado, então fechou os olhos com força como se fosse possível beliscar com as pálpebras, ferir os pensamentos e mantê-los... Oprimidos. Entretanto, os fatos primavam e atestavam que os deuses irmãos se foram.

Eles, outrora magnânimos e perfeitos em suas esferas de poder. Eles que dominavam o mundo com a força de furacões e botando a terra a tremer sob seus pés. Se algo os desagradasse, a água vertia do mar para a nascente salgando os rios para depois os secar.

De sua fúria, incêndios se instalavam até as chamas morderem cinzas, plantas ressequiam-se num mero olhar. E frutos doces rolavam podres bastando que esses deuses se amargurassem.

O coração de Sartre palpitava nenhuma saliva residia na boca. A água na tina ainda carregava aquele triste e cansado vai e vem e aos poucos foi acabando, morrendo o movimento. Em algum momento acabaria. Assim como o foi com eles também... Durante um momento, no mais crítico e sombrio momento, alguns dos seres deste mundo se cansaram dos oscilantes humores divinos e de sua dependência.

A fronte de Sartre suava em gélidas e seguidas gotas. Os pelos do corpo se eriçaram num horror crescente. Pois saber e guardar para si era um pecado tão severo quanto a inação e a indiferença. Talvez os nobres sofressem de forma semelhante. Certamente sabiam de coisas que nunca poderiam confessar, o que os fazia como ele próprio outros Guardiões do Pecado, embora é claro ficavam numa esfera bem abaixo de si. Seu segredo, sua ciência era bem mais pesada, desastrosa e letal em todos os sentidos.

Porém, risos e vivas resgataram a mente ferida do curandeiro pelo terrível mau do conhecimento. A voz marcante de Canhoto sobrepujava a dos demais. Na rápida e empolada fala gnoma ele contava sobre o crescimento do poder de Jupita, poder que trespassara a sutil evidência e passou a referência. Seguiu falando de Morgrinald e sua dança de morte contra os crocodilos que em sua trama o chamavam de imensos lagartos e até Hans ganhou algumas linhas. Na sequência veio Canhoto que em seu poema longo sem vírgulas e pleno de palavras difíceis. Obviamente era um linguajar fácil a seus comuns e levemente intrínseco para o padrão humano. Hans que ganhara da elfa a alcunha de Ratão e o adotara como um segundo nome dava mais emoção e vida ao conto com seus comentários dramáticos e complementos gestuais de intensa teatralidade e rebolado.

Sartre assistiu calado os comentários. Os leves sorrisos e as inclinações de cabeça dos atentos gnomos sobre a valentia de Morgrinald, mas Sartre jamais esqueceria que o anão era também um assassino por negar auxílio as pessoas que estavam no mar receando que o bote virasse. Ele não tirava a vestimenta de batalha pra nada, um guerreiro sempre pronto para o embate. Logo, lutar com crocodilos de água salgada era apenas divertimento, distração. De ver e provar sangue mais uma vez. Um guerreiro na versão mais podre de seu significado. Porém, e verdade seja dita, assim que o bruto ouvira que Dominescu, seu libertador, sumira ao norte, seguira com pressa e sem pedir auxílio. Agora, a sua atitude fora por conta da preocupação legítima com a vida ou só para saldar sua dívida? E de repente outro pensamento veio a lhe arrepiar a nuca, talvez por lhe ser insuportável tal dívida seria sua oportunidade de dar-lhe um fim? Pois se isso for certo a mera presença do lenhador era um inegável lembrete da fragilidade do anão. Egos feridos sempre são piores que egos inchados. De qualquer maneira a dívida foi paga.

— Será? — Sartre enxerga na água na tina o reflexo de um homem cheio de dúvidas. Ele mergulhou um pano e varreu o suor febril de Dominescu.

O pobre homem pouco depois de ser encontrado desmaiou exaurido pelo esforço. Teve de voltar numa improvisada padiola e Sartre se apoiou no uso das plantas locais que quase nada valeram. Agora, o homem delirante se expressava em uma língua não articulada; uma prece moribunda; uma fala com o outro mundo. Apesar do conhecimento de seu ofício, o coitado encontrava-se além da cura, delirando vorazmente e assim será até a morte o encontrar. Segundo o mito popular, a agonia era o canto dos moribundos e servia para guiar o calmo deus da morte até o corpo ansioso pelo descanso de seus tormentos.

Repentinamente o Sol foi encoberto por algo mais denso do que nuvens. E o Pequenino preocupado por ter comido peixe mau cozido imaginou em sua simplicidade que o espírito do ressentido do escamado veio lhe xingar pelo desrespeito. Sartre urinou-se de medo e ficou encolhido em seu horror. Um eclipse era o prenúncio do fim.

Contudo, Jupita foi a primeira a ouvir e encarar a situação, ela tinha de ver:

— Não! — Pasmou-se a elfa.

— Concordo, meu benzinho — disse Hans alisando o ventre inchado.

— Então…

— É isso aí! — falou segurando um arroto — desculpe, espírito.

— Como pode ser?

— Sinto muito, não devia ter comido tão depressa.

— Que? — perguntaram Jupita e Hans em uníssono.

Morgrinald sequer percebera o evento, pois ocupava-se de tentar entender de onde vinha o fedor ocre. O experiente anão fedia a sangue e suor e se arrependia de manter o hábito de limpar as armas e esquecer de si.

Ao bater no gnomo a frente voltou também o olhar para aquilo que não era um eclipse, pasmado deixou cair a arma na areia devido a impossibilidade.

Aquilo era uma nau flutuando suavemente acima deles. Apesar da febre Dominescu percebeu de pronto ser uma caravela. Entre a popa e a proa estimou uns vinte metros. Instalado na proa, um esporão metálico pronto para pôr inimigos a pique. Essa ponta de lança, com seis ou sete metros, era comum em navios de guerra. Seria ela uma dessas? De todo o modo ela era incrível: 45 metros até o topo do mastro principal. As velas cobririam facilmente todo o quarteirão do vilarejo. Calculando grosseiramente perto de setecentas árvores de belo porte deviam ter sido tombadas para erguer essa maravilha. No casco de pouca umidade, mariscos lhe emprestavam uma barba rude, evidenciando que, além de voar boiava bem e já por um bom tempo.

Uma larga escadaria de cordas e madeira rolou para fora, descendo vertiginosamente até seu fim chicotear o ar. Logo depois, um idoso senhor de barbas longas e nevadas desceu com dificuldade levando alguns minutos para isso, junto com toda a ansiedade dos demais. Cada qual reagia do seu jeito frente à novidade, à esperança e à ameaça que parecia ser aquela maravilha voadora. Se aguardasse um pouco o velho nem precisaria descer tanto, pois a embarcação desceu até que parte da escada se amontoasse no chão de areia. Uma grossa e estrondosa âncora atingiu a praia espalhando areia molhada e água para todo o lado.

— Ansiedade demais, senhor Talassas! — A voz serena de tom único provinha do vulto que descia leve, quase sem peso para pousar os pés com suavidade na areia.

A visão dele acelerou o coração de Jupita. Poderia ser? A elfa correu e este ao ouvir o sibilar do vento avisando da aproximação eminente de outrem, o vulto se virou e foi surpreendido pelo abraço imerso em pura felicidade da discípula de Darkay ao reencontrar Tarson-Romanei.

Perguntas, dúvidas e julgamentos foram feitos e respostas, elucidações e teses foram defendidas. Após pouco tempo foi fácil concordarem em sair da ilha juntos na estupenda. No entanto, Hans ofereceu enorme resistência e nem Sartre nem Dominescu o convencia a embarcar.

— Ele deve estar com medo de naufragar — opinou Dominescu ao subir com imensa dificuldade pelas cordas.

— Medo? Eu tenho é pavor! Já pensou se esse negócio cai?

— Tem água em baixo… — satirizou Sartre.

— É e deve afundar na hora! — O Pequenino andava em círculos mínimos e se coçava inquieto.

— Agora chega! — impôs Morgrinald correndo atrás dele. Hans não conseguiu subir o arvoredo antes de ser pego e puxado sem qualquer gentileza.

— Não vou, não.

— Seu pedaço de merda peluda, você vai ou vai e pronto.

— Não quero, não posso voar! — berrava Ratão desesperadamente — Tá vendo asas? Nem asas, nem bico, eu tenho pelos! Eu tenho é pelos! Pelos, entendeu?

Com o último puxão, o arvoredo quebrou e Hans antes de despencar ao chão rolou pela areia e fugiu para outro arvoredo. Morgrinald, irritado, deu de ombros e seguiu para a embarcação.

— O baixinho insistiu em ficar e me convenceu.

— Estes são os únicos a vir conosco? — perguntou Tarson.

O velho de barbas longas de nome Talassas havia descido ansioso para falar com os gnomos e como proferia palavras bem-ditas foi rodeado rapidamente pelos gnomos denotaram imenso interesse. De súbito, virou a cabeça para trás, até onde o pescoço permitia, e respondeu com alegria na voz:

— Sim. Os gnomos partilham da mesma opinião de Hans. Este local tem seus atrativos e não posso negar que esses muito me interessam também.

E aquela mostrou ser a mais pura verdade, quase todos os gnomos tinham deixado a praia e os que ficaram já se despediam:

— Adeus, Jupita, Dominescu, Morkrinal…

— É MORGRINALD, SEU IMBECIL!

A embarcação lentamente ganhava distância e velocidade e da amurada os recém resgatados se despediam acenando aos gnomos até que a bruma da manhã transformou a ilha numa lembrança. E Sartre incomodado com um pensamento por fim desabafou:

— Uma coisa aqui não me convence — mesmo sem olhar percebeu que todos lhe dedicaram a atenção — Sendo eles todos náufragos, por que não quiseram vir conosco?

— A resposta é simples — pontuou Morgrinald observando a muralha ao Norte onde há pouquíssimo tempo quase perderam a vida — As pedras preciosas aqui os enfeitiçaram, eles não querem sair sem arrancar o bastante.

Na elfa e no curandeiro uma expressão carregada de descrença.

— Epa! — o neto de Keldorn se aborreceu com a ignorância deles. — Ninguém percebeu que depois de nos ajudar sumiram novamente para o trabalho?

— Uma mina e você sabia o tempo todo? — Dominescu falou controlando as dores.

— Vocês não? Gnomos têm natureza festiva, os merdinhas sorriem para qualquer coisa. Os quietos e os calados? É lógico que escondiam algo.

— Será que eles mercam com alguém? — Sartre falou já pensando na resposta.

— Por que não se perguntam para quem?

— Caleb! — explodiu o curandeiro tocando Dominescu como se partilhasse de seu entendimento. — Yuri Caleb?

— Não sei… — as dores lhe mordiam. — Pode ser.

Jupita do outro lado da grande embarcação alheia à conversa dos demais foi logo perguntando a Tarson com um largo sorriso:

— Tá bom. Como me achou?

— Soube bem onde procurar. Tive boas fontes.

— O garoto! O garoto do vilarejo te encontrou!

— Lógico, ele disse que ao me encontrar eu daria duas moedas pelo recado.

— Duas? Aquele narigudinho...

— Esqueça-o, além disso, concluímos que estariam neste caminho, um dos aldeões detinha dois potes imensos de goma. Era um tipo de goma de vedação para barcos.

— Isso nem prova nada.

— Sim e não. Bem, eu pressionei um pouco algumas pessoas no caminho, e... Olha ali no alto, o sujeito no timão.

— Que filho... — Jupita o reconhecera de imediato. Prevendo seus próximos movimentos, Tarson a segurou pelo braço.

— Espere, desconhece a história toda.

— Mas? — Jupita tentou argumentar e foi interrompida pelo amigo.

— Darrell era um pirata, um marinheiro mercenário.

— Tarson, isso eu sei.

— Sabe também quantos meses você passou fora e por quantos meses ele procura vocês comigo sem esmorecer?

Meses? Jupita, por ser uma elfa, pouco se atentava a medida do tempo dos humanos, esquartejando o tempo em partes mínimas. De fato, deviam ser, pois o Sol estava bem mais distante, era o fim de uma estação e só agora refletia sobre quantas e quantas estações eles conviveram abertamente com humanos. Há tantos anos que Tarson já contava o tempo como eles.

— Mas o que fez eu te achar foi aquele imenso fogaréu — disse Tarson apontando para o rochedo e a pira do falecido herói.

— Fogaréu? — bradou alto, sem se dar conta do timbre usado.

— Peituda? — Morgrinald, debruçado sobre o beiral chamou a elfa e apontou com o queixo — Você diz aquela fumaça ali?

— Parece que vem daquele pico no centro da ilha — comentou Jupita sem se esquentar com o apelido abusado.

— E não é natural de um vulcão — completou o anão sorrindo por debaixo da espessa barba que naquele vento chicoteava seu rosto.

— Será um incêndio? — Preocupou-se Sartre. — de repente temos que voltar.

— Não. Devem estar derretendo o metal em imensas forjas, exatamente no lado que jamais fomos… O interior da ilha.

— Você não falou pedras preciosas? — Sartre ficou confuso.

— Surpresa hein? Então de vez em quando você presta atenção. Pode ser que acharam mais coisa ainda no interior da ilha.

— O taverneiro falou sobre minas de sal no além-mar — comentou Jupita a Tarson que a todo tempo ficava a meia distância.

— Sim, falou. Se for uma dessas 'de sal'. E com todo o respeito se você anão estiver certo sobre serem minas — respondeu Tarson.

— Hunf! — Morgrinald cerrou um dos olhos e balançou a cabeça negativamente enquanto se aproximava dos elfos. — Se revelassem algo instigariam bandidos, forças e reinos. Se fosse eu, com certeza agiria assim… Em silêncio. — Com isso pressionou os lábios como se saboreasse os pensamentos. — Só que com certeza preferiria aproveitar a mão de obra dos condenados. Danem-se. Muitos reinos utilizam-se disso. Trabalhos forçados ou morte.

— Pouco sei de sua estória, senhor. Devo chamar de taverneiro? Marinheiro? Ou só de mentiroso? — disparou Sartre a Darrell com amarga ironia.

— Compreendo sua indignação. Achei que já tinha afogado esse desentendimento — replicou Darrell, como se desse de ombros, mas logo desceu o olhar — Bem, ok. Yuri Caleb e Maqui Quebra Ossos deviam ter ignorado seu passado, aquela era a chance deles enveredaram por outros caminhos. E é como dizemos no mar: Por mais que mordam, o cão se acostuma com as próprias pulgas. Tinha certeza que havia coisa errada quando começaram a se ocupar com atividades que não se restringia a taverna que compramos. E sabe como é… Evitar saber de tudo era o meio fácil…

— O meio covarde.

— Jupita!

— Capitão, esqueça. Ela está certa. Queria evitar aborrecimentos e arrumei outros.

— Capitão? — Jupita estava descrente. Eram surpresas demais, realmente passou tempo demais longe do amado elfo.

O taverneiro, por ora timoneiro, cerrava os olhos e encarando o vazio do céu, lembrou-se de coisas, de feridas das quais esperava já terem cicatrizado. Segurou até não poder mais, então disparou:

— Por favor… Acreditem! A minha caravela, bom… essa embarcação é meu voto de boa vontade e também o meio de me redimir pela omissão. É que tudo…

De perto era possível ver a força das mãos de Darrell torcendo os nodos de madeira do timão. Jupita, a menina e agora mulher, conhecia aquela terra de ninguém a habitar o peito daquele homem. Lembrou bem quando teve de se virar sem os pais, sem parentes, e depois daquele desabamento na caverna… Sem Darkay. Seu mestre, tutor e amigo. Era frágil e agora via a mesma fragilidade em Phillip Darrell. A elfa sentiu a proximidade de suas histórias e em nome da sobrevivência era necessário superar. Ele fizera a seu modo e ela ao dela.

— Ei! Devo desculpas — falou Jupita sem reservas ao se aproximar de Phillip Darrell.

— O que? — devido o último encontro Darrell se encolheu mantendo o timão entre ele e a elfa.

— Por esquecer que sempre há um porquê. Às vezes ficamos cegos com nossa verdade. Foi prepotência minha. Desculpe por ter te agredido.

— Na verdade, te agradeço — disse o timoneiro agora sem se encolher — Foi melhor assim. Escondi isso por tempo demais, lacrei numa concha e minha concha era apertada, porém você sabe… Tem certas coisas que são difíceis de dar um fim.

Darrell, Phillip Darrell demorou um pouco para contar sua história. Para Jupita era como se ele quisesse admitir para si a necessidade de revelar tudo, no entanto tinha de ir mais longe para justificar suas ações, por isso mergulhou num passado sombrio que pelos olhos terrificados era aonde jamais quis voltar.

— Queria fugir do destino que a família me impunha. Eu seria muito mais do que um conjurador, outro da linhagem a seguir tal caminho. Os livros nunca me agradaram, por isso parei os estudos na metade. Achei que aquilo era mais do que suficiente para me defender. Preferia a alegria dos salões, tanto das tavernas como das casas de diversão. Aprendi a amar e a brigar quando fui roubado nas cartas, treinei truques de salão e descobri que era bom. Minhas mãos eram habilidosas, ligeiras. Passei a viajar com nobres e comerciantes ricos em seus navios. Vacilei com a bebida e com quem decidi roubar nas cartas, então fui capturado por piratas. A estupidez matou os demais e quanto a mim… Sobrevivi.

O timoneiro tomou um longo gole de um garrafão de grosso gargalo. Morgrinald que havia parado perto para não ficar na beira e minimizar o enjoo e estranheza do voo identificou o recipiente e pelo cheiro forte teve certeza do conteúdo, mas resistiu ao impulso. Não havia honra em separar uma boa garrafa de seu dono, a menos que ele a oferecesse.

— Naquela época — continuou Darrell com um tom sombrio — pouco sabia de mar e menos ainda sobre leitura de bússolas ou de estrelas. Passamos por algumas ilhas, parando tempo suficiente apenas para pegar água fresca, não havia tempo para a caça ou colher frutas, eles estavam fugindo. Decerto conheciam a fama de minha família.

— Queriam tempo para se organizar e pleitear o resgate.

— É claro que eles pensavam nessa possibilidade com qualquer outra família, já para a minha o mais provável é que a família viesse com toda a força mágica da escola de conjuração e mercenários contratados em número suficiente para uma pequena guerra, pouco importando a quantidade de mortos a boiar.

— Ao invés de negociação uma retaliação — comentou o anão se intrometendo na conversa — Jeito idiota de resgatar alguém.

— Era o jeito da família manter a superioridade — interpelou Tarson incomodado com a possibilidade do troncudo e forte anão iniciar uma briga na embarcação. — Afinal anão, a família também era dona de uma pequena e notória frota comercial.

— Deixar a família pagar o resgate seria voltar a cumprir a vontade dos seus parentes, certo? — perguntou Jupita astuciosamente.

Darrell espremeu as pálpebras parecendo ter nojo de algo:

— Preferi me arriscar com os embusteiros, dane-se, queria viver por mim. Propus um acordo. Eles riram e logo concordaram comigo.

— Conheciam a família; por isso foram tão longe — cogitou o anão com a cara de ter consigo um trunfo — Ou errei?

— Não enxerguei na época qualquer alternativa… Eu sabia do carregamento de especiarias destinado às terras de além-mar, e de quando e de onde partiriam. Quando aqueles pobres homens me reconheceram, permitiram que eu e aqueles desgraçados fôssemos a bordo e eles não tiveram chance. Ainda tenho pesadelos sobre esse dia. Comigo eles não esperariam encrenca. Pedi para não oferecerem resistência quando eles sacaram suas armas. Isso fez alguns serem poupados graças à intervenção do astucioso Yuri Caleb.

— O gordo de braços tatuados — traduziu Tarson a Jupita.

— Ele de novo? — satirizou o anão — Ouço falar desse desde a ilha.

— Eu aderi à pirataria, sob a condição de poupar os tripulantes, mas dois terços dos homens seriam redistribuídos em outras embarcações. Eles tinham por opção juntar-se a nós e fazer fortuna em uma só investida ou serem abandonados na embarcação menor com as velas rasgadas, sem remos e barcos de apoio para morrerem em meio a uma tempestade ou do choque da embarcação nas pedras. O resultado foi óbvio. Todos desejavam sobreviver. Passei a entender de vela, de alta e baixa maré, dos mecanismos de medição, e ao fim ganhei o ofício de capitão dos mares.

— Poderia ter fugido.

— Sem meus serviçais? Nunca. Confesso, porém, que pensei nisso por algum tempo, ao menos salvaria os poucos que estavam comigo. Daria o barco aos demais e a liberdade aos serviçais. Entretanto, eram lobos do mar por opção, tinham água salgada em vez de sangue, logo estariam de novo no mar e se viessem a ser encontrados pela família talvez seus destinos fosse ainda pior. Já era a terceira vez que minha barba crescera até o peito, e estava cansado daquela vida. Foram anos e só havia um jeito de parar. E nós três, digo, eu, Maqui e Caleb concordávamos que não queríamos este destino fatal então bolamos um novo.

A pausa antes de recomeçar revelava claramente a Jupita e Tarson a consternação em sua respiração. Ele sofria com a mera lembrança.

— Um dia retornamos à baía escondida dos piratas e tomamos suas embarcações. Um longo período sem água fez os sobreviventes em terra se renderem. Como não havia homens com capacidade suficiente para liderar, nos tornamos seus soberanos. Assim compramos nossa própria liberdade. Elegemos homens de nossa confiança como capitães, minimizamos a quantia de tripulantes contrários a nossas vontades escolhendo os menos ousados, os covardes e os submissos. Assim seria mais fácil controlar. Então, deixamos em terra os demais que podiam trazer problemas. Com o tempo achamos uma pequena comunidade e deixamos, ao menos eu deixei a antiga vida para trás.

— No vilarejo de Miller!

— Antes de virar um vilarejo! — corrigiu Darrell — Ali Yuri Caleb, Quebra Ossos Maqui e eu tornamo-nos sócios até onde trapaceiros podem ser.

A menina nascida na aldeia de Almokaryr tinha crescido com altos padrões de moral, por isso, o distanciamento era uma boa resposta, então volveu na direção da cabina e se foi.

Morgrinald deu de ombros, apenas ofereceu outra garrafa que encontrara ao timoneiro:

— Explique — falou sem pressa e propondo a continuidade.

Em lugar disso, o timoneiro consultou um mapa grosseiro riscado em pele de ovelha.

— Sabe o que é isso? Conhece a roda mágica?

Morgrinald deu de ombros novamente:

— Algo sobre mar, consultar estrelas, Sol e vento? Nunca me interessei por esses...

— Esses assuntos? — supôs Darrell tocando o mecanismo semelhante a roda do timão. — As divisões presentes nesse são tidas por graus a norte, a sul, leste e oeste. O osso espetado em pé na madeira revela uma sombra, e por tais graus tem-se a direção. Até a sombra nos indica o caminho. Será que o senhor mesmo não estaria disposto a seguir a própria sombra para encontrar seu destino?

Um silêncio constrangedor tomou conta do lugar.

Neste ínterim, dentro da cabina, no quarto geral da tripulação, um corpo febril atirado à rede tremia. Comovida, Jupita apanhou a grossa manta de pelos de cabra montanhesa e o cobriu. Dominescu suava muito e ela fez o que podia retirando o suor do rosto com o pano umedecido de uma tigela de ferro. A mão calejada e firme impediu o gesto.

— Xiii! Sou eu — tranquilizou a amiga com brandura.

Com isso ela retirou suavemente sua mão da dele, os dedos de ambos se entrelaçaram. E com um sorriso ela novamente passou o pano umedecido na fronte do jovem de barba fechada. Muita coisa se passara. A entrada nas ruínas daquele templo, o naufrágio, todo aquele tempo na ilha... Era uma pena ver um homem que mostrou seu valor em tão curto período ali acamado, febril e dependente. Então Jupita se envergou e com a mão em sua fronte o beijou. Um beijo sincero e puro com mais piedade do que amor.

Tarson, que acabara de chegar, assistiu à cena e saiu cabisbaixo.

HORAS APÓS...

No interior da flutuante, o céu mostrava-se diferente. Ver o mundo daquela altura dava uma impressão de pequenez. Apesar do vento incessante e úmido trazia lembranças do passado e da sobrevivência de tantos infortúnios uma certeza de futuro.

Jupita queria estar sozinha com seu amado, sim era isso. Não queria mais se esconder do que sentia. Amava o amigo de longa data e de modo diferente do amor paternal dedicado ao mestre Darkay. Assim, no aposento destinado a capitania e vestida em trajes mais leves e gentis ela pensava sobre tudo o que houvera. A vermelhidão do poente vista de uma janela oval deliciava os olhos. E para Tarson-Romanei, o elfo tal momento era repleto de promessas de tranquilidade, uma que há meses e meses inexistia sem Jupita.

No convés, com as pernas curtas dependuradas para fora da amurada mais interna, o velho Morgrinald se refrescava no forte vento. O ar rarefeito daquela altitude tinha um cheiro de casa. Recostou-se a um canto e puxou à vista o cordão de couro trançado de seu pescoço e nela uma diminuta caixinha de fecho bem elaborado que ao abrir tinha apenas um pouco de terra escura. Como todo bom anão, ele por si jamais deixaria de ter o cheiro de chão, porém ter um punhado da amada e saudosa cidade era reconfortante. Deu mais um gole no líquido sujo e doce que os orelhudos chamavam de licor e sem ninguém pra xingar relaxou o corpo permitindo que a visão privilegiada do alto horizonte o embalasse em um sono merecido.

Na rede, os delírios de Dominescu iam e vinham em intervalos cada vez mais caóticos. Quando lúcido uma irritante coceira o tomava por completo. Além disso, a parte atingida no combate com a sereia pulsava. Combate não, foi só um chute. Um só chute naquela boca crivada de dentes agudos. O surpreendente foi que funcionou, pois, a abjeta se afastara deles deixando para trás uma trilha de dentes o que incluía dois mínimos cacos em sua canela e batata da perna.

De repente, o sino de alerta disparou. Embora debilitado, Dominescu reconheceu o aviso de perigo iminente anunciado pelo badalar insistente do sino. O tipo de aviso para perigos de trajeto como corais e bancos de areia, tempestade ou ataque, mas o que seria no céu? Apesar da febre fraquejar seus músculos alcançou o convés. O timoneiro surpreendentemente experiente em combates aéreos mergulhou a nave nas nuvens espessas a fim de ganhar tempo contra o voraz e capacitado oponente. Na repentina mudança de curso Dominescu caiu e deslizou pelo convés úmido da água das nuvens. Entre barris sabiamente presos por cordas, ele se ergueu.

Jupita, enquanto se municiava de arco e flechas, de imediato, se recordou do que o saudoso Ratão dissera há meses na taverna:

"Isto é verdade! (…) E mesmo depois de nossa orientação e ajuda no espaço das plantações surgiram queimadas criminosas sem explicação no ano passado".

A elfa disparou sem sucesso contra o dragão que, de tão vermelho, tornou-se difícil de distingui-lo do crepúsculo quando se distanciou para uma nova investida a discípula de Darkay largou as armas para usar uma melhor.

Na passagem corrida para a popa furtou o cachimbo de um da tripulação e ela quase caiu para o ar. Parando pôs o pito na boca e formou alguma fumarola e sussurrou coisas as nuvens no mesmo passo em que esticou com a fumaça com a ponta dos dedos.

Quando a besta voltou após uma curva rápida e mergulho, traços de nuvens tal fossem viscosas teias simplesmente atacaram os olhos amarelados e odientos interrompendo sua investida por um instante, então sem demora o dragão as tirou e o som das garras nas nuvens foi o mesmo de um pano ralo e velho sendo rasgado.

Darrell, o timoneiro, novamente adentrou as nuvens.

Um rugido feroz ecoou e depois nada se ouviu; um suspense entre vida e morte ali se instalou.

A calada tripulação esquadrinhava cada ponto de céu.

Tarson e Jupita com ouvidos apurados comuns à augusta raça dos Aéreos reconheceram o farfalhar bruto das gigantescas asas. Tarson saltou ao timão e o girou. A curva brusca vergou a nau e Morgrinald escorregou pelo úmido convés. Contudo, o ágil guerreiro rolou e logo se pôs em pé bem a tempo de ver os espinhos da imensa cauda se perderem nas nuvens novamente.

— O maldito asado é esperto homens. Precisamos de arqueiros! — No fundo Morgrinald admirava seu combatente e entre dentes sorria. — O vermelhinho se garante com seu peso e velocidade. Taí uma vantagem bem aproveitada!

Jupita por sua vez se segurou nas cordas da vela do mastro central.

Minutos mais de tensão e nada do predador dos céus.

— Ele se foi — murmurou trêmulo um da tripulação.

Subitamente sofreram um impacto como se atropelassem algo e em seguida o barco perdia altura.

Tarson franziu a testa e gritou:

— Ele está no casco.

Ouvem um rugido perto de um riso sádico. Em sequência o som estrondoso de madeira sendo rompida ecoou no ar.

— Arqueiros de estibordo e bombordo.

A ordem do capitão foi seguida à risca alvejando três de suas quatro patas que estavam cravadas a cada lado no grosso casco. O réptil de olhar maligno caiu e sumiu nas nuvens balançando muito a mágica embarcação.

Antes de se recomporem do susto, a nau saía das nuvens e para o desespero de todos o céu a frente estava limpo, sem qualquer nuvem, sem cobertura. O barulho de asas agora os seguia. Na popa a figura do cruel oponente se agigantava. O monstro mantinha uma das garras mais à frente deixando clara sua intenção.

Dominescu, embora febril, ainda se mantinha no ponto entre os barris, olhou para si e das costas puxou a espada larga e grossa de seu descanso. Uma lembrança o invadiu, as palavras sábias de um morto: "Você servirá a ela tanto quanto ela a você".

Desembainhada, ela emitia agora um assovio intenso e começou a vibrar em sua mão...

"Acredite, tudo tem de ter utilidade".

Dominescu ergueu a espada sem guarda mão na altura da boca. Adiante viu as velas do mastro rezou para dar certo enquanto gritava com seus potentes pulmões:

— Vento veloz!

Nisso um vento repentino de tempestade saiu da espada e encheu as velas de ambos os mastros, empregando num coice a velocidade extra que afastou os perseguidos de seu perseguidor. O monstro rugiu pesadamente e recuou frustrado. Mas, o timoneiro e seus tripulantes tinham a certeza de que o réptil celeste, predador dos céus, não desistiria assim tão facilmente.

— Fera subindo no horizonte! — bradou Darrell e a tripulação ecoou enquanto se firmavam em seus postos.

A besta escarlate ao ganhar altura deixou claro suas intenções. Mergulharia direto e passaria num rasante para rasgar a embarcação com suas patas potentes ou expelir sobre eles seu hálito de vulcão.

— Esperando suas ordens, meu senhor! — avisou o Darrell, o timoneiro a seu capitão com voz firme.

Tarson, o capitão, olhou para seus subordinados. Tinham passado por muitas com aquela caravela voadora. Sargauss, um ser da raça dos elementais do Ar, hospedado num cômodo na barriga da embarcação era o que os mantinha no ar. E tê-lo ali era uma enorme responsabilidade. Vidas demais em risco e havia também a linda Jupita.

— Capitão?

O elfo ponderava. Tinha vidas e medidas numa balança. O dragão tinha de ser abatido. Era um fato. Dragões eram isentos de honra e valores morais. Pedras e metais brilhantes para deitar e dormir depois de devastar vilarejos na busca de comida. Só isso parecia lhes importar.

— Tarson! — exclamou o timoneiro com intimidade. — Use o artefato.

— Custará um mês de atraso — replicou Tarson com reserva.

— Do contrário arriscará a vida da mulher.

O elfo mediu a distância até o impacto.

— Use — pediu novamente. — Ninguém irá culpá-lo.

O réptil escarlate rugia alto para amedrontar os aeronautas, no entanto, essa não era a primeira vez que enfrentavam um dragão no espaço amplo do venerado céu. Tarson percebia o medo de Jupita, sua inexperiência seria fatal nesta perigosíssima atividade. Sua amada; e a ele era nítido; não era tão poderosa quanto julgava ser. Suspirou ao olhar para o objeto discoide de chumbo preso firmemente ao mastro central, correu velozmente a ele e cortou suas amarras pesadas em um único e preciso golpe.

— Preparar para impacto a bombordo! — gritou o timoneiro.

Brado este repetido por cada um dos doze valentes tripulantes.

O capitão ouviu atentamente enquanto corria com o disco para a popa. A repetição de seu comando em voz alta realizada por cada membro da tripulação valia para que todos ficassem cientes das tarefas e problemas a enfrentar e também para na contagem das repetições se certificasse do total de homens vivos e/ou dispostos a lutar. Posicionou-se de forma a ficar na popa. Pronunciou as palavras místicas perfeitamente menos a última. Esperou...

O dragão vinha de bocarra aberta imprimindo nitidamente sua escolha. Dentes grandes como lanças distribuíam-se pela arcada enorme disposta a engolir um sobrado duma vez. Ele a escancarou mostrando a fornalha infernal que se acendia na garganta.

— Maldito frango alado! — berrou Morgrinald. — Sou um dos lendários Martelos de combate! Aquele que tem o sangue de Keldorn jamais temerá chama alguma!

Alguns tripulantes se entreolharam depois de ouvi-lo num relance de reconhecimento do nome ou pelo fascínio diante de tal coragem.

Pouco antes nuvens do nada apareceram ao redor e enegreceram ao serem engolfadas num potente vórtice onde raios se contorciam e trovões gemiam alto. Ali nesse espaço circular o negrume da noite surgiu, estrelas mostraram sua beleza e a intensidade de suas cores, um pedaço de terra e fogo correu de um ponto a outro deixando um rastro de pó. Aquilo era um portal para um ponto distante dali.

O dragão surpreso com a mudança repentina de cenário tentou se esquivar, mas era tarde; seu rabo longo, com espinhos de ossos em linha na parte superior chicoteou a nau voadora e com o impacto a balançou num ângulo de quarenta e poucos graus.

Dominescu se segurou como podia largando a espada que escorreu rápido pelo convés, bateu na amurada e caiu para fora.

Morgrinald, velozmente, cravou seu machado na madeira do chão.

Jupita se segurava nas cordas de olhos fechados, uma lembrança reprimida lhe atacava, uma passagem foi feita assim na infância.

E, de repente, o silêncio e um vento sereno.

Tarson, ofegante, não via mais o oponente e sim só nuvens de chuva rareando e um arco-íris emergindo com brandura. Respirando fundo, pensou no sacrifício de tantos dias de atraso na programação que desejava sempre seguir à risca. Olhou para o objeto discoide feito de metal pobre e pouco trabalhado que agora tinha sua qualidade única revelada: Esse fora o disco que proporcionou a fuga rápida de Yuri Caleb logo depois deles terem saído daquele subterrâneo. Usando o discoide, o pulha escapou para outra direção, indo direto para o vilarejo. Direto para o lugar onde Darrell trabalhava.

De súbito, as suaves mãos de Jupita o tocou tirando-o do distanciamento da memória. Ele suspirou de alívio ao perceber que estava ilesa e aspirando gravemente pôs-se em pé.

A elfa por sua vez comtemplou a rígida postura de Tarson a qual por si só denotava a imponência natural. Presente apenas em reis e lendas.

Morgrinald extraiu o machado do chão, e checando o ambiente notou a figura trêmula sentada a um canto.

— Que merda é essa? Meu libertador é um covarde?

Dominescu se apoiou no ombro do anão e ao esboçar algo para dizer, desfaleceu em seus braços.

— Mas que pariu… — disse o neto de Keldorn engolindo palavras e rapidamente retirou uma das manoplas mordendo a ponta grossa do indicador e colocou a mão calosa na fronte do aliado caído e berrou — Este homem está ardendo em febre! Velho, me ajude! Não devia estar do lado dele? Ah, dane-se nem me explica. Pelo jeito seus préstimos de curandeiro serão exigidos aqui!

— Senhor Martin, inicie a contagem — ordenou o capitão.

O brado forte de comando obrigou todos a responderem.

— Querido, éramos dezesseis contando conosco ao subirmos — observou Jupita numa rápida contagem visual.

— Vou reiniciar, senhor! — exclamou o prestativo Senhor Martin.

— Não é preciso recontar… Darrell não está mais entre nós.

No espaço vazio onde ficava Darrell, o timão balançava à deriva.

Um longo silêncio honrou a morte de Phillip Darrell.

Até que um dos marinheiros, um com uma voz eloquente proferiu levantando sua flauta:

— Ao marinheiro, ao amigo de qualidades incontáveis, caçador de tesouros do mar.

— E de feras do céu — complementou outro levantando seu bastão longo de bambu.

— Ao gentil e prestativo aliado e sobretudo, à paciência deste com os novatos em sua embarcação — disse o Senhor Martin.

— Capitão? As pedras de lastro.

— Que têm elas Senhor Martin?

— Nosso transporte está sem estabilidade.

Com tanto a perder, Tarson correu a ele no convés alto:

— Sente isso no timão?

— Não. É que vi algumas pedras despencarem quando aquela besta asada… Por fim. Não seria bom um teste de estabilidade?

— Não creio que fazer os homens correrem juntos de um lado a outro seja aconselhado agora. Apenas tente manter a caravela no rumo. E me avise sobre qualquer alteração.

— Sim, senhor. E… Senhor?

Tarson-Romanei, conhecidos em outras paragens como "Punhos de Prata" era altivo e sua postura magnânima já era o bastante para impor respeito suficiente para ser chamado de Senhor, mas ali também acumulava o ofício de capitão. O elfo parou e virou apenas a cabeça ao novo timoneiro e este entendendo que havia permissão para outras questões se adiantou:

— Bom, eu e os rapazes acreditamos no senhor. O senhor Darrell, inclusive.

Tarson, espremendo os lábios, e com uma das mãos em seu ombro disse:

— Obrigado!

Um longo assovio seguido de dois curtos chegou aos ouvidos de todos, vindos do ninho da águia. Animados, os tripulantes passaram a gritar:

— O continente! O continente!

E era isso. Das velas, a qualquer altura, via-se o bloco maciço de terra, árvores e vida. Não que o mar não tivesse vida, graça e beleza... Navegar a céu aberto numa caravela voadora mostrou-se ser uma arte e poucos podiam sobreviver a façanha. A tripulação acabara de enfrentar mais um dragão e mesmo assim depois de tanto ainda carregavam o brilho do fantástico no olhar. Tarson soube claramente desde a primeira das dificuldades que tudo poderia com eles.

No interior da embarcação, Morgrinald levantava os pés para alcançar a janela, ele suspirou em silêncio aliviado com a notícia. Isso seria bom ao doente amigo. Já havia notado os olhares e ouvido as conversas esparsas dos tripulantes. Estavam receosos de contágio e o anão com medo da epidêmica histeria que se dava em espaços confinados como aquele. A histeria era uma arma forte que ganhava músculos no lugar de bom senso, logo a ignorância e a incerteza decretariam que o não era um sim. E que talvez fosse outro tipo de sim. O doente seria morto não importando quem ou quantos o defendessem.

Sartre foi rapidamente buscar mais água e vinho. Planejava embebedar o doente para deixar o sono roubar um pouco da doença e ao menos deixá-lo dormir.

— Ouviu isso? — preludiou Morgrinald com bondade na voz — Dominescu, a Ruína dos répteis gigantes está voltando para casa. Taí uma boa história para ser regada com um bom vinho, sentado junto ao fogo, esperando o cozido ficar pronto...

— Morgrinald, eu não vou conseguir, e nós dois sabemos disso.

— Cala a boca.

— A ferida gangrenou, não foi? Sartre é um bom curandeiro, mas péssimo mentiroso.

— Herói, nem sempre é do nosso jeito.

— E nem peço que seja. Se fosse só a gangrena, ele poderia amputar minha perna. Ele sabe que fui infectado.

— Que merda. Tá delirando de novo, é? Acho que vou arrebentar sua cara pra febre sair na porrada.

— Vou morrer.

— Bah! Já passei por isso várias vezes e ainda tô aqui e respiro. Uma vez fiquei quase cinco anos sem acordar. Fui vítima de um maldito destilado de cana, por isso digo nunca tome essa merda. Quando acordei fiquei com uma dor de cabeça do cão.

Morgrinald percebeu que o barbado herói ouvia de olhos fechados seus exageros, possivelmente para deter a dor. Era nítido pelas caretas que fazia. Então resolveu continuar, pois, se a morte passar por ali podia querer levar apenas a história no lugar de Dominescu.

— Uma vez nos corredores escuros de um labirinto, fomos subjugados por três ogros, um meio ogro e uma naga. Já ouviu falar desse bicho? De ogro deve saber, pois sua cidade é montanhosa. Naga é um bicho feinho com corpo de cobra grande e um cabeção parecido com o do humano. Imagina um girino largo com o tamanho de uma cobra grande. Os ogros tinham barrado Argus, o mercenário. Já eu e Astrias estávamos cercados, eu estava zureta, cansado de tanto corte e pancada naquele dia. Aquela coisa, a naga, tinha pele fria e viscosa. Deslizou entre as pernas do velho Astrias. No susto começou a bater com seu bastão, igual mulher com medo de barata. A naga se irritou e mostrou aquela careta feia igual de quem tá cagando. Aí todos se afastaram, até os ogros tinham medo da cabeçuda. Astrias era habilidoso, na verdade mais esperto do que habilidoso, e ele bem que tentou reverter a situação com suas magias, tentando prender todos, mas aquele girino cabeção dissipava as magias. O idiota do Astrias baixou a guarda. E, como ele estava na frente e o ambiente era apertado nem dava para fazer muita coisa. Aquela coisa ligeira arrastou e tombou Argus na mesma velocidade que o suspendeu e prendeu entre os dentes. Aí como a feiura de Argus só era menor que sua força ele agarrou firme e a estrangulou até a cabeçuda largar. Quando ela o soltou ele a arremessou na parede. O sangue dela fez uma pintura estranha. Então, Astrias, da lâmina flamejante, com sua magia, entupiu nossos olhos com névoas e...

— Argh!

Como será que aguenta tanta dor? Pensava Morgrinald. Realmente o humano era surpreendente. Jamais conhecera alguém assim. Um exemplo de bravura, pena não ser um anão e pena maior ele não ser um de seu clã. Morgrinald trocou o pano molhado da testa do acamado herói, lembrou-se do olhar feroz dele abatendo sem treinamento militar os idiotas escravocratas daquela nau em que o conheceu e sorriu divertindo-se.

De repente a mão de aperto forte segurou seu punho:

— Estou morrendo, então ao menos poderia ter a decência de ouvir os lamentos de um moribundo?!

Morgrinald suspirou:

— Tá certo. Fale.

Assim Dominescu, com uma inegável certeza de morte, confessou coisas ao neto de Keldorn, coisas demais. Algumas nem pareciam ter nexo, mesmo assim as ouvia. Certamente era a voz da febre. Além do que era o mínimo que poderia fazer no momento.

— Sei o que está pensando agora — disse Morgrinald mudando o tom.

O olhar lúcido de Dominescu chamou-lhe a atenção:

— Há motivos para te dizer tais coisas. Não é a primeira vez que tive essa visão. Sei de onde vem sua força e do voto que fizera nas entranhas da terra.

Morgrinald endureceu por um instante:

— Tome mais água, enquanto acho um bom vinho para ti.

— Sei que caiu na lava, Morgrinald. E sei por que sobreviveu, você só fala do avô, mas se esquece dos feitos de sua mãe e de seu pai.

O anão foi atingido no peito com uma dose bruta de passado.

— Elfos? Elfos e eu?

— Considere como o desejo de um moribundo.

Suas dores consumiam, torciam sem dó o corpo de Dominescu.

— Merda… Você fala sério desse negócio de morte?

Dominescu segurou as fortes dores, mas, em vez de continuar a falar, apenas anuiu.

— Na minha pátria tem outro meio de driblar a dor.

Com velocidade, num soco bem empregado, nocauteou o amigo doente.

ENTRE AS SOMBRAS...

No ventre da nau a um canto, uma criatura alta como um lobo e encurvada como o próprio mal sentia um cheiro novo, um que o atraiu. O leve odor fazia-o cheirar de maneira idêntica a um camundongo, ziguezagueando para o cheiro não lhe escapar. Indo até a porta a criatura se surpreendeu com a fumaceira. Cerrando os olhos com malícia, abriu a porta que dava acesso aos porões e andares inferiores seguindo o odor como um cão perseguindo a raposa.

Enfim chegou à fonte...

A cozinha.

No ponto mais baixo da esplêndida embarcação. Uma grossa lareira de tijolos ao chão impedia o contato das chamas com a madeira do chão. O caldeirão de ferro frio parecia cozer algo incrível misturado na baba grossa de cereais e ervilha seca. Ao lado, numa mesa longa, os pratos prontos com mingau de cevada e a carne de um porco salgado e assado. Nas tiras de cordas havia também carnes dependuradas, tanto para secar como defumar sendo nesse canto o único local de estocagem. Os olhos ansiavam por tudo e a língua aparentava saborear os próprios lábios. Então o próprio estômago lhe surpreende emitindo um som estranho e irrequieto. O coitado estava vazio há bem mais de duas horas, um verdadeiro sofrimento.

O cozinheiro ao vê-lo manteve-se com a mão na imensa colher.

E ele tratou de sorrir ao cozinheiro, como que esperando seu convite.

— Se vira — foi o que lhe respondeu.

Quando anuiu a criatura faminta num sorriso travado dedilhou o ar, escolhendo o desjejum. Quando puxou o pão para si, ouviu o guincho agudo de uma ratazana invocada por lhe arrancar seu sustento.

O cozinheiro riu.

— A guerra aqui é bem maior do que a lá de fora, pequeno Demônio da mata...

— Hunf! — Hans, o Ratão, encarou a ratazana, sua rival e com um leve tombar de cabeça à frente guinchou em igual tom.

O animalzinho não arredou o pé, nem ele. O impasse foi formado.

— Por que enfrentar o bicho? Deixa ele pegar um pouco — falou o cozinheiro.

Hans o encarou irritado, pois não sabia a que bicho se referia. Os dois continuaram a guinchar e o cozinheiro começou a se amedrontar e recolheu os dedos esperando o pior de ambos.

Os pelos do Pequenino, se eriçaram lenta e visivelmente, farpas longas, facas de pelo e o rival roedor não se amedrontou. Ratos fugiriam sim, mas ratazanas não. Ratazanas possuem o dobro do tamanho e ferocidade, capazes de destroçar o adversário, em especial se agissem em defesa da prole ou da comida dessa prole, o que, com certeza, era o caso.

Zao Jung, o cozinheiro, retraiu o facão usado para triturar legumes mais duros, pois nesses casos a melhor defesa era não estar lá. Afastou-se com cuidado para que sua figura não fosse considerada como o terceiro participante dessa disputa. Dali do canto em que se protegia Zao observava a igualdade e a desigualdade. A ratazana guinchava, reivindicando o quinhão justo... O todo para a ninhada. As unhas negras das patas ágeis na escalada arranhavam nervosamente a madeira, o rabo grosso e feio se estirava atrás para auxiliar em qualquer ataque ou esquiva e dar-lhe equilíbrio. O nariz e os bigodes identificavam dezenas de odores e fragrâncias, ao mesmo tempo em que as orelhas longas captaram sons e ruídos. Do outro lado, um Demônio da mata. O que "carrega a loucura nos dentes e a morte nas garras".

Ratão e a ratazana, a descarada da rival, apesar do impasse estavam incomodados com o cheiro de medo do cozinheiro. Ele seria ágil suficiente para se defender? Agilidade em espaços pequenos e fechados tampouco tem relação com imunidade. Estar ali era um risco. Fugir outro. Hans se concentrava, só havia três ali com importância, ele a rival e a sua comida. O naco de comida defendido como o último, o seu único, o seu...

— Precioso...

De súbito, num flash a temível roedora possuía só metade do corpo.

— Devo ter piscado — falou quase soletrando o cozinheiro incrédulo.

O corpo restante contorcia em seus últimos espasmos.

As unhas acabadas em agulhas, sua agilidade, a ferocidade de nada adiantou contra o Demônio da mata. A cinzenta ratazana foi devorada e em um instante. Só em momentos assim se compreendia o porquê do nome Demônio da mata. A íris do selvagem vencedor rolaram para dentro saboreando a vitória. Quando voltaram ao normal, um brilho passou pela íris, só então Zao percebeu que fora o reflexo do facão em sua mão.

— Pra que isso? Foi ela que começou!

Dito isso o Demônio agarrou o disputado prêmio e os pelos altos próximos da narina se contorceram, o nariz sentiu algo e assim ele seguiu o cheiro até atrás de um caldeirão, puxando a vista uma panela esquecida e dentro dela um ninho com seis filhotes. Zao sentiu o estômago contorcer.

— Oh não! — sussurrou com medo e nojo e disse pra si. — Será que ele não vai parar?

Mas longe do que esperava o Demônio peludo despedaçou o pão, seu disputado prêmio, mastigou e cuspiu a gosma moída na mão para depositá-la com carinho e cuidado junto aos famintos.

— Não olha assim não! Você viu... Ela começou.

— É... Tá! Tá.

— Custava ela pedir?

Assim, Hans, a criatura virou-se em sua direção e sorriu amistoso:

— O que é que tem no caldeirão, amigão?

Mais tarde, no andar acima, Dominescu despertava, no entanto, demorou um pouco para se lembrar onde estava e que fora nocauteado. No fundo agradecia ao anão por aliviá-lo da dor. Deitado na larga rede feita de tiras entrelaçadas de corda e madeira sentiu a pele pulsar, algo nele se revirava como se respirasse com ódio naquele ambiente fechado do quarto geral da tripulação. Mantendo a si de olhos fechados tentou controlar as convulsões geradas no estômago e as dores mais severas nas terminações nervosas. A febre e as dores pareciam querer dominá-lo.

— Não, nada e ninguém. Não, nada e ninguém — e continuou repetindo isso de olhos estalados por diversas e diversas vezes.

A febre ardia sob o suor gelado, sentia vertigens e sua visão dobrava. Tentando voltar a ter domínio do corpo doente se concentrou de olhos fechados. Ficou calado.

Sartre retornava com água e pano para refrescar o corpo do coitado adoecido e limpar suas feridas já secas. Sem as plantas da mata, pouco poderia fazer, então iniciou algumas rezas em belo e suave canto.

— Como estou, curandeiro?

— Está acordado? — assustou-se.

— E?

Cuidadosamente, Sartre o virou de lado para melhor identificar a extensão dos danos causados na ilha. Então tirou suas botas altas.

Havia pústulas na ferida aberta.

— Deuses. Está sentindo isto?

— Não.

Sartre pressionou fortemente com a ponta de sua faca na ferida aberta e arroxeada.

— Perderá a força da perna em breve, não sei se haverá tempo para salvá-la.

— Tem cura?

Sartre balançou a cabeça numa negativa.

— O sangue venenoso já alcançou as artérias do coração. Graças somente a seu estupendo vigor suporta a febre.

— As lendas de meu povo dizem que o sangue dado de bom grado de um dos elementais cura enfermidades.

— Ou o destruirá por dentro.

— Se estou morrendo a escolha é minha! — gritou indignado.

Dominescu abriu os olhos e notou com espanto Morgrinald encostado e atento no batente da porta. Sartre o notou em segundo.

— É. Deixa a gente velho.

Deixar o anão ali que loucura! Por que e para que desejava ficar com o lenhador?

— Devo acompanhar a evolução da febre e ministrar os remédios… — Sartre tentava contornar e manter-se ali — A situação tem mostras sutis que devo acompanhar e…

— Sartre? Você sabe e eu também. — Morgrinald estava com a face estranhamente neutra. Sem uma expressão que denunciasse suas ações.

— Tenho de ficar aqui se tiverem que falar terão de suportar minha companhia. — Sartre temia que talvez estivesse ali para encerrar o sofrimento com uma morte rápida, afinal era o entendimento de um guerreiro no tratar dos convalescidos.

A mão calejada, embora agora sem muita força, se sobrepôs à dele, era Dominescu pedindo em silêncio e a voz rude do outro complementou:

— Aí velhote… Vai ver umas nuvenzinhas lá fora, vai.

O direito de escolha foi respeitado, Sartre estapeou-o as costas da mão débil, se levantou e saiu lentamente. Afinal, o doente chegou num ponto sem retorno. Se havia realmente algum medicamento, unguento ou prece para salvá-lo, não conhecia. Em breve estaria acabado. Teria de contar aos pais, pois era seu dever moral. Então… Só restava compreensão e dignidade.

Dali do alto as nuvens eram formidáveis, embora nem se arriscasse a olhar pelo tombadilho. O vento forte embarrigava as velas, mas na linha do piso onde estava, naquela parte cujo nome nunca entendeu bem, o vento era mais sutil. Assim como sentia em seu rosto grave. O rodopio de umas leves e finas tiras de mato no assoalho o remeteu à lembrança do amigo Sargauss e mesmo com a voz sufocada pelo moribundo momento extravasou:

— Ó amigo, onde está você? Sinto sua força perto. Por que não se revela mais a mim?

Aí a mente se evadiu com naturezas e lendas. De súbito, mesmo ali de fora, ouviu um riscar bem característico. Uma lâmina.

— Ó deuses! — Sartre exclamou perplexo e correu de volta em desespero parando no batente da porta.

Nem chegou a se preparar para esse momento, sabia que poderia ser assim, mas, na verdade, quem se prepararia realmente para isso?

Lá dentro, viu o anão mergulhando o pano na bacia metálica e espremendo o excesso. O som era disso, possivelmente seu bracelete riscou na bacia. Estava impressionado. Ele cuidava dele! A febre castigava o aldeão e o anão estava ali para ouvir seus murmúrios e lamentos com digna paciência. Sartre pôs a mão no coração que quase tinha explodido com o medo e a correria. De súbito ouviu novamente e viu que agora sim era o riscar duma lâmina. Sartre arregalou os olhos e com o peito arfando recuou em passos lentos até as costas se chocarem com a amurada. Sem forças, as pernas fraquejaram. A sua frente algo que comprovava o que soube das histórias do mundo…

Uma trágica e perigosa história sobre o tudo que existe. Um mundo se sobrepondo a outro, mundo sobre mundo, com fendas no meio, dando passagem de um para outro. Sobre tais mundos terem sido criados só para os deuses irmãos não se matarem. Se ultrapassarem o mundo se esfacelará, e antes dele há sempre agentes menores que vez ou outra, tentavam abrir mais a fenda para que seu amado mestre e senhor a ultrapasse. E assim como os transgressores existirão sempre os que defendem a passagem por fazer parte dos dois mundos, os guardiões. De todo o modo a mente do curandeiro o arrastou de volta ao presente aterrador bem onde testemunhara o feito de Morgrinald. E entende bem o que fez. Ali um novo segredo nascia e com ele, a certeza de um novo pecado, ou não.

Acabado, esmagado pelos pensamentos, dolorido pelo corte tosco no punho, assim como pela perda breve de fluído sanguíneo, Morgrinald suspirou, e, por não esperar qualquer resultado desta ação apenas saiu do quarto se deparando com o velho curandeiro parado de pé no meio da passagem. O anão desceu o olhar estava indisposto. Sem discussões, queria respeitar o doente. Porém, ao passar sentiu a mão do velho chorão em seu ombro e ouviu:

— Você fez o possível… Obrigado.

VERDADES QUE SEPARAM

Do outro lado da caravela no quarto amplo destinado ao capitão a promessa de sigilo a Sargauss fez Tarson sentir-se frágil e amargurado. Nem ele e nem sua tripulação deveriam falar de suas obrigações. A elfa conhecida dele desde os tempos de menino, debruçava o corpo por cima de uma mesa curta e estreita rente à janela envidraçada e xeretava os céus.

— Lembra de quando…

— Xi! — sussurrou a bela. — Acho que vi um dos nossos ancestrais se movimentando. Dizem que do alto onde estão em sua vigília zelosa somente se movimentam quando pensem que ninguém está olhando…

Tarson se aproximou da jovem e ensaiou tocá-la, mas um pudor patético, um amor impronunciado, direcionou sua mão à parede e não a seus ombros lisos. Bem atrás dela passou a investigar as estrelas.

— Lendas belas eram aquelas.

— Nossos ancestrais mais nobres e belos. — Ela rodou o corpo e o olhou no centro da alma.

Tarson sustentou o fôlego, tal pássaro novo ante ao primeiro voo, afinal ela estava próxima por demais.

— Sim… dizem que usam mantos de arco-íris, e em lugar nenhum há cores tão belas.

Ele sequer tentou olhar para as estrelas. Porque deveria tentar? As cores na pele, cabelos e olhos dela eram todas as cores que desejava.

— T…

— Sim?

— Você acha que Darkay está em algum lugar lá em cima?

Tarson sempre teve medo de responder a essa pergunta. Até para si. Darkay era humano e não um de sua raça, tampouco um dos ancestrais. Ao invés disso, pegou o instrumento de medição na mesa baixa à frente de ambos. Tratava-se de um mero pedaço quadrangular de madeira e em seu centro havia uma corda fina e plena de nós.

— Os humanos chamam a isto de "Roda Mágica". Com ele preveem o levantar e o cair do Sol no firmamento.

— Do que adianta saber onde fica o crepúsculo e a aurora?

— Está vendo o horizonte? Então enfio todo o fio na boca e seguro o fio com os dentes — o fio emaranhado na boca deu-lhe uma voz abafada e boba.

— Há, há.

— "O-xol-devii-encoxta-na-parrte-de-xima-e-o"…

— Que nojento! Espero que seja só você que usa isto.

— Na verdade está com gosto de feijão.

Jupita deu-lhe tapinhas inofensivos no peito. Aos poucos, com uma timidez partilhada por Tarson, eles subiram o olhar e nas íris de ambos haviam promessas, desencontros, mágoas e segredos. Na privacidade do quarto assuntos inevitáveis assumiram sua vez.

Apesar da alegria do reencontro e de escaparem de um grande e esperto dragão, quando parte da tripulação desceu para o quarto comum a preocupação gerada pela presença de um doente a bordo secou toda e qualquer ideia de comemoração. A luminosidade da lua cheia ao invadir o local evidenciava isso na face de cada marujo. Em breve eles exigiriam providências de seu capitão. Até Dominescu entre seus delírios lia isso no ar e continuou controlando as dores, a coceira e até onde podia seus delírios.

No dia seguinte, já dentro do continente Morgrinald olhava a terra do alto e sua impressão foi a de ver um vivo mapa, e em dado momento alguns elementos da tripulação reconheceram a topografia da paisagem e numa colina descampada a mágica embarcação desceu lentamente.

De súbito, um vulto pequeno e veloz saltou para fora do esconderijo e dali em queda livre para a copa das árvores surpreendeu a todos. O vulto era do Pequenino Hans, a quem todos pensaram que ficara na ilha. E ninguém o viu subir a bordo. Quando a mágica embarcação parou, Morgrinald foi o primeiro a desembarcar, saltando ao solo de uma altura muito mais alta que qualquer outra ali arriscaria provocando um baque metálico ao chocar-se ao solo e fazendo muita poeira subir.

— Hei anão! — gritou um dos tripulantes. — Você é louco podia ter morrido.

— Desce aqui e termina o trabalho seu bosta.

— É ele está bem.

Ao sair do pequeno buraco que fez, o neto de Keldorn sorria por ter terra debaixo dos pés novamente, porém uma das rosetas que prendia sua armadura entortou e agora perdia o ajuste.

— Desçam o Dominescu — pediu Morgrinald gesticulando para os homens de bordo — Ajudem-no cambada e com cuidado.

— Eu ficarei com eles — disse o lenhador por si escorando-se na amurada e negando apoio.

— Ô maldita febre! Você falou que a febre baixou — resmungou com Sartre.

— E estava — respondeu ao lado do doente.

— Alguém aí cambada, dá um soco no cabeção do infeliz e joga ele aqui pra baixo que eu pego.

— Morgrinald, é sério... Estou lúcido. Eles precisam de um homem experiente. Isto é, caso o capitão me aceitar.

O capitão foi pego de surpresa não teve oportunidade de conhecer este magnífico homem, embora sua amada já tinha contando sobre suas façanhas.

— Estamos indo a leste além da região das montanhas, lenhador. — Tarson contou-lhe ainda tentando entender o porquê de sua decisão.

— Conheço bem a rotina de bordo. Não sou peso morto.

O que falou em primeiro poderia ser verdade, mas o real estado de saúde era nítido. Um andar bobo e vacilante. Bem diferente da postura firme e imponente de outrora. O elfo de olhar profundo o fitava com interesse.

— Sou navegador de berço, elfo — insistiu Dominescu.

Tarson nada conhecia dele, contudo, reconhecia a letargia da morte antes do bote. Se o mantivesse, certamente teria de se explicar a seus parceiros de bordo, eles temiam epidemias... Ele odiava mentiras e mesmo assim recorria a elas sempre para não preocupar seus queridos amigos.

— Poderá haver riscos como este que passamos — irrompeu Tarson.

— Em todo o caso, rumam para leste e a leste fica também a capital do Grande Império. Considere a princípio uma carona maior. Além do que a madeira do casco foi seriamente avariada, fui lenhador por cinco anos e domino a arte da carpintaria.

— Pode ajudar nas reformas?

— E ensinaria outros, pois não vou fazer sozinho, e, se não corresponder às expectativas, deixe-me no caminho.

O trabalho a bordo já era puxado, não havia gente suficiente para tomar conta das diversas tarefas, por isso, muitos ali acumulavam funções. O curandeiro, com certeza, seria uma escolha óbvia, no entanto um carpinteiro também, posto que as avarias do casco pudessem comprometer ainda mais imediatamente.

— Parece sensato. E... Necessário.

— Sim.

Sartre passou por ele lentamente e o olhou profundamente, e ao começar a descer pela escada se atrapalhou e foi auxiliado pelas mãos de Dominescu, então aproveitou a oportunidade para lhe perguntar em tom de confissão:

— Há como persuadi-lo?

Dominescu sorriu e o auxiliou com a corda e a descida. Sartre tinha sua resposta.

O corpo de Jupita se envolveu de uma energia branca azulada. As pontas de seus pés envergam para o solo na medida em que seu corpo de belos contornos passou a levitar. Suas mãos gesticulavam como quem nada em pleno ar, o tecido parecia querer disputar com sua beleza. A brisa ao redor de si a transportou diretamente aos braços de Tarson. Para àquele que conheceu no início de sua juventude e a quem jamais esperava amar tanto, ela o abraçou e dessa vez sem se importar em deixar que o mundo soubesse de seu amor. Um beijo lento e prolongado dado como um voto velado e sagrado, sem que os pés tocassem o convés.

Eles se entreolharam, Tarson-Romanei; o elfo; o conhecido em alguns lugares como Punhos de Prata, depositou gentilmente as mãos no rosto da amada de modo a esconder e lhe secar as lágrimas, deixando que a mesma brisa que a levantou a levasse da embarcação para longe de si, para longe de um perigo que lhe seria fatal.

Jupita da distante Almokaryr, discípula de Darkay, elfa e mulher, foi a última a sair da embarcação. Tarson e ela estavam juntos há muito tempo e se conheciam bem. Sentiam e sentem um pelo outro enorme carinho e desde sempre o sentimento de ambos sempre entre o amor de irmãos e de pares perfeitos. Hoje, atingiram uma nova fase, sabiam disso e Tarson refletiu sobre o quanto ela cresceu também. Porém, pensamentos e conjecturas eram sonhos malucos sem ordem ou convite e rodopiavam em sua mente.

No convés, Tarson de repente readquiriu a postura altiva que seu posto e missão requer e deu ordens à tripulação, e lentamente a embarcação foi se virando numa suave embora majestosa despedida então os que ficaram em terra pasmaram-se. Um rombo enorme na lateral do casco a marcava que em nada parecia afetar sua aérea navegação.

Quando a embarcação já estava a certa distância, os aventureiros se voltaram para uma trilha bem conhecida por Sartre e por Hans que se adiantou guinchando de felicidade.

Morgrinald em um instante fechou a cara e ultrapassou os demais com pressa clara.

— Por que a pressa repentina?

— Nessa viagem de passarinho acumulei cerveja, vinho e licor demais na bexiga.

Todos riram e deixaram o anão e um arbusto incomodado para trás.

Hans ensaiava seu andar heroico e vitorioso, no entanto devido as perninhas curtas foi facilmente passado por Sartre.

Jupita os acompanhava, sem abandonar de vista aquela que agora nada mais era do que um ponto se mesclando as nuvens, então sentiu uma pequena mão segurando e dedicou um sorriso meigo a Hans que retribuiu o sorriso e sussurrou:

— Venha, amada do capitão, temos que terminar o que começamos até ele...

Sem palavras, a elfa apenas segurou as lágrimas rebeldes e seus soluços e seguiu com o amigo Hans Ranni Ramiro e Roder.

A caminhada levou duas horas até outro ponto bastante conhecido pelos aventureiros.

— Ei! É a estrada comercial!

De repente a elfa estancou sua posição e dois instantes mais um rugido de fera foi ouvido. Hans fugiu para o meio da mata alta, Sartre pegou um galho do chão para usar como arma. E Morgrinald que evacuava num arbusto de folhas largas ergueu as calças e xingou os deuses malignos pela peça trágica e cômica por eles criada, e dali mesmo ficou estático para melhor se orientar enquanto pegava uma folha.

Um tigre de grossa pelagem apareceu e Ratão ressurgiu da mata e se abaixou para pegar uma pedra. Dada a proximidade o felino de grande porte também percebeu, e logo o tigre reagiu, agachando-se demonstrando medo. Hans lançou a pedra ao chão no mesmo passo em que correu e saltou em cima do animal enquanto este se esquivava. Os movimentos de ambos eram rápidos, Jupita se desesperou com a loucura de Hans e recorrem às armas.

— Esperem! — advertiu Sartre. — Ele e eu conhecemos a fera.

O braço do Pequenino foi preso entre os dentes do temível felino. Jupita cortou a respiração. Nesse instante, Hans lhe acariciou a cabeça e riu quando a enorme besta felina começou a ronronar.

Sartre cruzou os braços e levando uma das mãos ao queixo indagou:

— Se Zork está aqui onde estará o velho?

— Bem perto, querido amigo — disse, de surpresa, o idoso homem descalço de vestes velhas e esfarrapadas. — Bem perto…

O abraço fraterno tranquilizou os demais. Hans começou a contar empolgado suas desventuras, mas Sartre o interrompeu ao perceber algo grave na postura do amigo.

— O que é Zorak? O que aconteceu enquanto estivemos ausentes?

— Uma linda mulher ataca desavisados na noite. Nem as casas trancadas estão bem seguras.

— Como essa surgiu? — se adiantou Hans, visualmente desesperado pelos seus.

— Lembram da amiga de vocês, ferida fatalmente que desfaleceu na frente de todos?

— Osíris sobreviveu? — bradou Jupita, surpresa e contente.

— Na verdade, ela é a fera.

Estupefatos com a notícia se calaram e puseram-se a ouvir.

— Ela ataca Pequeninos e humanos à noite, nem os cavalos ou o gado são poupados. Começamos a tomar medidas desesperadas, os mortos ora são decepados, ora cremados, pois dizem que acordam com a mesma sede e fúria por sangue. E só há um local onde se aninharia durante o dia para usar de covil.

— Um local que conhecemos bem! — exclamou Jupita — Quer dizer, ao menos eu e Tarson.

— É aqui que me despeço — falou seriamente Hans Ranni — preciso ir até meu povo, ver minhas mulheres e filhos.

— Filhos? Quais? — perguntou o anão.

— Da terceira mulher. Eles é que estão mais próximos do vilarejo. Nem sei o que encontrarei, só sei que devo.

Jupita se ajoelhou na frente de seu Pequenino Ratão e lhe beijou os grossos lábios. Devido ao peso da situação, ele nem se abalou.

— Adeus.

O bravo Hans Ranni Ramiro Roder correu velozmente pela mata e logo sumiu entre a verdejante paisagem.

De súbito, Morgrinald enquanto caminhava, falou a todos:

— Ele deve ter subido pela âncora enquanto a tripulação a recolhia.

— O quê? Do que está falando, anão?

— Dos habitantes daquela ilha. Eles não riram pelo espanto ou euforia com a nau voadora — respondeu reprisando mentalmente o momento.

— Morg acha que... Ah! É lógico! É esta a razão do mito de Pequeninos com a água e de jamais se separarem da mãe terra.

— Bah! Eles jamais se separam da mãe terra... — ironizou o anão.

— Nada disso Peituda. Só não é fácil vê-los embarcar ou desembarcar, só isso. Pedacinho de merda safado!

Por um instante a elfa e o anão se encararam com severidade até que caem no riso. A elfa contou rapidamente sobre quando o conheceu, de sua tara, de sua chegada à ilha remando em círculos de dentro de sua gaiola indo até a areia sem se molhar. Falou do desespero do Ratão ao vê-la se afogando e sua alegria quando a vou planar sobre as águas. Já o anão, se recordou do baixinho furtivo, do "pedacinho de merda" que libertou os prisioneiros da nau e da noite em que dividiram lembranças, mágoas e a bebida. Jamais alguém o acompanhou tão decentemente na beberagem. E ambos, elfa e anão; Peituda e Morg reconheceram a capacidade ilimitada de Hans Ranni Ramiro Roder, o maluquinho peludo, o valente Hans de entrar e sair de confusões. Sempre intacto, sem um arranhão. E acima de tudo… reconheceram seus maiores e inertes talentos o de criar amizades verdadeiras e o de sempre escapar da água.

Guinchos frenéticos vindos de longe surpreenderam a elfa e tiraram seu humor. Como poderia ser isso? Em pleno dia? Logo os demais conseguiram ouvir. De algum ponto a noroeste veio uma nuvem pesada de fragmentos negros e amarronzados que passou guinchando. Morcegos-lobo. Morgrinald colocou apenas a mão aberta à frente do rosto e um ou outro morcego passou centímetros de sua face. Jupita riscou o ar com as mãos espalmadas à frente da face pensativa. Quando ela arqueou os braços, o bando voador se dividiu como se acompanhasse o movimento de seus braços. E se foram.

— Revoada de morcegos em plena tarde? — O velho curandeiro fez um gesto velado sobre si. — Sinal de mau agouro.

— Tem mansões ou mausoléus por aqui? — perguntou o anão.

— No caminho dessa trilha apenas o vilarejo — respondeu Sartre ignorando o ponto em que Morgrinald apontou — Alguma coisa os incomodou.

— Ou alguém no tempo abandonado — reforçou Zorak.

— Nada — falou o neto de Keldorn com os olhos imersos em pesadas memórias — Pode ser até o desmoronamento de algum salão ou galeria. Tem muitas cavernas por aqui.

Silêncio.

— É uma pena não termos cavalos… — começou Sartre ignorando totalmente o anão. — Chegaríamos bem mais rápido.

O neto de Keldorn mordeu o punho, porém acabou falando:

— Chegaríamos? Como assim nós?

Sartre estava totalmente absorvido por dúvidas e medo do que veria no vilarejo, e antes de perguntar ao eremita Zorak notou com tristeza as pérolas embaçadas que eram agora suas órbitas. Estava cego e devia ter sido algo sério e repentino ocorrido nessas duas ou três estações que este fora do continente. Doenças não consumiriam assim tão brevemente. Suas palavras saltaram para o ar num suspiro frágil, quase inaudível:

— Seus olhos…

O Velho do Mato parou, num movimento breve pôs a mão na nuca do amigo e trouxe-o para si de modo a responder bem próximo e em igual tom:

— Que bom te ver.

E lhe beijou a testa. Com isso deixou claro que não desejava preocupá-lo, tampouco os demais, pois ser acreditado por conta da velhice já era bem difícil e, se percebessem sua debilidade, talvez fosse bem diferente.

— Vamos mais rápido quero ver Osíris.

— Rápido onde criança? Onde queres ir? — perguntou, com leveza, o Velho do Mato àquela mulher, sem tirar o olhar do chão.

Sartre, por costume do ofício, racionalizava sobre o agente causador da enfermidade. Mentalmente atribuiu os possíveis causadores embora desconhecesse como poderia Zorak ser cegado assim. Pensou em erva amarga e na pasta de bolotas anil.

— Tenho uma teoria e será inútil se não chegarmos as ruínas do templo antes de anoitecer.

— Sua fé então pode ajudar, pois a trilha ladeia pedras e pequenos montes e a sinuosidade, tal qual um rio lento. Já a trilha dos habitantes da floresta…

— Acredita mesmo?

— Como nos deuses!

— Mostre a direção, velho! O tempo ameaça mudanças no destino de muitos — disse Jupita, ansiando pela solução de fatos jogados em seu colo. A responsabilidade era uma arma séria e por diversas vezes a negou, mas a vida mudava constantemente e pela primeira vez apenas fazia sem refletir sobre isso.

— Um vilarejo, né? — perguntou pensativo Morgrinald envergando um arbusto espinhoso e deixando os velhos passar.

— Sim, o vilarejo em que vivo — respondeu Sartre.

— Vilarejo, lugar pequeno...

— Com umas quinze famílias.

— Só crianças e velhos, né?

— Não...

— Umas duas ou três grávidas talvez.

— Isso...Um vilarejo — Sartre continuou a responder sem entender o valor ou propósito das perguntas.

— Entendi. Um vilarejo com quinze famílias. Se contar apenas — Morgrinald fez uma pausa breve e depois bradou — Um Mané por família dá quinze! Quinze Manés! Duas vezes essa mão e uma dessa. Quinze! E estão com medo de uma mulher "malvadona" que anda à noite?

— Morgrinald? — Jupita o preveniu, pois cheirava a encrenca.

— Não sei se entendi — disse Sartre.

— Não sabe. Não sabe? Malditos covardes! Por que não desceram naquelas ruínas e exterminaram a praga? — perguntou o anão sem rodeios.

Um silêncio constrangedor se instalou e ninguém o respondeu.

Jupita preferiu ficar em silêncio embora tenha pensado rapidamente na impossibilidade disso, mesmo sem pernas e braços Osíris mataria a todos na cabeçada. Porém, seu silêncio era a tentativa sincera de digerir que a amiga sobrevivera. Afinal, por conta das esquivas de Hans na ilha sobre o real sentido dos assovios concluiu o pior. E agora que sabia de sua sobrevivência já falavam sobre seu linchamento? Era irreal demais, entretanto, nem por um instante, ela, Osíris ou Tarson sequer consideraram treinar o povo para se defender. A raça elfa tida como veneranda enxergava o mundo de modo diferente, parecendo distantes, esnobes, mas secretamente aliada a diversas causas simultaneamente, contudo, a perspicácia e simplicidade com que o experiente guerreiro anão avaliou o quadro geral foi surpreendente.

De súbito o curandeiro pediu:

— Voto em um consenso.

Zorak percebeu o timbre, já ouviu um tom assim. Sabia que agora as coisas voltaram a estar bem. Novamente as coisas estariam bem.

— É evidente… — Morgrinald observou com repulsa e tédio na voz.

— Calma aqui… — Jupita estendeu os braços em cruz num gesto claro de separar até palavras. — Se decidirmos seguir para o vilarejo…

Morgrinald cobriu a testa com sua mão nodosa e arrastando-a pela face até a barba e a puxou com força para baixo:

— Se decidirmos? Já chega. Não é meu compromisso, que tenho eu com isso?

— Anão… — Zorak tentou argumentar.

— Anão porra nenhuma! É Morgrinald do Sangue de…

— Sangue sim — tentou Zorak intrometer-se — Sangue de crianças do…

— Quem declarou que eles são inocentes? Você? Eu? Chega de heroísmo! Estou cansado e se não lembra, Dominescu pode agora mesmo estar morto!

— Como?! — A sentença atingiu o coração da elfa.

— Ele se feriu. A perna gangrenou, por isso a febre.

— Quê?

— E agora é uma maldita surda? O lenhador tá morrendo… Só decidiu fazer isso longe de nós.

Os olhos da elfa caíram ao solo, a voz saiu embargada:

— Dominescu era importante pra mim também.

— Importante? — Morgrinald não entendeu muito bem aquele comentário.

— Poderiam ambos ceder à razão? — Sartre gritou para tentar trazer a atenção para si e só quando teve a certeza de que ela estava consigo voltou a falar. — Por um instante chegaram a pensar que ele quis assim?

— Que? — Morgrinald estava descrente — Sei. E você então, velho?

— A questão não sou eu.

— A-ques-tão-não-sou-eu! — ecoou o anão do Norte numa paródia patética e soletrada. E depois continuou. — Claro que é e sempre foi.

— Em alguns quilômetros naquela direção, um bocado de gente. — Sartre encarou o anão. — De gente boa, pobre, mas boa gente e estão com problemas! Morrendo!

— É sempre assim. Algum filho da pu…

— Ei.

— Algum filho da puta faz uma merda e sempre sobra para nós a bagunça. Anões, gnomos, elfos, e qualquer outro idiota. Que foi? O tapete começou a ficar alto e corcunda?

— Morgrinald, agora chega. — Sartre continuou — Só sei que aquela gente coitada…

— Aí! Só choraminga pelos cantos, implorando que outros tomem parte de suas lutas. O homem não é nada mais do que aquilo que faz a si, compadre.

— Olha, sei que está chateado com Dom…

— Nem ouse falar dele, seu maldito. — Com um peteleco no peito fez Sartre dar dois passos para trás e cair sentado e com isso Morgrinald o olhou com peso, bem no centro da alma. — Muitos naquela porra daquele vilarejo sumiram e ao sumirem foi que Dominescu embarcou nessa.

— Foi seu destino.

— Há! Não conheço um idiota sequer que não culpe o destino.

— Que quer dizer?

— O que quero dizer? Quero dizer que é tão lindo, tão bonitinho culpar o fantástico… Acontece um eclipse, apagaram o Sol. Surge um incêndio é culpa de um dragão e não do idiota que deixou cair fagulhas em mato seco. Nasce um bebê deformado e lá vamos nós sacrificar o filho do demônio. Um tremor de terra e é culpa de um deus do bem ou do mal enfiado na terra. Taí, preferem até culpar os deuses em vez de nossa incompetência. Nossa não, sua! — Ao terminar de falar deu-lhe espaço para se erguer.

— Crê mesmo nisso? — Sartre disse pondo de novo o pé em uma das sandálias que saíra do pé.

— Na sua falta completa de senso?

— Que o destino não...

— Puta merda velhote! — interrompeu o irado anão. — Crê demais e faz de menos!

— Eu... — Sartre achava injusto, pois abdicou de muito e nem na ilha se afastou de sua missão. Morava há mais de doze anos nesse vilarejo. No local humilde em que ajudou a fazer nascer cada criança. Com cada jovem e cada idoso dali tinha com ele uma história. E agora as famílias em pânico fugiam de seus lares. — Morgrinald está certo. E eu jamais vi indivíduo mais safado e sem compromisso com a imagem que tanto se esforça em criar. Dominescu ao menos andou com os próprios pés. Creio que isso já é bem mais do que alguns sabem fazer.

— Pés... — Morgrinald estava amargurado, perplexo, não havia como saberem o quanto que o velho disse o afetara. Tinha seus porquês. A resposta a isso secou na boca. De todos ali, ele tinha salvado a pele do ingrato curandeiro por mais de uma vez. E nunca agradeceu e em nenhum dia que fosse lhe perguntou sobre o porquê estava ali ou a importância do quase um século de sua jornada. — É isso aí. A conversa e o grupo morrem aqui. Os meus pés! Os meus pés vão me levar pra lá.

— É tarde pra ele — falou Sartre com a marca do orgulho na voz — Até ele sabe disso.

— Sartre? Amigo... — o velho eremita tentava apagar a chama da agitação, o incêndio rápido da vaidade já tinha aplacado sua insana fome e restavam apenas as marcas amargas das cinzas.

Jupita estava chocada. Desconhecia da gravidade do estado do lenhador.

— Morgrinald, eu... — a elfa queria muito dizer o quanto sentia. Queria ter falado com Dom. Esperava até visitá-lo em breve. E em vez disso balbuciou soprando ar sem formar realmente palavras.

— Hunf! Não devia ter deixado o lesado — falou o blindado anão de pés descalços sem levantar a cabeça. Ele ajeitou as rosetas tortas que prendiam o torso largo e antes de ultrapassar o curandeiro disse:

— Espera muito dos outros, "velho".

— Espero apenas o que é justo.

— Justo para quem?

Sartre, agora, começava a voltar à razão, mas não havia como engolir palavras já ditas e fingir sua inexistência.

— Morgrinald? — tentou falar.

— Esquece tenho coisas a fazer na cidade. Coisas que comecei.

— Olha... Eu...

— Cala a boca, velho. Você tem razão e eu não. Você é foda e eu, um imbecil.

— Eu não disse isso... — murmurou com arrependimento.

— Num disse não. Só traduzi. Se cuida, Peituda.

Os passos pesados de Morgrinald do Sangue de Keldorn pareciam marcar definitivamente a terra. A cada passo dado, maior era a certeza do engano cometido pela exaltação. Raramente Sartre perdia a calma e tampouco a fé. Veladamente orou aos deuses pedindo que um dia reencontrasse o valente ranzinza do povo feito de terra e fogo. Um risco úmido e rápido na face traçou um caminho até o chão. Lágrimas. Nem esperava mais ser capaz de produzi-las. O anão, Morgrinald do Sangue de Keldorn do clã dos... Bem... Um indivíduo de péssimos modos, contudo... Estava certo. Era hora de lutar por tudo e quem quisesse que viesse. Deixaria de implorar por misericórdia e favores.

Jupita sentia o peso das obrigações herdadas; com o peso da perda de um amigo por uma discussão e de outro para a morte. E, com tais atenções, sequer notou as dificuldades do tal Velho do Mato na trilha. Somente o curandeiro percebeu quando o amigo Zorak tropeçou e quase caiu no chão e ao deter sua queda lhe segredou:

— Vamos. Siga em frente. Eu o ajudo.

Com um sorriso grato se virou para o amigo:

— Já me ajudou.

— Deuses. Está...

— Cego? Graças à alta imunidade, apenas me cegou.

O Velho do Mato num gesto puro, alisou o cabelo do amigo:

— És fundamental aqui.

— Oh não! É uma doença, não é? Diga, deve dizer. Te obrigo!

— Não do modo que pensas.

— Do modo que penso? Aguente aqui. Neste trecho de mata tem o ribeirinho. Vou pegar…

— Vai pegar nada.

— Lógico que…

— Escuta.

— Psiu! Decididamente. Necessitas de cuidados e irei ficar aqui, cuidando de ti e aplacando sua…

— O vilarejo precisa de ti bem mais do que eu.

— E te abandonar assim!?

— Aconteceria com a idade… Só chegou mais cedo. Melhor… Assim me acostumo.

— Diz bobagens.

— Para!

As mãos caíram ao colo e o semblante de pena mergulhou para os pés. Mesmo sem que o enxergasse o envergonhado escondeu os olhos úmidos na palma da mão:

— Posso salvar só um por vez.

— Oh Sartre, Sartre, Sartre. Meu amigo, meu bom amigo! Por que é tão duro consigo? Que males lhe afligiram este mundo?

Dizer-lhe o quê? Como? Assistiu coisas demais e isso o fez nascer para o mundo… O verdadeiro, um isento de sonhos, onde o interesse dos nobres prevalecia sobre a caridade ou a benevolência.

— Meus atos são inúteis, Zorak — confessou arrasado ao amigo.

— Nem mesmo imagino o que passaste como escravo em terras de ultramar — comentou o cego.

— Como soube?

— Gódi.

— Quê?

— Quem! Essa seria a pergunta. Ela é apenas uma menina da raça dos Pequeninos, mas tem o potencial e a coragem de poucos em qualquer raça.

— Vergonha. Tenho vergonha disso. Uma criança teve mais força e responsabilidades que eu.

— De novo, duro demais consigo.

As palavras do neto de Keldorn ainda ecoavam duramente em seu cérebro. Uma parte dele queria gritar, dizendo que fora raptado antes de qualquer ação. E que sabia que a família à qual Darrell na verdade pertencia era forte no comércio e bastava a alteração da rota de caravanas para o vilarejo sumir do mapa.

Zorak cercou a face chorosa do amigo com as mãos e disse de perto em um tom ainda mais baixo do que já mantinham:

— Os Pequeninos fizeram com que os aldeões acreditassem que a trilha velha era maldita. A trilha que leva às ruínas do velho templo.

— Que templo?

— Em todos esses anos mantiveram caçadores de tesouros longe assim.

— Que templo? Do que fala?

— Deu trabalho, mas conseguiram. Você e Sargauss. No entanto... Ele não foi encontrado.

— Ele está bem. Falou comigo. Em segredo.

O peito do cego arfou com o peso do sentimento.

— Se falou sabe que irá em breve. Conhece os problemas da raça dela com a idade, certo? Pele fina, ausência de peso, aos poucos se mescla com o ar e se vai.

— A menos que...

— O elfo ainda é jovem, e não tem toda essa força! — A voz de Jupita surpreendeu ao se intrometer na conversa e em um tom tão baixo e confessional que mais parecia um suspiro.

Sartre pasmou-se. Ela andava à frente deles, a bem mais de vinte metros e sua audição e controle da voz eram ímpares.

— Sargauss é mesmo o responsável por manter a nau no ar? — A voz da elfa soou clara e cristalina como se estivesse ao lado deles.

Zorak sorriu para o chão, molhou os dedos e não sentiu vento algum. Na verdade, nem se impressionou, apenas aguardava que a elfa se manifestasse. Por saber agora de alguns segredos então não represou os seus.

— Certo. Sargauss a sustenta com sua essência excelsior.

— Então era isso que o dragão queria?

— Certamente.

Enquanto Zorak conversava, Sartre pode notar no tremular dos olhos e na grossa e repugnante caca amarelada cobrindo parte das pálpebras que de certo modo, certificava tristemente sua irrecuperável cegueira.

— E o que ele levou?

— Não sei! — A resposta de Jupita foi ríspida.

— Deixe amigo, deixe assim. Sabe por que os do Ar assim como ela, odeiam os dragões? Precisam deles, precisam consumi-los. Consumi-los para fecundar.

Um vento baixo rodopiou e chicoteou o rosto num aviso. Zorak rasgou um teco da veste que lhe cobria o corpo velho para usá-la de venda e continuou a dizer:

— A dragonesa levou alguns que Sargauss escondera consigo. Criaturas, coisas e refugiados. De dentro de si.

— Não levou. — Jupita baixou o olhar para si — Não levou.

A certeza tinha uma marca forte, ofensiva como uma verdade forte demais para ser ignorada. Jupita ignorou o protocolo entre as raças e assim um vento forte começou a rodopiar levantando poeira e tufos de grama, folha e pequenos gravetos mortos. Sartre protegeu a face e Zorak manteve sua postura. O vento acelerou, assoviou e no mesmo instante cessou. Quando cessou o curandeiro percebeu que Jupita a discípula de Darkay da distante Almokaryr não estava mais entre eles e talvez jamais retorne.

A VOLTA AO TEMPLO

Um grupo de soldados realizava mais uma vez sua tranquila ronda. Stanislaw Hanverovich, ou simplesmente Stan, desejou a vida toda servir o rei.

Tal desejo, aliás, tão ardente que fez dele o mais jovem dos soldados e, poucos anos mais tarde, o mais jovem dos oficiais. O agora capitão Stan sonhava com o dia no qual estaria levando o estandarte real em alguma guerra.

Irving, por sua vez, ardia em febre toda a vez, bastava pensar na possibilidade. Na face de Lucrécia era fácil constatar o mal da androgenia, e da boca dela nenhuma palavra surgia sobre o passado, emudecia, sem ceder uma sílaba. Pelo que o feioso Endoli Desiderian disse dela era filha bastarda de Mansur, o patriarca da casa dos Mansur. Por nascer fora do casamento e pela deficiência no lábio leporino ficava óbvio seu destino. E sobre o feioso Endoli pode-se dizer que o passado dele foi tão ou mais desinteressante que o de Stan. Já as mulheres, Ellan, July e Nery tanto quanto os três garotos recém-associados que jamais levantavam as cabeças acima de seus cavalos nem mereciam uma segunda olhada. Eram todos pobres. Nítido, evidente como a brancura do leite. Entrar no exército era somente pela busca de um soldo melhor, sem outra ambição, apenas sonhos comuns de gente comum. Stanislaw definiu a todos facilmente.

E na verdade, o capitão Stan estava completamente equivocado. Ellan descendia de famílias ricas, mas não encontrara casamento. Tinha ojeriza ao conceito de se internar em um convento, além de ter um pensamento bem equidistante dos clérigos e abadessas do templo da guerra. Por isso restava apenas entrar para a guarda real. Só pelo brasão familiar merecia uma liderança e assim a tinha.

Nery fugiu de um casamento arranjado. Os antigos, incluindo seus pais o bem da família vinha, já que o amor poderia vir por debaixo dos lençóis.

July, a mais nova de todos, tinha o mais perverso dos destinos; ser pobre e ainda por cima ser amaldiçoada por seu povo; afinal a viuvez era um mal. O ácido preconceito criava lendas das mais bizarras e hediondas e o medo polinizava tais insanidades na comunidade, e ela a proscrita de seu meio, apenas esperava que na distância de sua cidade natal colhesse um destino melhor.

Quanto aos garotos Tobias, Edgar e Lico, ele estava correto. Pobres em busca de um futuro melhor, no entanto suas caras baixas expressavam o imenso desconforto de estarem voltando ao vilarejo do qual saíram fugidos de suas famílias.

A falta de entrosamento entre essa equipe de ronda recém-formada providenciava um peso crítico, silencioso, com toda a gravidade de pensamentos e expectativas. Para Stanislaw Hanverovich era um gole seco, duro, e atravessado na garganta. E por que não seria? A tosca e jovem mulher foi intitulada como a líder da ronda em seu lugar por seu comandante. Seria isto um teste? Uma afronta? Havia histórico para ambos, como teste e como afronta. Pensou bastante nisso e nem percebeu que forçou a cavalgada de cinco horas ao cabo Irving e aos três soldadinhos fedidos ainda a leite. Quando chegaram ao posto, apenas Irving reclamou e por isso lhe ordenou a saída para a chuva.

— Vá refrescar a língua.

Um dos moleques riu.

— Você! Afogue seu riso lá também e quando voltarem será "unha e carne" do seu superior mais imediato. E isso se aplica ao homem que está lá fora. Umidade e responsabilidade. Aprenderão o significado de ambos. Vá!

E isso foi há trinta e duas horas. Porém, o frescor trazido do mar pouco distante, suavizava a tudo e a cavalgada tornou-se leve, proveitosa debaixo do sol do meio da tarde. Subitamente, gritos e rugidos romperam a suavidade daquela tarde. Num rápido entreolhar fincaram o esporão em seus cavalos e estes correram tais fossem os ares bravios das pradarias. Apesar de estarem em um bom número, o barulho feito na aproximação assustou todas as feras e as fizeram fugir dali. July passou direto e começou a perseguir alguns dos lobos, Nery a chamou de volta enquanto Irving vomitou de cima de seu cavalo.

Ellan saltou com agilidade do cavalo ainda em movimento, sem dúvidas, ela era a melhor cavaleira de toda a costa e a mais solícita e ativa da companhia.

Na ravina, corpos ensanguentados e seus pertences espalhados da pequena e pobre caravana. Todos antes a pé carregando a mercadoria no lombo.

O trotar do cavalo de July acusou seu retorno.

— Louca. Que foi fazer? — perguntou Nery.

— Assustar as coisas. Com sorte afugentei também o líder deles. O que é bom.

— Parem de tagarelar e me ajudem — impôs Ellan.

Stan a seguiu para examinar os corpos, finalmente ele via alguma ação e odiou aquilo. A cada corpo mastigado, a cada filete de sangue. Num rompante, um velho caído gritou quando o aturdido oficial tropeçou no coitado, mas de pronto o amparou e ouviu suas últimas palavras que mais pareciam uma reza.

— Será feito, velho. Vou arrancar a cabeça daquela coisa. — Stan disse com veemência e nobreza. Aquilo era sem dúvida uma oportunidade e aos demais, uma obrigação a cumprir.

Assim sendo, a obrigação era óbvia a todos. Com cuidado trataram de atar nas celas de seus cavalos os corpos e seguiram a pé até o vilarejo próximo de onde vieram. Os corpos dos infelizes nem estavam assim tão sujos de estrada. Logo, partiram do vilarejo próximo e alguém os reconheceria, e se tivessem só pernoitado lá alguém poderia contar alguma coisa sobre isso também.

No vilarejo pegariam uma carroça para levar os corpos o quanto antes para a capela, pois o mundo tinha medo de seus mortos.

A capela era o tipo de local que ninguém ia ou visitava... A menos quando existissem mortos a serem levados. E escoltar os mortos para sua última morada era uma praxe do ofício da guarda. Escoltar os mortos até a última morada, as chamadas "Torres do silêncio", assim os mortos não poderiam voltar.

E evidentemente, o relato do ocorrido a seus superiores no comando era outra obrigação, pois um bando de animais tão agressivos era um grande problema para o comércio e cedo ou tarde, seria um problema do pelotão local.

Teriam de fazer ambas as tarefas.

No entanto, transportar mortos nunca foi fácil. Perderiam dois dias entre o ir e vir. Tudo isso, porque os animais de transporte se assustavam com o cheiro da morte; predadores seriam atraídos pelo sangue e carniceiros pelas sobras. A fim de evitar tais situações, teriam de encontrar cal para o mau cheiro na viagem, cordas para conter qualquer espírito inquieto dentre os mortos e uma lona para cobrir dignamente os assassinados. No vilarejo encontrariam ao menos cavalos, isso graças a um decreto real. Ao menos dois cavalos descansados à disposição da realeza ou de seu exército em dias de paz ou não. Esta era a lei.

Já no vilarejo de Miller mal puderam crer. O antes movimentado entreposto comercial como era agora entregue totalmente ao medo. Um território recentemente fortificado por uma muralha de paliçadas e nos vãos, espinheiros amarrados para fechar qualquer passagem inoportuna. Um local preparado para a guerra.

De cima dos cavalos em ângulo cruzado podia se ver as casas idênticas que pareciam cavernas mínimas, retas, de cores desbotadas quando presentes e emparedadas por um grosso traçado de galhos por baixo da lama ressecada e esburacada. Suas janelas eram só buracos feios para ventilação e tapadas por pedaços longos de madeira e, nas entradas, pesadas portas internas sem dobradiças como pontes levadiças em miniatura colocadas ao contrário, logo com a única preocupação de evitar a entrada de visitantes noturnos com pés ou patas.

O vilarejo para o cabo Irving era algo curioso, pois na rica aldeia ao redor do castelo do rei as paredes eram feitas de troncos sobrepostos. O que via surpreendia e aos outros só entristecia lembrar a própria origem.

Os uniformes os fizeram passar facilmente pela paliçada recém-erguida onde a madeira verde evidenciava seu tempo de construção. Os portões de acesso eram anteriormente as paredes de uma casa velha e parcialmente desmoronada que estreitava a entrada permitindo a passagem de apenas um cavalo por vez. Nas ruas, com exceção dos vigilantes da passagem, gente mesmo pouco se via e por isso tiveram uma reação ambígua e parcialmente esperada a chegada deles. Afinal transportavam cadáveres, embora os mais valentes estivessem ali para bisbilhotar a face dos mortos por obscena curiosidade. Já os desesperados; os que não estavam empregados na vigília; aglomeraram-se à volta dos uniformizados, tais moscas em carne. O pensamento em si não era agradável, contudo, os soldados eram claramente a esperança contra a sombra ruim desses dias.

— A morte desses infelizes se deu no caminho da cidade do rei — bradou Ellan.

Stan ouviu-a com total repulsa e desaprovação pelo pânico que conseguiu instaurar.

— Estamos perdidos! — diziam e gritavam os aldeões entre o choro e o desespero — cercados como porcos e abatidos um a um, salvem-nos.

Antes de algo ser dito, olhos temerosos e lábios trêmulos se multiplicaram, e de repente uma velha passou aos berros com sua sineta, notificando outro acontecimento.

— A Lua! A Lua. Olhem pros céus. Será noite antecipada.

Ela notificava um eclipse.

Stan, com um sorriso ensandecido nos lábios, sussurrou:

— Ela virá com a noite.

— Ei! Você! — chamou Ellan com toda a autoridade que possuía. — Mostre-nos o estábulo, requeremos alguns cavalos conforme as palavras do rei.

— Desculpe. Não encontrará cavalos disponíveis, pois partiram com seus donos — disse um dos aldeões.

— O que está havendo aqui? — Ellan falou novamente e alto para tentar manter sua autoridade.

— Há um tempo requisitamos a ajuda do rei, sois todos vós... A ajuda? — perguntou um velho pousando a mão sobre a perna do cabo Irving.

— Decerto que não. — respondeu a capitã Ellan em seu lugar — mas conte assim mesmo para que possamos compreender se essa ajuda estaria ao nosso alcance.

— Meses atrás, senhora, nossos filhos... os vizinhos... começaram a sumir, e não eram lobos ou animais à espreita, pelo menos do tipo que conhecemos. Alguns falaram de monstros, conseguimos a ajuda de uma missionária do templo da guerra e dois elfos, além de meu filho que também se ofereceu.

— O que ocorreu?

— Não sabemos. Senhora, eles sumiram como os outros e agora os nossos mortos e os nossos perdidos voltaram… sem vida em seus olhos. Eles se tornaram cruéis e com eles outros mortos também surgiram a seu lado. Conseguimos acabar com alguns, mas um mal pior veio logo em seguida, a mulher, a missionária foi vista nas ruas e sua boca estava manchada de sangue. Sangue de um homem caído.

— Está delirando, homem? — A sandice perturbava Stan.

— Bem queria, senhor. Seria melhor se eu fosse um louco e nossos filhos estivessem em casa.

— Seus filhos também, suponho? — indagou Ellan mantendo os olhos em Stan como uma silenciosa reprimenda.

— Supôs certo, senhor. Dobrovonski, meu mais velho, foi o único que voltou, mas já era um morto como os outros.

— Sinto muito.

— Obrigado…

— E o que aconteceu?

— July!

Para o capitão Stan a advertência aberta de Ellan serviu para mostrar que tudo estava a um passo do descontrole.

— Desculpe, é que temos de saber. Não é? — argumentou de volta.

Outra falta pensava Stan.

— E ela está certa, senhora — falou o idoso. — Posso dizer que com ele agora sabemos para onde os demais foram e para onde voltam. Um missionário de passagem foi para lá, para tentar nos livrar desse mal.

— Sozinho? — Ellan tinha uma péssima impressão disso.

O velho apenas anuiu.

— Quem?

— Dissera chamar-se Tristan.

— Tristan? — os olhos de July quase saltaram das órbitas. — Tristan Ivanov?

— Creio ser esse o nome. Então reconhece aquela valente alma?

— Valente?

Pelo tom de ironia, July também conhecia a história real de Tristan. Este, desde menino sempre teve alma inquieta. Foi de tudo um pouco e logo que conseguiu deixar a barba crescer abandonou a cidade. Nunca teve profissão, então jamais criou raízes em parte alguma. No entanto, quando salvou uma menina do afogamento, intitulou-se de "O Missionário da Esperança".

— É. — falou a sardônica July. — Desde que o senhor das terras lhe prometeu a construção de uma capela, ele tem se enfiado em locais e situações dos quais poucos saíram. Sorte isso que é. Já ele chama de proteção divina.

— Senhora, sendo isso ou não prometeu erradicar o que chamou de vampira. E isso foi há dois dias.

Para um rosto encoberto presente ali no meio da multidão aquilo foi o bastante, então saltou para o lombo livre de uma montaria e o equino disparou mais pelo susto do que pelo coice em seu ventre, arrastando junto consigo o cabo Irving que lhe segurava pela rédea.

— Ei! — gritou o arrastado.

Notando a carga extra, a figura encapuzada puxou uma adaga. Irving sentiu a vida querer sair pela garganta terrificada e congelada, porém, o giro da lâmina apenas serviu para cortar a rédea e lhe proporcionar a queda e rolagem pelo terreno.

O pensamento de quem lhe roubou a montaria era fixo. Sem tempo para protocolos, tinha de encontrar os outros e notificá-los das terríveis novas.

E nem foi preciso olhar, os soldados com exceção do caído já partiriam em seu encalço tão logo se desvencilharam dos corpos presos às selas. Portanto, a distância inicial era uma vantagem provisória, mas bem-vinda.

COM SEUS PRÓPRIOS PÉS

"Andando com seus próprios pés", essa frase dava mais lenha para queimar na fúria do anão.

— Como pode ser tão frágil? Tão fraco?

No vilarejo havia quinze famílias e na Cidadela de Ferro, sua pátria, por volta de setecentos e cinquenta indivíduos e umas quarenta crianças. Apesar das rígidas condições do alto da montanha onde as estações regiam imponentes, o povo recorria a si próprio. E até as tribos vizinhas de natureza seminômade tinham a vida bem longe de ser boa ou tranquila. Viviam em áreas sujeitas a avalanches de neve, pedra e estilhaços de árvores e arbustos mas sobreviviam... Tanto o povo forte e adaptado à montanha quanto os humanos que habitavam o sopé.

— Como são fracos esses idiotas! — A indignação corria as veias grossas do anão e marcavam a superfície do pescoço e têmporas. Andava pesadamente com os olhos cravados no amado solo, no adorado chão, desviando de troncos, de rochas e pisoteando todo o resto.

O anão da Cidadela de Ferro deixava uma trilha pesada atrás de si, qualquer um poderia segui-lo. O lugar para onde iria, ele já estivera lá por algumas vezes e bastava pagar para acompanhar qualquer caravana que o levasse ao menos próximo de lá. Porém, a discussão com o curandeiro continuava intensa em sua mente. Repetia mentalmente a cena e o diálogo e por uma ou outra vez, uma árvore ou arbusto era o alvo de sua ira. E, obviamente, perdiam.

— Dependente. Pulha.

Atitudes típicas de pessoas de caráter questionável. Um tolo e outros nomes que ele poderia enumerar no caminho. No entanto, a memória era uma avalanche que o tragou de volta aos velhos dias. Aos dias de frio quando saíam a céu aberto e uma camada branca cobria seu corpo enquanto ele e outros desciam até o sopé da montanha para praticar o escambo com os seminômades. Morgrinald gostava daqueles humanos, eram um povo discreto, quieto, que negociava a carne e a pele de animais abatidos ao sopé da montanha. Uma gente fortemente adaptada ao clima.

Sem que conseguisse parar de andar e refletir, uma serpente no caminho sibilou e deu-lhe um bote. No entanto, a pele dura e cascuda do neto de Keldorn; assim como todos de sua raça; sequer arranhou e tampouco o fez notar o perigo ou a investida. Assim o réptil perdeu uma de suas pinças na mordida por nada e o anão seguiu pensando na harmônica relação entre as comunidades. Os anões isentavam-se do dispêndio de energia na caça e confecção de roupas de peles para concentrar seus esforços na mineração, fundição e no trato do metal. E os caçadores aproveitavam a oportunidade de escambar pontas de lanças e de flechas, panelas e itens de fundição além de eventuais pedras de valor para cobrir suas demais necessidades. Um benefício mútuo.

E Morgrinald nunca nenhum deles. Nenhum de seu povo ou do povo do sopé pedir socorro para coisas simples. O todo era insuficiente para uma vida confortável? E a vida na região talvez até mais frágil do que em qualquer outro lugar tanto na falta de comida do inverno como pelas doenças de verão. Logo, a preciosidade da vida em um ambiente tão severo era tanta que as crianças que conseguissem completar cinco anos de idade eram vistas como vencedoras e uma grande festança comunitária era feita e todos participavam presenteando com o que tinham de melhor os afortunados pais. Uma tradição partilhada por anões da montanha e humanos do sopé.

De súbito, um odor forte irritou suas narinas. Um fedor característico de morte. Ele assoou o nariz e balançou os dedos para se livrar do resto, mas o cheiro persistia. Então o neto de Keldorn estalou o nó dos dedos no simples apertar de mão e foi ver o que era.

OBEDIÊNCIA E OBSESSÃO

— Junto com seus tripulantes, os que deveriam ser os guardiões do mundo e outros sobreviventes que conseguiram escapar por entre os demais planos. — a fala de Zorak da Colina, o apelidado Velho do mato exalava sapiência. Ele encostou sua face na do amigo e, próximo do ouvido, segredou — Manter a ponte entre os mundos fechada.

— Não posso, sou gente comum. — Sartre sentia o suor pingar das axilas, cada palavra do velho cego parecia um naco de carne forçado a si garganta a dentro.

— Tudo menos comum. És responsável — replicou.

— Não.

— Sim, velho tolo. Quando o lugar cresceu os Pequeninos e eu ficamos em vigilância. Sabe bem que tudo acontece quando se perde o interesse, a...

— Sempre passa alguém no momento exato em que se perde o interesse de manter a vigilância.

— Sim. A fissura é necessária entre os mundos, lhes serve de respiro, um ponto de...

— Chama-se fraqueza, conheço isso bem porquê tenho também.

— Fraqueza? Esse é um mal que não lhe pertence, apenas acha que tem.

— Elogios de um velho tolo.

— Verdades a um amigo mais cego que eu.

A cabeça pendeu ao solo, todavia um riso frouxo lhe escapou:

— Há quanto tempo sabe?

A expressão no rosto tracejado pela velhice falhou; tornou-se insólito e imóvel, um homem mergulhado em névoa. O curandeiro temeu que fosse a ação extrema do veneno. De repente, por detrás do amarelo esbranquiçado das pupilas o velho o olhou como se ainda pudesse enxergar e disse com pesar:

— Há vinte e três anos.

UM ENORME CADÁVER

Imaginar era o campo do pensar, uma área fértil e tão promissora quanto as minas profundas do Oeste. Ou uma área árida e desolada como um inferno de areia e nada. Evidente... Dependia apenas do pensador. Quanto a prever, para os olhos do cínico anão, era a habilidade de constatar o óbvio. Usada também para deformar fatos com tudo o que um ou mais queira ouvir.

No entanto diante da evidência bastava uma atenta e séria observação resultará em verdades concretas, verdades incontestáveis. Doravante aquilo tudo à sua frente tinha um assustador quê de novo. De improvável e ainda sim... um fato.

Aquilo era um corpo. Grande. Um cadáver enorme. Grande como uma casa. As costas, em toda sua extensão, placas brutas de escamas na cor do sangue. Estendida para o alto, aliás o primeiro ponto observável; até de longe; uma tira de couro não tão fina, mas de natureza forte que recobria ossos longos e finos de uma asa que em voo farfalhava possivelmente num baque duro de tecido de vela e certamente apressava corações e fariam homens e criaturas rezarem. Tinha um pescoço comprido como todos de sua raça e nas dobras perto da garganta, ventre e parte baixa do rabo longo, altos e dolorosos espinhos, no restante uma carne densa grossa e por isso mesmo feia. No que sobrou do maxilar explodido no impacto ao solo, dentes de espada e maciços molares capazes de triturar até certas pedras. Quando vivo, dono de uma agilidade estonteante para sua tonelagem e, sobretudo, inteligente como aquele que atacou a embarcação. Seria o mesmo que atacou a embarcação voadora? Possível, pois parte do corpanzil musculoso encontrava-se enterrado, o chão denunciava claramente que quedara em linha reta do alto e as asas indicavam que talvez tentou frear. O buraco provocado pelo peso abriu uma cratera obtusa e levemente oval.

Acertado ou não em seu julgamento o irremediavelmente morto trazia um outro tipo de horror, pois da arcada mole e destroçada pendia uma língua roxa e negra, cujo o pedaço à vista pássaros carniceiros disputavam nervosos seu quinhão. Além das aves, que nunca suportara, haviam ali os carniceiros e demais aproveitadores do solo. O sangue e a carne produziam um banquete bem cortejado, o que por si só tornava o festim um local bem perigoso. O sangue fazia isso muito bem ao tirar todos do senso comum. Seja pela fome e sede que desperte ou o louco desejo por mais morte, um tipo de desejo que se apodera da mente dos fracos, dos sádicos e outros tipos de depravados.

Para Morgrinald, a insanidade sempre rodeava a tudo e aguardava brechas na carne dos vivos para se instalar, crescer e perseverar.

Moscas e outros minúsculos animais realmente nem lhe incomodavam. Aliás, como incomodariam? Poderia, na pele grossa e por vezes nodosa, animais tão mínimos fazê-lo sensível a irritações de toque? O que detestava era o perfume podre da morte, por lembra-lo da guerra, da última delas, da guerra das raças. Uma lembrança mais arraigada à alma do que a memória.

Em um mês crítico atravessou pesadamente por todo o vale. E em cada colina, depressão ou curva o cheiro premia a tudo. Um lugar em que moribundos ainda defendiam suas bandeiras e Morgrinald rachava seus crânios por misericórdia, diversão ou ambos. A guerra nunca foi um lugar de certo e errado. Ser certo, estar errado tampouco...

Uma guerra era um lugar cinza e rubro onde pouco se tem e nada se sabe. Através daquele território de caídos, a diferença entre fortuna, glória e vitória jamais se media com quem se mantinha em pé. E permanecer em meio a tanta morte seria morrer também. Seja no corpo, mente, ou no que restar para se chamar de alma.

Fora da memória, rosnados disputavam o lugar real, no entanto, o neto de Keldorn ignorou os carniceiros. Num primeiro momento sequer o olharam, hipnotizados pelo prazer do comer e saciarem-se. Muitos ali caíam de lado ainda mastigando, outros, com os focinhos imersos num sangue ainda quente, bem quente, deliravam com a força desse veneno e se posicionavam para a defesa de sua comida. O anão desprendeu o machado das costas e deu um soco forte na lateral do gume duplo, o metal vibrou horrivelmente e alguns ganiram irritados, alguns ficaram em alerta e o restante do bando fugiu visivelmente amedrontado.

Morgrinald, neto de Keldorn apoiou o queixo entre os gumes e quando murmurou uma secreta prece o som grosso e pesado de sua voz reverberou nos gumes num crescente alcançando um tom gutural incrivelmente baixo as bestas que sobraram apoiadas pelo número estavam indecisas entre confrontar para garantir o banquete e fugir. O anão do valente clã riscou a lâmina no chão pueril e tudo ao redor tremeu então as persistentes finalmente se foram, exceto as bisonhas e odiadas aves as quais achavam-se isentas de sua fúria, então Morgrinald pisou o chão rachado com força e o solo cedeu aqui, ali e por debaixo daquela imensa carniça forçando as desgraçadas atrevidas aves a se afastarem para as árvores.

— As putas penosas acham que não sei jogar pedras? Sei e muitíssimo bem-disse para si — E também sei acertar.

A velocidade e força que jogou dois blocos de terra e lama acabou acertando e matando duas delas logo que saíram de dentro do cadáver. O anão pegou os dois corvos mortos e enquanto guardava por debaixo do peitoral da armadura percebeu de canto de olho uma entrada a mais na terra que sua bendita arma abriu.

Deu dois passos para dentro, ali escorando as paredes deste túnel uma pedra lapidada do tipo somente encontrada no oeste das montanhas altas. Os executores dessa imensa obra quem quer que fossem contaram com ajuda da raça anã, embora no madeiramento e nas estruturas de metal malhado no fogo bravo que revestia certos pontos no corredor deixava claro a ajuda de outros povos antigos. Como metros a mais o túnel tinha desabado concluiu que por hora queria entender como a fera se foi. Dragões nasciam de um jeito difícil de dizer e dado o temperamento; principalmente das fêmeas; nunca jamais morreriam de velhice.

— Espatifou no solo. Óbvio até então. Mas por que? — Morgrinald a tocou e sentiu que o cadáver gelado embora na carne aberta ainda houvesse sangue fresco em vez de estar ressecado. O que era estranho já que vinham originalmente do mundo do Fogo e continham a chama dentro de si. — Sua chama foi drenada? Como?

No exame mais detalhado notou uma mancha raiada e enegrecida a partir do centro do imenso peitoril, era aquilo a única marca.

— Raio? Centrado?

Uma rápida e aguda dor o fez recuar um passo e descobrir ali no chão a parte restante do monstruoso maxilar explodido no impacto. À direita de si o olho amarelo esbranquiçado o encarava de algum lugar do pós vida e finalmente o neto de Keldorn fez a pergunta aterrada que irritava seu estômago e unia suas pesadas sobrancelhas:

— Por quê?

Num repente, a luz do dia voltou a irradiar fortemente e uma sombra circular imensa se revelou. Por instinto rolou para o lado sem se desvencilhar da arma na canhota. Tão logo ganhou posição, levantou-se intrigado e inconformado. No alto, do tamanho do tórax de uma mula, e sem estar preso a nada visível, havia um grosso e toscamente polido escudo metálico pairando no ar.

PÂNICO E TERROR

Agnes Rey, com sua malha xadrez passou ao lado de seu pequeno Irving. Seu corpo estava deitado. O mundo parecia um rascunho ao fundo, um peixe rosado com barbatanas púrpuras e longas piscou um de seus olhos grandes e brilhantes e saiu sendo arrastado à frente e depois para a esquerda por onde sumiu. A mãe reapareceu e pediu a ele que colocasse um agasalho. Dizia uma coisa doida de não poder ser arrastado sem o agasalho, pois iria sujar seu uniforme.

Percebendo a loucura do sonho, o cabo Irving despertou. Espremeu as pálpebras. Sentia as pernas, braços e todo o resto. Vivo. Após o tombo deveria estar apenas um pouco sujo, abriu os olhos. Um garoto a seu lado estava com a guirlanda de ramagens cruzadas no alto da cabeça; um aspirante a guarda; e só depois de um instante mais percebeu que via seu reflexo em um resto de espelho de cobre polido.

A contar pela nuvem de poeira a frente o pelotão se deslocou todo para pegar o ordinário.

O ridículo da situação o pôs de pé. Esperava gracejos, mas ninguém estava rindo e se rissem do atentado contra um oficial e do roubo de sua montaria. Seriam chicoteados antes de serem levados a ferros. Na verdade, ninguém ali conseguiria rir, o mundo ali tinha uma tensão quase palpável. O ar pegajoso de morte e insanidade deixava claro o que os pobres aldeões insistiam em avisar sobre o constante ataque de inumamos, dos chamados pelo povo dessa periferia de "Morte em vida". O povo estava abandonando o lugarejo, inclusive aquela alma apavorada que lhe roubou a montaria. No ritmo deste êxodo, até a próxima lua cheia todos partiriam. Usariam certamente a clareza do luar para um pouco mais pela noite na esperança de ganhar distância das bestas.

Uma estalagem, apenas uma estalagem aberta em todo aquele maldito lugar. Todo o restante do quarteirão até onde se podia ver, eram de casas lacradas fedendo a medo e pobreza. Nas portas e janelas, tábuas pregadas em cruz ou linha com velhas mandingas dependuradas para afastar o mal.

Os habitantes restantes, ao que parece, reuniram-se por detrás das paredes da estalagem. Com uma batida na porta Irving percebeu um murmúrio seguido de rígido silêncio. Depois de mais algum instante sem resposta, insistiu dando uma sequência de batidas de punho fechado, e uma das mandingas caiu ao solo. De súbito ouve-se um arrastar de algo pesado e a portinhola abriu-se sem que aparecesse um rosto.

— Quem está aí? — disse alguém lá de dentro.

— Cê acha que "aquilo" ia dizer alguma coisa, doido? — falou outro.

— Xii!

— Xii você!

— Abram em nome do rei — impôs o cabo Irving.

— Quê?

Esse "que" ecoado apontava que eram mais que dois.

Irving perdeu a paciência, apoiou os dedos na portinhola e sua manopla imprimiu o som rápido de metal na madeira. Quando arriscou pôr a cabeça pela fenda, uma faca de cozinha quase arranhou seu rosto.

— Afaste-se, criatura maligna.

— Seu tolo! Cuidado! — alertou outra voz do interior.

— Ferir um oficial é um delito e apontar uma arma a ele outro bem pior que…

Olhos estatelados surgiram na portinhola e recolheram a faca com a mesma pressa que empunhou.

— Oh deuses, oh deuses, oh deuses… — ecoou alguém de lá alegremente.

Pesados objetos por trás da porta foram arrastados com pressa enquanto uma segunda voz alerta sobre a insanidade de abri-la.

De súbito uma ramagem de alguma erva de cheiro forte e adocicada foi empurrada pela portinhola por um braço de dedos e mãos magras.

— Segure-a então, se não quer praticar o mal em mim, se é quem diz ser. — na pouca luz da abertura puderam identificar um idoso, calvo, e tinha a barba por fazer.

— Que mandinga é essa, velho?

— Viu? Eu sabia — falou alguém de trás dele.

— Abra logo isso — impôs o oficial enquanto puxou para si aquele pedaço de mato sem significado.

Um novo silêncio.

— Em quantos são? — perguntou a voz oculta.

— O quê?

Alguém atrás de si pigarreou. Só então percebeu o soldado, sua nova sombra graças ao último dissabor com o capitão Stan. A voz lá de dentro insistia:

— Passe adiante a santa erva, se fores puro nada sofr...

— Pega logo isso, pelo amor aos deuses — disse outra voz.

O soldado Tobias, a seu lado, obedeceu com um riso tolo e breve, comum aos sem qualquer sinal de juízo ou razão. Novatos tendiam à tolice e seguiam prontamente ordens e imposições. Contudo concluiu que cumprir seus ritos contra seus temores seria o meio de passar, por isto pegou a erva passou no rosto e a ergueu à frente. Os que acompanhavam de algum lugar do interior escurecido, pareciam ter voltado a razão. A portinhola fechou num tranco e a pesada porta foi arrastada para trás. O movimento provocou na dobradiça puída e surrada, um grito mole de discordância.

— Entrem rápido — disse o velho aleijado de um braço.

A pele dele era esbranquiçada como sujeira de cal e enrugada demais, como se a vida o tivesse abandonado. Irving se assustou diante daquela imagem, pois aquilo sim é que parecia um maldito zumbi.

— Que acontece? Finalmente o rei soube da criatura? Ou veio só cobrar os tributos?

— Wong! — repreendeu outra voz do interior daquele espaço.

Wong deu de ombros, deixou cair pesadamente a barra de tranca da porta, vedando a passagem da loucura exterior para outra no interior, depois girou a manga vazia de sua roupa, tal fosse um velho hábito e disse-lhes:

— Se veio arrancar dinheiro pode pegar do que sobrou dos bolsos dos mortos.

— Senhor, controle-se. — pediu o cabo quase informalmente.

— Controle-se? Sim, devo mesmo. Agora vocês aí do canto com as calças sujas de medo, ajudem esse velho aleijão e de cuca ruim.

A porta fechada recebeu móveis de escora deitados ali por três jovens que agora suspendiam o móvel mais pesado e arremessam-no para cima da porta.

— E que importa, hein? Logo pela manhã estaremos seguros e iremos partir. Podem se arrumar no quarto que bem entenderem, afinal esse lugar não é de ninguém agora.

— Como assim? Eu ordeno…

— Não ordena nada! A farda do exército que segue nem tem poder aqui, guardinha! A menos que o rei em pessoa tenha elegido alguém para essa terra, e ninguém quer esse quinto maldito. O clima é inesperado, imprevisível e a colheita então, é, é…

Um baque duro de algo contra a porta reforçada cessou a discussão.

— Voltou. Voltou.

Aturdido com tudo, o cabo Irving apenas depôs a mão sobre a arma e observou a cadeira tombar do alto e quicar uma vez antes de ser silenciada. Em outra porta ou janela longe da vista um novo baque. Os olhos nada podiam contar naquele negrume e os ouvidos pareciam ter se escondidos no peito junto ao coração. Só batidas de dentro e nada fora. Silêncio. A saliva amarga engrossou e não desceu. De repente, uma brisa repentina revelou tarde demais uma fenda na parede da estrutura e por ela um braço rápido puxou um dos refugiados e no choque a parede frágil se transformou num rombo e o horror tomou conta dos demais. Gritos, agarrões e atropelos fugindo do rombo e do perigo iminente. O soldado Tobias foi impedido de agir, com um abraço desesperado do refugiado a seu lado pedindo que não aja. Que não se mova. Só pode ver a vítima sendo arrastado para trás e gritando na rua. Um outro dos refugiados pegou a cadeira caída e bloqueou o espaço rompido.

O velho arremessou um maço de ervas cheirosas para fora e o outro maço enfiou nos vãos da parede.

— Vamos embora!

— Não.

— Que era aquilo?

— O delírio de um velho e de todo o vilarejo, guardinha.

O cabo estava incerto, o que será que era aquilo?

— Vamos, acha que essa cadeira vai parar a...

— Que parar, que nada. Foi por isso que pus a erva.

— Aquilo afasta o quê?

— Afasta? Larga de ser tolo, guardinha.

— Hein?

— Pelo jeito que respira, a criatura tem narinas largas e o cheiro disso confunde. Amanhã sairemos.

Os demais rezavam e soluçavam com um medo contagioso.

— Espere!

— Que foi? Requer uma explicação sensata? Procura em lugar errado.

— Eu exijo!

— Psiu! — sussurrou o aleijado tapando a boca do oficial. — Quer que ela volte?

— Ela?

— Ela.

— Como sabe que é... ela?

— Sei de muita coisa.

— Tá me cansando.

— Ótimo, assim para de fazer perguntas.

O cabo se fartou das defensivas, puxou-o pelo braço restante e pelos cabelos ralos.

— Vai bater em mim? — perguntou o velho ainda com atrevimento.

— Acho. Responda o que lhe pergunto. Esse local também faz parte do Grande Império, pode não ter um lorde, mas certamente tem a mim como oficial e pela autoridade que tenho posso bater sim.

Um silêncio se instalou. O pulsar das mãos calosas do militante foi sentido pelo velho. O oficial olhou para o fino fio de suor escorrendo e assim percebeu algo mais.

— Wong. Esse é seu nome, não?

O idoso fez cara de raiva para disfarçar a de medo sem, no entanto, conseguir sustentá-la.

— Não sei — falou derrotado

— Só sabemos que as ervas confundem um pouco. Não fosse a horta de Abigail morreríamos antes. Antes fazia isso só de dia, acho que é só uma. Ao menos no começo. Agora é mais. Berros vieram de várias direções nessas últimas noites.

— Como oficial, eu lhe prometo…

— Prometer? Quer prometer algo? Mantenham-se vivos. Saiam daqui sem bancarem os heróis. Sejam heroicos avisando o rei. Seja o que for isso, está crescendo.

O militar soltou o idoso senhor Wong, que cambaleou em meio círculo até que se apoiou na parede com a mão restante. No seu distanciar os demais se ajeitaram e todos passaram a lhe acompanhar pelo estreito corredor. De súbito parou e deteve toda a fila.

— Eu, se fosse você, evitaria deitar próximo das paredes. Tem um pouco de comida na dispensa. Todas as janelas são trancadas por dentro, e nem é preciso dizer por que.

O CASTELO E O CHORO DO REI

A vida de um nobre rico sempre seria em todos os seus aspectos algo diferente da vida dos ditos comuns. Até comerciantes de ricas posses frente à opulência de determinados lugares os levariam a crer o quanto eram miseráveis.

O título na maior parte vinha por conta de um parentesco com o rei, garantindo deste modo que as posses ficassem na família. Já as terras conquistadas ou defendidas por generais e oficiais recebiam-nas como um presente do rei. Sendo assim, dependendo de seu grau de parentesco e título, um nobre rico detinha a posse de vários castelos e de pequenos e médios fortes. Todos com criadagem, guardas e cavaleiros. Além é claro das aldeias e vilarejos dentro de suas terras, portanto sobre sua custódia.

Nestas terras, cavalos, charretes e carruagens escoltadas circulariam nas estradas de terra batida levando a nobreza enquanto as amas de leite, arrumadeiras, pajens e outros da criadagem os seguiam na retaguarda a pé ou em mulas.

Naquele instante na estrada se viam apenas os camponeses indo ao castelo para saldar suas dívidas. O castelo era isolado por uma muralha de blocos arredondados e uma velha ravina cobria a passagem até o segundo de três portões e respectivas muralhas. Dado o espaço entre tais barreiras ficava fácil entender que o castelo da família Daintghorn. O local mais seguro do mundo conhecido. A segunda passagem possuía em seu interior um labirinto de muros altos pleno de caminhos sinuosos, tal qual o intestino de algum animal. Ali ficava a cavalaria e seus doze estábulos. À frente o último murava o castelo de onde os guardas passavam pela mudança de turno mais uma vez.

De sobressalto, uma nuvem repentina em um dia claro fez os entediados guardas perderem a fala. Um homem dependurado por uma corda descia de um incrível navio flutuante.

Dominescu achava uma pena não ter ido para casa, contudo, a situação era séria e seu rei deveria saber o que o celestial escrevente do destino determinou na página de seu livro.

De fora da embarcação pode ver o rombo no casco causado pela besta alada e que seria fatal se estivesse debruçado em água de qualquer profundidade. Calculou que levassem três semanas na reparação. Quando olhou a seu redor só aí notou o cerco de lanças temerosas apontadas para seu peito.

— Tenho uma mensagem para o nosso rei, portanto me espetem ou façam-me ouvir e saiam.

Temendo que este fosse o ser de um magnífico outro mundo ou um ser provindo de alguma banda do céu os guardas abriram caminho erguendo suas lanças hesitantes e armando um corredor. Apesar disso, após passar esses tantos guardas iam se aglutinando as suas costas, andando passo por passo, até que Dominescu, o "titã celeste" que desceu de sua barca celestial, alcançou a porta da escada e a fechou atrás de si.

A escada em cada degrau mostrou-se um bom lembrete da perna doente; demorou bem mais do que o normal para alcançar o interior do pátio quando finalmente alguém o deteve.

— Camponês, é favor me acompanhar para a bastilha.

— Carrego uma mensagem importante ao rei.

— Decerto que sim. Ande.

— Notícias do nobre desaparecido.

— Como ousas confundir-me com o bobo? — indagou o armadurado estendendo a mão num gesto largo com intenção de sacar a espada.

— Mataria um plebeu desarmado?

— Tenta lograr-me? Para ter chegado assim tão longe não duvidaria de suas habilidades com a língua e a quantidade de moedas a subornar os péssimos exemplos desse exército. Vamos, conclua, pois irá à forca se não entregares os comparsas desta tão insana aventura.

— Não minto.

— Então fale, misterioso mensageiro. Qual seu nome?

— Se acaso se importa tanto com nomes, por que preserva o seu?

— Arre! Agora me ofendes. Pelo jeito queres minha lâmina a passear em teu ventre?

— Não foi isso que disse…

— Pois bem, lhe darei um pouco de minha tolerância. Digas de pronto, qual mensagem tens?

— Ela não se dirige a você.

— Abusa da sorte, quando ela sequer existe.

Cansado e com a perna latejando, bradou alto:

— Aqui a todos que querem ouvir! Tenho uma mensagem de urgência ao rei e este aqui me impede ignorando a necessidade imperativa da mensagem.

— Que fazes tolo? Queres me humilhar? — questionou torcendo a roupa do abusado.

— Não. Quero ser ouvido.

E ele o largou.

— Venha, eu o levo para meus superiores.

— Não! Ao rei!

— Miserável prepotente se essa tal não for tão crucial quanto pretendes me fazer crer, juro aos deuses…

— Jure o que quiser não lhe quero mal, apenas me leve e logo.

Dominescu transpareciam seriedade e de certo modo um ar nobre.

— Ok. Apresente as mãos. — E assim o amarrou com a fina seda que prendia o pomo da espada à bainha. Depois o conduziu à frente de si.

Dominescu ponderou, talvez este condutor fosse um nobre. Entretanto, apagar tudo o que dissera seria impossível, pois o Sol jamais nascerá no oeste e ovos jamais se consertariam depois de quebrados. Pela postura e firmeza de certo era um oficial, pois em um só gesto o último dos portões foi aberto sem demora. E um a um de cada porta ou portão foi aberto com este à frente de si. Já no saguão, uma mesa fantástica com pratos e talheres sendo postos em ordem por inúmeros e alinhados serviçais, entretanto, não viu o rei e tampouco a rainha.

Possivelmente ela estaria em algum cômodo inspecionando os detalhes para hospedagem dos nobres no inverno conforme o costume.

Contudo, antes de saírem viram o rei em um canto do saguão.

Salvo a camisa de fino algodão e um grosso anel dourado com a pedra azul em seu centro, Dominescu jamais acreditaria que este era o imponente rei que via ano após ano no festival da primavera. A um canto, jogado como um pedinte, de pernas dobradas e abertas, rodeado por garrafas vazias e tombadas. Seu rosto totalmente encoberto pela tapeçaria deposta na parede. Uma das mãos ergueu a garrafa e levou-a à frente da tapeçaria e derramou; onde obviamente estava oculta a boca; um bom vinho no tapete caro e na camisa azulada, manchando-as de modo a não haver qualquer possibilidade de limpá-las. Ele estava bêbado.

— Majestade.

— Não enche.

— Tem alguém que quer vê-lo — insistiu o oficial.

— Que bom que realizou seu desejo, agora caia fora. Eu o detesto assim como a todo o mundo.

— Majestade? — O oficial parecia envergonhado por detrás de toda a sua pompa.

— Deixe — decidiu Dominescu. — Desse modo nem adianta, falarei com a rainha.

— Com a rainha, seu miserável? — O oficial claramente ofendido chutou o atrevido por detrás do joelho forçando-o a se ajoelhar enquanto o pisava na batata da perna. — Eu mando nesta pocilga e mando você...

— Virar e falar com sua rainha! — ordenou, de súbito, uma poderosa voz feminina.

— Rainha Cecil! — falou o oficial caindo de joelhos.

— Senhora, com todo o respeito — Dominescu ficou de pé, pois dentes invisíveis mordiam sua perna, mas baixou o olhar em respeito à magnânima. — Preciso de ambos para contar o que sei.

Com Sua Majestade estavam as damas de companhia e o administrador, uma espécie de burocrata, que lhe ajudava com os detalhes do castelo, desde a saúde e manutenção do amplo jardim até a dobra de cada guardanapo com a insígnia real. A poderosa e altiva mulher com roupas fofas e caras empregou um aspecto dúbio na face corada do pó da maquiagem ao indagar:

— Capitão? E quanto a estas amarras?

— Prevenção, amada mãe de todos no reino — respondeu o capitão da guarda com uma voz enjoada e empolada. — Camponeses só vêm ao castelo nas grandes feiras.

— E também para saldar suas dívidas — completou a rainha.

— Certamente, mas desconfio das intenções deste.

Dominescu teve de repente o olhar traído. Conhecer o rei nesta situação miserável era execrável, tinha desde menino a imagem de um rei altivo, esplêndido e hoje via apenas um homem escravo momentâneo ou quem dirá definitivo da bebida. A tapeçaria cara e plena de imagens e cores que lhe cobria a face e boa parte do corpo real mostrava uma paisagem ao fundo e revelava um pouco da história da família real, o clã dos Daintghorn, sendo verdade em cada ponto. Excetuando o exagero costumeiro dos viajantes, os homens da família tinham sim portes esplêndidos.

Quando a rainha percebeu o curioso olhar do camponês resolveu contar e lhe dar mais detalhes:

— Em nossa terra o poderoso Dragão é o morador. Diferente de muitos outros dragões, este era o benfeitor da cidade que levava seu nome. Há bem mais de uma década detinha sozinho a investida dos gigantes da montanha que desciam ao planalto e às vezes até a planície para roubar comida e buscar um pouco de briga. Estes homens gigantes habitavam uma larga área da montanha e possuíam no topo um altar em nome de suas estranhas divindades. Hoje, longe do conhecimento dos cidadãos da cidade, poucos restam nestas paragens, na verdade, duas famílias sendo a maior parte de mulheres e crianças. Por esta redução deixaram de ser um perigo há um bom tempo. Ocupam-se apenas da caça e da defesa de seu território. Ao Norte os bárbaros exilados de sua pátria e gigantes remanescentes erguem a nova capital. A capital cresceu e...

— Cecil, não gosto desta história... — comentou a embriagada majestade.

— Curiosa essa inversão de valores, não?

Dominescu percebeu que ela mesma tinha lá suas dúvidas e cuidadoso apenas respondeu:

— Conhecia esta história também, minha rainha.

— Diga-me homem, que faz aqui? Que palavras tu trazes de tanta importância?

— Tenho notícias urgentes de vosso filho — falou o lenhador em um estalo para não ser interrompido.

O termo "filho" despertou o ébrio rei como que atingido pelo amoníaco da caverna dos males noturnos no reino vizinho onde centenas de morcegos dormiam.

— Filho? Eu tenho um filho. — Apesar do rio de vinho ingerido — ele se pôs de pé. A data de hoje era especial ao rei, há exatos cinco anos caçaram juntos no bosque real pela primeira vez, Iurik Daintghorn e Erick Daintghorn, filho e pai.

Cecil, a rainha de todo o Grande Império, um reino chamado assim por inexistir no mundo conhecido nada que rivalize com sua extensão e esplendor, arqueou o olhar e pendeu a cabeça real para um lado com leveza.

— Primeira Senhora do reino, apelo-te à razão, não deixais que a fala do tolo manche vossos ouvidos sensíveis com…

— Silêncio! É o que lhe peço, meu bom capitão — a rainha com um breve sinal fez as damas de companhia se retiraram. E o administrador do castelo lhe deu a mão e a apoiou enquanto a majestosa sentava gentilmente em cima de um baú enfeitado. E então olhando diretamente ao mensageiro continuou — Que poderá dizer, se em ti residir e reger a verdade?

De soslaio, apesar da leveza do gesto da rainha, o camponês percebeu uma mãe preocupada, aflita e a seu lado o cambaleante e ainda ébrio rei. Curvou-se respeitosamente mirando nada mais que o chão de pedras e vergando a cabeça para frente disse:

— De verdades nada sei senhora, mas sei que o homem tinha seus olhos. E em ilha distante… — pensou gravemente sobre o que dizer, lembrou-se de seus pais e de como deveria ter sido difícil o desaparecimento dos filhos, pigarreou como que se possível afastar a lembrança e se concentrou para prosseguir. — Vou falar de alguém sem roupas caras e adornos brilhantes das quais jamais esboçou sentir falta. Alguém que chamava a si como "O Amado filho da casa de Koth"!

CORRENDO...

O cavalo estava suado e beirava a exaustão, mas não tinha escolha, Jupita, a por ora cavaleira-ladra tinha pressa. Osíris tinha ferimentos graves na última vez que a viu, decerto não estaria plenamente recuperada para defender-se. E o bando de Pequeninos certamente fugiria de qualquer contato por serem tímidos e covardes. Hans era uma exceção, entre covarde e herói, era único. Osíris se ainda estivesse acamada estaria sozinha e com problemas. Assim na mente da elfa os pensamentos assumiram a seguinte ordem: a de encontrar e salvar Osíris do missionário e em segundo achar a real culpada dessa situação. Afinal, para a mente de gente simples, gente comum, a realidade e fantasia eram difíceis de discernir. Sobrando apenas uma miscelânea de mentiras, inverdades, medos e confusões. Desmistificar mitos sempre motivou Jupita e a seu mestre Darkay. E ele costumava afirmar essa obrigação. A obrigação dos que buscam iluminação e/ou poder.

O pelotão continuava firme no encalço. Repentinamente, à frente, uma árvore foi derrubada e bloqueou a perseguição. De um lado da trilha saiu um anão, atando o machado de lâmina dupla às costas, e na presilha era possível ver um martelo ornamental. Era Morgrinald.

— Venha.

Com o barulho de cavalos vindo, o anão resolveu questionar depois.

O pó e a folhagem levantada na queda da grande árvore mascararam seus rostos para os soldados ficando apenas as silhuetas. Stan, pensando ser a assassina e seu cúmplice preparou a besta, mas seu disparo foi desviado pela líder com um tapa em seu cotovelo.

— Precisamos de respostas e não de mais mortos.

— Não se esqueça capitã do que o velho falou — replicou Stan. — Os mortos estão se levantando, capitã.

— Até você crê em superstições de ignorantes?

Enquanto falavam, July se afastou e com violência fincou o estribo em seu cavalo. No disparo repentino teve espaço para saltar sobre a árvore caída e os demais a contornaram e continuaram a perseguição.

— Por que a pressa, magrela? — Morgrinald no lombo de um cavalo comandado por uma elfa; a situação realmente o constrangia e incomodava mais do que a forçada intimidade de suas mãos entrelaçadas na cintura dela.

— E Sartre? — perguntou Jupita.

— O velho tá na terra dele. Pra que se importar?

Morgrinald acabou de lembrar da promessa feita ao amigo lenhador e teve vergonha por quase esquecer.

— E Sartre?

Morgrinald odiava quando se faziam de surdos e de besta, então decidiu também não responder.

— Quem são estes aí atrás? — resmungou o anão.

— Ficarão para trás.

Assim fez uma curva repentina e passou por uma trilha lateral em meio às árvores e arvoredos.

— Não ficaram não. — Morgrinald ainda conseguia vê-los cavalgando com excelência, logo não podiam ser camponeses. — Fãs dedicados... Que merda você aprontou?

A discípula de Darkay soltou as rédeas, abriu os braços e baixou o corpo até a crina do cavalo. Morgrinald, antevendo qualquer acidente, cerrou os dentes e se segurou firme nela.

Os cavaleiros que vinham logo atrás passaram pela curva seguindo a nuvem de pó levantada pelo cavalo correndo que corria solto sem cavaleiro e garupa. Dali de cima das árvores, na verdade flutuando acima delas, Jupita com o pesado anão atrelado a sua cintura e pode notar a imensidão daquele verde. Morria-se por toda a sorte de intempéries com facilidade nas florestas, seja por animais, clima e também a falta de comida e bebida também produzia seus mortos. Daí o porquê de as viagens serem feitas durante o dia. Ao que parece, o "Cavaleiro da Esperança" diante de tanto verde e perigos era seu próprio desbravador. De súbito, o cheiro fraco de fumaça denunciou para a filha do vento o seu possível paradeiro. Cerrando mais a vista identificou o fio de fumaça já bem longe do vilarejo, no caminho de uma trilha que Jupita reconheceu até naquele ângulo. Então se concentrou naquele ponto como meta. Assim, o brilho azulado já presente em seu corpo intensificou e a elfa passou a flutuar contra o vento. Flutuar não, na verdade ela estava voando. No esforço seu corpo ficou mais pálido, a pele mais transparente, mostrando um pouco melhor as veias. Jupita envelheceu, sabia disso. Acontecia isso com sua gente, sua espécie, perdia aos poucos o peso e a densidade do corpo. Mas, agora podia voar.

Na trilha logo a pequena tropa alcançou o cavalo e Nery facilmente recapturou o dócil e cansado animal.

— Ele está exausto.

— Espalhem-se. Lembrem-se do treinamento.

— Era uma elfa?

— O que parece...

— Ora... Elfos não roubam. Não ligam para dinheiro ou posses.

— Veremos.

Já bem próximos da fumaça, Jupita pousou numa clareira aberta por árvores mortas bem na beira de uma lagoinha. Quando o calado anão sentiu terra abaixo de seus pés soltou vagarosamente a cintura da elfa, só então abriu os olhos e a boca:

— Hunf! Precisava?

A sombra no rosto da elfa definia um sim com peso e a seriedade. Sem mais necessidade do disfarce Jupita despiu-se do tecido roto com capuz de campônio e o atirou para o alto, onde uma lufada repentina de ar lançou o traje para longe.

Morgrinald ouviu com atenção tudo o que a elfa contara no caminho. Por via das dúvidas, o experiente guerreiro deixou que a Peituda fosse à frente enquanto se preocupava em cobrir seus rastros.

Todavia, bem longe do que imaginavam de alguém com tanta ousadia, Tristan, o jovem missionário estava acampado. Foi encontrado relaxando, deitado com as mãos atrás da nuca, com um chapéu quadrado cobrindo a vista e na perna em arco sobre a outra via-se uma corda de tecido fino atada ao dedão e estirada para dentro da lagoinha, e ela era constantemente balançada. De súbito um puxão violento o tirou do descanso e lhe arrancou um grito doído pelo puxão no dedão. O chapéu improvisado caiu de lado e de repente foi sendo arrastado para a água. Virou-se rapidamente, mas sua arma estava já fora do alcance, arranhou a terra tentando deter o arrasto. O peixe era bem maior do que sua fome e chegou a imaginar o tamanho.

Neste mesmo instante Morgrinald pisou firme na corda de tecido e Jupita num gesto seco cortou o fio com a espada.

— Partiu-se. A sorte está contigo, peixe — pensou alto o desastrado Tristan.

Para ficar em pé mancou dolorido e bateu-se para tirar o excesso de terra na bata já suja e quando olhou com braveza para a lagoinha finalmente vislumbrou uma elfa e um anão caminhando juntos em sua direção cai de joelhos e se pôs a agradecer:

— Minhas provações foram recompensadas.

— Quem é você? — inquiriu Jupita com uma secura que não lhe pertencia — E o que faz acampado logo aqui, com um vilarejo ali tão próximo? Pelas vestes não é nenhum miserável.

— Falaram-me de dois elfos que vieram para essas paragens. Sabe deles? — indagou ao anão, em seu próprio idioma.

Morgrinald ficou admirado e também ofendido pelo sotaque grosseiro. Certamente ele aprendeu com os anões do Norte pensou. Seu clã jamais se deu com eles.

— Em sua língua. Em sua língua — advertiu o indignado anão, martelando o indicador na direção do abusado.

— Ah! Que admirável, um anão das montanhas. É, me disseram que eram mal-humorados.

— Hei! Eu não sou mal-humorado.

— Meus amigos do Norte é que me ensinaram a falar seu idioma.

— I-di-oma? Hunf! É um dialeto seu idiota, o deles é um dialeto!

— Me disseram também que diria isso.

— Tá. E o idiota tem nome?

— Sou o Missionário da esperança. Cavaleiro da misericó...

— Padre — disseram Jupita e Morgrinald em uníssono ao se entreolhar.

— Sim. Em missão. Vim aqui para livrar o povo do vilarejo de uma vampira e seu séquito maldito. Por isso...

— Calem-se. Temos companhia — impôs Jupita, e sacou a espada.

Só os elfos poderiam ouvir tão bem e claramente. E isso era uma dúvida na mente do anão. Como conseguiam manter a sanidade escutando tantos níveis de ruídos por vez?

Morgrinald puxou o machado e bateu com ele nos pés, livrando um pouco do peso extra causado pela lama do meio do caminho. Contudo, elfos não eram a única raça com habilidades excepcionais. Com os pés desnudos direto na terra pode sentir claramente na vibração da cavalgada, a cadência, o ritmo, pesos e sobretudo a quantia exata.

— Cavalos? — perguntou Tristan pouco mais de um minuto depois.

— Hunf! Detesto cavalos. Cavalos, aves e você, Peituda. Sempre que te sigo, me ferro.

Pelo meio sorriso a piada foi meio apreciada.

— Soam como cavalos pesados. — Jupita se reposicionou, vinham pelo lado contrário ao eco.

— Ou estão carregados, orelhuda. — Morgrinald percebeu que diminuíram o ritmo e abriram em duas filas em seta. Realmente eram militares e fizeram isto pouco antes de ficarem à vista de todos.

Tristan ficou ainda mais contente ao reconhecer a insígnia do rei nas vestes dos cavaleiros. Então pôs sua mão no ombro da elfa e passou à frente do anão.

— Alto! — ordenou a capitã à companhia e ao trio a frente impôs sem demora. — O que há aqui? Respondam em nome do rei!

— Sou Tristan, emissário da esperança, cavaleiro da misericórdia e lorde da justiça. Estou aqui em missão.

— Sabemos quem é, senhor Ivanov — debochou July.

— E quanto a esses? — Ellan olhou de soslaio rapidamente para os lados e julgou serem os únicos ali.

— Capitã, sou Morgrinald do sangue de Keldorn, do clã dos que carregam a estigma de Martelos de combate. — O experiente anão respondeu olhando-a diretamente e sem desviar o olhar, embora com cuidado de não parecer prepotente.

— Reconhece minha patente? Admirável.

— E tu? — perguntou a elfa.

— Discípula de Darkay de Almokaryr, apenas uma elfa... Por acaso são enviados do rei para ajudar a resolver a questão dos sumiços?

— O mais próximo disso — respondeu prontamente Stan.

— Stan — falou Ellan sem olhar.

Ele a ignorou e continuou a falar:

— Uma elfa roubou o cavalo da Capitã e se enfiou nesta mata. Sabe alguma coisa sobre isso?

— Na verdade... — bradou só para interrompê-lo e voltou a falar em tom mais ameno tentando polidamente corrigir o capitão Hanverovich — Nós a perdemos na trilha, sem uma confirmação de sua identidade, mas possuía sim semelhanças étnicas.

Ellan tinha receio do que uma acusação sem provas claras contra um povo assim tão nobre e antigo viesse a causar.

— Logicamente saltou a pé com seu comparsa. — Stan mirou o anão para dizer.

Morgrinald deu um passo na direção do humano inquisidor:

— Tá querendo dizer algo, grandalhão?

— Stan! — Dessa vez Ellan impostou a voz. — Ajude July com os cavalos, façam-nos se refrescar.

Seu comportamento foi inadequado, tinha de respeitar a autoridade, tinha de respeitá-la. No momento certo quando tudo isso acabasse comunicaria a seus superiores e isso o reteria por alguns dias.

— Por favor, perdoe o acalorado oficial Hanverovich, nem fez um dia que encontramos vítimas de um massacre.

O capitão continuou encarando os suspeitos, impassível e quando passou em direção da água o anão o provocou com um tom pouco mais baixo, embora ainda audível:

— Dois capitães em um só pelotão. A estrutura tá diferente hoje em dia. Mas diz aí Capitã do capitão. Massacre é?

Stan deu de ombros. Preferiu isso a matá-lo na frente de todos. Era essa a lei diante da ofensa direta. Tinha o direito moral de fazê-lo.

— Os coitados foram emboscados na estrada na noite de ontem.

— Viajantes de noite? — indagou Morgrinald para si embora alto demais.

— Talvez pouco antes do dia despontar. O vilarejo de Miller está imerso em terror.

— Então o vilarejo está sem ajuda desde quando saímos? — Jupita desacreditava no descaso dos nobres. Sartre tinha razão.

— Não posso responder por algo que desconheço elfa. Então, são os aventureiros contratados. E quanto ao outro elfo e a mulher?

— Para que mais um orelhudo se tem a mim, soldada oficial? — respondeu rapidamente, antevendo qualquer cena da elfa.

— Pois bem. Está certo. — Pela expressão traída no rosto da elfa, certamente ambos estavam mortos. — Anão Morgrinald, conhecemos a bravura de seu clã, pois um dos seus viveu um bom tempo com o bisavô do rei. Seus feitos em conjunto são lendários. Desculpe pela falta de modos. A minha direita está Lucrécia, Nery, Endoli. Refrescando os cavalos temos July, os recrutas Edgar e Lico. E montado o falante Capitão Hanverovich. E eu sou a Capitã Ellan, fui nomeada recentemente para conduzir uma ronda nessas paragens.

— Soldados? Aventureiros? Agora que foi feito o protocolo de apresentação, sigam-me — disse Tristan, já em seu cavalo e antes de qualquer palavra ou interrupção disparou à frente do grupo.

Tristan Ivanov cavalgava com dificuldade por conta de um furúnculo no traseiro. O que lhe salvava de dores mais terríveis foi a ideia de almofadar duplamente a sela com sua roupa de combate. Na verdade, nem era uma feita para combates. Era só um peitoril de couro com estopa costurada por dentro e cheia de pulgas.

Na noite anterior a lavou e deixou secar na forquilha acima da fogueira até que a madeira podre cedeu lançando-a nas chamas. Acordou em pânico com a fumaça, esvaziou o saco de mantimentos e surrou a veste até apagar. O saco ficou destruído e a veste acolchoada agora só servia para isso. Para acolchoar a sela. Pela manhã foi acordado por animaizinhos pequenos e barulhentos que lhe roubava as frutas e a carne seca que antes estavam no saco. Sem alternativa, usou o que sobrou do saco para produzir uma linha de pesca, e com o traseiro dolorido teve de ficar deitado e justamente para não pegar no sono de novo, prendeu a linha no dedão.

— Daí vem o enorme e maldito peixe e quase o arranca. O que lhe faltava acontecer? — Tristan era do tipo que falava sozinho em todas as oportunidades. — Prefiro pensar que os deuses impõem tais adversidades, tal conspiração, somente aos escolhidos.

Deu uma olhadela rápida para trás e vendo ainda estar isolado prosseguiu discutindo consigo:

— A rede de acontecimentos está ligada para produzir esse momento. Devido ao furúnculo, eu cavalgaria pouco e por pouco tempo. Resultado? Tive de parar. As pulgas fizeram eu tirar o traje que usei direto por bem menos de um mês e meio. E mesmo queimado serve de amparo a terrível dor nas nádegas. Por doar as mudas de roupas no vilarejo pude saber da maldita vampira. E hoje com o traje de missa, os deuses viram que minha causa era firme e assim me presentearam com campeões divinos de duas ilustres raças e um pelotão de soldados do rei. — Sem perceber foi diminuindo a marcha. — Só o sinal do peixe me arrastando que eu não captei, então devo calar-me a fim de contemplar a verdade desse sinal e de repente ser iluminado com o conhecimento.

No ocaso já na outra extremidade do lago, os militares se dividiram nas tarefas ao montarem o acampamento.

— Recrutas? Comigo. Você também, elfa. Vamos buscar comida.

Jupita viu nisso a oportunidade de continuar a rastrear o paradeiro da amiga e os seguiu sem restrições.

Morgrinald tinha dormido por demais no "tédio voador". Definitivamente barcos de qualquer tamanho ou finalidade eram desagradáveis, tediosos demais por isso só simulou o sono. Se os soldados fossem espertos mesmo pegariam a corsa curiosa que rondava ali próximo para o desjejum embora com a elfa as chances aumentavam. O anão puxou discretamente o cordão preso ao pescoço, abriu o fecho do pequeno apetrecho e cheirou um pouco da terra de sua amada terra, o seu mais precioso tesouro. Contudo, o passeio por sua memória foi curto, pois Tristan num sobressalto simplesmente se ergueu e saiu. Talvez buscasse comida, ou, mais provavelmente, procurasse se aliviar na margem do lago. Morgrinald sempre... Eternamente desconfiado, o seguiu. Em poucos minutos descobriu que o atrapalhado queria só livrar-se do desjejum anterior, o seu andar de pernas apertadas e os sons grosseiros de corneta revelavam isso.

E como o neto de Keldorn jamais em vida seria vigia de cagão resolveu seguir um pouco mais adiante, e se entreteve vendo o formato e a cor das pedras e checava sua dureza pisando fortemente em cima delas. Também sentia o cheiro do tipo de solo, um vício de sua raça. Sempre à procura de riquezas. Fungou reclamando de si sobre este hábito, e na soma de suas observações tomou o rumo norte até onde um aglomerado de rochas à margem da água parecia vigiar seu avanço ou retrocesso. Morgrinald adorava rochas. Era um dos poucos anões capazes de ler a idade e precisar sua formação. Aquelas escuras e arredondadas tinham amostras interessantes e resolveu subir e rodear-se de pedras duras, pois dava-lhe uma sensação boa e saudosa de uma época mais mansa e inocente. Ali naquela paz poderia revisar suas metas e estabelecer as prioridades imediatas. Dali o brilho metálico do Sol na água do lago tornava a coisa toda realmente estupenda, podia visualizar a todos no acampamento claramente, um observatório privilegiado, estratégico até. Os soldados que procuraram por lenha já tinham voltado ao acampamento. Então sentiu nos pés desnudos algo mais...

Algo incrível e realmente enorme se ergueu do lodo do fundo do lago, e o fez de modo lento e agonizante como a morte por velhice dos anões. Ramos verdes compridos revelaram cabeças que se moviam no ar tais quais caniços na água. Pela pressão exercida no barro do fundo do lago, algo alto, mais que sobrados e menos que muralhas de fortes. Uma que exibia ora ou outra os dentes semelhantes a espinheiros e pescoços longos unidos por um único bloco lodoso e que se deslocava diretamente para o acampamento.

Subitamente uma densa revoada de morcegos passou por ele e sujou o céu, uma massa grossa e barulhenta que dava vida a fala delirante do moribundo Dominescu:

"Asas negras infestam a manhã, dentes deslizam sobre a água…"

— Merda. — Morgrinald pulou do alto das pedras e corre pela trilha — Corre, padre! Mexe essa bunda.

Lentamente o tufo podre e pesado, a ilhota móvel e pulsante, derramou mais sangue nas próprias veias tão logo o rabo longo findado em remo impulsionou à frente o corpanzil de dois terços de tonelada. O desejo por algo de comer lhe era vibrante, intenso. Um bando a beira d'água. Serviria. Sendo assim preparou o ardil escondendo suas muitas cabeças e bocarras no turvo lago. A experiente movia-se um pouco por vez. Seus potentes músculos acostumados com o peso da água faziam da inércia uma ferramenta de fácil empuxo ou freio. A corrente vertia para cá e lá sem perceber sua impotência diante do titã da água. Duas cabeças curiosas emergiram seus olhos, a fome era a mesma, dividiam o mesmo estômago, mas o instinto individual, e por tal, imprevisíveis. Então as nadadeiras provocaram um leve espasmo na superfície ao frear. Uma de suas futuras vítimas olhava para o lago. Rapidamente ela fechou os olhos inibindo assim o divisar do perigo e a oportunidade de fuga. A distância do bote nem era a correta, devorou os metros com imensa calma, a presa que vigiava a água desistiu da atenção ao perigo provindo de um lago tão calmo, um erro comum dessa espécie. A fera avançou, a fome mordia dolorosamente. Nenhuma das bocarras pensava em adiar o banquete, há meses sem comer e a quantidade desses espécimes bípedes a vacilar na beira do lago era incomum.

Espécimes desse bando berravam de um ponto diferente Sali, berravam em seu linguajar vibrante. Um idioma difícil, contudo, já ouvira coisas semelhantes e por isso devia se apressar. O sangue frio recebeu uma nova explosão de adrenalina, as veias reabriram e os músculos se aqueceram num instante com isto outros metros mais foram devorados. Glotes estalavam, línguas apreensivas por sugar vidas até dos ossos chicoteavam docilmente o ar para saborear o odor das presas e nisso sibilavam.

No acampamento, aos poucos, a preguiça foi deixando o corpo de Nery. Já Endoli iniciava um extenso e escandaloso espreguiçar fazendo Lucrécia estremecer e acordar no susto.

July era a única que apenas abriu os olhos com o tumulto e os resmungos hostis de Lucrécia. July virou-se, apoiou os braços a nuca e observava as nuvens, as quais pareciam padecer da mesma preguiça. Uma dessas alvas senhoras se esticou, rasgou-se e produziu novas formas até ser atropelada pelas demais. Com isso seus cacos foram assimilados por nuvens mais dispostas em caminhar as bandas do céu. Por todo o lado ouvia-se a balbúrdia insetívora, coral de grilos, um senado populoso de reclamantes, de optantes e absolutamente ocultos em seus próprios cantos e domínios.

Endoli de repente correu nu de forma tola espirrando água para os lados. Lucrécia que já se lavava se encolheu fugindo do banho gélido e repentino. Logo Endoli, o pato nu e depenado, mergulhou de barriga.

— Nem precisava se esforçar para ser ridícula sua patética e infantil — falou-lhe a ranzinza Lucrécia. — Que acha? Que está numa épica e fantasiosa aventura, você está no exército minha filha, exército.

Ao invés de responder, Endoli simplesmente emergiu com pés, umbigo e boca à vista e cuspindo a água longe enquanto boiava. Lucrécia deixou escapar um sorriso e não resistiu:

— Figurinha escrota.

E dito isso chutou água, abrindo um leque até o rosto de Endoli. Em seguida pulou em cima do tolo.

Na margem July se perdeu no mar de sons, os grilos a transportava à memória de um ano antes. Época de pés descalços, barriga magra, ossuda, e com as mãos sangrando de tanto cortar cana. Deitava no monte abatido, admirando o céu assim como agora e os pássaros na árvore chorona anunciavam o final do dia. De repente sentou alerta. Havia algo errado.

— Nossa… Que cochilo. Melhor dizer torpor. Nada ouvi para acordar. A que horas nos encontramos da manhã? — perguntou Nery, ainda de cara amassada e lerda de sono.

Manhã! Essa era a questão. Era manhã!

July ergueu-se como um suricate e vigiava a todo o lado.

— A natureza chama-lhe, não é jovem? Tome. — Nery estendeu-lhe um tecido roto. — Evite sempre as folhas largas e levemente crespas, a minha bunda ficou irritada há dias atr…

— Quieta!

— Desculpe… Não quis lhe envergonhar.

De repente, do lado oposto a Lucrécia e Endoli, que brincavam inocentes de afogar um ao outro, um cardume de peixes mínimos saltou e fugiu para longe. Os grilos se calaram. De súbito reparou num tufo de raízes e sementes germinadas avançando passo a passo.

Infelizmente longe dali, Morgrinald e Tristan corriam pela margem, saltando por cima de pedras e bancos de areia e continuavam a correr. Vendo a inutilidade disso, Morgrinald reduziu a corrida pois além de suas pernas curtas em nada ajudarem, a terra ali era mole. Ele se afastou da margem e voltou a correr pelo meio do mato.

— Por aqui, seu merda — gritou a Tristan que prontamente atendeu. — Por aí tem lama movediça. E vai logo, você vai chegar primeiro. Avise-os!

Tristan bem mais leve que o blindado anão de pés desnudos desapareceu entre os caniços e capins altos, claro que ele podia perder-se, mas dane-se, ele que se concentrasse nisso. O anão tinha de lembrar o que fazer nesse tipo de situação, pois ele em si não se recordava de sequer ter ferido um ser como aquele no passado. As criaturas do povo da Água não eram inimigas de seu povo e tampouco eram amigas. A neutralidade gerava um afastamento natural a ambos os povos e por isso… gerava o perigoso desconhecimento. Nem sabia ao certo se era realmente um ser da Água ou um monstro nadando nela.

— Lucrécia, Endoli! Fora d'água! — gritou July diante do perigo que se aproximava.

— Que? — indagou Endoli com cabelos nos olhos.

O tufo aumentou a partir do centro e em seu esparramar, lama e visco correram por uma camada lisa, semi opaca, de um cinza esverdeado que ao se abrir revelou uma pupila.

— Porra! — falou entredentes o frustrado neto de Keldorn. Enquanto pensava aquilo continuava sua investida. Mesmo se aquilo fosse um ser pensante, inexistiam garantias com o diálogo. Nesse sentido estava rendido.

A fera rodeava com suas cabeças os soldados na água. E agora gritavam terrificados pela cruel surpresa. Óbvio que gritavam pensava o anão. A bocarra de um monstro daquele porte e tão próximo de seu estômago era perturbadora o suficiente pra tal.

— Pensa seu idiota, pensa. — Morgrinald agredia a fronte com murros tentando se concentrar. Tinha de ser frio, analisar rápido e agir. Até naquela distância, no entanto, percebeu outras três cabeças emergindo do lodo e esguichavam água e vapor — Se for um espécime pensante, um ser da Água, negociaria a passagem segura dos cercados?

Ouvindo os gritos na água Nery correu para sua espada e ao se virar uma gosma a atingiu com força fazendo-a rolar e agora gemia inconsciente.

O anão tentava avaliar o que melhor seria. Se essa julgasse por si só merecedora de beliscar fundo nas carnes dos idiotas na água, nada tinha a fazer, já cercara as presas, refeição servida à mesa. Havia, no entanto, se a coisa se julgasse superior, suprema e merecedora de agrados existiria alguma esperança.

No entanto, o turbilhão de desespero dentro e fora da roda de pescoços e cabeças causava uma excitação extra e desnecessária. Sabia que isso lhe dava uma penalidade enorme, afinal, tropeços e berros delimitaram a área e os demais imersos no desespero fugiriam ou atacariam. A indecisão imobilizava e era uma vantagem útil apenas para predador "multicéfalo". Endoli, cercado pelo gigantesco corpanzil, foi derrubado e antes de recuperar-se, uma das cabeças sugou suas pernas. Enquanto gritava de horror e dor, uma nova abocanhada desta chegou até seu estômago. Os olhos lascivos da fera ficaram semicerrados em contorções oculares de pura volúpia. A maldita prolongaria aquilo a fim de apreciar o gosto da carne, a ferruginosidade do sangue.

Nesse ponto o terror dissipou. July pegou a faca de ponta curva cravada na beira da fogueira moribunda. Só cabia a ela fazer algo e o temor era bem menor do que a responsabilidade de fazêlo. Tinha de resgatar o corpo moribundo da bocarra. July sentiu o sangue ferver enquanto correu, porém, uma das cabeças que vigiava contorceu agilmente o pescoço e num réptil movimento de chicote sobre a água acertou July e a arremessou produzindo um leque d'água até ela parar na margem.

July levantou-se com as mãos no estômago e recuou. Não dava para resgatá-los...

Para a criatura, a outra carne cercada exalava um cheiro de medo terrificado e tal odor atiçava ainda mais a volúpia do grupo de cabeças. Duas delas, aliás, as mais próximas e interessadas correram o olhar entre si. Num impulso desferem um quase duplo golpe. No puxar a carne e ossos partiram fácil, como lama rija lançada em solo duro, o estalar de nervos tal fossem talos de agrião. Uma terceira mandíbula sorriu com a sobra carnuda e mastigou com lenta e depravada educação. A vigia migrou a atenção para o meio do banquete e, num gesto bravo, cabeceou o pescoço de outra e sibilou guturalmente para ela. Elas brigaram rapidamente e essa última aceitou a rendição do posto da vigilância. Ainda com o antebraço exposto da vítima, com uma expressão boba de saciedade, rolou com a língua o pedaço preso com os dentes e o mastigou novamente.

July, na margem, vomitava febrilmente e agora lutava contra o desmaio. Tentava se arrastar, contudo, o refluxo e a dor superavam qualquer ação.

De súbito, uma sombra lenta se aproximava pela margem e quando se aproximou da besta, uma de suas feias cabeças rosnou por odiar aquilo no ar.

No céu, vinha Jupita em baixa e constante velocidade, a impressionante figura mirou a fera com ares de desafio. Solene majestosa e, sobretudo, segura de seus poderes e deveres para com a humanidade.

Do solo até as mãos dessa representante do augusto povo do Ar, via-se filetes claros de ar rodopiante, num rastro leve atrás de si. E, logo acima de todos, nuvens densas e imensas foram se acumulando e escurecendo. Trombando como se respondessem obedientes ao corpo da elfa, que nesse ínterim revelava mesmo durante o dia um brilho extenso e azulado.

No solo passadas altas foram ouvidas e um grito acompanhava e na medida em que aumentava a corrida o grito virou um xingo longo, uma indignação contundente. O capitão Stanislaw Hanverovich correu para a fogueira e chutou com violência o alto da pilha incendiada. Cacos, fuligem e fogo voaram à frente num leque curto e essa saraivada de fragmentos de madeira incandescida e madeira carbonizada surpreendeu e aterrorizou a monstra multicéfala.

— Fogo? — Stan sorriu, pegou sem demora três varas com chamas e num giro as arremessou contra a besta.

Os projéteis irregulares acertaram o corpo semidevorado e a cabeça que o mastigava e a faz recua num espasmo de terror. No entanto, as madeiras na água se apagaram.

Stanislaw Hanverovich, o homem ousado e ensandecido, não desistiu. Munido de duas achas de lenha em brasa começou a girá-las belamente sobre si em raios ora concêntricos, ora expansivos e avançou andando contra a inimiga. As rotações ofensivas-defensivas fizeram as brasas se transformarem em chamas. Sua ambidestria garantia nos giros magníficos e cadenciados riscas longas de fogo.

Na mente da besta, coisas se passaram e um tremor se aproximava. Era inevitável que se afastasse. Fogo nunca foi amigo da Água e matam-se com frequência. Seria essa a sua vez de morrer? Não. Não por um fogo tão fraco. Embora recuar fosse o certo a fazer, um ardil eficaz a carne confiante que agora já pisava em água. Recuar e trazê-lo passo a passo para a morte. Porém, o rodopiar do humano provocava nas chamas um prazer perceptível, e as labaredas começavam a dar cambalhotas leves, livres de seu eixo. Isso significava algo e ela a Mãe d'água, a fera réptil percebia, mas isto pouco ou nada importava? Em breve o amigo do fogo rechearia seu estômago. O tolo de braços poderosos deu passadas firmes, inconsciente de sua hábil farsa. Inconsciente como todos, exceto aquela bípede voadora. Tinha de ser mais rápida, afogar os que podia e fugir com eles para depois saboreá-los com calma.

No ar uma única nuvem em algum lugar bem acima da elfa, da filha do vento, crescia furiosa. O choque com outras nuvens no caminho produzia um som bruto.

A Mãe d'água pressentiu que o tempo para a fuga minguava, contudo, a instintiva fome insistia para a besta arriscar mais. Só mais um pouco enquanto o humano ousado vinha a ela… ele irá perecer. De repente, ela sentiu uma vibração vinda do solo abaixo d'água. Existia outro como ela de raça antiga e por senti-lo ali apesar da água tinha um poder brutal. Um guardião? Porém onde? Com este agora o perigo era real e ela teria meros instantes para a fuga e menos ainda para um bote. Seu recuar apressado engrandeceu a valentia do humano com o fogo e, com essa pompa, portanto, ficou muito mais descuidado. Estava fácil para uma de suas consciências, uma de suas cabeças conscientes, mas ela agora tremia. O humano não estava afundando mais… o solo levantou-se afastando a água e suas passadas ficaram mais firmes. Resultado da ação de um Ser ligado à Imutável, à odiosa Terra.

O peso da Mãe d'água na margem em meio a seu recuar provocaria valas, buracos para se tropeçar, para ficar rendido, vulnerável. E nada disso ocorreu. No lugar das valas, dos buracos, um terreno plano e regular como se seu peso fosse negado na areia lodosa. Sem que o ignóbil humano soubesse ele tinha o apoio de um dos antigos ou de um guardião. De repente, o humano que manejava o fogo correu agressivamente numa explosão muscular impressionante. Em suas passadas atrevidas sobre seu corpo atingiu uma de suas cabeças pensantes. A outra perdeu a consciência quando foi atingida e presa por uma pesada árvore que caiu vindo da margem lateral, inibindo parcialmente o movimento. Nisto uma segunda chama a acertou, fazendo-a gritar e perdendo assim uma segunda cabeça. O humano venceu uma de suas consciências. Não tinha tempo para represálias. Recuar e livrar-se da consciência presa debaixo do tronco era necessário antes que…

Uma carga luminosa atravessou o tronco e alvejou brutalmente seus músculos e então ouviu o trovão… A maldita do Ar evocou a tempestade e agora a madeira tombada queimava de dentro para fora. Tinha de liquefazer a cabeça presa, livrar-se antes de condenar a todo o corpo. A amiga Água tremia, denunciando a chegada do ser oculto e antigo na margem em um ponto pouco distante dos humanos. A pressa e o medo ajudaram a liquefazer a consciência morta, no entanto, o humano continuava a querer golpeá-la e mesmo sendo pouco presente o fogo, tais golpes machucavam. Por um reflexo uma das consciências o cabeceou lançando seu corpo para cima do tronco caído. Ótimo! Assim a maldita do Ar e o oculto agressor não poderiam detê-la. Se outro raio acertar o tronco torrará o humano. Pelo peso na madeira sobre a água, a fera percebeu que o indivíduo que insistia em seu anonimato iria se revelar. Mas ela vencera...

De súbito, foi atingida por uma saraivada inquietante de pedrinhas que mais irritavam que feriam. Não dava para medir o grau de experiência ou idade desse atrevido escondido. Era um alerta. No entanto, um que podia ser ignorado, pois o humano caído era seu. Daí uma segunda e terceira saraivada se destinando quase que aos mesmos pontos onde triscadas no grosso couro de repente passaram a ralar e rasgar. Todos os olhos, todas as suas cabeças não o captavam. Este derrubou a árvore e mais nada se for um guardião agia estranhamente para um. Normalmente tendiam a exibir uma parcela de seu poder, só usando o poder sobre um de seus dois elementos. Em seguida faria sua entrada marcante, uma estratégia padrão de intimidação. Se o segundo elemento fosse a Água será que já teria agido? Pensamentos demais, tinha de se concentrar. Ter muitas consciências por vezes gerava esse conflito.

No chão o limo foi revirado. À terra, tolamente, prendia uma de suas patas e ela se livrava, enquanto a outra era presa. Isso fez a Mãe d'água definir. O que agia de longe provinha certamente do ventre da imutável Terra e era apenas um incômodo, um estorvo. Deveria, portanto, se concentrar na bípede voadora, pois se ordenasse que um novo raio descesse este talvez fosse bem mais do que um aviso. Então veio uma nova saraivada de pedras a atingia e por não ter braços usou o pescoço longo de uma de suas cabeças para escudar a já ralada e machucada região do abdome. Enquanto isso, uma de suas potentes nadadeiras foi detida no solo ao forçar sua liberdade uma e repentina larga vala se abriu atrás de si que ajudou ainda mais no tropeço. No desequilíbrio. O oculto agia de modo incrivelmente eficiente. Mas era estranho, era cego? O humano estava caído ali à vista de todos... Nítido... Bem acima, em destaque! Seria este ser da Terra uma vítima do demônio da loucura que a ninguém poupava? Um dos membros da reles humanidade rendido, indefeso, bem no meio do combate e por nenhum momento houve recuo para protege-lo. Péssimo... Péssimo duplamente, grotesco demais, pensava a lagarta bestial. Seja quem for que estiver oculto na margem esquece seu papel como protetor. O corpo desmaiado do humano pendia quase caindo do tronco para as pedras agora reveladas pela água rasa. Certamente ossos seriam quebrados, e parecia desinteressado. Ele queria lutar, desejava seu sangue.

De súbito a hidra sentiu novamente o peso da madeira n'água e a magnífica força do louco oculto se mostrava. O tronco caído de quase vinte metros foi empurrado contra seu corpo, a galhada densa a espetou em vários lugares e todos os seus olhos se fecharam com a dor.

A força desprendida nesse esforço pelo agressor oculto sequer lhe roubou um som. Se a árvore estava ou não com as raízes presas no solo pouco importava. Finalmente a trama foi revelada. Não era só um dos seres antigos, e sim um mestre de seu elemento. Sem dúvida era seu elemento e sendo; ou não um guardião este era definitivamente experiente no combate.

No tronco o humano estava a um fio do chão. Seu corpo desfalecido deslizava molemente pela superfície nodosa do caule, mas de repente foi sustentado incrivelmente pelas chamas que eclodiam do tronco. O humano de braços poderosos, o tolo confiante, agora inconsciente foi amparado e acariciado pelas chamas, sem que estas o queimassem. Na verdade, aparentavam até gostar dele e com seu levantar repentino as labaredas se ergueram. A Mãe d'água, somente ela parecia identificar o perigo disso, e por tal se afastou usando a tração e velocidade superior que detém na água, e na imersão a fuga tornou-se completa.

Sabe que quase morrera...

Quase se tornara inexistente, todavia foi bem-sucedida com duas refeições. A fera distanciou-se, agora livre e, sobretudo, ciente de que o maior perigo de todos nem era o Guardião mestre da Imutável Terra ou a fortíssima voadora, mas sim quem ou melhor, o que com eles estão. Ver e saber do perigo que corriam com este "inflamável ser" fizeram suas cabeças sorrirem e rirem com malícia e malvadeza.

INÍCIO DO FIM

Assim que retornou ao acampamento em meio a chuva que começava notou o tronco da imensa árvore caída sobre a água e em chamas. O capitão vidrado no fogo no tronco, parecia passado, por isso em um instante o coração de Ellan acelerou imaginando Endoli e Lucrécia com seus corpos presos ou esmagados por debaixo do tronco, porém, inexistiam sinais disso.

Entre a árvore e a água, a elfa de braços cruzados mirava o horizonte e quando uma de suas orelhas se mexeu ela girou o tronco e a encarou com desinteresse. Obviamente caiu por conta de um raio, dado o trovão que ouviu na mata antes da elfa sair correndo de volta ao acampamento.

— Reportem! O que houve aqui? Por que Lucrécia e Endoli levaram os cavalos? — em seguida Ellan pousou a mão no ombro do oficial Stanislaw — Você está bem?

Stan revivia a batalha na mente, e olhar para o fogo parecia que avivava mais esta memória. Ao ouvir a pergunta idiota da capitã ficou ainda mais consternado. E a chama no tronco parecia acompanhar sua indignação. Afinal, metade da equipe dizimada por um monstro lendário. Uma fera mítica de dentes e couraça bem reais. O que responderia a ela que nada presenciou daquela insanidade? A chuva lavava todas as provas de embate e os corpos das amigas de trabalho desaparecidas para sempre. Aquilo a Stan era um caminho sem volta. Quem iria crer? Nem os que sobreviveram, nem eles acreditavam na aterradora verdade. O "fato" cheio de dentes e cabeçorras que devoravam carne veio sorrateiro pelo lago. O que sentiu perto da morte frente a titã multicéfala, frente a hidra beirava o impossível e atropelava os limites do ódio. Com essa ira na garganta, seus olhos queimavam e assim nada via. Pela lógica a dor que sentia no corpo foi pelo forte golpe e pela queda sofrida logo depois. A garganta e os olhos afetados pela fumaça e o resto era...

— Oficial? Como se sente? — insistiu Ellan.

— Eu estou bem. — Foi tudo o que respondeu.

— Ei, Peituda! Que houve aqui? — perguntou o anão, chegando arfante, como se os pulmões fossem saltar fora do peito.

O homem de roupas sacerdotais tremia, Morgrinald sem se aguentar o atacou:

— As coisas poderiam ter sido melhores se o padreco não tivesse se perdido. O máximo que o idiota fez depois de levantar a batina e mostrar os gambitos tortos foi correr feito um lagarto de perna arreganhada.

— Saiba o senhor que desde moço…

—… de moça! — corrigiu o anão com sarcasmo.

— Desde cedo sempre corri bem.

— Correu de qualquer um, né, seu…

— Oooolha o respeito.

— Respeito? Sabe o significado ou só a pronúncia?

— Ao menos corro bem melhor que o senhor com essas…

— Essas o que? — Estava claro que Tristan falaria das pernas curtas do anão, contudo deixar a laringe projetar tal afronta seria suicídio, e calar-se nesses casos seria deixar que imaginasse o fim de sua frase, algo igualmente prejudicial à saúde. Por isso continuou — Peças de armadura. Sim, isso aí. O senhor nunca pensa em tirá-las?

— O padreco correndo daquele jeito foi hilário, uma gracinha! Como se estivesse cagado na tanga.

Tristan cruzou os braços e emburrou tal como uma criança desdenhosa:

— Meu nobre amigo, não creio ser esta a razão por que ficaste para trás. — Com isso ele ergueu o joelho e balançou a perna, enquanto olhava para perna grossa, porém bem curta do anão.

— Escuta aqui, ô filhote de intestino, você se perdeu no caminho de volta. Um idiota que nem sabe voltar sobre as próprias pegadas!

— Então por que me seguiu?

— Segui? — Morgrinald indagou rápido e com desdém.

— Se um tolo faz o caminho, quem o segue faz o que de si?

— Ok. Tá na hora de uma massagem craniana — ofendido o anão estalou alto os nódulos dos dedos, mas num relance percebeu a elfa cambaleando. — Jupita?

A elfa caiu com lerdeza, e o neto de Keldorn apoiou com a mão a nuca da valente embora ela sequer alcançou o chão, pois flutuava passivamente.

— Acabou? — balbuciou ela distante.

Talvez estivesse falando com o guia dos moribundos antes de... Mesmo que estivesse falando com outro, Morgrinald com o brilho da amargura em seus olhos de ônix respondeu lentamente:

— Sim.

Desfalecida em meio ao ar, com exceção as vestes uma luminescência azulada cobria-lhe a pele. Onde o contraste desse brilho com a derme provocava cores curiosas, mas a situação ao anão despertava outras perguntas. Indagações interrompidas pela visível flutuação. Uma brisa leve passou por todos e seguidas de caóticas lufadas de vento.

— Jupita! Não! — Morgrinald estava desesperado, como há muito tempo não se sentia. A elfa sem controle sobre si possivelmente e por conta do pouco peso seria arremessada por seu próprio poder para o alto e a queda faria o resto. Por isto saltou sobre ela esperando que a densidade de seu corpo a segurasse. E os soldados por não saberem o que esperar daquela situação imitaram o anão, no entanto era incrível a capacidade dela de carregar pesos sem abalar a altura de sua flutuação.

A poucos metros deles, o neto de Keldorn via algo mais que desdém no capitão, porém, subitamente este jogou uma corda sobre eles.

— Prendam-na. — A voz imperativa dele foi suficiente para os soldados o obedecer sem pestanejar. Enquanto acatavam sua ordem o capitão atou a outra ponta da corda numa árvore.

Enquanto isso, alheia à cena, July trazia a manta que ficava entre a sela e o dorso do cavalo e depunha sobre Nery que ardia em febre, após passar um pano úmido para limpar-lhe o rosto da gosma. Aquilo era o máximo a fazer, desconhecia sobre antídotos para venenos tampouco possuía fé suficiente para que uma simples prece sua surtisse o efeito de um milagre. Então com a mão na testa da amiga deitou os olhos sobre o acampamento. A estrangeira estava em situação semelhante à de Nery, entretanto, a atenção que dispendiam a ela era absurda. No entanto resolveu não discutir, pois um bom soldado cuidava dos feridos após a batalha independente de status ou lado da batalha. Abriu passagem entre eles com os ombros, então reparou sua estranha flutuação e a corda em sua cintura e sem demora colocou outra manta seca sobre ela. E curiosamente talvez pelo conforto ou pelo peso extra o corpo da elfa baixou ao solo.

— Que há com ela?

— Idade. Apenas idade. — Na verdade um jeito dos anões dizer quando alguém estava morrendo.

A capitã Ellan deslocou-se do grupo e mirava o lago e os pássaros a plainar. Seja o que for que aconteceu foi sem seu testemunho. Levar a elfa consigo para caçar foi a forma discreta de separar o grupo encontrado e interrogá-la discretamente. Como Hanverovich não notou o simples estratagema? Ela agiu conforme o protocolo. Dividir para controlar. Todo o aspirante a oficial recebia esta instrução. Para ele foi até mais fácil, simplesmente podia entrar como aspirante. Para ela, por ser mulher regrediam em um nível. Para endurecer a alma diziam. Seja como for, os dias de recruta foram duros e no geral teve sorte de subir tão rápido. Obviamente fez por onde, tanto para ganhar como para manter a liderança. Em seu entendimento o ato de liderar era mais que só mandar como faziam outros era um complexo eneagrama composto de egos. E enfrentar egos tão diversos talvez fosse o maior de todos os desafios e passar por cima disso seria ignorar essa oportunidade. Contudo, como lidar com alguém tão intenso e sensível como o Capitão Hanverovich? Sem ofender sua honra e sem diminuir sua legítima autoridade? Afinal estavam em níveis hierárquicos idênticos e separados somente por uma ordem direta do alto comando. Ellan comandaria.

E agora pela falta de respostas as suas perguntas concluía que July e o Capitão foram coniventes tanto com o ferimento de Nery como com a deserção dos soldados Endoli e Lucrécia. Os desertores levaram os cavalos para que não os seguissem, portanto, o trajeto de volta seria longo. Tinham consigo um civil e dois membros de raças estrangeiras, portanto questionar impor e punir seria além de uma quebra de decoro militar, um ato deselegante.

— Desarmem o acampamento, sairemos imediatamente. — Ellan falou alto e todos anuíram silenciosamente. Foi até o capitão. — Capitão Stanislaw Hanverovich, cadê os demais?

Então o que diria Stan? Apenas ele sabia que não fora seu chute que apagou a fogueira tampouco a leve garoa. Foi a passagem da elfa. Só podia ser. Stan lembrava-se ainda com angústia da falta de ar respirável, a areia e o barro fino da margem rodopiando. A fêmea da raça dos Aéreos tinha o poder das lendas citadas pelos antigos. E do nada percebeu que tinha um ódio incontrolável por ela, por sua atitude e até por sua existência. Algo tão grande quanto o ódio à Mãe d'água. Eventos demais e a mente girava incerta e receosa. Preferiu só dizer:

— Se foram.

— Para onde, para quê e a mando de quem? — Provocar jamais fora seu tipo de atitude, mas Ellan acreditava que ali funcionaria com o ego inflado do capitão.

— Eu não estava no comando. — Um ódio crescente ia lhe tomando. Ao pensar nisso, sentia beirar o descontrole, sentia o sangue ainda a ferver, e subitamente dominou essa sensação.

— Que disse? Melhor: que quer dizer com isso?

— Já o disse. — Stan adivinhou as próximas perguntas e se antecipou esquadrinhando o lugar com a visão na procura das possíveis marcas da batalha, porém a chuva atraída pela elfa lavava todas as provas.

— Agora chega, senhor — a voz de Ellan subiu um tom — És um militar e de patente cabe a ti a disciplina no cumprimento de seu dever. Se fomos designados na mesma ronda, desacredito ser apenas para nos digladiarmos!

July comprimia os lábios sem conseguir piscar. Parecia ter enlouquecido. Ela podia revelar a companheira de farda o triste destino de Endoli e Lucrécia nas bocarras daquele monstro, contudo tentava manter sua sanidade. A sua respiração curta e alta, por conta do pavor e com a voz trêmula e apagada tentou lhes falar:

— Nery precisa de cuidados… Foi envenenada.

— Por quem, em nome do rei? Tem implicações nisso?

A memória vívida da fera de múltiplas cabeças fez a pele de Stan arder com ódio.

— De algum modo? Sim. — Se Stan não tivesse seguido em segredo Ellan e a elfa a qual achava ser a ladra e ter alguma função no assassínio daquele velho teria acordado no meio da noite para checar a vigília e estariam de pé antes da alvorada.

— July? Peço a sua versão! Cansei-me das reticências. Foi deserção?

O ato da deserção era um crime capital, se capturados seriam enfocados sem direito a defesa e não foi isso, no entanto July nada viu, só tinha certeza da morte, pois ouviu os berros, o som de ossos partindo e o som de morte. Nada disso soou como normal foram mortos porque a equipe dividiu-se, fragmentando sua força e se os oficiais são os responsáveis por seus comandados, eles também teriam de ser. Culpa deles por se interessarem mais em ficar se encarando, se desafiando e o ato de comandar fora postergado, ignorado. July decidiu-se e falaria sobre isto, no entanto, Stan se adiantou e falou:

— As implicações cabem tão somente às patentes de chefia. Seja o que for, a soldada está isenta.

Tal defesa pelo capitão surpreendeu July. No entanto, a pobre Nery contorcia-se vitimada pelo insano encontro por isso manteve seu parecer. Alguém pagará por Nery e pelos demais. E seguramente a deserção impunha mais peso e veracidade do que o ataque de uma coisa do lago. Seria tratada como louca, ou pior, cúmplice de deserção e até de assassinato e ocultação de cadáveres.

— A culpa residirá no senhor capitão! — disparou Ellan cansada da quietude de todos.

— Senhora?

— Da não observância do regulamento. — Ellan cruzou os braços nas costas e completou — Ao formar acampamento sem delimitar o perímetro...

—... Saíste para tal!

Ele estava certo. Por baixo da face neutra de Ellan, o estômago lhe esmurrava de nervoso e o neste nervosismo formulava frases inadequadas. Ela lutou muito para obter a farda e depois pelo posto. A deserção de metade dos soldados a seu comando geraria problemas e desdobramentos dos quais nem sequer queria considerar. Agora deixaria de lado a política, manteria a autoridade a si concedida:

— Que importa? Acha que o isenta de suas responsabilidades? Enquanto eu delimitava a segurança do perímetro, deveria gerir a feitoria da fogueira e...

— E foi efetuado.

Stan tinha de respeitá-la, e se evitasse essa discussão idiota seria como deitar a bandeira. Por isso a partir dali seria mais enfática e rígida em sua postura por isso disse:

— O fato é que não deveria ter nos seguido.

— Segui uma suspeita. — Ele não tinha se esquecido da cavaleira ladra, associava ainda a Jupita e buscava provas.

— Uma estrangeira — corrigiu.

— Isto também.

— Ofende o protocolo da hospitalidade com nações vizinhas.

— Discordo respeitosamente.

Ellan fez uma pausa. As palavras e a discussão pareciam voltar ao controle. A razão agora despontava então deixou que concluísse.

— Oficial ou civil tem o dever cívico e sobretudo moral de manter-se atento quanto a delitos e crimes.

— E onde quer chegar? Diga de uma vez.

Stan sequer baixou o olhar, sentia-se intimamente aturdido com o descontrole de suas faculdades mentais. Infelizmente a capitã e líder dessa ronda acreditava que suas ações fossem apenas soberba, e acabou se calando.

— Não? Ótimo. Conversaremos então na presença de nossos superiores. Só quero saber... — chegou bem perto do capitão e prosseguiu em baixo tom. — O anão e a elfa possuem implicações no que houve?

Era nítido. A capitã mantinha o protocolo de cordialidade e respeito aos estrangeiros e indivíduos de outros mundos, mesmo quando beirou o pleno descontrole. Ou meramente a colega de farda ainda lembrava do roubo do cavalo, portanto um modo sutil de admitir que tinha lá suas dúvidas. Isso de certo modo o tranquilizou. Os olhos de Stanislaw Hanverovich sorriram e logo meneou a cabeça numa lenta negativa.

— Senhor Morgrinald? O que sabe?

Morgrinald perguntava-se por quanto tempo estariam vivos. Ele não tinha certeza, mas pelo jeito o muco lançado pela Mãe d'água paralisa e enlouquece. Talvez, a soldada de pé esteja na quase paralisia e a outra caída já no segundo estágio do envenenamento. Lembrou-se de Sartre e do ofício dele.

— Sinto capitã, sei tanto quanto vocês. Além disso, perdão, mas… — Morgrinald fez uma pausa e tendo certeza de ser ouvido prosseguiu num grito — Calem-se! — Com a ponta dos dedos nas têmporas falou sem mais reservas. — Putas que os pariu! Olhem a volta, querem uma auditoria de responsabilidades? Ok. Registrem as informações enquanto cuidamos dos vivos, dos presentes.

— Concordo — comentou Stan.

— Uma maneira fácil de se esquivar — tripudiou Ellan irritada com a repentina e falsa passividade do oficial.

Para Morgrinald esses soldadinhos inexperientes morreriam na primeira semana de um campo de batalha como não havia ordem tentou estabelecer ao menos um pouco de senso:

— Ouçam, cambada! Depois vocês brincam de quem tem o dedo médio maior. Por enquanto o meu é o maior. — E o mostrou numa séria provocação. — Existe um curandeiro competente no vilarejo perto daqui, diga que Morgrinald os mandou.

O anão duvidava que citar a si tivesse algum efeito positivo em Sartre. O importante era retirar para longe esses inocentes. A hidra era como a maré, mesmo no aviso ela voltaria. Deu as costas a eles, a Peituda poderia levar dias para se restabelecer e fungou se divertindo com o pensamento e acabou murmurando:

— Elfos e eu, não é que o lenhador tinha razão.

Morgrinald do Sangue de Keldorn, assim como todos os de seu clã, jamais desrespeitou uma promessa por mais demorada ou longa que seja. Prometeu então cumpriria.

A capitã tinha em mãos uma decisão difícil. Levar as feridas e deixar os suspeitos? Nunca. No entanto, agora se os levassem e eles fossem bandidos se tornar vítimas pois só haveria ela, o capitão Hanverovich e July para conter o anão já que dos recrutas pouco ou nada poderia esperar. Ellan torcia o pomo da espada na bainha tentando assim manter o rosto plácido. Estar em uma posição de comando implicava em tomar decisões difíceis sujeitas a falha completa, um engano passível de riso e vergonha, e igualmente, num outro prisma, resultantes na satisfação e glória de ter cumprido seu papel. Heróis ou vilões? E estes pesos gêmeos brincavam na gangorra e a dúvida lhe cozinhava o cérebro.

— Capitã? Tenho algo a dizer. Tem uma entrada para um prédio soterrado aqui perto. — Morgrinald apontou com a cabeça a direção, e em silêncio a sua voz interior dizia; bem ali onde encontrei a carcaça podre do dragão e bem ali onde a decidi enterrar. — Tem boas chances de ser um covil e talvez naquele lugar...

— Senhores, sua atenção é mais necessária que o quer que estejam fazendo — foi o que disse Tristan se intrometendo voltando sabe-se lá de onde. O cômico personagem agora com um caminhar de nariz arrebitado estava envolto em pompa e certeza inabaláveis. Algo entre orgulho de si e orgulho apenas de si. Por um instante, todos se esqueceram do que discutiam e com o que amargavam seus corações — Enquanto caminhava dentre as matas desse inferno verde, solicitei muito à santa protetora dos caminhos, a patrona da boa sorte, e por minha dedicada oração ofereceu-me guiar esse pobre pecador à entrada do covil da vampira que assola o vilarejo.

Sem saber, Tristan apontou para a mesma direção em que Morgrinald havia dito instantes antes.

Na verdade, nada sua descoberta nada tinha de coincidências santas ou milagres. Tristan tinha urgência em encontrar um lugar para se libertar do que comeu no dia anterior por isso sumiu no raiar do dia... Seu estômago jamais foi dos melhores e seu intestino idem. Bastava qualquer coisa com a mais leve acidez para fazê-lo sofrer por dias com dores que o impediam de sentar e, portanto, de cavalgar. Ciente de que poderia haver dor e sons infelizes resolveu fazer aquilo longe. Quando achou uma fenda larga deu uma rápida olhada e constatado a possível profundidade achou que seria perfeito para defecar, pois nem precisaria enterrar suas fezes. Ficou de cócoras, ergueu a batina até antes de mostrar suas vergonhas e quando começou, forçou para terminar mais rápido. "Sai desse corpo que não te pertence", ele dizia com ênfase e esperança de se livrar em uma só cagada do mal-estar. No entanto, o som normalmente horrível dos gases foi aumentado por um inesperado eco vindo da fenda na terra. Um leve susto que o ajudou a acelerar o que já começara. Contudo, os sons normalmente graves e sonoros foram sobrepostos por guinchos agudos. Então, surpreso, mergulhou a cabeça mais entre as pernas e do buraco de terra uma revoada de morcegos se ergueu, fazendo-o pular de um lado a outro, principalmente para se livrar de um ou mais que adentraram na batina.

— Padre, do que fala? — Ellan precisava ter certeza.

— Encontrei o covil da fera.

Morgrinald não havia prestado atenção na aproximação do padre, mas dizer que desconhecia sua presença era demais impreciso e errado, o anão reconheceu o padrão de suas passadas. O tolo pendia o peso do corpo mais para um lado, talvez nem saiba de seu desvio de coluna causado pelo pisar espalmado e para fora. Logo, ele percebeu sua presença, nada que pisasse o chão escaparia da percepção de membros de sua espécie, por isso sempre que podia andava descalço. Até porque era incapaz de se afastar do solo por muito tempo tanto pelo amor a seu elemento quanto pelas velhas superstições de seu povo sobre a perda dessa conexão o matar. Portanto o patife do padre esperava só sua deixa. Esperava o momento para entrar em cena com todo o brilho do herói que tanto lutava em mostrar ser. O anão podia desmentir isso, entretanto, desvendar essa fraude implicaria em dar provas e revelar mais de si do que gostaria. Ali não era o momento de apresentar seu verdadeiro eu.

DEVANEIOS OU PREMONIÇÃO?

Tarson sorria à frente de si, o beijava e ao invés de sentir o cheiro de seu hálito e de sua pele apenas cores sutis a serem vistas. Ela flutuava novamente para fora do barco. Estava se despedindo de Tarson, de novo. Dos tripulantes e discretamente do "Ser" antigo abrigado no bojo da embarcação que fazia a embarcação voar. De repente ela se distanciava sem se mover, via claramente o barco se afastando e mergulhando de costas para o interior de uma caverna, só um furo no alto identificava o céu e de repente nada. Ouvia apenas seu coração, tentou falar, gritar e nenhum som saía da boca e de repente duas crianças se chocaram com suas costas. As crianças passaram rindo e se foram no escuro. De súbito, o todo mudou e não estavam mais na caverna e sim em algum local com relva baixa e as crianças de antes se agarravam e lutavam entre si, rindo e choramingando bobagens e meninices.

Outra sensação veio, seu coração batia alto, e ecos desconexos dessa batida vieram. Jupita estava pasma, pois a visão era de uma irrealidade tão grande quanto era possível. Então ela despertou sorrindo e perplexa.

— Filhos? — indagou numa voz fraca sem projeção.

Tudo era torto e girava levemente, uma dor leve, mas que fraquejava seus movimentos. Com certeza desmaiou e por pouco tempo. Do chão ouviu as últimas palavras do homem chamado Tristan.

— Encontrei o covil da fera.

— Capitã! Peço permissão para levar... — July por um segundo estremeceu com ódio; desejava falar um monte de coisas e no lugar disso apenas continuou. — Estou levando, em meu nome e com minha responsabilidade, uma pobre ferida assim que encontrar os cavalos.

— Soldada July?

— Anão? — E justamente ele foi que decidiu interrompê-la, o que reforçava ainda mais a descompostura dos capitães; deviam tentar entender o que houve, sobretudo, com a ausência dos demais enquanto ministravam os cuidados dos feridos.

— Foram para oeste e depois norte. Eles ainda correm, jamais os alcançaram com sua velocidade.

— Esperado. Animais tendem a migrar para o local em que acreditam estar seguros. Eles são do vilarejo próximo, certamente os encontrarei lá.

Tristan controlou-se, ela acabou de roubar-lhe uma boa cena. July sempre foi assim, insuportavelmente assim, só agora lembrou-se dela de quando era pequeno e ela mais suja de terra. Talentosa e esperta. Por outro lado, achou bom que se mandou assim brilharia sozinho.

— Ok. Ok. É hora de salvarmos o que há de certo a salvar. A nação depende de nós.

— Senhor Tristan, nós ainda temos que tentar encontrar os soldados Endoli e Lucrécia...

— Capitã, a meu ver, obviamente foram atrás das bestas de carga.

— Como pode ter certeza?

O cavaleiro da esperança coçou o alto da cabeça, e tirou de lá algum inseto ou piolho que o incomodava. E voltou a fazer isso, enquanto respondia:

— Eu os vi.

Morgrinald prensou suas grossas sobrancelhas, pois a resposta tinha uma coincidência curiosa, o idiota falava dos insetos em seus dedos, mas para a Capitã a resposta foi suficiente para impedir um novo interrogatório com o insondável e bizarro capitão.

— Guie-nos, cidadão Tristan. Partilhe conosco seu sucesso.

— Negativo, capitã. A elfa aqui não tem condições. — Stan relutava, pois lembrava-se do que prometeu ao velho moribundo, iria pegar a maldita apaixonada pelo roubo e assassinato brutal. Apesar da elfa ter corrido para socorrer a tropa da abjeta marinha ainda havia o possível crime do roubo do cavalo concorrendo contra sua índole. Queria mesmo era ficar por perto.

— Deixe que eu diga isso. — Assim de repente, Jupita estava de pé — Mal súbito. Seguiremos.

Aos olhos de Stan, sua rápida recuperação era só um novo motivo para manter a vigilância sobre os estrangeiros. Seres como estes, descendentes de elementais eram diferentes, porém, seriam tanto assim? De repente, o padre deu dois tapinhas em seu ombro e o abusado caminhou à frente do grupo com peito estufado de orgulho e pompa.

Morgrinald fungou, mas seguiu. Novamente impelido a fazer coisas sobre as quais ninguém perguntou sua opinião. De qualquer forma ele agiria conforme prometeu a Dominescu. E aquele prédio soterrado parecia ser o centro e início de toda aquela tragédia. Em sua caminhada intrigava-se na verdade com outra coisa. Com o súbito levante da elfa. Ao pararem no local onde o falante Tristan ia começar alguma dramática história de como a encontrou, Morgrinald examinou a fenda, sobretudo aquilo que estava à volta do buraco. Ficou possesso de imediato. As pegadas na beira da fenda e as demais marcas de corpo rolando pelo chão denunciaram claramente. Mentiras... E mentiras. Esse foi o ponto que o safado parou na saída dele na madrugada. Descobrindo isso cutucou Tristan com o cotovelo e sorriu estranhamente. Ele agora sabia de seu segredinho. Do segredinho sórdido e fedido. Morgrinald, porém, perscrutou a escura fenda e com um chute fez uma grande pedra cair e alargar a borda permitindo assim acompanhar a pedra rolando pesada e estrondosamente pelos degraus naturais. Rapidamente uma nova revoada de morcegos se projetou para fora e enquanto os demais se protegiam e o corajoso cavaleiro da esperança se jogava ao chão fechando apressado qualquer vão de tecido de sua batina e com o olhar de quem prendia a respiração num mergulho causou no anão uma gargalhada incontrolável. Assim, enquanto ria, descia pela fenda como quem voltava ao lar, seguido por Jupita.

Os demais se acumularam ao redor da fenda num misto de medo e curiosidade. Passos atrás, Ellan observava. Para ela o buraco era a menor das charadas, pois ainda pensava no episódio anterior e a probabilidade contundente. Seria realmente a figura que furtou atrevidamente o cavalo, uma mulher? Eram seios ou um amontoado de roupas? Um rosto feminino? Talvez, pois bastava lembrar de Lucrécia e perceber essa fisionomia homem-mulher. Com tantos "ses", tinha de eleger outro. E, se fosse uma mulher e essa uma da raça dos elfos, seria essa Jupita? Todavia, indo pelo prisma do engano, se a figura nada tiver de feminino podia suspeitar de Tristan, o qual, aliás, em nenhum momento deixou claro para qual religião ou divindades convergiam suas orações.

Contudo, todas as possibilidades esbarravam em territórios inóspitos. Acusar um indivíduo de outra nação e sobretudo um de outra raça causaria no mínimo um desconforto a seus superiores, principalmente se aquela que se identificou como Jupita ocupar algum cargo, possuir status ou notoriedade entre os seus. E a acusação de Morgrinald por conta do envolvimento de anões no passado do Grande Império baixaria também a moral da legião do reino. Isso sem esquecer-se do terceiro indivíduo encontrado, o missionário Tristan que se acusado incitaria devotos a confrontar qualquer soldado do reino.

De todo o modo chegava-se a este "se maior". E se nenhum deles estivesse envolvimentos no roubo do cavalo e fossem quem dizem ser? Os instintos de Ellan lutavam com a razão pela primazia. Enquanto isso decidiu investigar à entrada do possível covil onde possivelmente as feras envolvidas no massacre estariam. E por pensar neste episódio concentrou-se no capitão. Ele ficava cada vez mais bizarro. Seria o resultado da visão do assassinato daqueles coitados da caravana? Tinha ouvido no passado sobre isso. A realidade da morte era forte e esmagadora a certas mentes.

Afinal, como compreender o ceifar de tantas vidas? Itens de certa valia, um saco de moedas aberto com suas peças refletindo a luz num brilho visível intocados e a comida, a julgar pelos restos, foi tocada somente pelos bichos. Seria o que o moribundo disse a Stan que o atormentava? Por que daria tanta importância à opinião de um quase morto? Prometeu, no alto da situação, e agora estava preso a miragem e delírio de um moribundo, a chamada pelos velhos de "a febre dos mortos". Ou era frustração? O capitão Stanislaw Hanverovich era um daqueles tipos orgulhosos e desejosos por combate. Uma ideia infantil que ainda o prendia.

Na mente de Ellan questões e questões diante de poucas respostas; e dessas poucas baseadas em suposições a partir de meias-respostas, da leitura da face do capitão e de suas especulações. O arrogante silêncio dele sobre o que presenciou no acampamento e a posterior escolha de palavras. Um ignorante em todos os sentidos. Pelo comportamento e por desconhecer a pretensão de deserção de Endoli e Lucrécia. Ellan estava com dó de Nery, aquela doença, ou seja, o que for roubava-lhe a vivacidade e pensamentos, agia como uma tola. E July também passou muito mal. O melhor seria sem dúvida alguma deixa-la levar Nery ao curandeiro do vilarejo. July viveu na mata tempo suficiente para rastrear com facilidade o caminho de volta e ao encontrar o Cabo Irving, ele procederia de modo adequado ao protocolo. Então cabia investigar um pouco mais... Tinha chances de que o conjunto fosse parte de algo maior. Tal pensamento lhe arrepiava a nuca.

Pensando tanto assim, nem se deu conta de que os civis foram os primeiros a adentrar de todo o modo melhor que fossem eles mesmos... Caso houvesse alguma armadilha ou o prédio todo fosse um ardil teriam tempo de recuar e longe dali se restabelecer e conseguir reforços.

— Capitão Hanverovich? — o interrompeu num sobressalto a este que já ia entrando — Ficará na retaguarda para garantir a integridade do perímetro.

A capitã Ellan ajustou a altura da cinta da espada, enquanto passava por ele.

— Desnecessário. O...

— Ficará — enfatizou sem baixar ou subir o tom e fitando-o diretamente completou em baixo e insinuante tom — Sei que ao menos essa simples ordem é capaz de acatar.

Era isso e pronto. O que mais diria? Estava indignada com a deserção de duas da equipe. Tinha também uma capenga levando uma doente e um oficial querendo brincar de herói.

PENUMBRA

Sempre quando se chega num lugar como aquele o misto entre medo e curiosidade era um crescente. Uma torrente inevitável de perguntas que só e talvez só com a exploração poderiam ser mais esclarecidas. Na medida em que desciam aqueles largos degraus viram um animal imenso e sem definição clara jazendo em seu sepulcro. Pararam um pouco e improvisaram archotes de madeira em tiras de pano e as embeberam em gordura animal. Usando a pederneira um dos recrutas acendeu seu archote e partilhou a chama com os demais. Na medida que aquele lugar esquecido era iluminado revelou, em meio ao ar velho e empoeirado, móveis tomados de fungos, cogumelos e insetos rastejantes que os devoravam por dentro. Aquele mundo mudo mostrou-se elegante, embora decadente tanto pelo peso do tempo como pela falta de cuidado dos descendentes dos construtores, ou seja, sem manutenção ou melhorias. Suspeitas medrosas alargavam a boca e batiam em corações loucos para pular longe e fugir gritando. Apenas a elfa, o anão e a capitã mantinham-se plácidos. Tristan segurava o queixo para que os dentes parassem de tremer e seu medo foi facilmente absorvido pelos recrutas.

Uma armação metálica cascuda e semicircular no chão deu a impressão de que em algum dia perdido no passado fora um imponente candelabro. A julgar pelas portas caídas para dentro, supunha-se que foram por conta de um arrombamento ou a podridão nos batentes. A sombra e a leve umidade abaixo desses escombros proporcionavam um habitat ímpar para insetos e seres rastejantes.

Diante da visão de tão ricos itens o temor que amarrava as pernas ossudas do missionário foi ferozmente vencido pela entusiástica sede de tesouros. Esquadrinhou com pressa e cobiça o local e os corredores, porém, encontrou apenas muros caídos e entulho em becos íngremes e sem saída.

De repente, no meio de um promissor corredor com tapeçarias e quinquilharias dependuradas nas paredes, um ruído baixo e singular cresceu em um instante, uma placa longa do piso cedeu, caindo com todos que estavam ali para um andar abaixo.

— Vocês estão bem? — O coração da capitã gritava na garganta.

— Sim, estou bem — afirmou Tristan.

Os recrutas debruçaram seus rostos infantis e surpresos para o andar inferior.

— O padreco quis dizer que está preocupado com todos nós e já verificou nossa droga de saúde.

Tristan apenas levantou uma das sobrancelhas, plenamente indignado com o anão.

— Certo. Ouçam — a capitã tentou transmitir tranquilidade. — Não temos cordas, teremos de dar a volta nos encontrem nas escadas.

— Droga, era uma armadilha! — exclamou Jupita.

— Não — corrigiu Morgrinald — Tudo aqui é velho, o peso deve ter feito isso.

— Acredito na elfa! Esta é uma armadilha feita pela maligna criatura.

— Vamos andando — disse Jupita em tom neutro, pensando na amiga e sem se admirar em nada com a maneira de falar do missionário. Não pode ser Osíris, no fundo ela sabia.

De repente cinco corpos pútridos, semidestruídos, gemeram alto e avançaram contra os exploradores. A garganta de Tristan travou. No entanto, quando os mortos-vivos se depararam com o anão, inexplicavelmente aparentaram entrar em desespero e logo iniciaram uma lenta fuga. Antes que Morgrinald cortasse e desmantelasse o último, Tristan deu um grito curto e rápido:

— Não.

— Hein, que foi? Molhou a fralda, padreco? — Quando Morgrinald virou percebeu que o morto-vivo já estava longe da luz do archote e não queria correr atrás daquela coisa. Sentiu a mão do padreco estapeando o ombro e assim deu-lhe passagem, a face tinha aquela expressão feia de medo.

Então, o melodramático missionário ergueu a frente seu archote tal fosse a mais sagrada das espadas e declamou aos berros:

— Vá, criatura maligna, avise a sua mestra. Essa insanidade deve acabar.

— Lá se vai a surpresa. — O anão rolou os olhos. — Cala a boca, seu merda de bata.

— Não se aflija, amigo…

— Pronto, agora acha que é um amigo.

— A inimiga da justiça jamais verá a si própria vitoriosa — completou Tristan ignorando o anão.

— A si própria? A si própria? O imbecil nem a própria língua sabe falar direito.

— A esperança e a justiça são um só idioma. Um só desejo no coração dos…

— Desejo que cale a boca! — Morgrinald achava que ele devia ter um acidente com os dentes.

— Como espera que reaja contra a mestra dessas criaturas? Essa serva maléfica de tudo que não presta.

— Padre se contenha! — Jupita tentava ouvir adiante e com eles era impossível.

— Como espera que contenha minha divina inspiração? — indagou Tristan.

— Inspira meu peido! — Com isso, o anão soltou um desagradável e barulhento.

— Aarght! Até o fim dessa missão irei converter-te. Verá a verdade quando estivermos face a face contra o pilar dos dez sabores de gente de bem.

— Dez sabores? Dissabores! Ai, merda! Esse aqui tá pior que o falecido Hellsing.

— Quando determos essa mestra do mal…

— Detivermos — corrigiu Morgrinald já mordendo um dedo — Elfa, posso bater na cara dele?

Em resposta a isso, Jupita girou o corpo e lançou velozmente o archote no morto-vivo que quase conseguir fugir no final do extenso corredor. Tanto pela potência como pelo trespassar cabeça e tronco separaram-se ao cair no chão. Decapitado, os movimentos do morto-vivo cessaram de vez. Feito isso virou para o padre e disse entredentes:

— Guarde de uma vez. Não há uma mestra, ouviu?

Ambos ficaram em rígido silêncio. Morgrinald sorriu maldosamente satisfeito, e Tristan engoliu em seco concordando.

— Ótimo!

Entre o cansativo ziguezague dos corredores chegaram à escadaria. Na parede escrita em quatro idiomas uma única frase.

"Quem quer que sejas tu volta ou aceite a morte em vida."

A escada era estreita e impedia uma descida rápida, os degraus de pedras e uma grossa massa de alvenaria assemelham-se na distância à teia de uma aranha. Ao fim da descida uma luz suave murmurante de um archote com sua estopa quase no fim, abaixo uma cavidade alta sem nada dentro. A frente, sons estranhos antecipavam um perigo desconhecido, então, uma lufada repentina de vento passou por esses e apagou de vez a tocha moribunda.

Em poucos instantes Tristan a reacendeu com sua pederneira e retendo o archote em suas mãos disse com olhos arregalados cheios de uma loucura só dele:

— Ouçam, o som do mal.

Morgrinald aproveitou a proximidade e o socou no rim calando o exagerado. Claro que além da diversão do ato, queria ouvir e distinguir melhor o ruído e de um instalo falou:

— O som aumentou. Ô merda. Parece ser a engrenagem metálica de algum mecanismo.

— Armadilhas? — Sussurrou Tristan cheio de dor.

— Seria possível neste lugar abandonado? Você mesmo falou que…— Jupita indagou descrente e logo interrompeu-se e recuou para o corredor lateral de onde vinha o som.

Naquele instante Jupita estava dividida em relação a Osíris, queria reencontrar a amiga, mas não queria dar de frente com o monstro que se tornou. Lutava firmemente contra este segundo pensamento, uma vez que os aldeões lhes deram apenas descrições repletas de medo, de ignorância, e de medo gerado por ignorância. Pessoas comuns tendiam sempre a fantasiar, elevar qualquer problema ao status de monstros antigos e demônios. Por isto escolhera se aventurar. Desmistificar mitos e ajudar pessoas comuns.

Sem dúvida, o som vinha de uma entrada no meio deste corredor bem de onde vinha a luminosidade bruxuleante a elfa parou com a espada em riste e de costas contra a parede e com um gesto os dois atrás de si atenderam parando. Espalmou a mão livre, fechou um dedo, outro, claramente uma contagem regressiva, o anão aguardou puxando levemente Tristan para trás e este atendeu sem reservas ou falatórios.

Então, a discípula de Darkay, em um hábil movimento giratório saltou passando a entrada e escorou de costas na parede oposta boquiaberta. Tudo foi num instante, mal pode ver, mas o que viu foi o bastante. O local era um antigo quarto e de costas para a porta estava um enorme animal largo como um touro de pasto e com dorso couraçado, marrom e debruçado sobre um corpo. Suas lágrimas insistiam em sair e embaçar a visão. Com as pálpebras esmagou o sumo salgado e de olhos fechados veio o acendimento da memória:

— Osíris...

Então, resoluta, lançou-se para dentro do quarto longo de muitas camas. O barulho de sua entrada alertou o monstro que ao virar sua cabeçorra avermelhada deixou claro que era o barulho de suas fantásticas e proeminentes mandíbulas mastigando um braço de brilho metálico.

— Osíris! — ela gritou em desespero e atacou a criatura com sua espada.

—Jupita, não! — gritou o anão, tentando impedi-la, assim que viu com quem e o que estava lidando.

O animal acuado revidou com um golpe certeiro de cauda, arremessando a elfa para uma das camas e com o impacto parou no chão após um rodopio.

O animal fugiu e Morgrinald apenas lhe garantiu passagem, mantendo os demais afastados.

— Viu o que fez, anão? — gritou Jupita enquanto corria por cima das camas — Tem pedras no lugar do cérebro? Idiota, você o deixou escapar.

— O coitado estava apenas com fome — falou de braços estirados para bloquear a passagem.

— Com fome? — Jupita o encarou puxando-o por uma trança de sua barba.

— Metal. Vê? — Sem notar Morgrinald segurou firme a espada dela pela lâmina sem que o cortasse e afastou de seu peito — Ele é dócil.

Aquilo ao chão, mastigado e espedaçado, eram apenas os restos da estátua de metal de um soldado, assim sendo, conteve-se para não o seguir.

No olhar confuso dela para a estátua, a expressão de quem luta contra o desespero. Morgrinald sabia como era. E essa confusão temporária a fez sentar-se na cama próxima de si com a espada ainda em mãos, pronta para a luta, mas logo o braço caiu e a lâmina tocou o chão desgastado de pedra. Então repentinamente o neto de Keldorn lhe dirigiu a palavra:

— Desculpas. Era isso que a orelhuda ia pedir?

— Dê um tempo a ela — falou Tristan com ar entristecido — Você veio aqui por sua vontade.

— Hunf! Tá apaixonado, é? — Morgrinald controlou a vontade de estourá-lo.

— Pensei que era Osíris… — a elfa entrelaçava os dedos com tristeza.

— O animal é dócil, Peituda e ele nunca foi daqui.

— Como sabe? — Jupita já tinha ideias.

— Sei.

— Como assim?

— Sei. Só isso!

— Agora afirmações ou negativas são insuficientes! — ela gritou golpeando a cama e saindo dela no mesmo instante.

O eco passou a ser a marca óbvia do limite entre emoção e razão. Morgrinald, do mais honroso clã que já existiu, percebeu sua tolice. Segredos demais podiam afastar problemas e gerar outros, bem piores. Já viu a loucura de perto e não queria estar sozinho novamente.

— Certo. Ele não é desse mundo.

— Então de onde é? Da Lua, do mundo dos demônios, do mundo de fantasia de um livro infantil? De onde, Morgrinald? Fala! — inquiriu Jupita.

— Já estive no mundo de onde ele veio. Quando a idade vem e as crianças não brincam mais com seus jogos, minha raça obriga que viajem para o interior da terra, nas profundezas das cavernas e abismos, onde o fogo luta para sair.

— Lava! — sussurrou Jupita ainda bem próxima de seu rosto. — Na ilha; por isso sabia tanto sobre o vulcão de lá...

— Morto. O grande rochedo foi formado por um vulcão muito maior.

— Que história é essa?

Morgrinald ouviu a pergunta do idiota de bata e deu de ombros. Apenas se sentou no que restou de cama a seu lado e continuou a relatar:

— A tradição pede que tragam consigo a pedra mais quente, o fogo mais quente e ao retornar são chamados de adultos.

— Uma tradição. — A voz de Jupita não conseguia ser mais alta que um sussurro.

— A merda é que algumas crianças encaravam isso como jogo. Por isso, umas demoram bem mais do que as outras para voltar.

— Tradição? — A elfa guardou a espada. — Crianças caminhando sozinhas para dentro de abismos?

— Nunca! Os velhos eram mandados com eles, assim podiam ouvir as histórias de nosso povo e ter alguém para preveni-los dos excessos. Das molequices.

— Bobagens do demô... — com brutalidade, Jupita chutou a porta contra o nariz do incauto missionário que se calou.

Por debaixo da grossa barba, Morgrinald esboçou um sorriso de canto de boca, mas o peso de sua própria história novamente lhe roubou o humor.

— Keldorn, meu avô, era um dos muitos de minha linhagem a explorar o mundo. Esse negócio de viajar, encontrar outras coisas e lugares era uma mania. Não. Nossa mania! Como uma maldita sanguessuga que não larga da pele, nem da carne. Tive sorte dele, o meu avô, querer me levar. Ele dizia que eu estava mais preparado e Fulbor, filho único de minha tia, não. Quando desci na escuridão das minas da montanha em que nasci fiquei ansioso, fascinado como a porra de um garoto pode ficar. E sozinhos nas entranhas da montanha relatou sobre sua estada em uma terra fantástica. A pátria antiga.

O anão do clã dos Martelos de Combate, fez uma pausa, pegou seu martelo e lembrou. Nunca foi só uma arma de bom balanço e sim um item sagrado e cerimonial, Morgrinald prendeu com os dedos as narinas e depois coçou o bigode. A pausa era seu modo de inflar o peito e em si procurar a coragem de continuar, então num suspiro disse:

— Passei a procurar sozinho.

— E seu avô?

— Keldorn era velho demais e morreu no caminho. Tive vergonha, elfa. Vergonha de contar à família, por isso não voltei. Fiquei sozinho. No escuro... Sem Keldorn, sem família, sem conforto, sem nada.

Morgrinald cerrou as grossas sobrancelhas e a olhou com intensidade, a voz embargada custava a sair:

— Acabou a comida... depois a água... Fiquei fraco, doente dos pulmões.

Jupita não tinha como contradizê-lo, a verdade parecia escorrer para fora dos poros. E ela compreendia bem essa sensação de medo, de estar sozinho. Afinal ela própria perdeu Darkay, seu mestre e tutor, para a morte. No entanto, a vida lhe deu Tarson, mais que um companheiro de longa data, um amigo. Ela entendia o sentimento do anão de boca suja, mas jamais esteve solitária por tanto tempo. O que seria viver apenas com o próprio juízo a lhe fazer companhia? Percebendo que se dispersou, voltou a focar no que o anão de cabeça pesada e baixa dizia.

—... finalmente encontrei a passagem. Ali me fortaleci e conheci diversos tipos de criaturas, inclusive este. Acredite: o animal não é importante!

A porta que separava Tristan deles deslizou fora do batente e o padre falastrão lutava com ela em seu arrasto e passando pelo vão que conseguiu reabrir via-se que a bata e a face manchada pelo sangue de suas narinas e ao passar falou com seriedade:

— Tá. Entendi. O animal não é importante. Vamos continuar.

— Este não! — interrompeu o anão, muito havia de ser dito antes de prosseguir.

— Como? — perguntou Tristan com uma confusão emergente e nariz inchado.

— Jupita, se este animal encontrou a passagem entre os mundos, mais criaturas podem ter percorrido a passagem também.

— Você mesmo me disse que passou por ela.

— Passei pelo Guardião porque fazia parte do rito de meu próprio clã. Ele permitiu meu acesso mesmo sem alguém para me acompanhar.

— Então significa que a passagem foi rompida e o Guardião está longe ou simplesmente morto — propôs Jupita incerta.

— Ou quer dizer que alguém a abriu deste lado. — Morgrinald ergueu-se e o olhar se tornou sombrio ao concentrar-se no corredor. — Será que aquele som era o da passagem?

Tristan, no corredor ouvia sons nítidos de passos e metal. Ele engoliu em seco, a voz congelou na garganta, enquanto puxou sua maça respirou fundo. Sem tempo para hesitação, deu um berro e correu para cima dos malditos:

— Temei, malignos monstros, diante do estandarte da justiça!

Um rosto surgiu da escuridão e antes de outro movimento qualquer Tristan foi dominado e num giro duplo caiu ao chão. Uma tocha foi acesa e tudo à volta tornou-se um pouco mais definido.

— Tristan? E os demais?

— Capitã! Que alegria revê-la — falou com o pé dela em seu peito. Suspirando com alívio logo riu alto e velozmente July tapou a boca do incauto.

Logo atrás deles ouviram o ranger de uma porta. E com a luz da tocha identificaram o anão e a elfa.

— Faltam dois de vocês — reparou de imediato o experiente neto de Keldorn.

— Sim, ficaram à porta desse local. Caso falharmos eles têm suas ordens. — Na verdade os recrutas só sabiam tremer de medo então, quando deixaram escapar que eram do vilarejo próximo pediu a eles que levassem Nery ao renomado curandeiro local. Assim teria July consigo. E se não voltassem nos próximos dias o cabo Irving saberia como proceder.

A maça de Tristan brilhou e indicou em um feixe de luz o caminho a seguir.

— Por que não disse que tinha esse brinquedo? — perguntou July perplexa.

— Este? Os caminhos do bem e do mal sem...

— Cala a boca! — disse o anão empurrando-o contra a parede, então ele ouviu também.

Era uma voz entre masculina, feminina, nova ou só velha. O eco e a distância distorciam e indefiniam naquele mundo subterrâneo. A reação em cada um dos humanos foi ímpar. Para Ellan a beleza beirava o sublime. Para Tristan tal potência harmônica e melódica só poderia provir de uma capela ou átrio duma catedral. July ouvia uma confusa harmonia. Somente os antigos e os descendentes de raças antigas podiam ter um entendimento melhor do que era aquilo.

Jupita há algum tempo ouvia os baixos lamentos, queixas de dores e agonia. Segura de ser sua imaginação, afastou os ouvidos plenos para outros sons quaisquer. Preferia manter os ouvidos quase nulos, quase humanos, a fim de manter a sobriedade.

Já Morgrinald decidiu se afastar sorrateiramente com o uso de seus dotes únicos. Logo as paredes e ele eram um, ao mesclar-se no abdome da terra migrou para outro recanto e lá começou a pensar melhor sobre a morte do dragão. Na ocasião entendeu claramente o ciclo que aquilo permitia. Como, por exemplo, o pequeno festim com seu cadáver. Gênios e tolos chegariam mais cedo ou mais tarde à mesma conclusão... Se essa "festa" continuasse mais e mais oportunistas seriam atraídos pelo cheiro e o ciclo continuaria ganhando força e independência. Fêmeas bem alimentadas dão mais filhotes. Um número maior de filhotes crescidos significava territórios maiores de caça. O evento devastaria rapidamente o vilarejo do estimado Dominescu. Por isso usou a arma bendita para soterrar o cadáver inibir este tipo de futuro e só por isso encontrou a entrada para o subterrâneo isso o fez lembrar também dos dois corvos que abateu, com isso retirou os pássaros cobertos de lama enrijecida de dentro da armadura, arrancou-lhes as cabeças e patas e comeu o lanche pensando em silêncio no que faria agora. Aquilo era sério demais. Então aos poucos, como não fazia há anos, permaneceu parado, inerte o tanto quanto podia, evitando apenas a totalidade da imobilidade, como a superstição pedia e seu medo requeria. Isolado assim de todos, expandiu seus sentidos como só sua raça era capaz e por estar imerso na terra sentiu que havia bem mais naquele lugar do que a calma da terra, o rigor das pedras e as passagens aos comuns nas galerias.

Seria ali a nova tentativa de passagem? Como aquela do século passado? Pensou ele com sobriedade e terror. Realmente tinha muito a pensar.

O grupo sem perceberem o sumiço do carrancudo parceiro na retaguarda exploraram as passagens principais ignorando as reentrâncias que davam vazão a outros corredores. Assim chegaram a um grandioso salão iluminado pela incandescência de velas grossas, fabricadas com gordura e sebo de animais. E ali naquele recanto soterrado e abandonado, a uma boa distância do vilarejo veem pessoas ajoelhadas e em poses de adoração, dividindo o espaço das longas bancadas semeadas em linha. A voz ouvida antes agora era clara e cantava velhas rimas e o teto abobado escavado na rocha proporcionava uma reverberação majestosa. Os itens do ambiente como a mesa, relicário e candelabros, denotaram uma incrível e veneranda idade e excelente estado de conservação, metais ainda brilhavam e nenhum grão de pó nos móveis. Quando se aproximaram dos fiéis notaram os olhos virados e lábios roxos. Todos mortos e presos por grosseiras armações e mantidos em posição de oração, rezando numa cerimônia maldita. Horror maior, porém, estava no altar tabular, corpos içados por ganchos de metal presos à parede ainda gotejavam só então o insuportável fedor de morte alcançou os recém-chegados.

— Deuses, deuses, deuses! — ecoava Tristan com a voz trêmula.

— Calado, há algo mais aqui. — a capitã impôs, pois o tempo para delicadezas se foi. Ali era o covil de assassinos loucos. Imediatamente pensou na chacina da estrada estava tudo ligado.

— As vítimas da fome de Osíris! — o padre se benzia com sinais de várias religiões.

— Aqui também — falou July enquanto olhava para um cômodo ao lado em que corpos foram posicionados como se operassem coisas do cotidiano.

Tristan se aproximou de um dos coitados ao ouvir algo que parecia um murmúrio, quando examinou mais próximo os músculos da face morta se retraíram gerando um sorriso infante e sinistro.

— Aaaarght! — "o cavaleiro da esperança" se desesperava — Despertamos os mortos! Vejam!

— Espasmos pós-morte. — July já presenciou isso em animais abatidos mesmo depois de lhes arrancarem a pele.

Atrás de si, Jupita captou um leve movimento, e de repente na luz bruxuleante do local maldito surgiu a figura familiar de Osíris. A luz das tochas naquele ambiente fétido tornou seu olhar macabro... E vazio. Aquilo roubou-lhe ar da boca, a memória a lembrou da excitação no rosto dela quando o ferreiro falou dos ganchos de carne e agora era isso que via. Ganchos pendurando vítimas de uma insanidade. Enojada até com o que ia dizer, mas indignada demais disse:

— O ferreiro, os ganchos. A falta de uma capela. Foi um plano, não é? Você queria um templo para si e por que não este que é tão grande? Foi por isso que se interessou no papo do ferreiro. Achei que fosse apenas sexo. Aquilo lhe calhava bem, sua...

— Foram tolos em descer — interrompeu Osíris.

— Como pôde?

— Acaso esquece a quem sirvo?

O rosto a sua frente mal tinha uma expressão, divergia totalmente da velha Osíris.

Tristan se aproximou apelando:

— Posso curá-la. Deixar que sua alma seja salva do mal que lhe afli...

— Não é o deus da guerra, o amante da morte e marido da dor?

A expressão nula dela roubou os pensamentos do missionário. Um a um, eles se foram. Era fácil para os demais identificar, hipnotizado tal mariposa com a lamparina, nem perto, nem longe. A força das pernas o traíram e de joelhos caiu.

— Deve-se tolerar quem invade domínios de outrem? — A voz selvagem de Osíris era o prenúncio de uma nova chacina e o olhar parecia trespassar a todos.

— Ó agente do mal, confesse sua colaboração e se entregue à salvação. — Tristan podia sentir as pernas sendo meladas pela urina.

— Quer alguém para uma culpa? — perguntou melada de escárnio a clériga do deus da guerra — Então levo o título. Já que ninguém o quer...

A elfa, insensível a isso, revelou:

— Descobrimos já uma parte do mistério. Fora uma gangue de mercantes de escravos, que se aproveitavam de vagabundos e mendi...

— Jupita! Sou a mandante do sumiço das crianças...

— Como? — As palavras imobilizaram a elfa.

— Safardana! — Tristan estava encolhido e mesmo assim falava — Confessa então, espírito do mal?

— Cale-se. — com estonteante clareza, Jupita se recordou da total sutileza empregada, foi ela que os guiou até ao vilarejo e o acaso nada tinha a ver com isso.

— Sumiços? Vocês do Ar vivem tanto que por vezes devaneiam por dias e desse devaneio me aproveitei.

— Renegue...

O missionário foi interrompido com violência, sendo puxado e prensado na parede pela taciturna elfa. Feito isso voltou a encarar a antiga amiga.

— Novamente. E os sumiços?

— Um dos meus chegou semanas antes de mim, mas este lugar já tinha sua estrutura.

O que havia com Osíris? Que finalidade tinha tanto falatório? Ela não era assim... Nunca!

Inteligente, equilibrada e astuta. Era até estúpido aquilo... Confessar? Tal fosse um desses vilões de romances, de contos infantis.

Havia mais o quê? Um alerta? Alertar de quê? Do quê? Deixar que ela continuasse falando, conduzindo esse teatro estranho sem um texto que conhecesse era o único modo de entender e saber o que queria com um falatório tão idiota.

— Preferir, talvez seja mais sensato dizer. Preferi continuar a arrancar as crianças de suas casas, foi uma ideia… E bem válida… Haveria um apelo e nisso consistia toda a trama.

— Mentirosa! Cínica! A verdade é que queria um templo para si. Por todo o tempo!

— Mentirosa?

— O líder era fraco. Carismático, todavia, fraco. Seu afastamento ou sua morte sendo bem realizados faria do lugar um caos e do caos emergiria a revolta. Uma aldeia toda de guerreiros. O lugar, por ser um entreposto, o menor trajeto entre o Grande Império e o mar, já era essencial na diminuição de perdas de mercadorias. E…

— Com uma proteção bem paga… — interrompeu a elfa entrando no jogo — ouro e fama. A boa nova seria espalhada pela boca ativa dos comerciantes. Concordo, bem conveniente. O local cresceria com tamanha boa-venturança que seu canceroso rei divino seria o senhor de mais uma terra. Nobres procurariam os serviços de guerreiros especializados e apenas um vacilo seria o bastante para…

Os olhos da sacerdotisa brilharam e uma voz louca e amarga saiu de sua garganta:

— A guerra!

O DISCURSO SINCERO

— Da individualidade passamos a esquecer do coletivo, do nosso e é isto que clamo. Carreguem o que acharem necessário para efetuarmos a mudança. Em todos estes meses que passei fora, gastei em contemplação na busca de culpados. E descobri! E eles não estavam longe. Jamais estiveram...

Com estas palavras bem proferidas pelo sábio Sartre as famílias do vilarejo de Miller encheram-se de vontade e fúria. A união de tantos os faziam insuperáveis, generais de suas próprias almas. Nem dois instantes se passaram e a turba enérgica caminhava ora atrás, ora ao lado de Sartre; o líder e libertador.

Na marcha desfilaram à frente de suas casas erguidas com suor, dor e alegria. Entre elas, propriedades abandonadas e casas marcadas pelo luto. Olhavam para tudo, pensavam em tudo, e, sobretudo, na força dessa união. Entre eles, uma centena de histórias e dezenas mais deveriam ser contadas pelas crianças e adultos que sumiram. Lastimável... que sofrimento... Vidas abreviadas por mistérios e horrores. Um tipo de horror sem rosto e por isso tão forte, tão potente.

Mas ali naquele dia sua força seria tomada, aquele era o dia de lhe rasgar o véu. O mal será revelado! E eram tão terríveis e amargos os tormentos da perda que o peso da jornada na trilha de árvores caídas, rochas e arvoredos espinhosos nem foram sentidos. Com esse veneno nos músculos a trilha foi alargada e limpa facilmente.

Sartre, em uma reflexão não tão tardia ou fora de propósito, lembrou-se de Marin Bey, a santa. Mulher quieta e reservada. Independentemente do que fizera em seu passado. A santa sabia o que era esperança e jamais se renderia a qualquer sentimento diferente. No distanciamento de meses longe de seu povo a entendeu melhor. Ao invés de uma senhora humilde, bondosa, serene e focada em seus afazeres enxergou na ocasião uma mulher obcecada pela ideia de retorno de seu amado ao lar. Sartre nunca esteve tão obtuso da realidade, da essência daquela ação. Bastava pensar na trabalhosa e eterna pintura das portas e das marcas no caminho, sua obstinada busca e, acima de tudo, sua esperança. Indiretamente, graças a esse monumental trabalho, gente perdida na neblina encontrou salvação. Um benefício indireto e bem feliz. Talvez assim surgira o dito popular de que: "Os que renascem na fé são guiados a salvação".

Hoje entendia que por estava por estar imerso no problema, e não compreendera o que ela lhe dissera: "Quem se perde em um leve brilho de luz jamais verá a incandescência do Sol". Sartre deveria ser assim como a santa Marin Bey, mantendo-se como um guia. Aceitar seu papel de líder na comunidade, ser o olho atento de toda aquela gente. Uma comunidade é um corpo único e Sartre firmou-se nesse pensar. Ora, se tinham de caminhar para a salvação, eles seriam as pernas a caminhar. Lembrou-se do nobre Plézoun Raymovick e da conivência igualmente covarde do campônio que morava com ele. Um fulano que, sabendo ou não, vendeu bem mais do que sua autoestima, brio, sua dignidade... Como já disse alguém: "Para entender os governantes de uma terra basta ver seu povo". Logo, o simplório campônio tinha medo porque seu governante também a tudo temia. E, no vilarejo de Miller, seu lar, foi igual. O medo dos aldeões um reflexo.

— De mim — murmurou Sartre compreendendo agora isto claramente e isso mudaria neste dia. Para Sartre não restavam dúvidas. As citadas pernas a caminhar necessitavam tão somente quem as guiassem. Uma resposta simples embora obscura para quem vive o problema.

Sartre gastou um rápido instante para olhar os que o seguiam. Pais, filhos, velhos, os seus amigos. Todos os aldeões seguiam as citadas pernas a caminhar então o líder Sartre acelerou a marcha, determinado. Nem sempre se tem a ciência da força da unidade, da grandiosa força do querer. Tal consciência somente podia ser desperta com o afastamento de sua pessoa, o distanciamento propício para o entendimento da unidade.

— Caminhar! — exclamou quase de si pra si.

Passos a leste, sudoeste, norte ou a qualquer outra direção pouco importava. A certeza da solução desses eventos tão hediondos tinha início. E das mãos de cada a solução, um fim...

A trilha ergueu-se e as passadas escorregavam em umidade ou pedras. Mãos e joelhos foram ralados, mas dor e disposição ali eram sinônimas. Assim seguiram, apoiando-se uns nos outros, e logo, apoiando uns aos outros.

Que surpreendente era a vida, pernas caminhavam atrás de um guia. Lembrou do gnomo Canhoto, seria ele o pilar daquela curiosa comunidade? Bem... Pilar ou não, convenceu todos com poucas e claras palavras... Ajudem. E o povo se locomoveu. Morgrinald, o valente e oculto Guardião disse bem quando voltaram ao continente:

"Só choraminga pelos cantos implorando para que outros tomem parte de suas lutas. "

Sartre, ao retornar de sua captura e forçosa aventura, retornou com a esperança e a força. E cada um dos que seguia seus passos carregavam na mente planos próprios de punição aos derradeiros culpados. Planos que davam fôlego ao sacrifício da caminhada. E nem uma hora se passou e Sartre; o condutor dos seus; o faroleiro da esperança; o estandarte do compromisso; pôs as mãos à cintura e inclinou à frente para resgatar o ar que lhe escapava em galopes. Ali no alto, adiante dos demais percebeu que chegaram.

— Venham! — imperou sobre eles — Embora daqui seja equidistante vejam o que se deve ver.

O entusiasmo e o desejo de justiça ou de vingança de todos que o seguiu até o alto daquele penedo retorciam sorrisos em ares indescritíveis. Assim que todos se encontravam onde queriam, Sartre apontou com a cabeça para o plácido e o lívido lago.

— Povo do vilarejo de Miller, eu declaro terminada a caminhada! Apresento a vocês não um ou dois, mas sim todos os culpados de nossos problemas. Todos os Guardiões do Pecado!

No lago viram as suas imagens refletidas e, mesmo olhando à frente, não escapariam dessa realidade, pois a luz do sol propunha sombras longas e horríveis na parede oposta com toda uma série de garfos, facões, porretes e lanças.

— O homem não é nada mais do que aquilo que faz a si e tudo que não faz a seus iguais.

Dito isso uma a uma das armas caíram ao solo.

O COMBATE

De algum modo claro, nesse falatório de Osíris, a santidade do solo foi declamada e Jupita captou as entrelinhas. Não podiam e nem deveriam fazer nada ali sem comprometer algo, sem estabelecer algo. O mundo naquele espaço pertencia a seres e compreensões maiores do que as delas. De súbito Jupita se lembrou da roupa puída, esgarçada de Osíris, e no fim daquele embate que iniciou seu convalescimento.

— Osíris passou a servir outro senhor?

Pelo conhecimento mínimo que possuía sobre religiosidade e seus devotos, ela iria continuar a discutir. A elfa não tinha qualquer ideia do que fazer.

— Tenta o quê, elfa? Distrair-me? Chocar-me? Não, não... Ganhar tempo. Ganhar tempo, pois ti falta ideias, apoio, posição de ataque.

Jupita aproveitava para refletir sobre aonde fora Morgrinald. Um calafrio repentino se apossou de sua alma. Talvez ela o tivesse encontrado antes, por isso falava dessa maneira. O apoio não viria, nada de ataques-surpresa...

— Pode sair, Tarson.

— Ele não virá. — Jupita falou de pronto, com uma amargura definida mais facilmente como perda.

Aquilo a surpreendeu. Na face andrógina da guerreira do deus da guerra, uma luminosa lágrima se formou. Enfim um relampejo da antiga amiga.

Osíris reparou os corpos humanos dependurados por ganchos metálicos, os mesmos usados em açougue. Trespassando músculos e carne, pelo som agonizante a vida ainda habitava seus corpos. Com olhos duros ela falou:

— A vida tirada na covardia é um alimento impuro e somente serve a deuses que deviam ser esquecidos ou renegados.

— Então condena a oferenda, ministra? — retrucou Jupita com acidez.

— Entregar almas e carnes num banquete? Que ideia!

— A guerra faz o mes...

— Na guerra o fator é aleatório. O bravo, o fraco e o inocente morrem. E os que prosperam se ajeitam na vida.

— Mas morrem!

— Sabem que podem morrer. Que vão. Agora há justiça nisso? — Osíris voltou a apontar os grilhões, os moribundos e os mortos amarrados e dispostos em poses hediondas.

Nesse momento um lampejo de memória a atingiu. Jupita reconheceu ao fundo, ou melhor, à frente de toda aquela missa sinistra, o nariz quebrado naquele rosto de testa curta e estranha de Maqui. O braço direito de Caleb, aquele que havia laçado Tarson antes de ter caído por um buraco.

Entre os mortos ainda se ouvia o lamuriar e um leve e baixo canto se misturando a toda aquela monstruosidade. A cena aliada ao enxame de fortes emoções incapacitava Jupita de entender de onde e de quantos se originavam os sons. Nesse ínterim Ellan e July, estavam retirando os feridos de seus grilhões dando-lhes água ignorando os que não sobreviveriam. Quando a elfa voltou a atenção à clériga da guerra a viu despejando no chão o conteúdo do saco que tinha às costas. Aquilo era um monte de armas de todo o tipo e qualidade.

— Encontrei essas ferramentas por aí.

Algumas das figuras moribundas e encapuzadas das bancadas enfileiradas que oravam nervosamente saíram de suas poses inertes. July gritou e retrocedeu até encontrar a parede e se encolheu em posição fetal. Aquilo era demais para sua sanidade. Ellan tampouco teve outra reação. Atônita, restringiu-se a um canto como uma espectadora involuntária. Ambas eram pessoas comuns e viram apenas um mundo comum. Os moribundos se agitaram olhando um ao outro.

— Que foi? — Osíris falou em tom dúbio aos encapuzados — Decidi empilhá-las... não posso? Tá bom.

Então e clériga do deus da guerra chutou o monte e espalhou as armas para todo o lado.

O som e a visão de tantas armas fizeram tanto os torturados com alguma força quanto os torturadores capuchinhos se armarem. A clériga do deus da guerra com isso sentiu a energia do ambiente mudar. Com os lados se armando deu início a um novo ritual e o de antes deixou de ser um sacrifício válido para Entropia, o deus da morte. Em breve não teria mais direitos sobre aquele punhado de almas.

Um embate terrível e feio começava. Pessoas que jamais tocaram em armas e outros que jamais deveriam tê-lo feito descendo e subindo lâminas e porretes. Os caídos sangravam, os moribundos morriam e os fracos embora hábeis sobreviviam até um golpe mais forte lhes atingir.

— Agora ficou óbvio o falatório, amiga? — perguntou em baixo tom, sabendo que mesmo diante daquela balbúrdia a elfa a ouvia plenamente.

— Queria irritá-los, tirar a concentração dos torturadores e fazer com que os outros decidissem agir.

Osíris sorria com a malícia de um gato. Ali era um altar e faziam uma oferenda. Por interromper a oferenda com o falatório e provocar o brandir de armas, a dedicação tornou-se outra. Embora um plano genial, cedo ou tarde, no tempo que os deuses acharem por conveniente tal interrupção terá um preço. E que seja cedo, implorava a voz íntima na mente da Osíris. Então, em voz alta, falou veemente:

— Estes miseráveis são responsáveis por alguns, mas não por todos os sumiços.

Entre os murros e golpes desajeitados dos envolvidos, Osíris se movia incólume e com um golpe seco e reto de sua maça acertou o capuz de um dos encapuzados prendendo-o tal fosse um prego na parede rígida. Suspenso de modo tão inusitado e brutal o ferreiro da aldeia teve sua face revelada e, atônito, ficou entre não saber o que fazer ou esperar enfim a morte. Porém, Osíris soltou a maça ao chão e contornou com a ponta dos dedos o queixo do indivíduo com sensualidade olhando diretamente para a amiga elfa, para a boa Jupita e falou quase ronronando:

— Se reconhece este rosto minha irmã de armas, agora sabe sobre minhas intenções. E se me permite, aqui estão as minhas para com este. — De imediato ela deu seu brado de guerra e o socou por algumas vezes, antes de alcançar o próximo e o próximo oponente.

Em um giro rápido e violento arremessou um deles contra a parede num ponto mais alto e fez três figuras se distanciarem do enorme relicário que tombava. Jupita ainda estava imóvel; talvez chocada demais.

Ansiosa por se mostrar útil, a Capitã se envolveu no embate embora sequer conseguiu movimentar-se no meio da confusa profusão de armas. E, assim tão rapidamente quanto entrou, a oficial feriu-se e mergulhou nos braços da amiga July.

O olhar forte e doce de Ellan agora refletia a dor aguda da morte e a incerteza do que seria de sua alma naquele ambiente.

Tristan ainda acocorado no chão, teve seu ombro pisado pela mestra do mal, a chamada Osíris e dessa altura extra ela arremessou sua arma atingindo completamente o encapuzado moribundo que iria ataca-lo covardemente. Defendido no último instante por quem considerava ser o ícone do mal, a besta, pasmou-se. O cavaleiro da esperança ficou dividido, confuso, ele então sentou-se e aguardou o resultado do embate.

Osíris se levantou do chão, poucos ainda estavam de pé ou bons o bastante para ir embora, e não fugiram. Ela sorriu... Agora a turba era dela e do deus da guerra. Todos deixaram de pensar em morrer, deixaram a ideia de querer morrer para trás. Não sem lutar. Um novo ânimo a envolveu, era a graça de seu pai e senhor, o deus da guerra, habitando-a nesse belo momento.

E os devotos da morte perceberam isso. Em breve tudo estaria perdido. Assim continuaram suas orações mesmo em combate. Então sentiu outra presença, uma camada grossa de sujeira e imundícies começou a cobrir a área tal fosse uma grossa teia. Forças enormes incidiam suas magnitudes no ambiente. Osíris rodopiou sobre si mesma e atingiu o sacerdote mais próximo com um poderoso soco produzindo um severo e oco estrondo quando sua mão afundou no tórax do rival. Ela riu e arrancou do peito dele uma gosma escurecida, mas um tumor do que um coração, senão, ambos. Aquilo que nem estava vivo, aquela imitação de vida caiu ao chão e se partiu em pedaços. Nem estava vivo. Com isso em mente, a campeã do deus da guerra investiu contra o segundo rival, no entanto, desde a investida da guerreira divina, ele mantinha um constante esfregar de mãos que, por mágico resultado produziu diversas bolhas na carne de sua palma como as bolhas de óleo fervente. Dos punhos, pústulas entre o branco e o verde rasgaram a pele fina e se lançaram como facas ácidas na direção de Osíris. E ela, a Campeã do Grande Vale, se desviou habilmente.

A discípula de Darkay puxou o ar do redor com velocidade.

— Jupita, não! — A clériga negou ajuda. Sua manifestação em alto som era um apelo sincero. Agir em solo sagrado comprometeria a amiga assim como comprometeu a oficial. Logo no início seu objetivo sempre foi o embate, no entanto, por um motivo que só ela entendia, eram eles que deveriam iniciar, e assim qualquer um poderia adentrar ou ainda desafiar o campeão.

O terceiro indivíduo dos encapuzados de olhar louco e vazio ficou imóvel ao fundo. Um morto em pé e de repente em espasmos agredia, caía, convulsionava e levantava de novo para combater.

— Nada nos pertence aqui. Vamos fugir! Salvar quem ainda pode ser salvo. Vamos, então vamos! — Como se isso fosse uma ordem irrecusável, os demais ouviram e seguiram Tristan como podiam e independente de para qual lado em que lutaram, abandonaram a insana e sinistra batalha e a deixaram sem plateia.

Então, do mesmo jeito que começou o terceiro voltou ao estado inerte. E os corpos caídos gravitaram até o terceiro, rolando pelo chão em sua direção como que imantados por sua hedionda figura. Ao se chocarem com o sinistro ministro da morte a carne deles foram se fundindo a dele tal fossem feitos de lama. E a figura começou a se agigantar.

Ao observar a bizarra situação, Osíris foi derrubada por um corpo e foi arrastada por este na direção do uno. Quando suas pernas tocaram na massa de carne começou a afundar naquilo. E isso a fez urrar de dor e se convulsionar.

Vendo isso, Jupita se esqueceu do apelo. Ignorou o que sabia do lugar; sobre as leis antigas; sobre os perigos da alta magia e assim sem pestanejar dissolveu seu corpo em um leve gás, indo contra o único oponente. Quando tomado pela névoa que era Jupita, a coisa toda se agitou, agiu como se molestado por centenas de insetos e começou a tossir, escarrando pedaços de si. A névoa agora acinzentada começou a tomar as vias respiratórias, infectando narizes, ouvidos e bocas. Logo severas convulsões sacodiram o abjeto ser unificado enquanto Osíris rolava para longe.

A clériga sabia o que tinha de fazer... Cuspiu sangue rapidamente e se levantou imponente com sua arma em riste e rezou. Os nomes poderosos que pronunciava faziam o ambiente gemer e tremer. Se voltando para a massa de carne, a qual, lentamente, sem que Jupita em névoa tivesse conhecimento, começava a devorá-la. Ao ouvir as orações, o corpo de Jupita voltou à antiga forma antiga reagrupando-se ao lado do monstro.

Os lábios de Osíris verteram-se para baixo. Aquilo já era quase um avatar, a devota olhou para seu velho amigo, sua arma, o Pacificador, a maça de espinhos que a acompanhara desde sempre e renovou mentalmente seus votos. E antes que o monstro tivesse chance atirou sua arma entre eles. A prece não havia terminado e, com passos resolutos foi na direção da besta. Ela estendeu a mão em oferenda e ele aceitou. Então ela fechou a boca tentando esmagar o grito de dor quando a tocou.

Longe dali, mas não o bastante para não ouvirem e sentirem os tremores, os sobreviventes continuaram caminhando a esmo.

— Por aqui, cambada! — A pouca luz revelou a figura que faltava; Morgrinald puxou um a um pelo braço para o andar acima em que se encontrava.

— A elfa...

— Sigam em frente, encontrarão um chafariz, um tipo de estátua de olhos grandes...

— Anão?

— Eu sei!

Enquanto isso, no local de morte e de guerra Jupita vacilava entre existência e sonho. Fraca, quase morta, chacoalhou a cabeça e piscou mais uma vez para firmar a consciência. A seu lado e em pé, Osíris era devorada. Metade de seu antebraço já estava dentro da aberração e ela seria a próxima… De repente sentiu o pé da amiga fazendo-a rolar para fora, para longe.

— Vai embora.

— Não… — as lágrimas vertiam livres de seu rosto amargurado.

— Arght! Vai!

Jupita chorava sem forças, embora o instinto implorasse pela vida. De súbito notou, com a fraca iluminação, um tapete de vermes escorria, e no ar moscas e besouros rodeavam seu mestre. No entanto, a arma de ferro de Osíris emitia um pulsar que repelia os insetos. Na amiga via o que jamais tinha percebido um ardor imenso tomava seu corpo e vazava para o ambiente, era um ardor característico, um odiado por sua raça. O choque dessa revelação a horrorizou e a fez recostar na parede.

— Ouçam! Meu nome é Osíris e clamo pelo meu sangue, por meu dever, por minha profissão, por meu amor a meu deus — ao dizer isso seu corpo não se moveu nem um pouco mais para dentro do agora semidivino — por minha real natureza. Por toda a minha ascendência e pelos destinos profetizados de meus parentes.

Aos poucos Osíris trazia de volta seu antebraço e seu punho e com um puxão raivoso, sua canhota arrancou a mandíbula do hediondo morto-vivo e uma chama alta e repentina se mostrou e morreu assim como a massa de corpos do avatar da morte. No entanto, no último espasmo da besta agora disforme uma costela afundou no estômago da devota do deus da guerra. Um ferimento letal, outra vez. Porém, dessa vez de um modo sem retorno, suas pernas mortas quiseram andar para longe, fugir da morte, mas não dessa vez. Não e nunca mais. Assim o corpo poderoso de Osíris se entrega, desaba e morre.

— NNNÃÃÃÃOOO!!! — Jupita esbravejava e chorava retida no braço por Morgrinald que acabou de chegar. A elfa suavizou uma vez mais sua essência e começou a flutuar e mesmo dali se escutava um trovão.

O anão a puxava ao solo com dificuldade. A elfa tinha seus olhos iluminados pela fúria justa, uma que ignorava o peso de

Morgrinald, seu apelo. E no seu flutuar começou a arrastá-lo. Mas, dotado de força ímpar, o neto de Keldorn a segurou pelo queixo e se pôs à frente. Assim resoluto, balançou a cabeça numa longa negativa assim os olhos de Jupita saíram do brilho imortal para o brilho molhado das lágrimas e ela se rendeu de joelhos a profunda dor da perda. O neto de Keldorn então a carregou no colo para fora dali.

A saída tornou-se um caminho árduo que pesava na alma de Jupita. Ela não tinha forças para lidar com isso.

E a elfa não foi a única abalada pelos eventos naquele subterrâneo. Os sobreviventes gritavam histéricos, choravam e outros chocados demais para emitir qualquer som pelo resto de seus dias lutariam contra todo um contingente de pesos e valores contra a demência. Afinal como relatar um momento como esse a quem quer que fosse? Deveriam? Queriam? Os sobreviventes saíram dali com mais perguntas que respostas. A entrada foi estimulada por desejos mesquinhos, ambições e na saída carregavam dúvidas sobre esses valores e sobretudo, sobre seus caráteres. Soluços e choros eram coisas válidas e manter-se em silêncio ou gritar também. Aquele momento era o do abismo da introspecção onde alguns garimpavam nos recônditos da memória tentando extrair uma verdade mais refinada, plausível, do que porquê de tal vileza ou do porquê de sua vileza. Ou meramente lavariam a lembrança e desfilariam com a ignorância na esperança duvidosa de manter sua sanidade e/ou dignidade.

De súbito, um sopro gélido veio do interior e atingiu a todos. Um calafrio percorreu o corpo dos humanos, eles brandiram suas armas com a ligeireza do desespero e no giro nada descobriram. O alerta do medo se esvaiu ao ver que nada saía ou se ouvia mais de lá então baixaram suas armas enferrujadas e ruins.

— O templo exigiu seu novo guardião! — bradou uma voz poderosa e sem sexo vinda de todo o lugar:

Nesse instante, Osíris ressurgiu em forma translúcida.

Amedrontados pelo que parecia ser a continuidade do infortunado episódio, os sobreviventes tentaram brandir suas armas, contudo, estas pesavam demais para punhos cansados e famintos. Jupita, ainda em lágrimas, se levantou e em um leve planar foi ao encontro da amiga e entrelaçaram ternamente as mãos.

— Ela apenas veio dizer adeus. — Tristan disse em voz alta o suficiente para todos ouvirem.

Longe da esfera de audição dos demais, Osíris, Campeã do Grande Vale, devota do deus da guerra, e agora eleita Guardiã, revelou à amiga:

— Vou resumir, pois o tempo aqui será curto. Quando eu estava me recuperando vejamos… Ah, sim, eu convenci os Pequeninos a fazerem as pessoas do vilarejo continuarem a sumir. Queria isolar o problema, portanto se houvesse uma ou mais feras teriam de se expor mais pela falta de vítimas. O que segundo os Pequeninos era pouco provável. Então focamos a atenção no vilarejo. Semanas antes de chegarmos os demoniozinhos já vigiavam as atividades deles pois os seus também começaram a sumir. No vilarejo não havia fontes de renda consideráveis para uma disputa, excetuando uma…

— A taverna!

— Sim. Quando vocês foram pro leste os desaparecimentos continuaram. Em menor escala sim, mas aconteciam. Os Pequeninos garantiram que não haviam animais ou feras envolvidas, então decidimos aumentar o número das perdas, aumentar a competitividade e ver o que acontecia.

— E os donos das terras?

— Seria bom se mexessem suas bundas gordas, secretamente até desejei isso sabe… Uma corrida armamentista, um treinamento de guerra.

— E a fileira dos devotos…

— É, cresceria sim. Mas tá brincando? Essa terra tá encravada entre o domínio de ao menos dois deles e sabe como são os políticos.

— Os Pequeninos é que sumiam com as crianças?

— Apenas acho que eram mais condizentes ao peso deles.

— Radical.

— Eficiente.

— Você sempre foi assim.

— Não pode julgar! Viu somente o auge do plano, crianças são preciosas e ponto. E sobre isso aqui eu já tinha sentido a presença, inclusive no ferreiro. Só faltava localizar...

— A localização do valioso templo de morte.

— Só é valioso agora. — Osíris sorriu com um sarcasmo juvenil.

Então as amigas se abraçaram e logo, a nova guardiã se esvaiu num adeus velado e sincero.

Sorrisos e gritos alegres foram emitidos pelos sobreviventes. Do meio da mata vinham correndo e gritando as crianças desaparecidas trazidas pelos Pequeninos, por Hans Ranni Ramiro e Roder e o lendário eremita conhecido em todo o canto como Velho do Mato.

Pais recuperavam seus bens mais valiosos, choros e alegrias que furtava toda a atenção que aquele céu liso sem nuvens deveria requisitar.

EM ALGUM PONTO ANTES DAQUI...

Em meio à baía e o alto mar o rei do Grande Império navegava. O vento alisava seu rosto forte e recortado pela idade, e ele apenas observava atentamente o horizonte, mantendo-se por horas no deck do timão. Atento a cada onda que ao vê-lo pareciam curvar-se em reverência a figura majestosa do rei. Bastava um leve convívio para que compreendessem que os comentários sobre sua pessoa eram verdades. Comentários estes que ecoavam pelo reino quase de forma cantada; uma certeza além da poesia romântica e da fantasia dos contos. Sussurros por trás dos ouvidos dizem que o silêncio de sua boca era tal qual uma prece que apressava o coração dos vivos e desesperava a face dos mortos. Sua voz era doce, suave e gentil como a de um amado poeta.

Quanto à relação com os seus súditos sempre preferiu manter um diálogo aberto sem divisões de castas ou credos. O rei Daintghorn das cidades e recantos do Oeste que na soma formavam o Grande Império dizia sempre que quanto maior à distância, menor seria o entendimento. Todos os amavam e os que não tinham este amor pelo rei em seu coração, lacrava seus sentimentos em seu peito com medo da justiça apedrejadora dos cidadãos.

Com tudo isso dito "o mito em carne" teria inimigos? Nenhum! Nenhum declarado, obviamente. E se houver pode-se dizer que os Daintghorn têm amigos a apresentar.

E o capitão da grandiosa e formosa embarcação era um destes amados amigos. Com aproximadamente mil e trezentos metros quadrados de vela em uma única embarcação, mortíferos canhões às dúzias e litros do viscoso, letal e inflamável óleo, o fogo negro.

O magnânimo senhor e pai de todos no reino, o rei, detinha-se em pé, imponente como a natureza o moldou. O vento lhe chacoalhava a capa e transformava a impressionante figura real em estandarte de sua própria bandeira. Os pensamentos, com peso ímpar e ligeireza sem comparações conhecidas, agitavam-no bem mais do que o vento naquela manhã:

— Sartre. Curandeiro e agricultor — falou de si pra si.

Ainda ouvia o eco das palavras do lenhador em sua memória: "O trigo velho e com fungos foi moído e distribuído por toda a região. O grande problema foi a insanidade que a presença dos fungos causava. O produto estragado foi consumido por muitos da região, incluindo seu único filho. Em meio a um acesso de fúria, o filho esfaqueou Sartre, seu pai. Levaram-no às pressas ao curandeiro da vila mais próxima. Foram dias sem uma melhora... Entre a vida e a morte, o coitado do agricultor apenas queria saber do amado parente. Então, os amigos foram buscá-lo, mas era tarde... o jovem com a ideia de ter assassinado o próprio pai se enforcou pelo remorso. Quando o pai soube da notícia ajoelhou e rezou pela alma do jovem que tanto amou. Ficando só no mundo, impôs a si o objetivo de aperfeiçoar seu entendimento sobre as plantas e sementes e foi morar na região da colheita de trigo. Recomeçou a vida e, aos poucos, aprendeu não só a arte da colheita, como da cura, pelo emprego das ervas, emplastros e raízes. Aprendeu e ensinou outros mais".

"Camponês insolente. Queres ensinar seu rei como viver? " Foi o que lembra de ter respondido ao homem que se apresentou como Dominescu.

"Não! Mas para o que viver! Meu senhor. "

E era por isso que estava ali, no mar. A história do lenhador sobre os piratas, sobre o naufrágio de seu filho foi convincente. Tão convincente que se outro qualquer trouxesse o brasão real do filho morto jamais teria o mesmo valor. Um homem esplêndido, que conquistou a simpatia do rei, por isso as dívidas, quais fossem que a família de Dominescu tivesse já foram perdoadas.

Por tal, o augusto rei do grande império, senhor da estimada e honrada casa de Koth, jurou à frente de seu exército pregaria no fundo do mar cada nau, cada fragata e caravela pirata. Arruinaria de vez os ratos d'água. Socorreria quem realmente importava. O povo.

Enquanto isso, no solo da pátria, cascos pesados ecoavam na trilha de pedras da rota comercial. Jordão; o Justo; Comandante da ordem real de sua majestade, com trinta e cinco campeões da guarda real a seu comando, cavalgavam em fila tripla com a missão de averiguar a situação do vilarejo de Miller, conforme relato do eloquente camponês. Além disso, havia uma missão maior ainda que executavam. Esses cavaleiros, a tropa de elite da guarda real, pela primeira vez em anos não estavam levando seu rei, mas sim escoltavam alguém mais ilustre… Mais… real.

Numa carruagem, coberto em cetim e arranjos florais, Dominescu; homem pobre e sem sobrenome; nascido lenhador e falecendo herói, voltava enfim para casa.

.Fim.

Trecho bônus do próximo livro:

MAUS VALORES — O PODER E O MEIO

— Seus gêmeos criados pela igreja? — indagou o anão no cárcere.

A elfa continuou calada, triste e levou um tempo para responder.

— Por que Morgri? Duvida de Vapsi?

— Aaah Peituda, nem vem! Foi você quem decidiu sobre o tutor.

— Você tem dúvidas.

…

— Elfos descendem de jumentos, sempre soube disso. E nem falo das orelhas.

— Suspeita dele?

— Claro, porra! Nós o conhecemos por um dia! Um dia não, por algumas horas. E quanto a Hans?

— Hans?

— Sim Hans.

— Hans… só pode estar louco. Não acredito, você compara o taradinho cheio de filhos com um bispo?

— Peituda, o Bolinha de pelos já fez isso antes. A fé nem é a questão. Dane-se a fé. Nem se trata de juízos de valores…

— E sim os valores em si. — complementou Jupita tentando entendê-lo na plenitude.

— Óbvio! Bons e maus valores. Fé vem e vai, valores não. Isso molda o caráter. Quer exemplo? A guerra contra os piratas… Dominescu a começou.

— Dobra a língua ao falar de Dom!

— Peituda, para. Só quero que entenda que humanos são frágeis. Lembre-se do porquê eles foram criados. São sementes.

— E podem cultivar dentro de si todo tipo de aberração elemental, sim eu sei. Só que Dom não tinha esse ardor.

"Não sei, talvez meu sangue tenha cozido seus miolos ao invés de lhe curar", pensou Morgrinald com amargor sobre aquele dia. "Pelo jeito o tal do Sartre nunca lhe contou o que testemunhou". O anão a puxou pelo queixo e iria lhe contar, mas não era a hora:

— Seja o que for que Dominescu contou ao rei Erick causou um impacto de enorme valor. Se ele tem a mesma índole do filho, as palavras do lenhador despertaram suas virtudes e se for diferente a guerra é só uma vingança da realeza por um príncipe morto. Bons ou maus valores.

— Antes de Dom morrer… — a voz de Jupita ficou totalmente embargada, trêmula. A vontade de prosseguir o diálogo morreu por isto agachou reclusa a um canto agarrando os joelhos tal fossem suas mais preciosas joias.

Os sentimentos da elfa então o atingiu. Lembrar da morte do valente Dominescu; o homem que certa vez o salvou também lhe afetou. Afetou-lhe ao ponto de lhe arrancar um rugido baixo, amargo enquanto coçava os sovacos. O que Morgrinald fez a Dominescu quando estava moribundo deveria tê-lo salvo, contudo, o amigo lenhador morrera no castelo. O passado era a pior das correntes, anões, seres do povo de rocha e fogo como ele tinham vidas tremendamente longas e por isso mesmo tinham de policiar a mente sempre e fundar-se no presente. Porém no exercício do pensamento imaginou os possíveis desdobramentos da guerra. "Erick tem ciência do que o ataque constante aos comuns a Água provocou no longo prazo? Será que ninguém percebeu as águas baixando nos litorais? "

Morgrinald, o último membro do clã dos Martelos de Combate; fungou como se fosse possível expelir pensamentos indesejáveis por suas largas narinas. As mãos alisavam a barba de ponta a ponta e as grossas sobrancelhas inquietaram-se com a avalanche de possibilidades imaginadas. Com tantas mortes em alto-mar diversos carniceiros devem ter sido atraídos, portanto toda uma população de sereias e tritões ter migrado de áreas inteiras para se alimentar e fecundar suas ovas nos moribundos e se esses infectados alcançaram a praia…

Os dedos grossos do anão arranhavam as paredes sem se dar conta do buraco que fazia.

Se estiver certo haverá outros por aí e quando a ninhada terminar de comer suas saídas através dos hospedeiros irão procurar a água para se esconder e ficarão lá até crescerem o suficiente para procriar, repetindo e repetindo o processo até formarem batalhões e exércitos. Então esse será o início da batalha da Água diretamente nas terras do rei. Sem que entendessem ou soubessem a maldita Água sutilmente já contra-atacou. Um contra-ataque invisível para os de vida curta como humanos, Pequeninos e animais. Seria uma contra investida terrível. Mas não podia ser só isso...

Morgrinald suspirou ao elucidar a outra parte. Ela, a Água se valeria dos aliados entre os humanos. Piratas, pescadores, ribeirinhos e até porque não, aliados marujos dentro da esquadra real.

Os dois presos que ficavam isolados em um canto da cela comum eram exemplos claros disso. Eram atravessadores de produtos honestamente comprados de gente desonesta, ou seja, mercavam com piratas. Estes dois amalucados comiam a unha um do outro, se batiam e se acarinhavam. Morgrinald os notou assim que o trancaram na cela, pois o isolamento dado pelos próprios presos os marcavam ou como líderes ou como problemas. E não demorou muito para os definir. Neste mesmo dia eles correram alucinados para os baldes de água trazidos pelos carcereiros dispensando a comida. Assim como nos outros dias. Eram claramente infectados pela Água. E era isso... o Neto de Keldorn, a Filha do Vento, a escória e infectados juntos numa cela comum.

— Que bom... — falou Morgrinald deixando escapar a ácida ironia.

Em breve, a ninhada de serpentes eclodirá matando seus hospedeiros e depois se arrastarão até suas novas refeições. Pelas contorções de agonia de um deles o tempo minguava, portanto, sob o véu da escuridão da noite, Morgrinald discretamente terá de matá-los para defender os demais.

Mas de repente, a barriga do que se contorcia abriu e as crias serpentearam pelo chão.

— Pesadelos molhados! — exclamou Jupita furiosa.

"Tarde demais", pensou o anão. Pela reação da orelhuda, os vermes d'água eram do mesmo tipo que em curtíssimo tempo se desenvolvem para ligeiros répteis bípedes e arrasaram Almokaryr em sua infância. Nisto, os olhos dela esbranquiçaram, a sutil aura da Arte azulou e seu corpo pareceu também ganhar esse anil. Em um ínfimo segundo, os vermes e centímetros de pedra abaixo deles foram velozmente perfurados por garras de ar. Há décadas o experimentado anão guerreiro não via tal nível manifesto de poder em um elfo. A cada contração mínima do rosto da bela, um festival de raios explodia do lado de fora. A elfa dedilhou e o moribundo restante foi erguido, e notava-se uma respiração febril e a face roxeando. Demorou um pouco para Morgrinald entender o que ela fazia, mas quando a palha do chão da cela passou a voar para fora e os presos um a um começaram a sufocar, ficou claro que a Filha do Vento expulsava o ar dos pulmões do abjeto e de tudo à volta. Tinha de alcançá-la e detê-la, contudo, ele também tonteava e com o vento assoviando nos ouvidos o Neto de Keldorn gritou:

— Vai matar os outros também! Para! Para Jupita, Jupita ouça! — não adiantava a orelhuda ensurdecera pelos horrores de seu passado.

Morgrinald concluiu que não daria tempo de sutilezas, os humanos já estavam no chão perdendo os sentidos e em breve morreriam.

— Vai doer... — gritou antes de socar o queixo da amiga.

O impacto a fez saltar, bater no teto e desacordar. O corpo perdeu aquele azul sinistro e agora planava num azul suave. Nisto o Neto de Keldorn forçou suas mãos nodosas sobre seu corpo élfico, até baixá-la ao chão. Com ela segura, socou o piso e enquanto o solo tremia enfiou a mão e arrancou um grande bloco de pedra sem qualquer dificuldade e jogou os vermes e o primeiro corpo e quando jogou o moribundo notou que o corpo já havia sido trespassado por cinco furos.

— Como é veloz! — sussurrou pasmo o anão enquanto voltava o bloco de pedra para lacrar o sepulcro — O matou com garras de ar e nem vi.

Um dos detentos, um bem assustado que não chegou a desmaiar presenciou a mostra de tamanhos poderes e tombou sobre os joelhos e examinou alarmado o piso levemente irregular.

— Tanto poder e por que não fogem? — indagou ele confuso.

(...)

RECADO DO AUTOR:

Muito obrigado por ler minha história. ☺ Espero que tenha gostado, pois me diverti muito em escrevê-la.

GOSTOU? PRECISO DE SUA AVALIAÇÃO E ESTRELAS NO:

Goodreads, Skoob e Amazon.

É rapidinho e ajuda muito o amiguinho escritor aqui ó hehehe

REDES SOCIAIS:

/autorjpschimidt

/escritorjpschimidt

@escritor_jpschimidt

RECADOS E CONTATOS COMERCIAIS PARA PALESTRAS:

domadordepalavras@gmail.com

OUTRAS OBRAS DO AUTOR:

- O ADEREÇO DA ESTRANHA ÁRVORE (livro e e-book 2016);
- MAUS VALORES (livro e e-book 2017).

AGRADECIMENTOS:

A minha amada esposa Rosângela por ser a primeira, a mais antiga e a mais perseverante leitora.

A Dona Doce, minha mãe, pela paciência e amor de sempre aos filhos que nem sempre são 100%.

Aos inúmeros jogadores e mestres de RPG dos quais tive a honra de dividir a mesa, as aventuras, as pizzas e os fantásticos salgadinhos do Seu Farah;

A todos os leitores beta (e foram muitos);

Aos blogs: O Velhinho do RPG; Halls of Valhalla RPG; Minas Morgul; RPG Vale; Reduto Nerd;
A Webradio do Programa Enerdizando;

Aos incríveis colaboradores no Catarse: Adriano Martins Do Monte; Alessandro Marques; Alexandre Casarin de Lima; Arthur Carneiro Carvalho; Augusto Guedes Sighieri; Cassia Di Blasio; Claudia Haynal; Claudio Oliveira Cristovam da Silva; Conceição Mosconi Domingues; Cybelle Pacheco dos Santos; Daiane Pereira Gomes; Daniel Levy Candeias; Daniela Lopes Nery; Danilo Caio V. Simões; Deividy Ramires; Delmar (Delzudo del); Diego Borin Reeberg; Edison Gasparim; Elvys Benayon; Fabiano Freitas; Fabio Roberto da Silva Siqueira; Flávio Montes; Francesco Silva di Blasio; Aredhel (Gabriela Paulini Deutner); Heinrich Trettel Guitzlaff; Herminio Pedro Cardoso Filho; Hiran Murbach; Janete Costa; Jaqueline Camargos; Jorge Nagao; Jose Augusto de Jesus Ribeiro; José Marcelo Pires de Oliveira; Jú Kiedis (Juliana Silva); Leandro Aparecido da Silva Siqueira; Leonardo Silva Góes; Luiz Cláudio da Silva Cardoso; Luiz William; Marcelo de Jesus Ribeiro; Marcelo Rodrigues Duarte; Márcia Regina Cunha; Michel Cisotto del Amo; Marcelo Yamashita Salles; Ozi Garofalo; Pedro Loyola; Regis Ribeiro; Renata Seabra Zamboni; Ricardo Faustino; Ricardo Flauzino; Ricardo Guerra; Rita Buono; Roberto Coelho da Silva; Rodrigo Jacy Monteiro Martins; Rodrigo Bastos de Moura; Ronaldo Amorim Barbosa; Rosângela dos Santos Mattos Álvares; Rubens Foca; Sergio Perez; Simone Alves; Tarso Capriglione Rodriguez; Thomas Dirani Senna Calabrese; Tony Angelo Sordi; Valdo Garcia; Vinicius de Araujo Rodrigues; Vinicyus Belini; Wagner Cano Dias.

Aos diversos grupos e comunidades do facebook que muito me apoiaram e compartilharam as postagens do livro e do projeto no Catarse como: A Taverna; Alvitres Literário; Bazar do Tarrasque; Comunidade resenhas literárias; Dados Caóticos; Dormir não dá XP; Forja das almas Teresópolis; Grupo Mourãoense de Jogos de Interpretação RPG, Estratégia e Afins; Leitores Anônimos; Literaleitura; Mais de Mil Dados; Omninerdia; Recanto Celta; REDERPG (Oficial); RPG Porto Alegre; RPG (Role-playing game) Pernambuco; RPG Urbano; Associação Brasileira de Jogos de Interpretação (RPG), Estratégia e Afins; Baú Arcano; Mundo Celta; Cultura Antiga; Debate RPG; Diplomacia Nerd; Dobradinha Comics; Ei nerd; Memórias de uma Guerreira; Mitologia Nórdica; Negro Gato; Nerdcast; Nerdonautas; Recanto Celta; RPG Porto Alegre; RPG Brasil!; RPG Manaus; RPG na zona oeste-RJ; RPG Salvador Onde começa a grande aventura; Taberna do Anão; Torre Vorpal; TrolandoD20em20; World Fantasy.